Verloren im Jetzt

Stella Elster

Das Buch:

Charlotte ‚Charles' Mabaux hat sich an das Alleinsein gewöhnt. Als Tochter viel reisender Eltern kennt sie keine festen Orte und keine Freundschaften. Strategien helfen ihr, ihre Angstzustände zu bewältigen. Doch am Elite-Internat Gut Freyenberg soll alles anders werden. Zwei Jahre, um endlich irgendwo anzukommen. Zwei Jahre, um einen Ort zu finden, der sich nach Zuhause anfühlt.

Die Autorin:

„Verloren im Jetzt" ist der erste Roman von Stella Elster, einer leidenschaftlichen Schriftstellerin und ehemaligen Bio-Lehrerin, die es liebt, ihre Gedanken in Geschichten zu verpacken. Ihr Zuhause ist auf einem ruhigen Landhof, abseits der Hektik der Großstadt, wo sie die Ruhe und Abgeschiedenheit genießt, um in ihre fiktionalen Welten einzutauchen. In ihren Geschichten vermischt sie humorvolle und provokante Elemente mit tiefgründigen Themen wie Freundschaft, Liebe und der Suche nach dem eigenen Platz in der Welt. Wenn sie nicht gerade an ihrem nächsten Buch arbeitet, verbringt sie ihre Zeit mit Lesen, ihren Haustieren und ab und zu einer Tasse Tee.

Verloren im Jetzt

Roman

Stella Elster

hi@stellaelster.com

Die Deutsche Nationalbibliothek verzeichnet diese
Publikation in der Deutschen Nationalbibliografie;
detaillierte bibliografische Daten sind im Internet über
portal.dnb.de abrufbar.

Verlag: BoD · Books on Demand GmbH,
Überseering 33, 22297 Hamburg, bod@bod.de
Druck: Libri Plureos GmbH,
Friedensallee 273, 22763 Hamburg

ISBN: 978-3-7583-4294-3

Inhaltsverzeichnis

Vorwort

Ich glaube, die Geschichten der Menschen wurden alle erzählt. Es gibt keine Tragödie, kein Drama und keine Romanze, die seit Menschwerdung nicht schon geschehen ist und nicht schon erzählt wurde. Warum interessieren uns also die immer gleichen Geschichten? Tja. Das kann ich nur für mich selbst beantworten: Ich liebe Geschichten. Ich liebe es, in ihnen zu versinken, in ihnen aufzugehen und fast zu verschwinden – und wenn es nur für ein paar Stunden ist.

Das hier ist eine Geschichte aus meinem Leben. Aus ihr kann man nichts lernen. Sie ist so gut und so schlecht, wie jede Story eines jeden Menschen, der sich in ihr befindet. Als diese Geschichte ihren Anfang nahm, war ich siebzehn Jahre alt und – mal wieder – die Neue an der Schule, dem Gut Freyenberg. Meine Eltern, internationale Antiquitätenhändler mit einem stinkreichen und äußerst ausgewählten Kundenstamm, die für Großprojekte lieber umzogen als permanent zu verreisen, schleppten mich normalerweise mit. Diesmal nicht – keine Ahnung, warum. Jetzt sollte ich zum ersten Mal ein Internat besuchen, eine dieser elitären Superschulen, auf der sich die Brut der Superreichen und Berühmten tummelte.

Mit meinen eins vierundsechzig war ich durchschnittlich groß und tendierte dazu, hager zu wirken, wenn ich nicht aufpasste. Mein Körper, der ein wenig anstrengend war, verbrannte für jeden Atemzug drei Kalorien mehr als das bei anderen üblich war.

Ich hatte einen ausgeprägten Fimmel für Bücher – eigentlich habe ich den heute noch. Und ich lief gerne. Auch daran hat sich seit meiner Kindheit nichts geändert. Außerdem redete ich mit mir selbst... also, in meinem Kopf. Ich bin Charlotte Mabaux.

ANKUNFT

Das hier war er also hoffentlich, der letzte Schulwechsel der wunderbaren Charlotte Mabaux. Eigentlich hätten meine Eltern mich viel früher in ein Internat schicken können, dann wäre mir diese permanente Umstellung erspart geblieben. Wann immer sie aus beruflichen Gründen an einen anderen Ort zogen, nahmen sie mich mit und zwangen mich damit, eine neue Schule zu besuchen. Ich hatte es inzwischen aufgegeben, Freundschaften zu schließen. Sie hielten sowieso nicht. Menschen, die man ein halbes, vielleicht ein Jahr kennt, vergisst man schnell wieder, während man sich mit schwierigen Mathe-Aufgaben quält, unsterblich in den süßesten Jungen der Schule verknallt ist und versucht, zu den Coolen in der Schule zu gehören. Bei den ersten drei Schulwechseln war ich noch sehr traurig gewesen und hatte meinen Freundinnen versprochen, dass wir nie den Kontakt verlieren. Ich wollte Briefe schreiben und chatten. Heute wusste ich von den meisten Kindern dieser Schulen nicht einmal mehr die Nachnamen meiner ach so besten Freundinnen. Dass das herablassend klang, war mir bewusst. Letztendlich war ich genauso enttäuscht von mir wie ich es von diesen Mädchen und Jungen war, die ich meine Freunde genannt hatte. Es brauchte eine Weile, bis man als Kind verstanden hatte, dass dieses ganze Freundschaftenschließerei und all dieses Zwischenmenschliche mit Gleichaltrigen nicht wirklich funktionierte, wenn man permanent die Neue war. Und die, die wusste, dass sie bald die Klasse, die Stadt oder sogar das Land wieder verlassen würde. Ich hatte es nicht geschafft, Kontakt zu halten, weil ich mich immer abermals in ein neues Leben eingewöhnen musste. Und meine Freunde und Freundinnen hatten es nicht geschafft, ihren gleichbleibenden Alltag und die winzig wirkenden Veränderungen mit mir zu teilen, wo sie doch genug mit ihrer Realität zu tun hatten. Wenn ich eines gelernt hatte in den letzten Jahren, dann dass Kinder und Jugendliche es schlichtweg nicht schaffen, Fernfreundschaften zu führen. Das war einfach so – und bedeutete für mich mit jedem Wechsel das gleiche Desaster: Einsamkeit.

Also auf ein Neues – und mal wieder einen Monat nach dem eigentlichen Schulanfang, weil es für meine Eltern so besser gepasst hatte. Ich stieg aus dem Taxi aus und betrachtete die Umgebung. Hier, mitten im Nirgendwo, würde ich jetzt zur Schule gehen. Zwischen leichten Hügeln an einem weit auslaufenden Hang einer wirklich äußerst moderaten Erhebung des Geländes wechselten Wiesen und Mischwald. Kleine Bäche wanden sich in fast jeder Senke. Auf den Flächen wurden vor allem Rinder und Schafe gehalten, für die landwirtschaftliche Nutzung waren sie einfach zu klein, zu schattig, zu feucht und zu unzugänglich. An den Hängen fanden sich Obstplantagen und Weinreben – zumindest weiter oben am Hügel, wo der Wald nicht das Sonnenlicht stahl. Die Straße, die das Taxi nach der Autobahnabfahrt „Freyenberg" genommen hatte, führte zuerst durch die

Gemeinde und dann fast serpentinenartig den Berg hinauf. Hier oben, kurz vor der Kuppe öffneten sich die Flächen. Wiesen wurden zur Heu-Produktion genutzt und zwischen ihnen schlängelten sich mehr oder weniger befestigte Wege entlang felsiger Vorsprünge, knorriger Sträucher und riesiger uralter Baumgruppen und Wäldchen – so weit das Auge reichte. Nur sehr vereinzelt waren in der Ferne einzelne Häuser und Höfe auszumachen. Das nächste Dorf, so wusste ich von meinen Recherchen, war weit hinter der Kuppe gelegen und bedeutete einen Fußmarsch von über einer Stunde, wenn man unbedingt dort hin wollte. Das Internatsgelände selbst war allerdings meterhoch eingezäunt, wie ich feststellte. Das Taxi bremste an einer Schranke, ein Sicherheitsmann blickte in den Innenraum, schien mein Gesicht mit etwas auf seinem Tablet zu vergleichen und nickte dem Taxifahrer dann zu. Die Schranke öffnete sich. Zu unserer Rechten öffnete sich ein großer Parkplatz, den der Taxifahrer allerdings nur nutzte, um seinen Wagen weiter oben wieder in Richtung Ausfahrt zu lenken und dann vor einem Gebäude am Straßenrand zu halten.

Der Taxifahrer stellte meine Koffer und die Umzugskisten an diesem Gebäude ab und hatte das offensichtlich nicht zum ersten Mal getan. Ich zahlte und gab ihm ein angemessenes Trinkgeld. Ich atmete tief durch und betrat durch eine der zwei großen, verglasten Flügeltüren das Büro-Gebäude, einem pragmatisch rechteckigen, zweistöckigen Flachdachbau, der sich damit deutlich von dem Rest der Bauten auf dem Gelände abhob. Das Internat Gut Freyenberg beherbergte etwa 250 Kinder und Jugendliche und bestand aus mehreren

Gebäuden, teils reinen Wohnhäusern, teils rein schulischen Einrichtungen und teils... teils. Wie ein klitzekleines Dorf schmiegten sich die Häuser an Hänge, standen einzeln oder waren aneinander gebaut. Das Schulgelände war über ein Jahrhundert immer wieder erweitert worden und die Stile der Zeit spiegelten sich in den Gebäuden wider. Der Großteil der Gebäude waren allerdings Fachwerkhäuser, einige klein und fast Hexenhäuschen-artig, andere mehrstöckig und raumeinnehmend. Das Fachwerk war dunkel, fast schwarz, aber die Wände in einem sandigen Beige getüncht. Die Dächer waren mit dunkelgrauem Schiefer gedeckt und jeder Vorsprung, jeder Erker, jedes Vordach ebenso. Am imposantesten stach das ehemalige Gutshaus hervor, das zwar ebenfalls Fachwerk war, aber sich direkt hinter einem großen Platz, der von alten Kastanien gerahmt und durch eine etwa hüfthohe Mauer umfasst an den Hang schmiegte.

Ich hatte einen Lageplan zugesandt bekommen und ihn auswendig gelernt. Das Päckchen der Schule enthielt außerdem zwei Jacketts mit Schulwappen und genauen Anweisungen für die Blusen, Röcke und Hosen, die ich tagsüber während des Unterrichts tragen durfte. Das hier war nicht die erste Schule mit Uniform, auf die ich ging. Und es war nicht die Erste mit dem Vorsatz, dass in gleicher Kleidung alle gleich seien – was nichts daran änderte, dass das nicht stimmte. Wobei Uniformen allerdings definitiv halfen, war, dass man besser in der Masse gleichgekleideter verschwinden konnte. Jetzt dann halt in einem langweiligen dunkelblau, anstatt in einem wenig vorteilhaften Bordeaux oder, noch schlimmer, in dunkelgrün-beige kariert. Die

Schneiderin hatte mir auf den Wunsch meiner Eltern vier Hosen und einen Rock angefertigt, die Blusen waren aus einer relativ dicken, reinweißen Baumwolle mit hohem Kragen, langen Ärmeln und Manschetten, die das Handgelenk fest umschlossen, damit sie nicht zufällig hochrutschen konnten. Die verdeckte Knopfleiste war förmlich durchsetzt mit Knöpfen, sodass niemals und bei keiner Bewegung auch nur eine Andeutung von etwas zu sehen sein würde. Ich war angehalten, die Haare zusammenzubinden. Von meinen Eltern, nicht von der Schule. Schmuck würde ich nicht brauchen und so wurde die Schatulle mit allem, was mich irgendwie hätte individuell erscheinen lassen können, wieder aus meinem Gepäck entfernt. Das würde das Verschwinden noch wesentlich einfacher gestalten, hoffte ich.

Freiheit empfand ich, wenn ich nicht auffiel. Ich hatte nie zu diesen Kindern gehört, die von anderen gesehen werden wollten – für mich war das entblößend und bewertend und ich vermied es, so gut ich konnte. Sicher war das eine Eigenschaft, die sich aus der Erfahrung ergeben hatte, immer wieder die Neue zu sein. Ich liebte es, in meinem Zimmer zu lernen, zu lesen und in mein Tagebuch, das eher ein Notizbuch war, zu schreiben. In Kontakt mit Menschen zu treten, fiel mir unendlich schwer. Immer hatte ich Sorge, einen falschen Namen zu nutzen, einen Witz nicht zu verstehen oder etwas Unangemessenes zu sagen. Dumm zu wirken oder ignorant. Überheblich oder einfältig. Unhöflich oder, oder, oder. Ich mied deswegen den Kontakt, so gut es ging. Wenn ich in der Schule vor allem in den ersten Wochen vor mehreren Menschen sprechen musste, blendete ich die Klasse, all diese Leute, die mich bewerteten, so gut es ging aus. Ich konzentrierte mich allein auf das Lehrpersonal und ignorierte alle anderen. Denn schaffte ich das nicht, dann konnte ich nicht weitersprechen. Mein Hirn setzte aus, meine Stimme würde abbrechen und ich würde zu einem stummen Zombie, der sich nur wieder hinsetzen und auf seine Hände starren konnte. Ich hatte schon vor Jahren aufgehört, mich in der Anfangszeit zu Menschengruppen zu stellen. Verlangte man von mir eine Antwort und mich blickten Augenpaare erwartungsvoll an, brachte ich keinen Ton heraus. Lustigerweise hatte ich überhaupt nie Probleme mit Leistungsdruck. Man konnte mir unmögliche Aufgaben geben, mich an unlösbare Rätsel setzen und ich würde mein Bestes versuchen und nicht daran zerbrechen, wenn ich es nicht schaffte. Aber wenn Menschen etwas von mir wollten, dann leitete mein Geist eine Notabschaltung ein. Zuverlässig.

Ich lebte mit dieser Macke schon lange genug, um alle Situationen, die risikoreich waren, so gut wie möglich zu vermeiden. Neue Schulen bedeuteten für mich auch, die Gefahrenzonen aussondieren zu müssen und dann weiträumig zu umgehen. Das Ziel war immer, nicht aufzufallen und der Lehrerschaft keinen Anlass zu geben, mit meinem Vater zu sprechen. Es brauchte einige Wochen und Monate, bis ich alle wichtigen Personen lange genug beobachtet hatte, um sie halbwegs beurteilen zu können. Ich musste sie nicht mögen – aber wenn ich sie einschätzen konnte, dann konnte ich auch wieder mit ihnen umgehen.

Und ja, bei all dem half eine lächerliche Schuluniform erstaunlicherweise.

„Charlotte, schön, dass du hier her gefunden hast", begrüßte mich eine Frau mittleren Alters, während sie sich hinter einem schicken, modernen Tresen aufrichtete. Auf einem Schild, das auf dem Tresen stand, wurde sie als Theresa Krug ausgewiesen. Sie war eine hagere, mittelalte Frau mit schmalem, langem Gesicht und langen braunen Haaren, die sie zu einem lockeren Zopf geflochten hatte. Ihre schlichte creme-farbene Bluse und die offensichtlich selbstgestrickte dunkelgrüne Jacke, die sie darüber trug, schrien: „Ich arbeite in einer Schule." Das einzige, was sie abhob, war ein teures Headset, das fast wirkte, als wäre es natürlich aus ihrem Kopf gewachsen. Eine grüne Diode blinkte langsam.

„Mein Name ist Frau Krug."

„Herzlichen Dank. Es war gar nicht schwer, das Gebäude zu finden", antwortete ich.

Frau Krug holte einmal tief Luft:

„Deine Sachen werden gleich auf dein Zimmer gebracht. Du wohnst in Haus drei im Erdgeschoß in Zimmer zehn. Hier ist dein Schlüssel, den du bitte nicht verlierst. Abendessen gibt es um Punkt 18 Uhr in der Mensa und dein Unterricht beginnt morgen früh um 8 Uhr in Haus eins. Dein Stundenplan liegt zusammen mit anderen wichtigen und informativen Unterlagen auf dem Schreibtisch in deinem Zimmer. Hast du noch Fragen? Und: Hast du noch mehr Gepäck?"

Ich verneinte beides. Alles wirkte sehr organisiert, wie es für eine teure Privatschule so üblich ist. Dazu gehörte auch die Schlüsselkarte, die, wie mir Frau Krug mitteilte, sowohl das große Tor zum Gelände öffnete, wenn der Sicherheitsdienst nicht da war, als auch alle auf dem Gelände des Guts befindlichen Gebäude.

„Soll dich jemand zu deinem Zimmer bringen?"

Auch das verneinte ich. Ich war mir sehr sicher, dass alles perfekt ausgeschildert sein würde. Also verabschiedete ich mich von Frau Krug und ging im Kopf das Bild des Lageplanes durch. Haus drei war ein relativ großes, langgezogenes Fachwerkhaus. Es lag mit seinen drei Stockwerken etwas oberhalb des Versammlungsplatzes am Hang. Direkt dahinter begann der Mischwald aus Buchen und Eichen, der sich über einen sanften Hügel zog. Auf meinem Weg bemühte ich mich, mich so zu bewegen, als würde ich mich auskennen. Die Umgebung betrachtete ich nur aus den Augenwinkeln – denn Menschen, die sich auskannten, bestaunten sicher nicht die kleinen Naturmauern, die großen Solitärbäume und lasen nicht die Schilder. Die Flächen unter den Bäumen waren freigemäht, aber insgesamt standen Gräser und Wildblumen hoch und – jetzt im Hochsommer – in voller Blüte.

Ich war nur eine Schülerin, die auf dem Weg in ihr Zimmer war. Hier und da liefen kleine Grüppchen oder Pärchen auf den Wegen. Das Gelände war natürlich barrierefrei und obwohl die Häuser offensichtlich alt, ja, historisch waren und vermutlich unter Denkmalschutz standen, waren sie von innen modern ausgestattet, wenn auch nicht unbedingt überall rollstuhlgeeignet. Hier und da hörte man leise Musik, Techno, RAP, aber auch Klassik.

Direkt hinter der Eingangstür wartete Haus drei mit einem kleinen Foyer auf. Die schweren dunkelgrauen Steinfliesen waren mit Mosaiken verziert, zu meiner

Linken fand sich ein Schwarzes Brett mit Aushängen, während zu meiner Rechten ein paar Sessel und ein Beistelltisch zum Verweilen einluden. Auf jeder Seite ging jeweils ein Gang ab. Gegenüber der verglasten Eingangstür fand sich ein recht schmaler Treppenaufgang und an der Wand daneben hing ein Plan der Zimmer und ihrer Belegungen. Erdgeschoß: Nummer zehn, C. M.. Von Datenschutz schien man hier schon mal wahnsinnig viel zu halten – nicht einmal die Vornamen waren ausgeschrieben. Das war nicht weiter überraschend, denn auf diese Schule, Gut Freyenberg, ging die Elite. Hier brachten die Reichen und Berühmten ihre Kinder unter oder es waren die Kinder selbst, die reich und berühmt sind. Oder beides. Hohe Tiere mit enormen Gehältern und großen Namen ließen hier ihren Nachwuchs behütet und beschützt heranwachsen und klug werden und mussten sich – meist – keine Sorgen um Presse und Skandale machen.

Auf den Belegungsplan schauend, merkte ich mir: Links den Gang entlang bis ans Ende, dann das Zimmer auf der linken Seite. Dort würde ich also jetzt wohnen. Allein. Meinen Eltern war ein Doppel- oder Mehrbettzimmer, wie manche jüngere Schulkinder es sich hier teilten, zu unsicher. Wer wusste schon, welche Einflüsse da wirken würden. Im Haus selbst war es relativ still, hier und da hörte ich Musik an diesem Sonntag Mittag. Der Gang war breit und zu beiden Seiten gingen die Türen zu insgesamt je drei Zimmern ab. Laut Plan und vergebenen Initialen gab es hier unten nur Einzelzimmer. Hier und da standen Schuhe vor einer Tür. An einer Tür hing ein Filmposter, das ich nicht einordnen konnte. Am Ende des Ganges befand sich ein zweiflügeliges großes Fenster, vor dem einige liebevoll gepflegte Topfpflanzen standen.

Ich schloss mein Zimmer am Ende des Ganges auf und war kurz schockiert. Der Raum war klein. Oder zumindest wesentlich kleiner, als ich es erwartet hatte und gewohnt war. Ein kurzer, sehr schmaler Flur ließ den Blick auf das Zimmer mit schlichten weißen Wänden nur teilweise zu. Von ihm zweigte nach rechts das Bad ab, das zum Zimmer gehörte und sicherlich erst später eingebaut worden war. Dann folgte der eigentliche Raum. Rechts an der Wand stand ein Queensize-Bett und ihm gegenüber auf der linken Seite ein großer Schreibtisch, der über Eck ging. Links endete er mit einem leeren Bücherregal, das bis fast an den Flur heranreichte und den Durchgang noch einmal verschmälerte, rechts schloss der Schreibtisch bis zu dem einzigen Fenster auf, das es gab und das dem im Gang glich. Zwei Personen konnten zwischen Tisch und Bett nicht aneinander vorbeigehen, ohne sich zu berühren. Ein viel zu großer Kleiderschrank nahm die Wand zum Bad rechts neben dem Bett ein. Links vom Bett stand ein kleiner Nachttisch mit Leuchte. Alles war in einem zeitlosen, neutralen Design gehalten, aber das verwendete Holz war definitiv keine billige Kiefer, sondern vermutlich Buche. Leichte Unebenheiten im Bettrahmen und auf den Schranktüren verrieten mir, dass sie, wie der Rest der Möbel, aus Vollholz waren und abgeschliffen wurden, wenn sich Jugendliche darauf verewigt hatten. Immerhin hatte ich ein eigenes Bad. Auf dem Bett lagen meine zwei Koffer und davor standen gestapelt meine vier Umzugskisten. Drei enthielten Literatur, Schulbücher, Notizhefte und Nachschlagewerke und einer meine Hygiene-Utensilien, Handtücher, Bettwäsche, ein wenig Geschirr, mein Notebook, Kabel und ein paar Kleinigkeiten, Memorabilia an vergangene Leben in anderen Orten und Ländern.

Während ich diesen kleinen Haufen betrachtete, durchfuhr mich eine Welle der Traurigkeit. Meine Augen brannten und Tränen schossen hervor. Bevor ich mich nicht mehr unter Kontrolle haben würde, atmete ich zweimal tief durch und schaltete das Licht an. Diese kleine Höhle war nicht gerade lichtdurchflutet. Licht half fast immer, wenn es nicht diese widerlich kaltweiße Wellenlänge war, die offensichtlich erfunden wurde, um Seelen zu fressen. Ein warmes, aber helles Licht durchflutete den Raum und die kahlen weißen Wände reflektierten es dankbar.

Vor dem Fenster und dank der sehr dicken Wände dieses alten Hauses war eine tiefe Fensterbank eingelassen, auf der laut Abnutzung schon ganze Generationen von Kindern und Jugendlichen gesessen und hinaus gestarrt hatten. Das würde ich auch tun, beschloss ich und krabbelte über die Umzugskisten, um nach draußen zu schauen. Ich sah Teile des Weges und des Versammlungsplatzes unterhalb am Hang und in der Ferne das Bürogebäude, an das sich der Speisesaal des Guts anschloss. Nach rechts konnte ich in Richtung Wald schauen. Vor dem Fenster war ein winzig kleines Stück Garten mit zwei saftig dunkelgrünen, perfekt getrimmten Sträuchern und etwas Rasen angelegt, der erschreckend akkurat gemäht war. Die Sträucher verhinderten, dass man in mein Zimmer schauen konnte, während ich über sie hinweg und an ihnen vorbei das Gelände im Blick hatte. Ich erinnerte mich, dass ich einen Reisewasserkocher eingepackt hatte, und freute mich darauf, hier an diesem Fenster einen heißen Tee zu trinken, während ich die Welt beobachtete. Diese Ecke würde definitiv meine Lieblingsecke im Zimmer werden. Da war ich mir sicher.

Mit neuer Kraft und weil ich unbedingt diesen Wasserkocher brauchte, wandte ich mich den Umzugskisten zu. In der kommenden halben Stunde packte ich meine Habseligkeiten aus. Ich hatte bei den letzten Schulwechseln dazugelernt, sodass ich die Bücher ohne weitere Prüfung nach einem bestimmten System direkt aus den Umzugskisten in das Bücherregal stellen konnte. Jetzt waren sie nach Fachgebiet sortiert oder alphabetisch nach Autor oder Autorin. Mein Notebook positionierte ich so, dass es auf der Schreibtischfläche neben dem Regal gegenüber des Bettes stand, sodass ich nicht direkt aus dem Fenster schauen konnte. Manchmal verlor ich mich sonst in Tagträumereien und das lenkte zu sehr vom konzentrierten Lernen ab. Der Schrank machte mich ratlos – er war einfach viel zu groß. Ich legte meine Kleidung im linken Abteil ab – und hatte keine Ahnung, was ich mit dem anderen Segment machen sollte. Fassungslos starrte ich auf all die Fläche, die wegen dieses riesigen Dings nicht Teil meiner winzigen Wohnhöhle war. Wer, um Himmels Willen, glaubte, dass ein einziger junger Mensch so viele Klamotten hat? Oder vielleicht, dachte ich, waren in diesem Zimmer früher mehrere Personen untergebracht? Mir kamen alte Bilder aus Waisenhäusern und von Etagenbetten mit großen Kinderaugen auf allen Ebenen in den Sinn. Wenigstens hatten die einander, fuhr es mir durch den Kopf. Ich griff nach einer grauen Jeans und einem leichten Häkelpullover aus hellgelber Baumwolle, bevor ich auch die linke Seite des Schrankes wieder schloss.

Nachdem ich die zusammengelegten Kartons hinter der rechten Schranktür verstaut hatte (*Okay, dafür ist dieser Platz natürlich super!*), ging ich duschen, um mir die Anstrengung der letzten Stunden vom Körper zu waschen. Stress hatte sich wie eine wächserne Schicht auf meine Haut gelegt und ich fühlte mich etwas schmierig und klebrig. Mein langes, dunkelbraunes Haar klebte in feinen Strähnen an meiner Wange und in meinem Nacken. Stoff haftete an Haut. Mein Gesicht fühlte sich an, als hätte mir jemand eine Plastiktüte über den Kopf gestülpt. All das. Widerlich. Ich hasste dieses Gefühl, auch weil es mir deutlich machte, dass ich bei aller Routine keine Freude an diesen permanenten Ortswechseln hatte. Das Bad war mit seinen großen rauen Fliesen in Creme-Tönen und den weißen, quadratischen Wandfliesen klein, aber mehr als ausreichend. Gegenüber der Tür war ein großes Waschbecken mit breiten Ablagen angebracht, dahinter ein großzügiger Spiegel. Die Toilette schmiegte sich in eine Ecke hinter einer eingezogenen Trennwand zu meiner Rechten. Davor befand sich eine überraschend große, ebenerdige Dusche mit einer gläsernen Front und Schiebetür. Das fand ich bei all den grobmotorischen Jugendlichen erstaunlich mutig, gleichzeitig profitierte der kleine Raum natürlich sehr davon.

Nach einer ausgiebigen Dusche trat ich vor den Spiegel. Trotz mehrfacher Wechsel zwischen heißem und kaltem Wasser sah meine Haut blass aus, ich hatte Ringe unter den Augen und ich wirkte etwas zu kantig für meinen Geschmack. In den letzten Wochen hatte der

Stress verhindert, dass ich regelmäßig aß oder Appetit hatte. Jetzt fehlten bestimmt fünf Kilo, die bei mir den optischen Unterschied zwischen kerngesund und besorgniserregend ausgemergelt machten. Meine Augen, deren Iris ein seltsames dunkelblaues Grün hatten, wirkten auf der weißen Haut, deren leichter Olivton jetzt hervortrat, stechend und das dunkle Haar tat sein Übriges dazu, um mich alarmierend unansehnlich erscheinen zu lassen. Gerade hatte ich mein langes, feuchtes Haar zu einem großen Knoten verdreht und auf meinem Kopf mit einem Haargummi fixiert, als mein Rechner ein Ping von sich gab. Mit einem Satz war ich am Schreibtisch und ließ mich auf den Stuhl fallen, der Teil der Zimmerausstattung war. Es war ein Klassiker, wie ihn die Firma Thonet herstellte: Ein verchromtes Stahlgestell mit wippender, angenehm breiter Sitzfläche, Armlehnen, über die man auch toll die Beine baumeln lassen konnte, und eingelassenem Weidengeflecht auf der Sitz- und der Rückenfläche.

„Au!", jaulte ich auf. Was war das denn gewesen? Ein Pochen und Brennen breitete sich entlang meines Schulterblattes aus. Während sich mein Rechner auf meine Fingerabdruck-Freigabe hin entsperrte, betrachtete ich die Rückenlehne und fühlte das Flechtwerk ab. Und merkte, dass sich ein Faden meines Pullovers in einer Stelle defekten Geflechts verheddert hatte und ich mir gerade meinen Häkelpullover zerstöre.

„Mist, Mist, Mist!", fluchte ich weiter vor mich hin und fischte den Faden aus dem Stuhl. Dann befühlte ich die Stelle an meiner Seite, die ordentlich schmerzte. Knapp unterhalb meines Schulterblattes spürte ich eine leichte Schwellung – das Abfühlen verursachte Stiche und Schmerzimpulse. Als ich die Finger nach vorne zog, sah ich etwas Blut.

„Hey! Und? Bist du gut angekommen?" Ping.

„Lotte?" Ping.

Ganz ohne Freunde war ich nicht. Vor vier Jahren ging ich einige Zeit in Pakistan auf die Internationale Schule in Karachi und hatte dort Shirin Bhatti, die ich Shiri nannte, kennengelernt. Genau wie ich zog sie es vor, sich nicht mit Menschen direkt zu konfrontieren. Ganz anders als ich war sie eine Meistergamerin. Damals war ich häufig bei ihr zu Besuch gewesen. Zusammen mit ihren Eltern und ihren drei Geschwistern lebte sie in einem Palast, der wegen der häufigen Entführungen in den Reichenvierteln Karachis wie eine Festung gesichert war. Eine ganze Riege Sicherheitspersonal bewachte das Gelände und jedes der Bhatti-Kinder hatte eigene Bodyguards. Shirin bewohnte mit ihren inzwischen achtzehn Jahren im Grunde eine kleine Wohnung innerhalb des Palastes und darin hatte sie sich eine richtige Gaminghöhle gebaut: Unzählige Monitore, den dekadentesten Gamingstuhl, den ich je gesehen hatte, und allerlei Schnickschnack, den man sich nur vorstellen konnte. Und den sich die restliche Gamingwelt vermutlich Zeit ihres Lebens immer nur wünschte, aber im Geschäft nicht mal anfassen durfte. Auch jetzt spielte Shirin ziemlich sicher irgendein Online-Spiel und ließ die Sprachnachrichten in Text umwandeln, damit sie die Hände nicht von der Tastatur nehmen musste.

Ich hingegen tippte ganz traditionell: „Gib mir einen Moment, ich habe mich gerade an meinem Stuhl in dieser supertollen Luxusschule verletzt."

Shirin antwortete mit einem Emoji, das lacht und dabei die Augen zusammenkneift.

Im Bad versuchte ich zu erkennen, ob ich mich nur aufgespießt oder einen Splitter im Rücken versenkt hatte. Ich konnte nichts dergleichen sehen, aber wenn ich über die Wunde fühlte, konnte ich den Fremdkörper spüren, der sich unangenehm in mein Fleisch bohrte. Meine Hände fingen an zu zittern und ich spürte, wie meine Augen zu brennen begannen. Es tat eigentlich nicht wirklich weh, aber es waren diese kleinen Dinge, diese winzigen Schmerzen, die meine aufgeriebenen Nerven an die Belastungsgrenze brachten. An jedem anderen Tag hätte ich über mich und mein unerschöpfliches Glück die Augen gerollt und hätte eine pragmatische Lösung gefunden. Aber jetzt und hier fehlte mir die Kraft und es fühlte sich an, als würde sich dieses Zimmer so sehr gegen mich wehren, wie ich mich gegen diese Schule wehrte.

Ja, herrrzlich willkommen in deinem neuen Zuhause, Lotti-Schätzchen! Ist es nicht schön hier?!

Ich tupfte das Blut ab und desinfizierte die unscheinbar wirkende Wunde mit einem Spray, so gut es ging, was an dieser Stelle an meinem Rücken nicht mehr in die Kategorie „gut" gehörte – ich kam einfach nicht heran, auch wenn ich mich noch so sehr vor dem Spiegel verrenkte. Frustriert zog ich meinen Pullover aus, den ich hochgezogen hatte und der jetzt wie ein Schal um meinen Hals hing, und begann, den lang gezogenen Faden wieder zurecht zu ziehen. Immerhin das klappte zufriedenstellend. Zurück am Rechner fühlte ich mich unendlich deprimiert.

„Ich habe die Nase so gestrichen voll, Shiri", jammerte ich.

„Jetzt komm doch erstmal an und lass dir etwas Zeit. Vielleicht ist es ja ganz cool und deine Klasse besteht aus lauter sexy Typen oder Mädels oder was auch immer." Ping.

Was mich überhaupt nicht beruhigte.

Ich konterte: „Die Wahrscheinlichkeit, dass diese Riege der Reichen und Schönen einen überdurchschnittlich hübschen Trupp an Pubertierenden erbrütet hat, ist hoch. Schöne Menschen und gute Charaktere schließen einander praktisch aus – also erwartet mich eine Gruppe wunderhübscher Arschlöcher. Super."

Shirin schickte ein Tränen lachendes Emoji.

„Ich bin schon ganz gespannt auf deine Berichte. Mach heimlich Fotos!" Ping.

„Darf ich nicht."

„Ah, da auch, ja? Du bewegst dich ganz offensichtlich in den falschen Kreisen." Ping.

„Shirin, ich habe mir das nicht ausgesucht..."

„Das weiß ich doch – tut mir leid", räumte Shirin ein. Sie wusste, dass ich den letzten Buchstaben ihres Namens nur verwendete, wenn ich es ernst meinte.

„Tut mir auch leid. Die Wunde brennt und pikt und heute ist nicht mein Tag. Sorry!" Ich atmete tief durch. Shirin konnte nun wirklich nichts für meine Situation und ich konnte ihr nicht vorwerfen, dass sie sich in ihrer Lebenslage überaus glücklich fühlte und deswegen manchmal das Leben mit einer Leichtigkeit sah, die mir abging. Das war allerdings auch das, was ich an ihr so liebte und was mir schon mehr als einmal geholfen hatte, eine Perspektive für mein Leben zu finden, die alles erträglicher zu machen schien. Irgendwann würde ich auch ein Zuhause haben. Eine eigene Festung. Ein Meins.

„Weißt du, Shiri, dieses ganze...", es klopfte dreimal an der Tür: „Äh, melde mich gleich wieder – hier ist wer an der Tür?!"

Panik überkam mich. Das war nicht angekündigt. Wieso wollte jetzt jemand was von mir? Vielleicht, wenn ich ganz still wäre, würde die Person wieder weggehen. Womöglich hatte sich nur jemand in der Tür geirrt.

Erneutes Klopfen. Dreimal. Resoluter als vorher.

„Hallo?", ertönte die tiefe Stimme eines Jungen. Mist.

„Ja, Moment, bitte. Ich muss mir noch was... anziehen", rief ich panisch und versuchte, das Häkelwerk ordentlich in Position zu bringen.

„Wäre sonst auch nicht unbedingt nötig...", sagte die Stimme trocken von der anderen Seite der Tür.

Entschuldigung? Er hatte mich noch nicht mal gesehen und hat schon einen blöden Spruch parat? Vielleicht legte ich doch erst eine Todesliste vor dem geplanten Studienbuch an, denn das schien irgendwie sinnvoller zu sein. Ich öffnete die Tür einen Spalt, stellte jedoch meinen Fuß von innen gegen die Tür, damit sie nicht aufgedrückt werden konnte. Natürlich war das ein wenig lächerlich, aber wer wusste schon genau, wie die Leute hier so drauf waren.

Auf dem Flur stand ein Junge. Er war groß mit auffällig breiten Schultern und sein volles, leicht gewelltes dunkelbraunes Haar war verwegen zerzaust, ohne dass auch nur eine Strähne zufällig zu fallen schien – die hohe Kunst des Haarstylings. Er sah unglaublich gut aus mit den ebenmäßigsten Gesichtszügen, die man sich vorstellen konnte, und trug eine perfekt geschnittene dunkelgraue Leinenhose und darüber ein eindeutig teures blaues Hemd in Fischgrät-Webung. Die obersten Knöpfe waren aufgeknöpft und die Ärmel locker umgeschlagen, sodass seine kräftigen Arme und großen Hände direkt ins Auge fielen. Ein Blick reichte mir, damit alle inneren Alarmglocken zu schrillen begannen, als wäre das Ende der Welt einzuläuten. Also, wenn irgendwer zur Schönen-und-Reichen-Brut gehörte, dann ganz sicher er.

„Hallo... Karla, richtig? Ich soll dich durch die Schule führen", sagte er mit einem überaus gelangweilten Blick. Er hielt eine Sonnenbrille in der Hand und ich vermutete, dass er sie lieber nicht abgezogen hätte. Geschweige denn sich den Namen der Neuen zu merken, die er über das Schulgelände schubsen sollte. Jetzt stützte er sich mit der Hand an meinem Türrahmen ab, was entweder sehr anzüglich oder sehr betrunken wirkte. Ich war mir nicht ganz sicher. Aber bei einer Sache war ich mir absolut sicher: Ich würde nicht wie ein kleines Hündchen neben diesem Kerl durch die Schule wackeln, an seinen Lippen hängen und mir die verdammte Welt erklären lassen. Danke auch, ich habe genug gesehen, so anders konnte es auf dem herrlichen Gut Freyenberg nun wirklich nicht sein.

„Hi. Danke für das Angebot. Ist nicht nötig – ich finde mich schon zurecht."

Kurz schaute ich ihn freundlich an, lächelte einmal unverbindlich und nickte zum Abschied, während ich möglichst unauffällig die Tür zu schließen begann. Wenn er nicht ganz begriffsstutzig war, dann sollte er dieses Nein schon verstehen können. Als ich meinen Kopf zurückzog, konnte ich sehen, dass ein überraschter Gesichtsausdruck über das Gesicht des Schönlings huschte.

„Warte.", sagte er und stoppte mit der Hand, in der er auch die Sonnenbrille hielt, die Tür ab: „Ich bin mir nicht sicher, ob das ein optionales Angebot der Schule ist. Ich will nicht, dass du Ärger bekommst." Er versuchte es mit einem angestrengten Lächeln.

Mit einer Person auf einem fremden Gelände unterwegs sein, deren Status ich nicht kannte, deren Umgang ich nicht einschätzen konnte und die offensichtlich nicht die geringste Lust auf diese Aufgabe hatte – das war genau mein Ding. Nicht. Er sah so gut aus, dass ich davon ausgehen konnte, dass er sehr viele sehr coole Freunde hatte. Und sicher Unmassen an Freundinnen. Jetzt hatte er mich abgecheckt und schon festgestellt, dass das Frischfleisch nicht spannend war. Das war meine Einschätzung dieser äußerst unangenehmen Situation. Und ich würde mich ihr nicht aussetzen. Da müsste er mich schon an den Haaren aus meiner Höhle zerren und über das Gelände schleifen.

Während ich den Druck auf das Türblatt langsam erhöhte und ihn dabei im Auge behielt, sagte ich leise:

„Ach, wir riskieren das einfach, ja?" Und drückte die Tür mit einem Ruck ins Schloss. Langsam und deutlich hörbar drehte ich den Schlüssel im Zylinder zweimal um. Botschaft: Geh weg. Bitte, danke.

„Shiri, ich fürchte, es ist schlimmer als gedacht. Die Brut sieht gut aus und ist auch noch cool." Ich hing ein Heul-Emoji an.

„Haha, du bist so bescheuert. Du bist das schönste Mädchen, das ich kenne. Für dich habe ich kurz darüber nachgedacht, homo zu werden. Okay, bi. Und du bist das klügste Mädchen, das ich kenne. Nach mir natürlich. Aber du hast wirklich einen fucking Sprung in der Schüssel." Ping.

Drei sich bewegende Punkte deuteten an, dass Shirin noch etwas diktierte. Ich wartete. Die drei Punkte verschwanden, aber es kam keine Nachricht. Anscheinend hatte sie sich umentschieden. Vielleicht war die angedachte Neckerei zu beleidigend?

„Das ist zwar Quatsch, aber es tröstet trotzdem ein wenig", tippte ich.

„Ich lege mich jetzt etwas hin, bevor ich zum Abendessen in die Mensa muss. Ich melde mich und berichte, ob ich es überlebt habe."

„Alles klar! Ich gehe gleich schlafen – morgen wartet ein Chemie-Test auf mich." Ping.

„Viel Glück!", schloss ich ab und versah die Nachricht mit dem passenden Herz-Emoji.

Es brauchte einen Moment, bis ich eine Liegeposition gefunden hatte, in der ich meine Verletzung nicht spürte. Während des Einschlafens dachte ich über NDAs, *non-disclosure agreements*, nach, also die Geheimhaltungserklärungen, die in diesen Kreisen so üblich waren. Und wegen denen ich mit Shiri nicht so offen schreiben konnte, wie es eigentlich in einer Freundschaft normal wäre. Es kostete mich immer einen Funken zusätzliche Kraft, sie nicht mit Bildern, Videos oder Namen versorgen zu können. Wie sollte man in der heutigen Zeit vernünftig über so eine Distanz Kontakt halten, wenn man nicht einmal frei schreiben durfte? Zum Glück bestand Familie Bhatti ebenfalls auf Schweigeerklärungen, denn der Schutz ihrer Kinder ging ihnen über alles. Shiri wusste also, wie es mir ging, und ich musste wenigstens das nicht erklären. Aber ich war auch schon auf Schulen gegangen, wo das nicht gang und gäbe war. Dann war es manchmal schwer bis praktisch unmöglich gewesen, Mitschülerinnen und -schülern klarzumachen, dass ich zwar einige Kinder von Berühmtheiten kennengelernt hatte, aber wirklich nicht darüber reden konnte und mich nicht einfach nur zierte, um Aufmerksamkeit zu erregen. Wenn man etwas weiß und darüber nicht redet, dann ist man noch uninteressanter für andere Jugendliche, als wenn man gar nichts weiß oder unverhohlen über alles und jeden lästert.

Auch für Gut Freyenberg hatte ich eine Geheimhaltungserklärung unterschrieben. Zwar gab es in Deutschland Gesetze, die den Rahmen solcher Vereinbarungen im Grunde einschränkten, aber die Kundschaft – also die Elternschaft – war international. Die Schule hatte also ein eigenes NDA, denn sonst hätten mit jedem Schuleintritt praktisch alle, die auf dem Gelände wandelten, wieder so eine Erklärung unterzeichnen müssen, und das war nicht sehr praktikabel.

Im Fall des Guts Freyenberg gab es nicht nur ganz klare Regeln, worüber außerhalb der Schule nicht geredet werden durfte, sondern auch klare Regeln dazu, in welchem Umfang mit Smartphones Fotos oder gar

Videos gemacht werden durften und was darauf sichtbar sein konnte. Einrichtung der Schule, ja. Persönliche Einrichtung der Schüler und Schülerinnen, nein. Selfies mit Freundin, ja – verschwommener Hintergrund bevorzugt. Selfies bei Versammlungen, nein.

Wohnorte, Telefonnummern und E-Mail-Adressen durften nicht weitergegeben werden und keine Informationen zu Freizeit-, Sport- und anderen Aktivitäten. Keine Anekdoten und keine Angewohnheiten oder Marotten. Und das galt auch für alle Informationen über Eltern oder Geschwister.

Letztendlich bedeutete das, dass man sich innerhalb einer solchen Schule relativ frei unterhalten konnte – außer natürlich man wollte nicht. Aber auswärts konnte man maximal mit den eigenen Eltern darüber reden, die üblicherweise als relevante Vertrauenspersonen galten und das NDA ebenfalls unterschrieben hatten.

Strafen konnten vom sofortigen Schulausschluss bis hin zu wirklich enormen Strafgebühren hinterlegt sein. Da viele berühmte Menschen ihre Berühmtheit als ihr Kapital verstanden, bestand – je nach Herkunftsland – auch immer noch das immense Risiko einer Klage mit wirtschaftlichem Hintergrund.

Das Gute war, dass praktisch allen Leuten, die mit NDAs umgingen, sowohl die Vor- als auch die Nachteile sehr bewusst waren und sie sich deswegen entsprechend verhielten. Ausreißer gab es wirklich wenige.

Schlaf jetzt endlich, Lotti. Mit den Reichen, Berühmten und Schönen müssen wir uns sowieso nicht befassen. Von denen halten wir uns gefälligst fern, ja?

Splitter

Die Mensa war ein neues, rund gestaltetes Gebäude, das sich mit seiner dunklen Holzfassade und dem Dach, das an ein riesiges aufgespanntes Cocktail-Schirmchen erinnerte. Es passte sich gefällig in seine Umgebung ein, obwohl es direkt an das klobige Büro-Gebäude herangebaut worden war. Kurz hatte ich mich geärgert, dass ich Mister Cool nicht wenigstens gefragt hatte, ob man auch an Sonntagen die Uniform tragen musste, wenn man essen ging. Aber dann fiel mir ein, dass ich einfach aus meinem hübschen kleinen Fenster die Leute beobachten konnte, die über den Platz dorthin liefen. Ich hatte tatsächlich etwa eine halbe Stunde tief und fest geschlafen und stand nun mit einer Tasse frisch gekochtem Darjeeling vor dem geöffneten Fenster. Leute strömten jetzt alleine, zu zweit oder in kleinen Grüppchen über den Versammlungsplatz oder entlang der Wege auf das Cocktail-Schirmchen zu. Keine Uniform. Verstanden. Im Sinne meiner Tarnung entschied ich mich für eine weite schwarze Leinenhose und eine khaki-farbene Bluse. Unauffälliger ging es ja wohl kaum, wenn ich schon nicht im Einheitsbrei schulischer Uniformen verschwinden konnte.

Direkt hinter den großen Eingangstüren der Mensa, die jetzt weit geöffnet waren, begann der Bereich der Essensausgabe entlang einer langen Waschbetonwand und der erstaunlich dunkel war. Fast war es, als wäre die

Lichtanlage ausgefallen, aber niemand schien sich darüber zu wundern. Als Lichtquelle diente vor allem das Licht, das aus der Großküche hinter einem langen Tresenbereich von der Wand reflektiert wurde. Allein ein paar Spotlights, deren warmgelbes Licht aber viel zu schwach erschien, gaben etwas Orientierung. Ich nahm mir ein Tablett und wurde von einer sehr netten, älteren Frau freundlich gefragt, ob ich „vegan, vegetarisch oder normal" essen wollte. Irgendwo gab es also einen Speiseplan, denn der Schüler vor mir hatte auf dieselbe Frage ganz selbstverständlich geantwortet:

„Guten Abend, Frau Fischer – ich nehme gerne die Grünkernbratlinge."

Vorsichtig versuchte ich es mit: „Gerne vegetarisch, Frau Fischer." Und sie strahlte mich an und rief leider etwas zu laut: „Willkommen auf Gut Freyenberg!" Der Schüler vor mir drehte sich um und beäugte mich neugierig. Ich war mir ziemlich sicher, dass es nicht meine Antwort gewesen war, die diese Reaktion bei Frau Fischer ausgelöst hatte. Ich vermutete eher, dass sie einfach alle Leute, die sich auf diesem Gelände bewegten, kannte.

Es lief wirklich ganz hervorragend schlecht mit meiner Unscheinbarkeit. Etwas schmallippig lächelnd nickte ich einen Dank und nahm meinen Essensteller mit Grünkernbratlingen, gedünstetem Gemüse und Kartoffelbrei entgegen. Um nicht zu viele Dinge auf meinem Tablett balancieren zu müssen, entschied ich mich gegen einen Salat, den Nachtisch oder ein Getränk. Jetzt war der Moment gekommen, wo ich den Speisesaal betreten musste, um irgendwo einen Platz zu finden, und nichts war ungünstiger, als in dieser Situation ein Essenstablett nicht im Griff zu haben. Meine Strategie war immer die gleiche: Einen leeren Platz am Rand im Halbdunklen finden, weit ab der Laufwege anderer Leute, möglichst ohne Sitznachbarn. Während mutigere Neue sich einfach in die Menge warfen, hielt ich es nicht aus, wenn ich mich wie auf einem Präsentierteller exponieren musste. Ich wollte erst verstehen, wie die Dinge an einem neuen Ort funktionierten, um nicht in unnötig viele Fettnäpfe zu treten – Jugendliche waren da einfach gnadenlos. Einmal war ich in einer neuen Schule gleich am ersten Tag im Speisesaal über meine eigenen Füße gestolpert und war frontal auf mein Essen mit einer braunen Soße und den grünen Wackelpudding gefallen. In den kommenden Monaten war ich den Ruf des motorisch unbegabten Klumpfusses nicht losgeworden und es mieden mich noch mehr Mitschülerinnen und -schüler, als das sonst schon der Fall war. Seitdem hatte ich besonders diese ersten Auftritte im Fokus und tat alles dafür, so unsichtbar wie möglich zu bleiben.

Überrascht stellte ich fest, dass diese Aufgabe so einfach wie noch nie werden würde. Der Speisesaal griff die runde Form des Gebäudes auf. In der Mitte gab es eine große, ebenerdige Fläche, aber ringsum lief eine hölzerne Empore, die über Treppenstufen zu erreichen war. Entlang eines Mittelganges waren Sitzgelegenheiten links und rechts gestaltet und man konnte dort oben den Saal einmal umrunden oder an fünf weiteren Auf- und Abgängen in den ebenerdigen Bereich wechseln. Der gesamte Raum war stark unterteilt, es gab große Tische mit vielen Sitzgelegenheiten, kleinere Sitzrunden mit vier oder sechs Stühlen, Separees und

Einzeltische mit nur zwei Stühlen. Auch wenn schon relativ viele Leute da waren, war ausreichend Platz, um zu wählen, ob man lieber mittig exponiert oder in einer ruhigen Ecke sitzen mochte. Weil die Mensa zur Essenszeit offensichtlich einfach geöffnet war und es keine Anwesenheitspflicht zu einem bestimmten Zeitpunkt zu geben schien, ging ich davon aus, dass Plätze auch nicht für Klassen oder Gruppen reserviert waren. Perfekt! Zielstrebig entschied ich mich für einen Einzeltisch auf der ringsum führenden Empore, von dem aus ich den Eingangsbereich beobachten konnte, aber selbst so abgetrennt saß, dass sehr klar wurde, dass ich keinen Kontakt suchte. Die nächste etwas größere Sitzgruppe und auch der Tisch dahinter waren unbesetzt. Erleichtert ließ ich mich nieder und zückte mein Notizbuch: „Speiseplan finden!"

Das Essen schmeckte ausgezeichnet und ich beobachtete vorsichtig die Kinder und Jugendlichen, aber auch das Lehrpersonal, das offensichtlich zumindest in Teilen genauso hier aß. Gruppen mit sehr jungen Kindern wurden von Betreuungspersonen begleitet. Ältere nicht. Nachdem heute keine Uniformpflicht herrschte, zeigte sich auch, wer hier zu welcher Fraktion gehörte. Ein gemischtalter Trupp Heavymetaller mit schwarzen Band-T-Shirts und verwaschenen schwarzen Jeans bahnte sich den Weg und aus Erfahrung wusste ich, dass die in ihren Uniformen entweder ein wenig seltsam oder besonders verwegen aussehen würden. Es gab die klassischen Mädchen-Cliquen, in denen alle irgendwie ähnlich aussahen, was Frisuren, Make-up oder die Kleidung betraf – nur das es hier alles etwas schicker wirkte. Das Gut hatte ein Stipendien-Programm, aber wie so häufig waren auch diese Kinder entsprechend ausgestattet, damit sie nicht auffielen, selbst wenn ihre Sachen Second Hand waren. Natürlich sah man, dass diese Kleidung nicht immer perfekt passte, ausgewaschen war oder einfach die Farben einer vergangenen Saison hatten. Ich fand die übliche Clique der rebellierenden Frisuren, Dreads, Färbungen, Schnitte, und sah eine ganze Reihe unaufgeregter Klamotten und sogar zwei oder drei Jugendliche in Jogginghosen, Kapuzenpulli und Hausschlappen. Letztendlich war das logisch, denn immerhin wohnten alle hier und nicht in jeder Familie war es Pflicht, sich zur Essenszeit herauszuputzen. Wäre ich so je im Essbereich meiner Eltern aufgetaucht, wäre ich sofort – und ohne eine zweite Chance – auf mein Zimmer geschickt worden und hätte mir ganz sicher einen sehr langen Vortrag über Würde, Pflichten und Außenwirkung anhören dürfen.

Dann sah ich den Jungen, der vor nicht allzu langer Zeit noch gelangweilt vor meiner Tür gestanden hatte. Natürlich war er, genau wie ich vermutet hatte, Teil der Clique der Supercoolen. Ich sah teure, maßgeschneiderte Hemden und Poloshirts mit aufgestellten Kragen. Ich sah gegelte Haare, perfektes Make-up und Designer-Schuhe. Lachend und sich unterhaltend bewegte sich die Truppe direkt auf mich zu. *Oh, oh.* Jetzt wusste ich, warum dieser eigentlich ideal gelegene, angenehm beleuchtete, größere runde Tisch zu meiner Rechten immer noch frei war, obwohl sich die Reihen in den letzten fünfzehn Minuten deutlich gefüllt hatten.

Was ein dämlicher, naiver Fehler, Lotte. Natürlich ist das hier die Coolen-Ecke. Seit wann, in aller Götter

Namen, ist denn der perfekte Sitzplatz je der richtige für dich gewesen? Toll gemacht, du Anfängerin.

Der Trupp stieg die Treppe der Empore hoch und begann, den Tisch mit Tellern zu belegen, während sie sich unterhielten. Die Tabletts sammelten sie und stellten sie an die Wand der Empore. Ein schlanker, großer Junge mit gewelltem und ordentlich zurückgegeltem Haar kam an meinen Tisch, würdigte mich eines kurzen, prüfenden, aber völlig emotionslosen Blickes und nahm den zweiten Stuhl mit, der dort stand. Zurück an seinem Tisch stellte er den Stuhl ab und es folgte kurzes Getuschel, Arme heben, Schultern hochziehen und dann zog der Junge in die entgegengesetzte Richtung los, um eine weitere Sitzgelegenheit zu rauben. Während ich versuchte, gelassen zu wirken, konnte ich aus den Augenwinkeln sehen, dass verschiedene Schülergruppen die Szene beobachteten. Da saß die Neue und wusste nicht, wie das hier lief. Und noch schlimmer: Jetzt saß ich in der direkten Peripherie der Coolen. Es war, als hätte jemand ein Spotlight auf einer großen leeren Bühne angeschaltet. Vier Mädchen und drei Jungen, die ganz offensichtlich alle irre reich waren – selbst für die Verhältnisse dieser Schule. Sie wussten es genau und sie strahlten eine Selbstsicherheit aus, wie es nur Platzhirsche und, äh, Hirschkühe tun konnten. Die Art, wie sie ihre Umgebung vollkommen ignorierten, schien alles andere verschwimmen und aus dem Fokus geraten zu lassen. Ich saß als elender Blobb in einem Schauaquarium mit Haien und Killerwalen, sorry, Orcas – nur auf der verdammten falschen Seite der Glaswand... und alle starrten mich an.

Der Plan wäre gewesen, möglichst wenig hastig aufzuessen und schnellstens unauffällig zu verschwinden. Aber ich bekam keinen Bissen mehr herunter. Es war, als wäre ein Vergrößerungsglas auf mein Gesicht und meine Gabel gerichtet. Jedes Zittern meiner Hand, jeder Spuckefaden in meinem Mund, jedes herabfallende Grünkernbratlingstück wurde optisch vergrößert und selbst am Ende dieses riesigen Speisesaales in allen peinlichen Details wahrgenommen. Von allen. Das hatte so keinen Zweck. Vorsichtig packte ich mein Notizbuch ein und arrangierte Teller, Besteck und Serviette so, dass sie nicht verrutschen konnten. Dann drehte ich mich, um meinen Stuhl zurückzurutschen, ohne dabei zu viel Lärm zu machen. Mit erstaunlicher Wucht durchzog ein fieser, stechender Schmerz meine Seite. Scharf zog ich Luft ein. Die Gespräche am Nachbartisch verstummten und einige, inklusive Mister Cool, blickten zu mir herüber.

Verdammt. Bloß nicht hinschauen. Lotte, nimm dein Tablett und atme.

Da war auf jeden Fall ein Splitter von diesem blöden Stuhl in meinem Rücken. Ich biss die Zähne zusammen, stand auf und nahm mein Tablett fast roboterartig. Auch wenn ich es ungern tat, entschloss ich mich, einmal in diese Truppe zu schauen, während ich meinen einzelnen Stuhl wieder ordentlich an den Tisch stellte. Mein Gesicht hielt ich indifferent.

Mister Cool beobachtete mich. Er verzog keine Miene, aber er schaute auch nicht weg. Erst als ihn ein Mädchen ansprach und dabei ihre perfekt manikürte Hand auf seinen Arm legte, wandte er sich ihr zu. Ich konzentrierte mich ganz darauf, die Empore in Normalgeschwindigkeit zu verlassen, auf der Treppe nicht zu stolpern, und hielt panisch nach anderen Leuten Ausschau, die gerade ihr Tablett wegbrachten. Hinter mir hörte ich aus der coolen Gruppe seltsame Ausrufe, ziemlich sicher die Strafe für mein Fehlverhalten. Ich wollte gar nicht wissen, welche Gesten dazugehörten, die zwar in meinem Rücken, aber für alle anderen sichtbar in meine Richtung gemacht wurden. Jetzt gerade wusste ich nicht, wohin ich musste und wie das hier mit Essensresten gehandhabt wurde.

Immer schön ein Desaster nach dem anderen überleben, liebe Lotti. Eins nach dem anderen.

Einige Mensen sammelten, andere kontrollierten und die ganz pingeligen erwarteten eine separate Entsorgung von Speiseresten. Ich hatte kein Glück. Immer noch füllte sich die Mensa, aber anscheinend war es zu früh, um sie wieder zu verlassen. Niemand brachte gerade das Tablett weg und wies mir damit den Weg. Als mir schon fast die Tränen in die Augen zu schießen drohten, sah ich Frau Fischer hinter der Theke.

„Liebe Frau Fischer, ich bin mir unsicher, wie das mit der Rückgabe des Tabletts und den Essensresten geregelt ist. Das ist mir sehr unangenehm. Was muss ich jetzt machen?", sagte ich mit mühevoll entspannter Stimme.

Frau Fischer betrachtete mich kurz und ich konnte sehen, dass sie schon mehr als einem Neuling begegnet war. Lächelnd zeigte sie in eine Richtung entlang der Theke aus Edelstahl:

„Dort am Ende ist die Rückgabe. Stell das Tablett einfach auf das Band, wir kümmern uns um den Rest.

Du, äh, hast die Sachen ja sehr ordentlich auf deinem Tablett und, äh, deinem Teller sortiert."

Kurz verstand ich nicht und schaute auf meine Teller. Ja, natürlich. War ich gestresst, tendierte ich dazu, Lebensmittel nach Farbe, Größe oder Konsistenz auf meinem Teller zu arrangieren, anstatt sie aufzuessen. Ursprünglich war das ein Trick, um in Situationen, in denen ich nicht essen konnte, dennoch geschäftig und auf meine Mahlzeit konzentriert zu wirken. Auch sah ein kleingeschnittenes Stück gleich nach viel weniger aus und normalerweise konnte ich ein paar Happen kosten, um – sofern gewünscht – ein mehr oder weniger ehrliches Lob aussprechen zu können. Jetzt und hier wirkte es natürlich angemessen verrückt. Gequält nickte ich Frau Fischer zu und bedankte mich. Nichts wie raus hier.

Inzwischen war die Abendluft draußen kühler – oder sie fühlte sich zumindest nach der vollen Mensa so an. Ich atmete tief durch. Es gab definitiv Abzüge in der B-Note, trotz alledem hatte ich das mit dem Essen geschafft. Nicht gut, nicht unauffällig, aber ich lebte noch. Ich musste nur den kurzen Weg zu meinem Zimmer schaffen.

„Hey!", erklang die bekannte tiefe Stimme plötzlich hinter mir und ließ mich zusammenzucken: „Karla, richtig?" Der Junge fuhr sich durch sein lockiges Haar und versenkte dann seine Hände in den Hosentaschen.

Ich hatte es doch fast geschafft! Wie kann man bloß so ein Theater um eine blöde Führung machen? Seit dem Essen wusste ich sogar mit Sicherheit, dass zumindest Mister Cool keinen Ärger bekommen würde, wenn er diese Aufgabe nicht erledigte – dafür war er einfach zu reich. Und er konnte doch sehr gerne alle Schuld auf mich schieben. Er setzte neu an:

„Alles gut bei dir? Weil...“

Ich unterbrach ihn, auch weil ich befürchtete, dass der Rest seiner Clique gleich hier auftauchen würde. Vielleicht wollten sie mich zur Rede stellen, weil ich in ihr Speise-Territorium eingedrungen war. Nicht zum ersten Mal hatten andere genau solche Fauxpas mir gegenüber genutzt, um affige, kindische Dominanzspielchen zu spielen. Es war einfach eine perfekte Gelegenheit, um Neue in ihre Schranken zu weisen. Nicht, dass das in meinem Fall je notwendig gewesen wäre, denn ich hatte keine Ambitionen, in jedwede Richtung. Ich wollte gute Noten, mehr nicht.

„Wunderbar. Es ist ein wahrgewordener Traum. Hab‘ noch einen schönen Abend“, beendete ich mäßig geschickt und wendete mich möglichst höflich lächelnd von ihm ab, um flüchten zu können. Bevor mir das gelang, griff er nach meinem Oberarm, den ich ihm sofort entzog und ein gepresstes: „Nicht anfassen!“ zischte.

Kurz zog er die Augenbrauen hoch, abgesehen davon blieb sein Gesicht ausdruckslos.

„Oh, sorry. Das wollte ich nicht. Aber du... du hast da Blut am Rücken und... ich wollte... Bist du verletzt?“

Er schien nicht die richtigen Worte zu finden und blickte immer noch irritiert auf meinen Oberarm und auf die Seite meines Rückens.

„Was?!“, stammelte ich und probierte, mein eigenes Schulterblatt zu betrachten. Dann erstarrte ich. Wie peinlich war das denn? Vielleicht drehte ich mich noch um meine Achse wie ein verhaltensgestörter Hund, der endlos seinen Schwanz zu fangen versucht. Ich atmete aus, schloss kurz die Augen und ballte die Hände zu Fäusten. Ich musste hier weg.

„Danke. Ciao.", brachte ich matt hervor und ließ den Jungen einfach stehen. Ich würde jetzt auf mein Zimmer gehen, hinter mir abschließen und den Raum nie, nie, nie wieder verlassen.

Im Zimmer zog ich vorsichtig den Häkelpullover aus und inspizierte den Blutfleck auf seiner Rückseite. Er war so groß wie eine kleine Münze. Der Blutfleck auf meinem Unterhemd hingegen glich einer größeren Münze. Mein BH war verschont geblieben. Im Bad betrachtete ich das Problem im Spiegel. Neben verschmiertem Blut war die Stelle, wo dieser blöde Stuhl versucht hatte, mich zu erdolchen, inzwischen gerötet. Mit einem Waschlappen bemühte ich mich, die Stelle zu reinigen, und schon das war schwierig. Die Wunde lag seitlich unterhalb des Schulterblattes und immer, wenn ich meinen Arm bewegte und mich der Stelle näherte, verzog sich die Haut in alle möglichen Richtungen. Probierte ich es mit der anderen Hand, kam ich einfach nicht bis an die Wunde, weder wenn ich versuchte, sie von vorne oder von hinten zu erreichen. Andere Kinder wären jetzt zu ihrer Mutter gegangen und hätten um Hilfe gebeten. Oder vielleicht hätten sie in der Schule eine Freundin darauf angesetzt. Auch wenn Shirin technisch äußerst versiert war, und sicher großen Spaß an so einer ekeligen Aktion gehabt hätte, so würde sich auf die Schnelle kein steuerbarer Operationsroboter finden, den sie aus Karachi bedienen konnte. Mal ganz abgesehen davon, dass es dort jetzt mitten in der Nacht war.

Ich hatte den vermutlich coolsten Typen der Schule angefaucht und einfach stehen gelassen. Verdammt! Ich hatte noch nicht einmal einen Tag gebraucht, damit die coolste Clique der Schule einen Anlass hatte, mich nicht nur wahrzunehmen, sondern auch zu hassen, indem ich eines ihrer Mitglieder derart vorgeführt hatte. Ich war wirklich ein Superprofi, was Schulwechsel anging.

Ganz herausragend mit Sternchen, Lotti!

In der kommenden halben Stunde versuchte ich vergeblich, die Wunde zu untersuchen. Irgendwann gab ich entnervt auf. Ich wusste, dass das Gut eine Krankenschwester hatte, und freute mich schon irre, dort morgen im Laufe des Tages aufzutauchen. Es machte sicherlich einen ganz hervorragenden Eindruck, wenn die Neue gleich am ersten Tag im Krankenzimmer anstatt im Unterricht auftauchte. Als letzte Handlung dieses elenden Tages klebte ich demonstrativ ein großes pinkes Pflaster bedruckt mit furzenden Einhörnern auf die gefährliche Stelle an der Rückenlehne des Stuhles. Ich musste lächeln. Natürlich hatte ich diese Pflaster von Shiri geschenkt bekommen. Eigentlich waren sie für ihre kleine Schwester gedacht gewesen, aber die fand sie peinlich. Die Erinnerung ließ meine Emotion umschlagen und ich wurde traurig. Voraussichtlich würde ich auch in den kommenden zwei Jahren außer der Schulkrankenschwester niemanden haben, der mir einen Splitter aus dem Rücken ziehen konnte, und diese Erkenntnis versetzte mir einen Stich im Herzen. Trotzig ließ ich mich in das Bett fallen und jaulte sofort auf. Diese Bewegung funktionierte natürlich auch nicht, meldete der Splitter. Der Schmerz zog jetzt bis in meinen Arm und die Wunde pochte. Und das tat sie noch zwei Stunden später, was dem Zeitraum entsprach, in dem ich weinend, verzweifelt und todmüde halb sitzend versuchte, endlich einzuschlafen. Es war jetzt kurz vor Mitternacht und an Schlaf nicht zu denken. Der Druck wuchs. Wenn ich an meinem ersten Schultag auch noch völlig übermüdet sein würde, stieg die Wahrscheinlichkeit immens, dass mir in einer stressigen Situation eine Sicherung durchbrannte. Dann würde ich mich nicht einmal vor der Klasse vorstellen können, auch wenn ich dabei die Lehrperson fixierte. Und in der Folge würde ich vor all den Menschen, mit denen ich die kommenden Monate verbringen sollte, noch wahnsinniger wirken als ich es tatsächlich war. Ich musste irgendetwas unternehmen.

Vorsichtig rollte ich mich wie eine alte Frau aus dem Bett. Ich entschied mich, ein Aspirin zu schlucken, und setzte mir einen besonders starken Baldrian-Tee auf. Viel mehr Möglichkeiten hatte ich sowieso nicht. Dann öffnete ich das Fenster und hockte mich vorsichtig auf das Fensterbrett. Die Geräusche eines unbekannten Waldes waren einerseits aufregend, aber für mich auch unglaublich beruhigend. Egal, wo man war – in einem Wald tummelten sich Tiere und gingen ihren Bedürfnissen nach. Mal suchten sie Futter, mal stritten sie, mal riefen oder balzten sie. Es raschelte, klickte und knackte. Um Mitternacht erloschen die Wegbeleuchtungen auf dem Gelände. Während sich meine Augen an die Dunkelheit gewöhnten, zeigte sich der Sternenhimmel immer deutlicher. Zwischen den Baumwipfeln der alten großen Bäume, die sich sanft in der frischen Brise bewegten, begann in der Schwärze der Nacht die Milchstraße zu leuchten.

Ich hörte Stimmen. Dann konnte ich die Silhouetten von drei Personen sehen, die über den Hauptplatz schlenderten und sich leise unterhielten. An einer Wegabzweigung verabschiedeten sie sich und brachen dann in unterschiedliche Richtungen auf. Ein Schemen bewegte sich auf das Bürogebäude zu, eine folgte dem Weg zu den Gebäuden am Wald oberhalb von Haus drei und eine schlenderte auf Haus drei zu. Es war definitiv ein Junge, der kurz in meine Richtung zu schauen schien. Fast wirkte es, als würde sein Schritt stocken, dann ging er aber weiter. Ich nippte an meinem Tee und beschloss herauszufinden, ob es auf dem Gut eine Art Sperrstunde gab, nach der man sich nicht mehr auf dem Gelände bewegen durfte. Nicht dass ich vorgehabt hätte, je nach dem Abendessen noch großartig unterwegs zu sein.

Leise klopfte es an meiner Tür.

„Karla? Ich habe gesehen, du bist noch wach. Ist alles in Ordnung?", hörte ich die bekannte tiefe Stimme von Mister Cool.

Das grenzte an Belästigung – es war mitten in der Nacht.

„Gib mir... einen Moment..."

„Ja, ich weiß schon – du möchtest dir unbedingt etwas anziehen", klang es leise durch die Tür.

Mit einem Mal wurde mir eines bewusst: In einem Internat gingen die Leute nie nach Hause. Sie waren immer da. Egal, wie man sich verhielt, sie waren alle jederzeit da. Auf einer normalen Schule signalisierte man, dass man nicht an einem Kontakt interessiert war, und alle hatten bereits Freunde und kehrten nachmittags zu ihren Familien und ihren Freizeitaktivitäten zurück.

Sie waren in Fußballvereinen, in Jugendklubs der Nachbarschaft, hatten Tanz- oder Musikunterricht. Aber hier, hier waren alle da. Immer. Morgens, mittags und auch mitten in der Nacht.

Ich stellte meinen Tee ab und blickte an mir herunter. Okay, wenigstens ein BH musste her. Musste ich ab jetzt auch nachts einen BH tragen, um auf diese Immeranwesenheit vorbereitet zu sein? Ich schlüpfte außerdem schnell in meinen übergroßen Hoodie mit der Aufschrift ‚I Can See Dead People.'. Dann schloss ich auf und öffnete meine Tür langsam. Da stand er wieder, dieser auch mitten in der Nacht perfekt aussehende Junge und blickte mich an. Sein Gesicht war fast ausdruckslos desinteressiert. War das so eine Internatssache? Wo man Leute abcheckte, auch wenn man eigentlich gar keine Lust darauf hatte?

Ich atmete durch. Er hatte das Licht im Flur nicht angeschaltet, allein die Beleuchtung des Foyers reichte bis hier hinten in den Gang und das erleichterte es mir, den wertenden Blick zu ignorieren, den ich vermutete. Ich starrte auf seine Schuhe und räusperte mich, um zu prüfen, ob meine Stimme funktionierte.

„Ich habe mir vorhin einen Splitter an einer blöden Stelle geholt. Der Stuhl ist ein wenig kaputt und ich habe es nicht rechtzeitig gesehen."

„Gut Freyenberg lässt nach. Der Luxus geht den Bach runter", murmelte er, betrachtete die Aufschrift auf meinem Hoodie und lächelte schief. Möglicherweise.

„Ich denke, dass alles okay ist – ich gehe einfach morgen zur Krankenschwester und bitte sie, den Splitter zu entfernen."

„Der Splitter ist noch drin?!", entgegnete er etwas lauter.

Ich lächelte gequält: „Ja. Und er tut weh, wenn ich blöde Bewegungen mache, versuche aufzustehen oder zu liegen."

„Ich verstehe."

Kurz starrte dieser coole Typ mit seinen unergründlich dunklen Augen ins Leere. Dann fuhr er sich mit der Hand durch das Haar.

„Darf ich mir das mal anschauen? Ich bin recht geschickt mit den Händen."

Er grinste vorsichtig.

Falls ich wollte, dass diese Clique mich wirklich hasste, dann schlug ich Mister Cool jetzt die Tür vor der Nase zu und rief einen Nachtgruß hinterher. Wenn ich in dieser Nacht noch ein paar Stunden Schlaf haben wollte und meine Chancen, auf dieser Schule zu überleben, etwas verbessern wollte, dann sollte ich mich jetzt zusammenreißen. Wortlos und zögerlich trat ich zurück in mein Zimmer und schaltete die Schreibtischleuchte an. Mister Cool folgte mir und sah sich um:

„Du bist wohl noch nicht zum Auspacken gekommen. Das wird noch. Ich kenne das Zimmer – hier hat vor zwei Jahren ein Kumpel von mir gewohnt. Da war der Stuhl aber noch ganz." Sein Blick blieb an dem Einhorn-Pflaster hängen und er schmunzelte.

„Ich habe schon ausgepackt", erwiderte ich tonlos.

„Oh."

Jetzt stand er reglos zwischen Flur und Zimmer und starrte auf das Bücherregal. Als die Stille langsam aber sehr sicher anfing, unangenehm zu werden, und sich keiner von uns beiden gerührt hatte, seufzte ich.

„Also... wäre es in Ordnung, wenn du dir das im Bad mal anschaust? Die Stelle ist direkt unter meinem Schulterblatt und immer, wenn ich den Arm bewege... ich, ich komme einfach nicht ran", erklärte ich, während meine Stimme etwas zu schrill wurde, weil ich müde und einsam und verzweifelt war und mich dieser unglaublich hübsche Junge fertigmachte. Es war peinlich und ich würde das den Rest der zwei Jahre bereuen müssen, aber ich musste endlich schlafen.

„Klar", sagte er ruhig und beobachtete mich. Wenn ich heule würde, würde er vermutlich wegrennen. Und dann würde er das seiner Clique erzählen. Also riss ich mich zusammen, so gut es ging.

Atme! Lotti, atme!

Ich rieb mir das Gesicht und stapfte ins Bad. Das Licht war hell und ich stellte mich vor den Spiegel.

„Die Stelle ist...", begann ich und beobachtete, wie der Junge hinter mir das Bad betrat.

„Ich weiß, wo die Stelle ist – da ist ja schon wieder Blut", erklärte er und wirkte ein wenig genervt. Er blickte mich durch den Spiegel an.

„Dafür muss ich dich aber jetzt ziemlich sicher berühren. Ist das okay?"

Die Frage war so direkt, dass ich schwer schlucken musste. Er hatte sich das gemerkt. Das fand ich einerseits charmant, aber andererseits auch irgendwie sehr intim. Grundsätzlich hatte ich kein Problem mit nackter Haut oder dergleichen – ich mochte einfach nur nicht von wildfremden Typen angepackt werden, aber das konnte Mister Cool nicht wissen. Ich zögerte, dann zog ich vorsichtig meinen Hoodie über den Kopf. Während ich den kleinen Blutfleck betrachtete, der sich darauf gebildet hatte, nickte ich einmal kurz.

Mister Cool starrte auf mein weißes Trägerhemd, das ich gerne trug, wenn ich schlafe, und unter dem der schwarze Spitzen-BH hervorblitzte, den ich in der Hektik schnell angezogen hatte.

„Holy shit, Karla...“

„Ich heiße Charlotte, nicht Karla. Du kannst mich Charles nennen“, antworte ich, weil ‚Charlotte‘ nur mein Name war, wenn ich Ärger bekam, und mir Karla gerade extrem auf die Nerven ging.

Sein Blick flackerte kurz, dann grinste er mich über den Spiegel an:

„Charles? So heißt mein Großvater!“

Resigniert zuckte ich mit den Schultern – die Information fand ich nicht so wirklich relevant. Aber ich glaubte sehr wohl, dass ich wissen sollte, wie dieser Typ hieß, der mich gleich anfassen würde, während ich halb nackt war.

„Wie heißt du?“, fragte ich und war genervt, weil ich fragen musste und er nicht mal auf die Idee kam, meine Handreichung in Form der Vorstellung und des wirklich freundlichen Übergehens seiner Namensignoranz anzunehmen. Oder ich war einfach sehr, sehr müde. Inzwischen hatte sich sein Duft in dem Bad ausgebreitet. Es war eine Mischung aus einem würzigen Alkohol und einem Parfum, das kernige und samtene Noten enthielt. Es roch auch ein wenig süßlich, was ich fast weiblich fand, aber zu ihm passte es ausgesprochen gut.

Könnten wir bitte nicht den Geruch dieses Spinners gut finden, ja? Danke.

„Äh...“

Er starrte mich durch den Spiegel an. Er schien seinen Namen vergessen zu haben.

„Der Vorname würde mir reichen", versuchte ich es, während ich überlegte, ob ich den Pulli noch mal überziehen und dann einen weiteren Vorstellungsversuch starten sollte.

„Julian?"

„Wie sicher bist du dir? Weil das klang nach einer Frage. Dann wäre ich allerdings die falsche Anlaufstelle, weil ich deinen Namen offensichtlich nicht kenne."

Julian starrte immer noch. Es wirkte, als sollte dieser Vorname bei mir irgendetwas auslösen. Musste ich ihn toll finden? Sollte mein Großvater so heißen? Fragend blickte ich Mister Julian Cool an.

„Julian!"

Er schüttelte den Kopf, schmunzelte, hob mein Unterhemd an und wandte sich der Wunde zu. Mit den Fingern spannte er die Haut um die Verletzung.

„Au! Herrje! Oh, oh... entschuldige. Das wollte ich nicht sagen. Aber: Au!"

Julian starrte mich an und schüttelte dann langsam den Kopf. Er atmete durch. Nachdem er die Lage kurz betrachtet hatte, bat er mich, das Hemd festzuhalten, und suchte sich ein Tuch. Er tränkte es in Desinfektionsmittel und verschaffte sich einen Überblick über die verfügbaren Utensilien: Meine Pinzette, eine Hautschere und Pflaster. Mit kotzenden und furzenden Einhörnern darauf. Pink. Glitzernd.

„Nicht zappeln!", raunte er und ergänzte: „Okay, das wird sicher weh tun. Ich sehe das Ding und es ist nicht gerade klein. Kein Wunder, dass das nicht aufhört zu bluten, auch wenn die Stelle dafür echt seltsam ist. Bist du bereit?"

Bisher hatte er es vermieden, meine Haut außer mit den Fingerspitzen zu berühren, aber jetzt ging es nicht mehr anders. Vorsichtig legte er seine rechte Hand oberhalb der Wunde auf mein Schulterblatt und kontrollierte im Spiegel meinen Gesichtsausdruck:

„Okay?"

Ich nickte einmal und konzentrierte mich.

„Drei, zwei..." Ein Ruck. Schmerz. Sofort legte sich seine warme Hand mit einem in Desinfektion getränkten Tuch über die Wunde. Ich bekam einen kurzen Aufschrei trotzdem nicht unterdrückt. Mir schossen Tränen in die Augen und ich hielt mir den Mund zu, damit er nicht sehen konnte, wie sich mein Gesicht zu einer Grimasse verzerrte.

„Hey! Hey, schau... es ist alles gut! Ich habe das Scheißding! Es ist riesig! Das sind bestimmt fucking zwei Zentimeter auf einen halben. Du hattest einen halben Pflock im Rücken stecken, Charles."

Er sprach leise und beruhigend. Dieser Junge hatte ganz sicher Geschwister. So redete nur einer, der wusste, wie man Heulanfälle bei Kleinkindern durch Ablenkung umschiffen konnte. Shirin war darin mindestens genau so gut wie im Gaming. Und es wirkte. Ich konzentrierte mich bereitwillig auf den Pflock und bestaunte ihn angemessen.

„Du hast nicht bis eins runtergezählt!", jammerte ich schwach und musste schniefen, während ich mir die Tränen aus den Augen wischte.

Er grinste jetzt breit.

„Ich bin ja nicht blöd. Mein kleiner Bruder ist bei eins immer weggerannt, wenn es eine Schramme zu säubern galt. Das mit der Zwei hat er nicht gerafft bis er fast zehn war."

Ich musste auflachen und schluchzen, weil mich die Emotion überraschte, und verstummte wieder. *Emotionen – die Wildpferde unter den Haustieren.* Ich wischte mir eine verlorene Träne aus dem Augenwinkel. Julian starrte mich durch den Spiegel an. Dann lächelte er schief.

„Okay, schauen wir mal", sagte er und ließ vorsichtig seine Hand mit dem Tuch von der Wunde gleiten. Die Berührung verursachte Stromschläge, die fast schmerzten. Aber nur fast. Stattdessen fühlte ich sie an meinem ganzen Körper. Was war das? Ich wand mich.

„Sorry", murmelte er.

„Sorry", murmelte ich. Es war nicht unangenehm gewesen – ganz im Gegenteil. Aber das würde niemals irgendwer erfahren und schon gar nicht Mister Julian Cool. Zufrieden nickte er, während er noch ein paar Male vorsichtig die Wunde abtupfte. Dann nahm er sich ein lila-pinkes Einhorn-Pflaster, schüttelte gedankenverloren den Kopf und zog die Augenbrauen kurz hoch. Alle, die ganze coole Clique, würde erfahren, dass ich peinliche Kinder-Einhornpflaster hatte. Vorsichtig und so, dass ich meinen Arm frei bewegen konnte, positionierte er das Pflaster und drückte es behutsam fest.

„Probier mal, deinen Arm zu bewegen", befahl er und ich gehorchte. Ich atmete erleichtert aus.

„Es pikt nicht mehr!", erwiderte ich viel euphorischer, als es der Situation angemessen war. Julian nickte zufrieden und betrachtete noch einmal den Splitter.

„Das ist ein spitzt abgebrochenes Stück des Geflechts aus dem Rückenteil vom Stuhl. Ich nehme an, die Stelle ist da, wo du den Stuhl verarztet hast?"

Puh. Mister Cool fing also jetzt schon an, sich lustig zu machen. Er schaffte es nicht mal, die Klappe zu halten, bis er wieder bei seiner Clique war. So dankbar ich eigentlich hätte sein müssen, ich fand nicht, dass ihm das das Recht gab, sich in meiner Lage über mich lustig zu machen. Oder ich war einfach zu müde, um diesen Humor zu verstehen. Ich war definitiv zu müde, um mir jetzt noch darüber Gedanken zu machen und eine vernünftige Entscheidung zu treffen, wie eine sinnvolle Reaktion meinerseits aussehen könnte, mit der ich mich nicht noch weiter blamierte. Es reichte für heute. Es war einfach genug. Ich wand mich schnell aus dem Bad, während ich mein Hemd wieder zurechtrückte.

„Ja, also, danke, dass du mir geholfen hast. Das war wirklich sehr nett. Jetzt würde ich gerne noch mein vollgeblutetes Hemd wechseln. Aber ich kann jetzt bestimmt einschlafen und du benötigst sicher auch Schlaf vor der Schule morgen", betont stellte ich mich so in den Raum, dass Julians Weg durch den kleinen Flur zur Tür führte. Er würde mich jetzt aktiv umrempeln müssen, wenn er woanders hin wollte.

„Äh, okay?" Julian wirkte irritiert. Kurz starrte er mich an, dann nahm sein Gesicht wieder diesen gleichgültigen Ausdruck an. Demonstrativ langsam wusch er sich noch die Hände in meinem Waschbecken und nutzte mein Handtuch, um sie sich abzutrocknen. Dann ging er, ohne mich noch einmal anzuschauen.

„Schlaf gut."

Ich mochte nicht mehr antworten, auch wenn das unglaublich unhöflich war. Schnell schloss ich die Tür und drehte den Schlüssel zweimal herum. *Geh weg.* Bevor ich schlafen ging, weichte ich all meine voll-gebluteten Klamotten im Waschbecken ein. Zum Glück benötigte ich sie in der kommenden Woche ja nicht, weil ich tagsüber die Schuluniform tragen würde. *Notiz: Wo wäscht man hier seine Wäsche und welche Regeln gibt es?*

ERSTER SCHULTAG

Mein Wecker klingelte um sechs. Eigentlich stand ich früher auf, aber joggen würde ich heute Morgen sowieso nicht und ich konnte nach dieser fürchterlichen ersten Nacht jede Minute Schlaf gebrauchen. Nach dem Duschen schminkte ich mich dezent (Shirin: Fuck, was hast du denn für krasse Wimpern?!) und knotete meine Haare zu einem lockeren Dutt (Vater: Haare lenken ab, die Jungs, dich. Du bindest sie immer zusammen.). An der Uniform gab es nichts auszusetzen und wieder einmal erkannte ich den einen großen Vorteil dieser Klamotten: Morgens musste man nicht einen einzigen Gedanken daran verschwenden, was man anzog. Immerhin kam die Regel meiner Eltern, dass Röcke nur im Notfall getragen werden durften, mir entgegen. Ich mochte Hosen sowieso lieber. Dazu trug ich schwarze Halbschuhe. Mein Stundenplan sagte mir, dass ich den ganzen Tag immer wieder die Gebäude wechseln würde, und nur einige der Wege hier waren tatsächlich asphaltiert oder gepflastert. Viele waren gekiest oder offensichtliche Trampelpfade und Abkürzungen, die die Menschen hier selbst gestaltet hatten. Feste Schuhe würde ich tragen, bis ich das Gelände besser kannte. Zu allen Desastern der ersten vierundzwanzig Stunden sollte nicht noch ein peinlich-dramatischer Sturz mit Hügel-Runterkullern hinzukommen.

In der Mensa suchte ich mir zum Frühstück einen neuen Platz auf der Empore an einem strategisch ungünstigen und damit verlässlich unbeliebten Einzeltisch. Ich konnte gerne eingestehen, wenn ich einen Fehler gemacht hatte, und wollte klarstellen, dass ich nicht vorhatte, die Coolen zu provozieren. Morgens war es hier ruhiger. Jugendliche waren doch irgendwie alle Morgenmuffel. Nicht wenige von ihnen schienen auch gar nicht hier zu frühstücken. Dabei war der Kaffee wohltuend und ich bekam eine halbe Scheibe Brot hinunter. Die erste Stunde des ersten Schultages hatte ich überdurchschnittlich gut überstanden. Dann machte ich mich auf zu meinem Kurs. Nach ein paar Stunden Schlaf ging es mir wesentlich besser. Ich fühlte mich stabiler und hatte genug Mut gefasst, um mich meiner Klasse zu stellen. Hoffte ich.

Der Montag startete ab jetzt mit Englisch – das passte mir gut. Mrs. Worthington war von kräftigerer Statur, die ihrer hellbraunen Haut zusätzlich schmeichelte. Sie begrüßte mich, als ich den Raum betrat, und winkte mich zu sich. Sie war etwa Anfang dreißig und trug ihr krauses Haar offen, sodass die Löckchen bei jeder Kopfbewegung fröhlich wippten. Den Raum und die Jugendlichen, die dort ihre Plätze aufsuchten und noch in Gespräche vertieft waren, ignorierte ich. Das Deutsch der Lehrerin war nicht akzentfrei und so bot ich ihr in Englisch an, dass wir uns gerne auch in ihrer Sprache unterhalten könnten. An dieser Schule mussten mehr als genug Kinder sein, die mindestens zweisprachig aufwuchsen, dennoch schenkte mir Mrs. Worthington ein erfreutes Lächeln.

„Ich nehme an, dass Sie möchten, dass ich mich vorstelle. Wäre es in Ordnung, wenn ich das von meinem Sitzplatz aus in Ihre Richtung tue? Ich werde sonst schnell sehr nervös.", erklärte ich in einem eher internationalen Englisch.

Ich wusste auch so, dass mich alle unverhohlen anstarrten und miteinander tuschelten. Mrs. Worthington nickte verständnisvoll und zeigte auf den freien Platz, der auf der rechten Seite in der dritten Reihe frei war. Während ich ihrem Blick folgte, registrierte ich schemenhaft die coole Clique oder zumindest einen Teil davon. Zwei Metaller und eine rebellische Frisur waren ebenfalls in dieser Klasse. Ich wusste nicht, ob Julian mit von der Partie war und wollte es gerade auch nicht wissen. An dem Zweiertisch, der Teil einer Viererreihe war, saß ein Mädchen mit hispanischen Zügen. Ihre Miene war ein Pokerface, wie man das eben so machte, wenn man sich nicht sicher sein konnte, ob die neue Sitznachbarin ein Arsch oder eine Langweilerin war. Dennoch flüsterte ich ein kurzes Hi, als ich meine Tasche neben den Tisch stellte und mich auf meinen Platz setzte. Sie nickte knapp. Puh. Wie ich es hasste.

Mrs. Worthington warf einen aufmerksamen Blick durch den Raum und es wurde still. Dann leitete sie mich in Englisch als neue Schülerin ein und bat mich, aufzustehen und mich vorzustellen. Alle würden mich jetzt anglotzen. Wie ich es liebte. Nicht.

Ich nahm Mrs. Worthington in den Fokus, die mir zu helfen versuchte, indem sie mir aufmunternd zulächelte. Mit meinen Händen hielt ich mich an einem Stift fest, das hatte sich bewährt, weil ich sonst nie wusste, wohin mit ihnen.

„Hi, mein Name ist Charlotte Mabaux. Menschen, die nicht meine Eltern sind, nennen mich Charles." Hier und da hörte ich ein Kichern und versuchte, weiter zu atmen:

„Zuletzt habe ich die Ecole Parisienne in... Paris besucht, soll aber jetzt bis zu meinem Abschluss hierbleiben. Ich lese gerne und würde mich freuen, wenn mir jemand im Laufe der Woche verrät, wo man hier gut joggen kann."

Das war die Ansprache, die ich mit nur leichten Abwandlungen ein bis zwei Male im Jahr in einem neuen Klassenraum vor neuen Menschen hielt. Mal in Englisch, mal in einer anderen Sprache.

„Danke, Charles, auch dass du deine Vorstellung in Englisch vorgetragen hast. Eine Sprache, die dir offensichtlich keine Probleme bereitet", bemerkte Mrs. Worthington anerkennend.

Ach, Glückwunsch, Lotti. Der Weg zur Sprach-Streberin ist damit mal wieder geebnet. Das kommt bestimmt gut an.

Tatsächlich beherrschte ich mehrere Sprachen, einfach weil ich an so vielen unterschiedlichen Orten gelebt hatte: Englisch natürlich und Deutsch. Französisch und Spanisch. Italienisch, aber auch Urdu und Russisch. Nur mein Chinesisch war immer Anlass für meine Eltern, sich aufzuregen. Ich traute mich höchstens, ein paar Höflichkeitsfloskeln und allgemeine Fragen zu stellen aus der schieren Panik heraus, etwas falsch zu betonen und damit einen Eklat zu verursachen.

Während des Tages notierte ich mir in allen Fächern die Themen. Manche hatte ich bereits an anderen Schulen durchgearbeitet und wollte mein Wissen nur wieder auffrischen. Besonders in Geschichte musste ich dringend nacharbeiten. Es war immer das Gleiche: Jedes Land hielt seine eigene Historie für die einzig relevante. Und ich musste die Bücher lesen, die in Englisch und Deutsch durchgenommen werden sollten. In meinem Schultagebuch notierte ich auf der linken Seite die To Dos und auf der rechten Seite Dinge, die mir wichtig erschienen. In einigen Fächern saßen unterschiedliche Jugendliche, vermutlich abhängig davon, welche Schwerpunkte sie belegt hatten. Meine Fächer wurden für mich gewählt. Es gab Wissen, das meine Eltern relevant fanden, während sie anderes für eine reine Zeitverschwendung hielten. Kunst beispielsweise. Kunstgeschichte ja, Kunst nein. Zwar handelten sie mit genau solchen Werken und das auf internationaler Ebene, aber sie hielten rein gar nichts von den Menschen, die sie mit ihrer Kreativität und ihrem Talent zu ihren Lebzeiten oder nach ihrem Ableben reich machten. Immerhin durfte ich meine außerschulischen Aktivitäten mit einigen Einschränkungen selbst wählen. Deswegen hatte ich mir am Mittwoch eine Liste der Nachmittagsangebote aus dem Bürogebäude besorgt und nahm mir vor, sie am Wochenende durchzugehen.

Das hispanische Mädchen, meine Tischnachbarin in Englisch, stellte sich als Brasilianerin heraus, deren Eltern in Rio de Janeiro erfolgreiche Geschäftsleute waren. Maribelle wollte Bella genannt werden und war nett. Sie war von sportlicher Statur mit erstaunlichen Muskeln, aber faszinierend langen Beinen. Bella war eine Furie, die ihre Gefühle nicht zurückhielt. Wenn sie sich freute, dann tat sie es richtig, und ich wollte nicht wissen, wie sie war, wenn sie wütend war. Sie schien vor Energie überzubrodeln und machte immer lieber eine Bewegung zu viel als zu wenig. Ich sah sie als Gelegenheit, mein Portugiesisch zu verbessern, und sie freute sich, dass jemand ihre Muttersprache verstand, auch wenn sie fließend Deutsch und Englisch sprach. Ich war vorsichtig optimistisch, dass ich für Julian nicht relevant genug gewesen war, denn bisher hatte ich noch keinen Feenstaub oder Schlimmeres in meiner Schultasche gefunden und keinen Einhorn-Spruch zu hören bekommen.

In Biologie saß ich hinter Nicki, die eigentlich Nicole hieß. Laut ihres Schmuckes kam sie aus einer sehr reichen Familie und wenn ich ihren Namen korrekt gegoogelt hatte, dann sollte sie die Tochter einer bekannten Schauspielerin sein, die zusammen mit ihrem dritten Mann in Los Angeles lebte. Nicki war eine unglaublich hübsche, offene, junge Frau mit seidig glänzendem blonden Haar und fast türkis-blauen Augen. Alle ihre Bewegungen hatten etwas Aristokratisches, nie wirkte sie unsicher oder plump. Gleich nachdem mir der Platz hinter ihr im Naturwissenschaftsgebäude zugewiesen wurde, hatte sie mich angegrinst und sich vorgestellt, bevor ich mich überhaupt hingesetzt hatte. Sie schien mit vielen Leuten gut klarzukommen und gehörte zu einer Dreierclique schöner Mädchen, die eigentlich immer zusammen abhingen. Nicki war hilfsbereit, hatte keine Scheu, mit den pickeligsten Nerds zu reden, und nutzte dieses Netzwerk klug. Deswegen organisierte sie auch die wöchentlichen Abendangebote. Zwar arbeitete sie nicht wirklich dafür, aber sie fungierte als Party-motto-Vorgeberin, Schirmherrin und Entscheidungsträgerin, wenn das Bier ausging und die Musikwahl getroffen werden musste, wie es schien. Das hatte ich zumindest den Geschichten entnommen, die sie mir in einer der Pausen auf dem Weg zu einem anderen Schulgebäude erzählt hatte. Es stand einfach vollkommen außer Frage, wer sich als Nickis Freundin oder Freund bezeichnen durfte und wer nicht – und ich war mir nicht sicher, wie sie das mit ihrer offenen Art so eindeutig vermittelte.

„Juhuuu", flötete sie, während sie sich in einer galanten Bewegung auf ihrem Stuhl zu mir nach hinten ausrichtete, Donnerstagmorgen in Mathe: „Kommst du morgen Abend? Du solltest unbedingt!"

Ahnungslos fragte ich: „Guten Morgen, Nicki. Kommen wohin? Ist das eine Lerngruppe? Für Mathe?"

Nicki kicherte.

„Nein, du Clown. Du hattest doch die Führung mit Julian, oder? Freitag Abend ist Party angesagt – diesmal in der Waldhütte mit Lagerfeuer und so."

Ich war so irrelevant, dass Julian also nicht einmal erzählt hatte, dass ich die Führung ausgeschlagen hatte. Zwar gehörte Nicki nicht direkt zur Clique Cool, aber als die Königin, die sie war, unterhielt sie sich auch mit den Leuten dieser Gruppe und schien damit überhaupt keine Schmerzen zu haben. Dass ich kein Gesprächsthema war, tat kurz ein wenig weh, aber dann entschied ich mich für die optimistischere Betrachtung: Das mit der Unscheinbarkeit könnte trotz der herausfordernden Umstände eines Internats doch noch etwas werden.

„Danke für die Einladung, Nicki. Ich habe die Waldhütte auf dem Lageplan gesehen und komme gerne", log ich.

„Hihi, du bist immer so unglaublich formell – das ist irgendwie süß. Wir machen doch jeden Freitag was, Charles, und alle sind willkommen. Das ist praktisch eine außerschulische Aktivitität!" Nicki grinste so dreckig, dass selbst ich begriff, dass das ein Witz war. Weil Herr Ansari, unser Mathe-Lehrer, seinen ernsten Blick durch das Zimmer schweifen ließ, nickte ich Nicki nur zu und gab damit zu verstehen, dass ich verstanden hatte.

Freitags endete der schulische Unterricht vor dem Mittagessen mit Sport. Das war eine taktisch kluge Entscheidung der Schulleitung. Die Schule konnte all die kleinen Hormonbolzen auspowern und aushungern, sodass sie vor einem langen Partywochenende noch einmal etwas Vernünftiges aßen. Außerdem konnten so Zerrungen und Stauchungen vom Sport über das Wochenende ausreichend abheilen, damit niemand den Unterricht verpasste. Einige Schüler fuhren offensichtlich an diesen Tagen nach Hause. Eine beeindruckende Menge an Limousinen mit und ohne Chauffeuren hatte sich auf dem Parkplatz vor dem Bürogebäude angesammelt. Jetzt wusste ich zumindest, wo ein Teil der Schülerschaft die Wäsche wusch: zu Hause.

Ich hatte mich bei einem intensiven Badminton-Training ausgepowert und mir nur ein Knie leicht aufgeschlagen, was ich definitiv als Erfolg verbuchte. Nach dem Mittagessen machte ich mich auf in das Büro-Gebäude und steuerte Frau Krug am Empfang an.

„Was kann ich für dich tun, Schätzchen?", fragte sie, ohne dabei den Monitor vor sich aus den Augen zu lassen. Vermutlich gingen hier die Benachrichtigungen vom Sicherheitspersonal am Zufahrtstor ein, welches reiche Kind als Nächstes abgeholt werden würde.

„Ich möchte gerne wissen, wo ich meine Wäsche waschen kann. Das würde ich dieses Wochenende gerne tun..."

Irritiert legte Frau Krug ihren Kopf schief und gab dafür sogar die Überwachung des Monitors auf: „Das sollte Teil deiner Führung gewesen sein... Moment, bitte... Julian ist gerade hier, weil er seine Post abholt. Julian?"

Oh nein. Diese verfluchte Führung!

Ich erstarrte.

„Ja, Frau Krug? Was kann ich für Sie tun?", brummte Julian ruhig direkt hinter mir. Ich konnte den Sarkasmus in seiner Stimme förmlich fühlen.

Oh, Mist.

„Hast du Charlotte denn nicht den Waschraum in Haus drei gezeigt? Das muss sie doch wissen, wo der doch noch nicht im Plan verzeichnet ist!" Frau Krug klang empört. Julian zögerte gerade so lange, dass es mir auffiel, aber Frau Krug sicherlich nicht:

„Oh, Verzeihung. Das habe ich ja völlig vergessen. Ich hole das selbstverständlich sehr gerne nach. Charles? Wie wäre es denn jetzt? Ich habe noch eine Stunde Zeit, bevor das Fußball-Training anfängt."

Wow, das klang erstaunlich überzeugend. Wäre ich Frau Krug, hätte ich ihm das ohne mit der Wimper zu zucken abgenommen.

Ohne mich umzudrehen, murmelte ich: „Sehr gerne."

Frau Krug nickte enthusiastisch, schmatzte zufrieden und setzte ihr Headset wieder ordentlich auf, dann fixierte sie mit ihrem Blick den Monitor und tippte schnell etwas.

Brütend stapfte ich Julian, der einen großen Stapel Post in seiner ledernen Umhängetasche verstaute, aus dem Büro-Gebäude hinterher.

„Kommst du?", fragte er über die Schulter, in betont neutraler Tonlage. Ich holte zu ihm auf.

„Danke, dass du mich nicht verraten hast."

Ich schielte zu ihm hoch und sah, wie sein Mundwinkel kurz nach oben zuckte. Ihm stand sogar diese blöde, einheitliche Schuluniform unsittlich gut.

Lotti. Aus!

Den Rest des kurzen Weges redeten wir nicht. Als wir Haus drei betreten hatten, nickte er in Richtung des Belegungsplanes auf der gegenüberliegenden Wand im Foyer:

„Der Waschraum wurde erst letztes Jahr nachgerüstet, weil sich Leute beschwert haben, dass sie immer in Haus zwei gehen müssen. Naja, eigentlich ist erst wirklich etwas unternommen worden, als Stacy, die Tochter irgendeines Politikers aus England, sich beschwert hat, dass ihre Unterwäsche dort immer verschwindet."

„Oh!"

„Wir haben ihr eine hübsche Collage aus ihren Slips gemacht und sie ihr zum Abschluss geschenkt. Es war einfach supernervig, die ganzen Sportsachen immer da rüber zu schleppen", ergänzte Julian sachlich. Natürlich war das Clique Cool gewesen. Ich schaute ihn an und er zwinkerte mir mit einem Grinsen zu.

Notiz: Unterwäsche nicht unbeaufsichtigt lassen. Peinliche Unterwäsche wegwerfen.

„Wie geht's... dem Einhorn?"

Ich kniff die Augen zusammen und antwortete im besten Konversationston: „Danke der Nachfrage, Julian. Ich habe das Pflaster, das übrigens ein Geschenk war, heute morgen abgemacht. Alles sieht gut aus."

„Gut", erwiderte er und rieb sich fahrig den Hinterkopf.

„Also... der Waschraum ist hier", zeigte Julian und bewegte sich in Richtung der Tür, die sich zwischen dem Belegungsplan und dem Treppenaufgang befand. Als er die Tür öffnete, erkannte ich den Ansatz einer Kellertreppe. Darunter herrschte Dunkelheit.

Mist. Mist, Mist, Mist.

„Komm', ich zeige dir schnell alles", fuhr er fort. Ich hingegen bewegte mich nicht. Um genau zu sein, hatte mein Körper bereits beschlossen, dass wir ganz sicher nicht mit einem großen, gruseligen Typen in einen Keller gingen. Anerkennend musste ich erneut feststellen, dass das Verbannen in finstere Gewölbe tatsächlich eine effektive Strafe für Kleinkinder war. Leider war sie auch sehr nachhaltig. So sehr, dass ich jetzt vor Angst kaum Kontrolle über meinen eigenen Körper und Geist hatte.

Julian griff ungeduldig nach meinem Handgelenk:

„Hey, hier entl..."

„NICHT anfassen", zischte ich und wich zwei weitere Schritte zurück, ohne die Türöffnung aus den Augen zu lassen.

Er riss sofort defensiv die Arme hoch und beobachtete mich. Mein Blick blieb auf das schwarze Loch fixiert. Das alte Gemäuer war neu verputzt worden und die Stufen waren aus neuem, hellgrauen Zement, aber schon nach wenigen Stufen wurde jegliches Licht verschluckt. Ich bemühte mich, meine Atmung unter Kontrolle zu halten.

„Danke, Julian. Ich, ich denke, Waschmaschinen funktionieren ja alle irgendwie gleich. Ich probiere das später einfach direkt aus", log ich hektisch und war mir sicher, einen Schatten durch das Dunkel huschen zu sehen. Irgendetwas Großes unterhalb des Lichts, dort wo es nicht gesehen werden konnte. *Das ist nur in deinem Kopf, Lotti!* Mein Herz raste. Ich schluckte, aber mein Hals war zugeschnürt und brannte. Wenn ich mich jetzt verschluckte, hörte es mich und dann war ich in meinem Zimmer alleine und schutzlos. *Gleich, Lotti, gleich kommt eine Panikattacke. Atme. Atme ruhiger.*

Julian bewegte sich sehr langsam und redete dabei beruhigend. Ich hatte keine Ahnung, was er da sagte. Meine Ohren rauschten. Seine tiefe Stimme klang wie ein dumpfes Trommeln ohne Botschaft. Seine Hand tastete sich zu einem Schalter vor, während er mich im Blick behielt, und er drückte darauf:

„... kann man das Licht von hier oben anschalten. Charles, hast du gehört? Charles?"

Es war wie eine Lichtexplosion. Kaltweißes Licht strahlte aus dem Kellergewölbe, das Gemäuer war weiß getüncht, die hellgrauen Stufen waren gestrichen und reflektieren die Lichtstrahlen. Hastig schaute ich nach Julian. Hatte er etwas gemerkt? Sein Blick war ernst und vollkommen auf mich fokussiert.

„Okay?", fragte er nach.

Super, Lotti. Um deinen Ruf musst du dir wirklich überhaupt keine Gedanken machen. Wirklich absolut überhaupt ganz und gar nicht. Der Drops ist sowas von gelutscht, Schätzchen.

Ich nickte, hatte aber zu mehr schlichtweg keine Kraft.

„Danke, Julian. Bis später."

Damit wendete ich mich ab, drückte meine Schultasche fest an meine Brust und hastete in mein Zimmer, wo ich zweimal abschloss. Ich hatte keine Ahnung, wie Julian reagiert hatte, aber ich hoffte, dass er mich für verrückt hielt, einfach seine Post in sein Zimmer brachte und dann zum Fußball-Training ging. Für mich war es das. Ich ließ mich auf mein Bett fallen und starrte die Decke an.

Diese erste Schulwoche hatte ich also überlebt. Mehr oder weniger.

„Shiri, war dir klar, wie komplett bescheuert ich bin? Ich meine, wie viele Sekunden hast du benötigt, um das herauszufinden?"

Ich erhielt ein Tränen lachendes Emoji.

„Es sind alles sehr, sehr süße Macken, die ich jetzt sehr, sehr vermisse, Schatz." Ping.

„Es sind also so viele, dass daraus eine eigene Persönlichkeit wird. Prima. Jetzt geht es mir schon viel besser!", maulte ich und ergänzte:

„Heute Abend findet eine Party im Wald statt. Mit Lagerfeuer. Ich würde mir das mal anschauen, weil ich eingeladen wurde und nicht Nein gesagt habe. Gibt es Macken, die ich zu diesem Anlass besonders bedenken sollte?"

Gerade tippte ich sogar genervt, falls so etwas überhaupt möglich war.

„Haha, ziemlich sicher. Hier war das ja nie so relevant, aber in Paris hast du bei solchen Gelegenheiten immer zu wenig angehabt, wenn man ignoriert, dass du immer zu viel anhast, und dir dann deinen süßen Knackarsch abgefroren, bis deine Stimmung völlig den Bach runter war", schlug Shiri vor.

„Könntest du bitte meinem Hintern seine Würde lassen? Und ich notiere: Jacke mitnehmen, weil du leider recht hast."

Ich erhielt drei grinsende Emojis und eines mit Nerd-Brille.

„Ich lege mich jetzt ein wenig hin – das war eine anstrengende Woche. Nicht dass ich auf dieser Party einschlafe...", und damit sendete ich einen Kuss und ein Gif eines winkenden Einhorns.

DIE WALDHÜTTE

Ich verschlief das Abendessen und war darüber gar nicht so unglücklich. Als ich aufwachte, war es schon dunkel. Damit verschob ich meine Pläne, den Keller zu erobern auf Samstagvormittag und war auch darüber alles andere als bedrückt. Nicki meinte, dass es vor 21 Uhr nicht lohnen würde, zur Waldhütte zu kommen. Jetzt war es halb neun und ich fühlte mich wachsig. Also duschte ich und flocht mir auf jeder Kopfseite französische Zöpfe, die ich dann nach oben steckte. Ich wählte eine weite Leinenhose in einem warmen flaschengrünblau, das zu meiner Augenfarbe passte, und eine schwarze Bluse mit feinen bunten eingesponnen Fäden. Der Mandarin-Kragen war hoch und betonte meinen relativ langen Hals. Obwohl es September war, war es noch recht warm und ich entschied, dass es nicht so kühl werden konnte, dass ich mir meinen Knackarsch abfrieren würde. Jetzt gerade bemühte ich mich, nicht zu schwitzen.

Ich hatte nicht grundsätzlich ein Problem mit Dunkelheit. Ja, ich freute mich regelrecht darauf, meinen Weg zur Waldhütte, der laut Nicki nicht mehr als ein Trampelpfad direkt oberhalb von Haus drei war, im Dunkel des Waldes zu finden. Ich kannte mehr als genug Leute, die nachts kein Wäldchen betreten würden. Und ihre Ängste waren begründeter als meine vor Kellern. Bösartige Schatten gab es nicht, Wildschweine schon. Ich ging allerdings davon aus, dass so viele Jugendliche

ausreichend Lärm machten, um alle klugen Wildschweine Freitag Abend fernzuhalten. Im Spiegel
meines Bades schnitt ich mir selbst eine Grimasse und
würdigte, dass ich so selbstsicher Logik anwenden
konnte, aber mich beim Anblick einer Kellertür und
eines großen männlichen Wesens fast einnässte. Der
Wald hingegen hatte etwas Tröstliches. Zwischen den
riesigen Baumstämmen war es, als würde man ein kleines, wohlriechendes Zimmer nach dem anderen
betreten, während man unter seinen Füßen Wolken aus
weichem Moos und Stufen aus soliden Wurzeln spürte.
Ich sog die Düfte des Waldbodens gierig ein, als ich
ohne Probleme den ausgetretenen Weg zwischen zwei
großen Buchen entdeckte, genau dort, wo Nicki es
beschrieben hatte. Während ich dem Pfad folgte, sah ich
hier und da das Licht von Smartphone-Taschenlampen.
In kleinen Grüppchen strömten Menschen die leichte
Anhöhe hinauf. Schon nach kurzer Zeit hörte ich
Lachen und Musik und nahm das Knistern eines Feuers
wahr. Überrascht stellte ich fest, dass der Wald hier
wieder endete und sich auf dieser Seite eine Wiese
befand, die kurze Zeit später erneut von Bäumen
begrenzt wurde. Es war zu dunkel, um viel zu erkennen,
aber ich nahm mir vor, diese Stelle am Wochenende
genauer zu untersuchen. Google Maps würde mir gute
Dienste leisten, nachdem sich kein Klassenkamerad
gemeldet hatte, um mir mit einem Joggingweg zu
helfen. Natürlich hatte ich nicht damit gerechnet – diese
offene Frage war eine reine Strategie, um Lehrpersonal
zu besänftigen und zu suggerieren, dass ich für Kontakte aufgeschlossen war. So vermied ich Nachfragen,
auf die ich möglicherweise keine passenden Antworten

hatte und die das Risiko einer Panikattacke mit sich brachten.

Das bedeutete nicht, dass ich jede Art der sozialen Zusammenkunft scheute. Feste und Partys waren eine gute Gelegenheit, um Menschen kennenzulernen, ohne mit ihnen reden zu müssen. Ich konnte sie einfach beobachten. Wer unterhielt sich mit wem. Wer tanzte mit wem. Wer zog es vor, sich gehen zu lassen. Wer nutzte den Anlass, um anzubändeln. Heute Abend interessierte mich vor allem, wie sich so einer Feier von einer unterschied, wo im Anschluss alle nach Hause in ihre Elternhäuser zurückkehrten. Wie war das hier, wo die Nachbarn die Polizei nicht riefen? Und wo Jugendliche sich ohne Aufsicht in ihre Zimmer zurückziehen konnten.

Die Waldhütte war eine gar nicht so kleine Blockhütte mit einer Art überdachter Terrasse, einem großen Feuerplatz mit einfachen Holzbänken in zwei Reihen rund um das knisternde Feuer. Ein Schild verkündete Stockbrot und Marshmallows. Nachdem ich das Abendessen verpasst hatte, freute ich mich darüber, auch wenn ich nicht genau wusste, was Stockbrot war. Da das Wort Brot darin vorkam, war ich optimistisch, heute Abend nicht zu verhungern. Das herauszufinden, würde mir auch die Möglichkeit geben, mich zu beschäftigen, kurz vor Ort zu sein, damit Nicki zufriedenzustellen und dann, irgendwann, heimlich und leise, wieder im Wald zu verschwinden.

Die meisten Anwesenden hatten eine Bierflasche oder ein Weinglas in der Hand. In Bezug auf Alkohol war diese Schule definitiv auf der lockeren Seite. Lehrpersonal konnte ich nicht ausmachen. Auf der Terrasse entdeckte ich in einer Holzschaukel Schirmherrin Nicki mit ihren zwei Freundinnen, deren Namen ich nicht kannte. Sie winkte mir und ich machte mich auf den Weg zur Veranda.

„Hiiii! Schön, dass du hier bist! Drinnen gibt's Getränke und da vorne kannst du dir Essen holen, wenn du auf Stockbrot stehst." Sie machte hinter vorgehaltener Hand einen Würgelaut und sah selbst dabei adelig aus. Anscheinend war Stockbrot nicht ihre Lieblingsnahrung, schlussfolgerte ich messerscharf. Ich hoffte inständig, dass Stockbrot nicht doch etwas Ekelhaftes war, denn ich hatte wirklich schlimmen Hunger. Nachdem mich zwei weitere Augenpaare von der Bank aus anglotzten, lächelte ich ein wenig gezwungen und nickte. Dann wandte ich mich in Richtung Blockhütten-Eingang. Innen war die Musik lauter und auf einer erstaunlich großen Fläche tanzten Leute. An der Theke zu meiner Rechten standen ein paar Menschen und unterhielten sich, während sie auf ihr Getränk warteten. Entlang der drei Seitenwände der Tanzfläche saßen die zu jungen oder zu uncoolen Jugendlichen und glotzten aufgeregt auf die Tanzenden.

„Hi! Was möchtest du?", fragte mich der Schüler, der Thekendienst hatte und das offensichtlich nicht zum ersten Mal. Er war ein großer, sportlicher Junge, der sein dunkelblondes, mittellanges Haar mit einem schmalen Haarreif zurückhielt. Er hatte ein attraktives, kantiges Gesicht mit warmen, freundlichen Augen.

„Einen... Rosé? Wenn ihr sowas..."

„Klar!", unterbrach er mich und zog los. Neben mir stand ein Pärchen, das ich aus dem Englisch-Unterricht kannte – sie trug ein extrem gut geschnittenes, wunderschönes Sommerkleid und ein großes Tuch, das sie gekonnt um ihre langen, schlanken Arme gelegt hatte. Er kam mir irgendwie darüber hinaus bekannt vor, so hochgewachsen, eher schlacksig und mit welligem, gegelten Haar. Natürlich. Der Stuhldieb. Die beiden ignorierten mich. Er zeigte einem Mädchen hinter der Theke mit einem herablassenden, gleichgültigen Blick zwei Finger und deutete auf eine Weinflasche. Das Mädchen nickte eifrig. Während die beiden warteten, zog der Typ seine Freundin an sich heran und umtanzte sie mit langsamen Bewegungen und einem dreckigen Grinsen. Sie rollte mit den Augen, lächelte aber liebevoll. Die beiden wirkten nicht frisch verliebt, sondern wie zwei Menschen, die die Nähe des anderen extrem gerne hatten. Mich überforderte das.

Wo bleibt dieses blöde Glas Rosé, verdammt?

„Hier, macht zwei Euro", rief der Thekentyp gegen die Musik an und schob mir ein gut halb volles Glas über die Theke. Scheiße. Geld. Ich hatte nichts, absolut gar nichts dabei. Wie peinlich!

„Ich, äh, es tut mir leid, ich muss schnell...", rief ich und fragte mich, ob die Stressflecken in meinem Gesicht auch in diesem Licht gut zu erkennen waren.

„Lass mal, ich übernehme – Neuankömmlingsbegrüßung", sagte plötzlich das Mädchen in dem schicken Kleid neben mir: „Ich bin Lisa, das ist Sebastian, den wir alle Basti nennen." Oder auch Stuhldieb, dachte ich.

„Das ist total nett, danke! Ich gebe dir das Geld am Montag in Englisch zurück, okay? Ich habe einfach nicht mitgedacht...", entschuldigte ich mich.

Lisa winkte ab, ohne die Miene zu verziehen, legte einen Zehner auf die Theke und hakte sich bei Basti ein, der gerade die zwei ordentlich gefüllten Gläser mit dem Weißwein entgegennahm. Beim Weggehen hob sie die Hand noch kurz und lächelte.

Der Typ hinter der Theke nahm den Zehner und steckte sich vier Euro aus der Kasse in die Hosentasche, ohne auch nur eine Mine zu verziehen. Ich umgriff zögerlich mein Glas und machte mich wieder auf den Weg nach draußen.

Der Grad der Beliebtheit lässt sich in Millilitern Wein messen, Frau Mabaux. Ist Ihnen das auch aufgefallen?

Von der leicht erhöhten Terrasse aus versuchte ich auszumachen, wo ich das Stockbrot bekam. Diesmal würde ich vorher fragen, ob das etwas kostet. Mein Blick blieb kurz an Nicki hängen, die mir enthusiastisch einen Daumen hoch entgegen reckte – wegen des Alkohols, nahm ich an. Ich lächelte und prostete ihr verhalten zu, während ich mich den Verandastufen zuwandte. Ich wurde beobachtet. Genau unterhalb der Stufen stand die coole Clique. Basti umtanzte wieder Lisa. Julian unterhielt sich eigentlich gerade mit einem Kumpel, aber er behielt mich dabei unablässig im Blick. *Nicht dass die Verrückte eine Kettensäge aus der Hosentasche zieht und...* ich schloss kurz die Augen, atmete tief ein und fixierte die Stockbrot-Station, während ich an den Coolen vorbeiging. Als ich auf gleicher Höhe mit Julian war, hörte ich das helle Lachen eines Mädchens und sah, wie sie ihm um den Hals fiel und ihn dabei zu sicher herumzog.

Glück gehabt.

„Kostet nix", lachte der Junge, der für das Verteilen des Stockbrotes und der Marshmallows zuständig war, und hielt mir einen daumendicken, geraden Stock hin, der mit etwas umwickelt war, das tatsächlich wie Brotteig aussah. Ich machte einen kleinen Knicks und suchte mir eine freie Bank am Lagerfeuer. Metallene gegabelte Spieße waren so um das Feuer positioniert, dass man seinen Stock ablegen konnte. Also entschied ich mich, der angenehmen Hitze meinen Rücken zuzuwenden und damit hinaus auf die Lichtung zu schauen. Mal sehen, ob ich etwas entdecken konnte, sobald sich meine Augen gewöhnt hatten. Außerdem konnte ich mich so besser wärmen, denn natürlich waren meine Hände jetzt schon eiskalt. Shiri sollte mal wieder recht behalten. Mein Rosé-Glas stellte ich neben mir auf der Bank ab, nachdem ich davon genippt hatte. Das nächste Mal würde ich den Wein allerdings erst wieder anrühren, wenn ich etwas im Magen hatte – denn schon diese ersten zwei Schlucke hatten ein leichtes Schwindelgefühl ausgelöst. Gedankenverloren wendete ich hin und wieder den Stock, der hinter mir bis nah an die Glut des Lagerfeuers reichte. So ähnlich schienen es auch andere zu handhaben, die zu zweit oder zu mehreren auf den Bänken saßen, redeten und Brot an Stöcken buken.

„Die Dinger sind zum Essen und nicht zum Verfeuern da", klang die ach so bekannte tiefe Stimme nah an meinem Ohr. Ich spürte Julians Atem und zuckte zusammen, während Gänsehaut sich über meinen ganzen Körper ausbreitete. Ob es dem Knistern des Feuers oder dem allgemeinen Geräuschpegel anzulasten war, ich hatte nicht mitbekommen, dass sich Julian neben mich auf die Bank gesetzt hatte. Ein Bein hatte er links und eines rechts der Bank abgestellt und saß damit im rechten Winkel zu mir. Hastig blickte ich mich nach meinem Stockbrot um und wäre dabei beinahe mit seinem Gesicht zusammengestoßen. Gekonnt wich er mir aus.

„Oh. Was? Sorry. Oh. Ohje. Ach. Naja. Danke."

„Ich weiß jetzt aus dem Unterricht, dass du eloquenter bist, ansonsten wäre das selbst für eine Grundschülerin schon eine sehr sparsame Antwort", sagte er grinsend, während er versuchte, meiner hektischen Stockbrot-Rettung nicht im Weg zu sein, und es trotzdem schaffte, mein Rosé-Glas zu retten. Traurig starrte ich auf mein Stockkohlebrikett, das mein verspätetes Abendessen werden sollte.

„Warte kurz", lachte er, drückte mir den Wein in die Hand und holte einen weiteren Stock, den er gekonnt am Feuer platzierte.

„Cool, dass du hier bist. Damit hatte ich eher nicht gerechnet...", begann er und brach ab, als ich die Lippen aufeinanderpresste und mein Weinglas anstarrte.

„Lisa hat erzählt, dass sie deinen Wein zahlen musste. Hättest du meine Führung mitgemacht...", wieder brach er ab.

Er spannte sich an und rieb dann frustriert mit seinen Händen über seine Oberschenkel.

„Warum, Charlie, ist es so irre schwer, mit dir ein normales Gespräch zu führen?"

Jetzt klang Julian fast herrisch.

„Wenn du keinen Bock hast, mit mir zu reden, dann sag das einfach, okay?", provozierte er. Es klang genervt. Von der Seite blickte er mich an und wartete auf eine Antwort. Aber ich hatte keine. Keine, die ich ihm mitteilen mochte, weil ich ihn überhaupt nicht kannte und nicht einschätzen konnte und es mir unendlich unangenehm war, dass er sich so viel mit mir abmühen musste. Und dafür gab es keinen sinnvollen Anlass. Er hatte ja Freunde, er brauchte nichts von mir. Je länger ich nicht antwortete, desto schlimmer wurde es. Ich musste jetzt etwas sagen, bevor ich blockierte.

Jetzt sofort, Lotti!

„Ich... Ich bin nicht sehr gut in Unterhaltungen. Mit... Fremden", stammelte ich und blickte ihm direkt in die Augen. Er gab einen keuchenden Laut von sich und wand sich. Meinem Blick wich er aus. Okay? Das war seltsam? Oder ich hatte eine riesige Spinne im Gesicht.

„Was ist?! Ha... habe ich eine Spinne im Gesicht?!", fragte ich panisch.

„Sag schon! Ich ha... ich habe Angst vor... Julian?" Ich wusste, wie weit meine Augen jetzt aufgerissen waren. Ich bewegte mich nicht mehr und mein Herz begann zu rasen.

„Meine Güte, nein, keine Spinne. Im Gegenteil – du siehst perfekt aus", murmelte er.

Okay, Lotti, Entwarnung: Keine Spinne! Bitte, bitte, bitte fahr dir jetzt nicht hysterisch durch das Haar und taste nicht dein Gesicht ab. Glaub ihm einfach. Mach es nicht wieder peinlicher, als es unbedingt sein muss, okay?

Ich atmete tief ein.

„Danke, das ist... nett von dir", hauchte ich und versuchte, das Adrenalin wieder abzubauen, das sich nicht mit meinem leeren Magen und inzwischen vier Schlucken Rosé vertrug. Vorsichtig knibbelte ich ein Stück unverbranntes Stockbrot vom Ende meines missratenen Backversuchs und kaute gierig darauf herum.

„Hier. Hier hast du ein ordentliches. Wirf das andere einfach ins Feuer, denn das da sind definitiv zu viele ungesunde Nitrosamine an deinem Brikett." Julian reichte mir ein perfektes Stockbrot, das dampfte und lecker nach frischem Brot roch. Vorsichtig spitzte ich die Lippen und pustete etwas, um möglichst schnell an ein paar Kohlenhydrate zu kommen, ohne mir den Mund zu verbrennen.

Julians Körper spannte sich mit einem Mal an.

„Okay! Das, meine Güte..., ich kann das nicht."

Julian wandte sich ab und raunte über die Schulter:

„Ich gehe mal zurück zu meinen Leuten. Hab noch einen schönen Abend, Charles." Ohne mich eines weiteren Blickes zu würdigen, drehte er sich weg und verschwand im Dunklen. Also wenn ich einen Sprung in der Schüssel hatte, dann hatte er aber auch einen, dachte ich. Kritisch ging ich nochmals unsere Unterhaltung durch und konnte, wenn man von meiner Sprechunfähigkeit kurz absah, nicht ausmachen, was seine Reaktion verursacht haben konnte. Vielleicht war er es einfach nicht gewohnt, dass jemand nicht mit ihm redete? Wenn man zur Clique Cool gehörte, wirkte es eigentlich, als würden alle an den Lippen der Mitglieder hängen und wären schier begeistert, auch nur einen Funken Aufmerksamkeit zu erhalten. Wenn man cool war, verstand man dann, dass es Menschen gab, auf die Coolness bedrohlich wirkte? Die durch die Coolness anderer ihre eigenen Unsicherheiten und Defizite potenziert wahrnahmen? Warum war Julian überhaupt zu mir gekommen? Er hatte seine Clique, er hatte mehr als genug Freunde und offensichtlich eine extrem gutaussehende Freundin – selbst außerschulische Verpflichtungen gingen ganz sicher nicht bis zu dieser Waldhütten-Feier, bei der nicht einmal Lehrpersonal anwesend war. Vielleicht war es auch einfach nur eine dieser lächerlichen Wetten, in der es darum ging, mich zu irgendetwas zu bewegen, um sich dann lustig machen zu können. Das war sogar die wahrscheinlichste Erklärung, nahm ich an.

Gierig verschlang ich ein halbes Stockbrot, bevor Bella mich ausmachte und sich zu mir setzte. Sie trug eine weiße Jeansshorts und ein hautenges schwarzes Trägershirt, auf dem goldene Pailletten glitzerten. Ihr folgte eine Gruppe von fünf Mädchen, die sich kurz mit Namen vorstellten, dann aber direkt miteinander redeten, weil Bella mich auf Portugiesisch fragte, ob ich einen schönen Abend hätte.

Ich erzählte ihr von meinem Fauxpas mit der Bezahlung des Rosés und sie winkte lachend ab:

„Lisa hat so unendlich viel Geld, sie könnte allen hier kistenweise Rosé ausgeben und es würde nicht einmal auffallen." Das beruhigte mich sehr. Ich bot ihr das letzte Viertel meines Stockbrotes an, gestand aber, dass Julian es für mich gemacht hatte.

„Julian Simon? DER Julian?", fragte sie ungläubig.

„Ich weiß nicht, wie er mit Nachnamen heißt. Ich glaube, er ist für mich als Neuling irgendwie zuständig? Zumindest sollte er mir die Führung durch das Internat geben. Er und seine Freunde sind diese supercoole Clique mit sehr viel Geld und maßgeschneiderten Hemden", versuchte ich Clique Cool zu beschreiben. Bella legte den Kopf schief, dann grinste sie breit.

„Dir sagt Julian Simon nichts, oder?"

Ich schüttelte den Kopf. Simon, Simon... ein Allerweltsname... puh, ein Politiker vielleicht? Sänger?

„Du schaust nicht viele Filme, richtig?", Bella grinste jetzt bis über beide Ohren.

Wieder musste ich den Kopf schütteln. Fernsehen war mir nie erlaubt gewesen. Nur ausgewählte Klassiker, die meine Eltern als Teil der Allgemeinbildung erachteten, durfte ich mir anschauen, damit ich in Konversationen nicht ungebildet wirkte.

„Haha, na, dann google mal, meine Liebe... wenn Julian dir ein Stockbrot gemacht hat, dann solltest du es entweder schnell essen oder gut verstecken, bevor es dir ein hysterisches Ding aus den Händen reißt."

„Was?", fragte ich irritiert. Bella lachte, sprang auf und strich kurz über meine Wange, bevor sie sich zum Rhythmus der Musik tanzend zu ihren Freundinnen begab, die bereits auf dem Weg zur Theke waren. Meine Chance, eine sinnvolle Nachfrage zu stellen, war vertan. Verflixt.

Notiz: Julian Simon googeln. Vorher gegebenenfalls nochmal darüber schlafen.

Mein Rosé war leer und ich fand, ich hatte diesen Abend erstaunlich gut gemeistert. Ich war sehr zufrieden mit mir selbst. Satt, nicht betrunken, keine Brandlöcher, keine versengten Augenbrauen – dieser Abend war ein voller Erfolg.

Glückwunsch, Lotti!

Es war schon nach elf Uhr und ich beschloss, dass es Zeit wurde zu gehen. Die Party war in vollem Gange und es trafen immer noch neue Leute ein. Als ich mich vom Lagerfeuer wegbewegte, merkte ich, wie kalt es eigentlich geworden war, und meine Zähne klapperten kurz. Ich wandte mich in die ungefähre Richtung des Trampelpfades, der direkt zu Haus drei führte. Auf dem Weg traf ich auf Clique Cool, deren Mitglieder lässig am Geländer der Terrasse lehnten. Lisa und Basti waren ineinander verschlungen und Bastis Bewegungen hatten nicht mehr viel mit Tanzen zu tun. Julian fehlte. Die anderen unterhielten sich angeregt. Lisa entdeckte mich und winkte mir zu, während Basti ihren Hals liebkoste. Ich musste grinsen und winkte zurück.

Den Pfad fand ich und folgte ihm. Schon nach wenigen Schritten konnte ich Gekicher hören, nahm mir aber vor, mich davon nicht irritieren zu lassen. Es war nicht verwunderlich, dass sich Paare hier trafen. Doch als ich gerade eine kleine Biegung hinter mir gelassen hatte, stand ich plötzlich vor einem rummachenden Pärchen. Oder eigentlich vor seinem entblößten Rücken. Mit seinem Körper hatte der Typ das Mädchen an einen Baum gepinnt und hielt ihre Arme über ihrem Kopf gegen den Stamm einer alten Buche gedrückt. Ihre Bluse war offen, ebenso ihr BH. Mit der anderen Hand umgriff er ihre Brust und presste seine Hüfte gegen sie, während sie sich ihm lustvoll entgegenreckte. Im fahlen Mondlicht wirkte er wie ein Raubtier mit klar ausdefinierten Muskeln entlang der Schulterblätter und der Arme. Während er sie liebkoste, stöhnte sie kurz auf. Dann warf mir das Mädchen einen genervten Blick zu:

„Verpiss dich, Mädel! Geh einfach weiter, du Spannerin!"

Der Junge lachte heiser auf und blickte sich mit einem bösartigen Grinsen über die Schulter um, ohne von dem Mädchen abzulassen. Ich schlug mir die Hand vor den Mund, als mir klar wurde, dass das Julian war. Als er mich erkannte, verschwand das Grinsen von seinem Gesicht und er wandte sich ab.

„Sorry!", murmelte ich und huschte an den beiden vorbei, ohne sie noch einmal anzuschauen. Keine Ahnung, warum mich das so schockiert hatte. Sicher hatte ich nicht damit gerechnet, dass dieser Typ keine Freundin hatte. Natürlich war mir klar, dass er Sex hatte. Wer so aussah, bekam ziemlich sicher schon kurz nach der Geburt das erste Liebesgeständnis in der Kinderwiege zugesteckt. Vermutlich wusste Google sogar den Namen dieses Mädchens, das sich vorhin auch an seinen Hals geworfen hatte. Wenn er tatsächlich so berühmt ist, wie Bella angedeutet hatte, dann war es noch lächerlicher als lächerlich zu glauben, dass er auch nur einen Gedanken an die verrückte Lotte verschwenden würde.

Und trotzdem tat es überraschend weh. Ich ärgerte mich darüber, dass ich so einsam war, dass ich schon die geringste Aufmerksamkeit eines Jungen auf die Goldwaage legte. Ich war mir selbst peinlich. Und dennoch war ich schockiert. Zu wissen, wie er dieses Mädchen begehrte. Zu sehen, wie... er es begehrt hatte. Ihr Spruch, aber vor allem sein Grinsen hatten mir den Rest gegeben. Die beiden sollten doch wissen, dass da ein Trampelpfad war. Warum hatte das so krass wehgetan?

DER KELLER

Samstag wachte ich gegen acht auf. Nach der Morgen-
hygiene zog ich eine blaue Jeans und einen schwarzen
Hoodie der Karachi International High an, um zum
Frühstück zu gehen. Aber ich kam nur bis ins Foyer.
Dort standen Essenskörbe, die mit Namen beschriftet
waren. In jedem Korb befand sich eine Thermoskanne
Kaffee, frischgebackene Brötchen und Croissants, Belag
und Butter sowie ein großes Stück Pflaumenkuchen. Ich
schien, gemessen an der Anzahl der Körbe, eine der
Ersten zu sein, die wach war, also suchte ich nach
meinem Korb. Die anderen Namen sagten mir nichts,
außer „Simon". Es gab im Haus entweder noch jemanden mit diesem Nachnamen oder Julian wohnte tatsächlich ebenfalls hier. Der Korb war wie ein Geschenk des
Himmels – ich musste mich nicht den Blicken anderer
aussetzen, sondern konnte ganz in Ruhe zu den Klängen
von Erica Badu frühstücken und Mittag essen und sogar
noch eine kleine, perfekte Teeparty am Nachmittag ver-
anstalten. Mit mir als einziger Gästin.
    Ich konnte mich so auch ganz auf das Lernen
konzentrieren und... musste wohl oder übel den Grusel-
keller erobern. So langsam ging mir die Kleidung aus.
Ich öffnete das Fenster und goss mir genüsslich einen
Kaffee ein. Dann ließ ich mir auf meiner Fensterbank
ein Croissant schmecken. Es war groß und luftig,
schmeckte hervorragend und war innen sogar noch

etwas warm. Die Schule selbst wirkte wie ausgestorben. Auf einer entfernten Wiese beobachtete ich eine Weile drei Rehe, die am Waldrand ästen. Es war so friedlich. Vielleicht, ja, vielleicht konnte ich das hier zwei Jahre schaffen. Vorausgesetzt... ich überlebte den Keller.

Ich hatte einen Wäschekorb mit den Dingen gepackt, die ich unbedingt waschen musste. Meine Klamotten waren vorsortiert. Waschmittel hatte ich und vorsichtshalber ein Sortiment Münzen, falls die Waschmaschinen nur mit Einwurf funktionierten. Im Flur atmete ich durch. Es war nur ein Waschkeller. Niemand im Haus schien schon wach zu sein. Es konnte nichts passieren. Und ich musste, musste, musste Wäsche waschen.

Im Foyer angekommen starrte ich einen Moment auf die Tür zum Keller. Dann erinnerte ich mich, dass Julian den Lichtschalter neben der Tür gedrückt hatte, und mir wurde fast schwindelig vor Freude, weil das die Lösung aller meiner Probleme sein könnte. Okay, nicht wirklich aller Probleme, aber eines kapitalen auf jeden Fall. Ich drückte den Schalter und ging sofort zwei Schritte zurück. Ich atmete tief ein und brachte den Wäschekorb zwischen mich und die Tür in Position. Dann drückte ich vorsichtig die Klinke. Je weniger Geräusche ich machte, desto unwahrscheinlicher war es, dass mich irgendetwas hört. *Reiß dich zusammen, Lotti, keine Monster da.* Als die Tür sich öffnete, strahlte mir helles Licht entgegen. Ein triumphales Lächeln huschte über mein Gesicht. Yes!

Ich öffnete die Tür vollständig. Damit ragte sie zwar etwa dreißig Zentimeter in den Treppenaufgang, der sich daneben befand, aber das sollte schon in Ordnung gehen, schätzte ich ab. Wollte dort jemand vorbei, musste er oder sie maximal etwas die Schulter zur Seite nehmen. Ich wagte einen Schritt in Richtung des Kellerabgangs. Und ich konnte in den Waschraum sehen – nicht jede Ecke, aber ich sah weiße Fliesen und mindestens vier große Geräte, dazu einen Ablagetisch und ein paar ungenutzte Wäschekörbe. Es waren nur etwa zwölf Stufen, gesichert mit einem offenen Metall-Geländer. Okay. Okay, das könnte gehen.

Ich holte tief Luft und hielt den Atem an. Dann wagte ich den ersten Schritt auf die obere Treppenplattform. *Geht.* Ich nahm probeweise eine Stufe. Sie war so stabil, wie ich es von Zement erwartete. *Geht.* Vorsichtig drehte ich den Wäschekorb, den ich trug, etwas zur Seite, um mehr sehen zu können. Dabei stieß ich gegen das Geländer, das einen klingenden Laut ähnlich einer Glocke von sich gab. *Geht nicht! Keine Panik jetzt. Warte, ob du was hörst.* Nichts. Ich musste atmen, versuchte aber, dabei kein Geräusch zu machen, auch wenn mir langsam wirklich Sauerstoff fehlte. Nach einigen Sekunden hatte sich mein Atem beruhigt und ich bereitete mich auf die fehlenden Stufen vor. Als ich im Keller angekommen war, drehte ich mich zuerst um, um nachzusehen, was sich unter der Treppe befand. Ein offenes Einbauregal mit Handtüchern und Bettwäsche. *Okay. Geht.*

Der Raum bot vier Waschmaschinen und zwei Trockner, alle waren Toplader, natürlich Markenprodukte und KI-gestützt. Einen Münzeinwurf gab es nicht, dafür aber von der Schule gestelltes Waschmittel. Mit zittrigen Händen öffnete ich die nicht ganz geschlossene Klappe der linken Waschmaschine. Sie war leer. Vorsichtig füllte ich meine helle Wäsche ein und versuchte, keinen Lärm zu machen. Ich musste mich auf meine Atmung konzentrieren, aber die Bedienung war wirklich leicht. Die zweite Maschine füllte ich mit meiner dunklen Wäsche. Es waren ja noch zwei weitere Geräte für die anderen im Haus da. Ich schüttete das Waschmittel in die vorgesehene Kammer und schloss beide Maschinendeckel parallel. Dann wählte ich das richtige Programm und zuckte bei jedem Ping zusammen. Ich war auf der Zielgeraden und fast schon euphorisch. *Das ist schaffbar!* Feierlich drückte ich mit beiden Zeigefingern auf den Displays der Maschinen zeitgleich als letzten Schritt auf ‚Start'.

Ein Surren... *Moment! Das kommt nicht von den Maschinen!*

KLACK!

Es war dunkel. Das Licht hatte einen Zeitschalter. *Oh nein...* Ich hatte mich hier unten nicht nach dem Konterschalter umgesehen. *Oh. Nein...* Während ich mir den Mund zuhielt, damit ich nicht schrie, fokussierte ich mich vollkommen auf das Licht aus dem Foyer, das durch die offene Tür herein strahlte und die Treppenstufen ausreichend ausleuchtete. Ich musste es nur bis oben zum Treppenabsatz schaffen. *Es ist nicht dunkel, Lotti. Nicht dunkel.*

In diesem Moment kam jemand aus dem oberen Geschoss den Treppenaufgang ins Foyer gestapft.

„Welcher Depp...?!", hörte ich ein heiseres und missmutiges Grummeln und dann knallte die Tür zum Waschkeller mit Schwung zu. Der Knall wirkte wie ein Schuss auf mich. Ich war getroffen. Mein Herz begann zu rasen und ich fing unkontrolliert an zu zittern, während meine Atmung immer schneller und stoßartiger wurde. Ich verlor vollständig die Kontrolle über meine Beine und sackte in die Knie. Ich krallte mich verzweifelt mit meinem Blick an den Ort, wo ich zuletzt den Lichtschein des Foyers gesehen hatte. Mir wurde übel. Dort war kein Licht mehr. Nichts. Es gab nur Finsternis. Mein Körper evaluierte, den morgendlichen Kaffee und das Croissant aufzugeben. Ich konnte mich nicht mehr erinnern, ob dieser Raum eine Treppe oder eine Tür hatte. Ich hörte. Ich hörte zu wenig! Es war stockfinster und die Maschinen waren laut. Sie zischten und gluckerten, die Trommeln rumpelten und das Blut rauschte in meinen Ohren.

Ich kann nicht hören, woher es kommt!

Mit den Händen krallte ich mich in Fliesenrillen und zog mich dorthin, wo ich den Falttisch vermutete. Ich robbte so lange weiter, bis eine Wand mich stoppte. Dort rollte ich mich zusammen und bot dem Monster meinen Rücken an, um mein Gesicht und meine Organe zu schützen. Ich rollte mich ein und presste meinen Kopf in meine angewinkelten Arme. Die Hände zu Fäusten geballt, damit es mir keine Finger ausreißen konnte. Jetzt musste ich nur noch hier liegen und warten. Ich musste leise sein. Ganz leise.

Nicht atmen. Bis das Kindermädchen oder Papa auftauchen. Lotti, atmen. Ein und aus. Aber die Panik erfasste mich in Wellen. Meine Ohren versuchten Muster in den Programmen der Waschmaschinen zu erkennen, um andere Geräusche herauszufiltern. Leider verhielten sich die Maschinen nicht synchron. Muskeln schmerzten, brannten, krampften. Ich wusste, dass meine Handinnenflächen bluteten, weil sich meine

Fingernägel in die geballten Fäuste gebohrt hatten. Ich schmeckte Blut. Und es tropfte aus meiner Nase. *Jetzt kann es mich wittern. Oh Gott, es kann mein Blut riechen.*

Ich spürte mein Herz, als es drei schmerzhafte Schläge tat. Dann war alles still, als ich das Bewusstsein verlor.

„Hey... Hey, Charles...", eine Hand berührte mich an der Schulter und ich versuchte, mich noch fester zusammenzuballen.

„Okay, was ist das denn für eine Fuckscheisse?"

„Halt die Klappe, Micha. Ich hole sie jetzt da hervor, du musst mir oben die Tür aufmachen."

„Geht klar."

Ruhe.

Als ich die Augen öffnete, war ich in meinem Zimmer und lag in meinem Bett. Ich war zugedeckt. Wie war das denn passiert? Als ich die Zudecke wegziehen will, stöhnte ich auf, denn meine Muskeln waren vollkommen übersäuert und steif. Eine einfache Armbewegung fühlte sich an, als wollte mir jemand die Muskelfasern von den Knochen reißen.

„Erschrick dich nicht, Charles, ich bin's, Julian", hörte ich seine ruhige Stimme.

Vorsichtig rollte ich mich herum und betrachtete Julian, der in einem Feinripp-Shirt in Überlänge und mit weiten Jogginghosen auf meinem Stuhl saß. Er lächelte zaghaft.

„Hey..."

Auf meinem Nachtisch lag ein Waschlappen, der voller Blut war. Langsam öffnete ich meine Hände und betrachtete meine zerlöcherten Handflächen.

„Das ist mir sehr unangenehm", krächzte ich.

Ich fühlte, dass meine Lippe dick war, auch die Zunge hatte es erwischt, als ich mich selbst gebissen hatte. Mit dem Handrücken prüfte ich meine Nase. Verkrustetes Blut stach unangenehm in die Nasenwände.

Julian schwieg und betrachtete mich weiter.

Vorsichtig streckte ich meine Beine aus. Dann bewegte ich die Schultern. Anschließend die Arme. Schließlich setzte ich mich unendlich langsam auf.

„Toll, jetzt muss ich die Klamotten auch noch waschen...", murmelte ich heiser und hatte Probleme, mich darauf zu konzentrieren, dass sich jemand mit mir im Raum befand.

„Glückwunsch, Lotti, Königin der Kaputtheit", krächzte ich mich an. Dann fiel mir Julian wieder ein.

„Oh. Sorry."

„Achtung, ich stehe kurz auf, nicht erschrecken", sagte er leise. Dann hielt er mir ein Glas Wasser und zwei Aspirin hin.

Erst als ich nach den Tabletten griff, sah ich, dass meine Fingerspitzen blutverschmiert waren und meine Fingernägel in getrocknetem Blut getränkt. Ich zuckte zurück und blickte unsicher zu Julian.

„Schon okay, eins nach dem anderen", ermutigend nickte er in Richtung der Tabletten. Ich bemühte mich, ihn mit meinen zittrigen Ekelsfingern möglichst nicht zu berühren, und entschuldigte mich in monotonen Schleifen, um ja keinen wichtigen Moment zu verpassen, für den ich mich unbedingt entschuldigen musste. Anstatt sich wieder hinzusetzen, ging Julian vor mir in die Hocke:

„Charles, dein Körper ist gerade praktisch ein einziger Muskelkater und wenn wir dagegen jetzt nicht etwas unternehmen, dann kommst du morgen vermutlich gar nicht mehr aus dem Bett, sondern rollst nur wie ein großer – aber sehr hübscher – Käfer von links nach rechts." Er wartete meine Reaktion ab und lächelte schief, als ich mit einem vorsichtigen Nicken zu verstehen gab, das mir das klar war.

„Ich würde dich gerne ins Bad bringen, dir beim Ausziehen helfen, soweit das okay ist und dann warten, während du mindestens zehn Minuten so heiß wie möglich duschst. Den Wasserstrahl musst du vor allem auf deine Nacken- und Schulterpartie leiten und vermutlich auf Oberschenkel und Waden. Und nein, ich werde nicht gehen. Ich lasse mich nicht nochmal von dir abwimmeln. Auch weil das viel zu gefährlich wäre, wenn du in der Dusche stürzt."

„So gefährlich ist das gar nicht. Wenn der Körper so steif ist, fällt man gar nicht ordentlich...", klugschiss ich und presste mit aufgerissenen Augen die Lippen aufeinander.

„Das passiert also nicht zum ersten Mal. Verstanden. Ich gehe nicht, bis ich dich mit einer heißen Tasse Tee auf dem Fensterbrett weiß und sicher bin, dass du nicht einfach wie ein Sandsack rausfällst."

„Ich würde nicht sehr tief fallen", merkte ich an, und als in Julians Gesicht etwas aufflackerte, ergänzte ich: „Und vielleicht sollte ich einfach die Klappe halten. Mit Drei-Tage-Bart siehst du bestimmt irgendwie sexy aus."

Wo kam das denn jetzt her, Blitzbirne?

Julian hatte braune, fast schwarze Augen. Er war noch unrasiert und die dunklen Bartstoppeln, die sich an die Hautoberfläche drängten, standen ihm. Sie ließen ihn angenehm altern. Er hatte perfekte Lippen, auch wenn er sie gerade etwas angespannt zusammenpresste. Seine Augenbrauen machten einen perfekten Bogen und seine Nase wirkte perf...

Perfektperfekt??? Was tust und laberst du da, Lotti?
Ich blinzelte.

„Okay, du hilfst mir hoch und beim Ausziehen, richtig?", ich blinzelte erneut. Mein Gehirn hatte massive Probleme, diesen hormonellen Ansturm zu verarbeiten. Julian rührte sich nicht und blickte mich einige Sekunden forschend an. Dann hielt er schweigend seine Hand auf. Mit etwas Konzentration legte ich mein Handgelenk in seine Handfläche, nachdem ich beschlossen hatte, dass ich lieber nicht wollte, dass jemand meine Hände anfasst oder zusammendrückt. Es brauchte einen Moment, bis ich meinen Arm angemessen durchstrecken konnte. Julian richtete sich auf, während ich fasziniert auf seine großen, warmen Hände starrte, die meine Handgelenke wie bessere Strohhalme aussehen ließen. Ich hob erst ein und dann das zweite Bein aus dem Bett. Der Versuch aufzustehen misslang, ich verlor das Gleichgewicht und sackte zurück. Etwas unbeholfen hielt ich Julian meinen zweiten Arm entgegen und er griff zu. Ich konnte mich nur sehr langsam aufrichten. Es waren nicht nur Waden und Oberschenkel, auch meine Bauchmuskulatur war komplett blockiert. Als ich endlich gerade stand, musste ich eine Weile atmen.

Wir benötigten ewig, bis wir es ins Bad geschafft hatten, auch wenn Julian mich hielt. Jeder Schritt erforderte meine volle Konzentration. Zwei Male bot Julian an, mich zu tragen. Zwei Male lachte ich heiser auf und erklärte ihm, dass er das vergessen konnte.

Dann standen wir im Bad und betrachteten uns im Spiegel.

„In diesem Bad war ich das ganze vorletzte Jahr vielleicht dreimal zum Pinkeln. Und jetzt ziehe ich dich hier innerhalb weniger Tage zum zweiten Mal aus. Eigentlich wäre das viel cooler als Pinkeln...", murmelte er und zog eine Augenbraue hoch. Ich musste grinsen. Vorsichtig hob er mir den Karachi-Pulli auf die Schultern und zog ihn mir über den Kopf. Meines Stringtops entledigte ich mich selbst, indem ich langsam meine Arme aus den Trägern zog und das Hemd über meinen Hintern abstreifte. Kurz feierte ich mich für die umgesetzte Notiz, immer vorsichtshalber einen BH anzuziehen. Julian bemühte sich sehr, nicht zu schauen, aber ich wusste, dass er seine Augen auch nicht schloss, als er vor mir in die Hocke ging und zwei Finger in den Bund meiner Jogginghose einhakte. Das machte mich unruhig. Sehr sogar. Aber ich wusste, dass ich mindestens fünf Minuten brauchen würde, um mich wieder aufzurichten, wenn ich jetzt versuchen würde, die Hose selbst loszuwerden.

„Ich schwöre, ich mache keinen Blödsinn!", raunte er, während er von unten zu mir hochschaute. Ich schaffte ein müdes Lächeln und nickte. Dann hielt ich die Luft an und drückte meine Hüfte etwas von der Wand weg, an die ich mich die ganze Zeit stützte. Ich konnte ihn atmen hören. Ja, ich spürte seinen Atem auf der Haut meines Bauches, warm und stoßartig. Vorsichtig streifte er die Hose über mein Gesäß und stockte kurz.

„Was ist das?" Gebannt schaute er auf meine Oberschenkel und ihre vielen Narben.

„Nichts. Ich bin halb Zebra", erwiderte ich und wartete darauf, dass er sich wieder zusammenreißen konnte. Ich hatte keine Energie, mich darüber aufzuregen, dass er die Narben überhaupt gesehen hatte, oder – noch schlimmer – darüber zu reden.

Für einen Moment blickte Julian zu mir hoch, dann griff er in meine Kniekehlen und half mir, erst das eine und danach das andere Bein anzuheben.

„Schaffst du den Rest alleine?", seine Stimme wirkte unruhig.

„Na klar. Tust du mir einen Gefallen? Im linken Schrank ist Unterwäsche und so ein dunkelbrauner Strickpulli aus Kaschmirwolle... Unterwäsche hier rein, Pulli weiß ich noch nicht."

Er nickte und sammelte meine Klamotten ein. Gerade sah sein Gesicht wieder völlig unbeteiligt aus und ich vermutete, dass er keine große Lust hatte, sich durch meine Unterwäsche zu wühlen. Nur konnte ich es gerade nicht wirklich ändern.

Für BH und Unterhose benötigte ich weitere Minuten, aber in die Dusche schaffte ich es, fast ohne mir den kleinen Zeh anzuhauen. Das letzte, was ich von mir im Spiegel sah, war mein blutverschmiertes Gesicht mit der leicht asymmetrisch verdickten Unterlippe, der verkrusteten Nase und dem blutigen Haaransatz. Dann drehte ich das Wasser auf und stellte die Temperatur so ein, dass ich es gerade noch ertragen konnte. Schnell flutete Dampf das kleine Bad und verwehrte mir gnädig den

Blick auf meinen ramponierten Körper. Zuerst bearbeitete ich meinen Nacken und meine Schultern. Ich löste meine Zöpfe, damit ich mir das Blut aus dem Haaransatz waschen konnte, und ächzte dabei wie eine alte Frau. Meine Arme so lange über meinem Körper zu halten, war unendlich anstrengend. Tatsächlich rann ein nicht unbeträchtlicher rötlicher Fluss von meinem Kopf, als ich ihn endlich unter Wasser halten konnte. Ich fühlte vorsichtig meinen Schädel ab, um festzustellen, ob es wirklich nur das Blut aus meiner Nase war, das mir, während ich ohnmächtig am Boden lag, in mein Haar geflossen war, oder ob ich mir zusätzlich noch eine Platzwunde geholt hatte. Dem war nicht so. Ich begann, die Muskeln zu strecken. Die Aspirin fingen an zu wirken. Ich katzenbuckelte und hohlkreuzte... und just in diesem Moment erschien Julians Kopf im Türrahmen:

„Deine Unterwäsche lege ich... holy shit... sorry! Ich habe fast nichts gesehen! Ich hatte es mir ganz fest vorgenommen! Aber verdammt, das ist wirklich unfair!", fluchte er.

Ich musste lachen. Es ging mir definitiv besser. Ich hob meine Arme und reckte sie in alle Richtungen, dann stützte ich mich mit den Unterarmen gegen die Wand und ließ das heiße Wasser auf mein Steißbein trommeln. Julian war noch da. Kurz war ich überrascht. Ich war davon ausgegangen, dass er sich nach seinem Ausruf direkt wieder zurückgezogen hatte. Wir beobachteten uns gegenseitig. Ich richtete mich langsam auf, bis der Wasserstrahl auf meine Kopfhaut prasselte. Und ja, mir war bewusst, dass Julian jetzt direkt auf meine Brüste schaute. Aber mal ganz ehrlich... wenigstens ein paar

Brüste hatte er sich nach diesem grandios verhundsten Samstagmorgen verdient. Offensichtlich waren Brüste nichts Neues für Julian – und ich mochte meine sehr gern. Sie waren rund, nicht wirklich klein, aber auch nicht übermäßig groß. Gerade interessierte es mich nicht, wie lange Julian mich beobachtete und als ich das nächste Mal einen Kontrollblick riskierte, war sein Kopf aus dem Türrahmen verschwunden.

Nach zwanzig Minuten hatte ich vermutlich gut die Hälfte des heißen Wassers des Gutes aufgebracht und fühlte mich dank dessen und Aspirin fast wie neugeboren. Ich desinfizierte meine Handinnenflächen. Angeblich ist ja das, was sich unter den Fingernägeln ansammelt, förmlich Seuche und Pest in einem. Solange meine Muskulatur noch warm war, kam ich fast ohne Grunzen in meine Unterhose. Ich putzte mir die Zähne und kontrollierte vorsichtig meine Nase. Mir fiel auf, dass Julian die Unterwäsche nicht nur farblich zum Pullover abgestimmt hatte, sondern auch ein Set gewählt hatte, bei dem der BH vorne geschlossen wurde. Das ersparte mir sehr, sehr viel Hampelei. Es fehlte der Pulli. Also streckte ich mich nochmal und öffnete die Tür:

„Hast du den...", aber direkt vor der Tür stand Julian und hielt mir mit einem ernsten Gesichtsausdruck den Pullover fertig zurechtgekrempelt hin. Ich lächelte und steckte meinen Kopf durch die Halsöffnung.

Und mit einem Mal war ich Julian nahe. Sehr nahe. Als ich den Kopf anhob, blickte ich auf seine leicht geöffneten Lippen. Seine Nasenflügel waren geweitet und bebten und seine Augen waren wachsam. Langsam zog er den Pullover über meinen Körper und berührte mich dabei nicht. Als seine Arme meine umfassten, hielt er inne. Sein Blick zuckte zwischen meinen Augen und meinen Lippen hin und her. Vielleicht sollte ich etwas sagen. Vielleicht sollte ich die Situation entschärfen, mich für mein Verhalten in der Dusche entschuldigen, weil es wirklich pubertär gewesen war. Aber just in diesem Moment, hier und jetzt, genoss ich Julians Geruch, die Wärme seines Körpers und seinen Atem in diesem stillen Augenblick.

Sag sorry, Lotte – das war echt eine ganz schön übergriffige Nummer da in der Dusche!

Doch bevor ich mich entschuldigen konnte, spürte ich seine Lippen auf meinen. Zuerst berührten sie sie nur vorsichtig, während wir uns gegenseitig beobachteten. Julian fuhr mit seinen Lippen über meine und küsste mich langsam. Ich zuckte zusammen, als ein kleiner Schmerz durch meine geschwollene Unterlippe zog. Er hielt inne und atmete in meinen Mund:

„Ich will...", hauchte er mit halb geschlossenen Augenlidern: „Ich kann dich... nicht...", aber er vollendete den Satz nicht. Stattdessen ließ er von dem Pullover ab und legte seine großen Hände an meinen Hals und fuhr mit den Daumen meine Kieferlinie nach, während sein Blick wild und unruhig über mein Gesicht zuckte. Mein Körper rauschte. Ich versuchte, meine Atmung zu beruhigen und schluckte. Dann schob er mich an die Flurwand und küsste mich eindringlich und gierig. Bis wir beide Blut schmeckten.

„Die Wunde an deiner Lippe ist wieder aufgegangen", stellte er matt fest und lehnte seine Stirn neben mir an die Wand: „Entschuldige. Das alles. Das war..."

„... angenehm?", bot ich an. Ich war unterzuckert, physisch völlig fertig und genoss den Rausch der Botenstoffe, die meinen Körper unangemessen und unkritisch fluteten. Julian lachte leise an meinem Hals auf, küsste ihn sanft und stieß sich dann mit einem Lächeln von der Wand ab. Ich schlängelte meine Hand durch die Halsöffnung des Pullovers und prüfte mit meinem Handrücken, wie schlimm meine Lippe blutete, aber es hielt sich in Grenzen.

„Wir könnten ein... Einhorn-Pflaster draufkleben", schlug er vor und grinste.

„Also, dein Fandom für Einhörner ist schon irgendwie ein wenig peinlich", konterte ich.

Der Kaschmir-Pullover war lang und verdeckte alles Wichtige. Nachdem ich meine Arme durch die Ärmelöffnungen gezogen hatte und keine Idee hatte, wie ich mit dieser Gesamtsituation umgehen sollte, hielt ich Ausschau nach dem versprochenen Tee. Anscheinend war er noch nicht gekocht, worüber ich gerade froh war – nichts ging über eine solide Übersprunghandlung. Ich fragte:

„Möchtest du auch einen Tee?"

„Nein, ich würde gerne meinen Morgenkaffee trinken. Hast du noch welchen? Und du... solltest vielleicht etwas essen. Etwas... Süßes", er lächelte.

Entsetzt stellte ich fest, dass es früher Nachmittag war.

„Ich habe heute morgen ein Croissant...", begann ich, aber er unterbrach mich:

„Ja, das weiß ich..." Und sein langer Blick verriet mir, dass es nicht beim Nasenbluten geblieben war.

„Oh nein! Oh, oh, oh nein. Oh nein, oh nein. Ich muss das saubermachen!", stammelte ich. Ich konnte spüren, wie ich vor Scham rot wurde.

„Das hat Micha gemacht. Alles gut."

Okay, Weltuntergang? Der coole Micha musste mein Erbrochenes wegmachen. Ich bin eine Woche hier... was soll noch kommen? Fällt mir ein Klavier auf den Kopf? Und Micha muss mein Hirn vom Versammlungsplatz fegen?

Ich vergrub mein Gesicht in meinen Händen.

„Du hast keine Vorstellung, wie viel Kotze Micha schon weggemacht hat – ich glaube, er wird Karriere als Tatortreiniger machen", tröstete mich Julian, der sich auf meinem Bürostuhl niedergelassen hatte. Er bestrich gerade ein aufgeschnittenes Croissant mit Butter und Honig und hielt es mir dann hin.

Wir schwiegen, während ich aß und wir Kaffee und Darjeeling tranken. Die heiße Tasse vertrug sich schlecht mit meiner Unterlippe und Julians Blick zuckte immer wieder zu dem unförmigen Ding.

„Charles... was da vorhin passiert ist...", setzte er schließlich an, „Es war irgendwie eine kurze Nacht und ein krasser Start in den Tag... und ich... das war... unangemessen... "

Natürlich war mir klar, dass ein Julian Simon – was immer das bedeutete... – sich nicht unsterblich in mich verliebte, nachdem er mich vollgekotzt und blutend in einem Waschkeller gefunden hatte. Außerdem hatte er eine unglaublich hübsche Freundin.

Notiz: Endlich Namen googeln, um das Ausmaß der Peinlichkeit vollständig erfassen zu können.

Ich lächelte. Aufgesetzt zwar, aber das konnte er ja nicht wissen. Dann bemühte ich mich um Schadensbegrenzung:

„Mach' dir keine Sorgen. Ich sage niemandem etwas. Mir ist das alles völlig klar und es ist doch eigentlich auch gar nichts passiert. Und für den Rest entschuldige ich mich. Ich war in der Dusche... ich war vermutlich nur irgendwie high von meinem eigenen Neurotransmitter-Cocktail. Ich wollte dir kein Loch in die Nezthaut brennen. Sorry also. Ich schweige wie ein Grab. Und ich schulde dir inzwischen ungefähr einhundert Gefallen, also lass es mich wissen, wenn ich dir einen Aufsatz schreiben soll oder sowas."

Julian starrte mich an. Offensichtlich hatte ich alles gesagt, was er eigentlich sagen wollte, also kaute ich erleichtert mein Croissant fertig und spülte es mit Tee runter. Solange ich nicht darüber nachdachte, wie unglaublich unangenehm mir diese Situation war und wie weh es tat, etwas zu wollen, was man nicht haben konnte, würde ich mit einer fröhlichen Aneinanderkettung von Alltagsverhalten über die Runden kommen. Ich griff nach meiner Teetasse.

„Einen Aufsatz", sagte er tonlos.

Oh, zu wenig, wie es schien. Ich hatte keine Ahnung, was ein angemessenes Angebot war. Hatte das mit dem Aufsatz geklungen, als würde ich Julian für dumm oder faul halten?

Aaach, Lotti, lass uns diese Expedition durch die Ebene der Fettnäpfe einfach durchziehen. Für alles andere ist es eh viel zu spät, Kotzi.

Ich ruderte zurück: „Ja oder was auch immer. Sag einfach Bescheid. Ich meine, du hast mir gerade wirklich geholfen. Keine Ahnung, was passiert wäre, wenn du mich nicht gefunden hättest!", ergänzte ich in einem Plauderstil, den ich so nicht meinte, aber der derzeit die einzige Art war, wie ich über dieses Thema reden konnte.

„Charles, du hättest sterben können."

Jetzt hielt ich seinem Blick stand.

„Ich lebe", sagte ich ernst und kein Wort mehr. Ich musste mir nicht von Mister Cool erklären lassen, was gerade passiert war. Immerhin lebte ich und war darin meine eigene Spezialistin.

Julian hatte sich kurz darauf verabschiedet und etwas über Termine gemurmelt. Dafür, dass ich nicht wollte, dass er ging, war ich unendlich erleichtert, als ich wieder alleine war. Ich kroch ins Bett, schlief wie eine Tote und verbrachte den Sonntagmorgen mit Yoga, um meine Muskeln vorsichtig fit zu machen. Dann rüstete ich mich, um den Keller erneut in Angriff zu nehmen. Ich hoffte inständig, dass meine Wäsche noch da war, wo ich sie zuletzt gesehen hatte – in den Waschmaschinen. Ich hatte Zettel vorbereitet, die ich von innen und außen an die Kellertür kleben konnte:

„Bitte nicht vollständig schließen!"

Ich hatte mein Smartphone dabei und ließ die Taschenlampe eingeschaltet. Nachdem ich vom Foyer aus den Lichtschalter gedrückt hatte, stellte ich die Stoppuhr ein, um herauszufinden, wie der Zeitintervall der Lampe eingestellt war. Als das Licht nach fünf Minuten surrend erlosch, stellte ich einen Timer auf vier Minuten und dreißig Sekunden, mit einem angemessen lauten Alarmton ausgestattet. Dann drückte ich den Schalter erneut, ging die Treppenstufen in den Keller hinunter und testete nach Minute zwei den Schalter am Treppenende, von dem ich vermutete, dass er der

Konterschalter war. Mit Loslassen der Taste flitzte ich sofort wieder nach oben. Dort wartete ich, was geschah. Nichts, das Licht ging nicht aus, obwohl die ersten fünf Minuten abgelaufen waren. Das bedeutete, dass ich den Timer der Deckenleuchte über den Schalter im Keller zurückstellen konnte. *Gut.* Bei der nächsten Tour in den Keller inspizierte ich die Ecke unter dem Ablagetisch, von der ich vermutete, dass ich während der Panikattacke dort hingekrochen war. Sie war makellos – vielleicht sogar einen Funken weniger staubig als andere Ecken. Micha würde tatsächlich einen verdammt guten Tatortreiniger abgeben. Obwohl noch zwei Minuten verblieben, setzte ich das Licht über den Schalter im Keller zurück und stellte den Countdown auf meinem Handy neu ein. Dann schnappte ich die Wäsche aus den Waschmaschinen, fischte die Blusen heraus und warf den Rest der Sachen in die beiden Trockner. Bevor Minute vier abgelaufen war, war ich wieder oben im Foyer. Zufrieden blickte ich auf das Biest, dessen Bändigung erfolgreich voranschritt. Als ich gerade dabei war, in einem lautlosen Jubeltanz die Arme und Hände über meinem Kopf kreisen zu lassen, kamen Julian und Micha die Treppe herunter. Während Julian den Mund nicht aufbekam und, nachdem er einen kurzen Blick auf den Zettel an der Kellertür geworfen hatte, seine Hände tief in den Taschen seiner Sporthose vergrub, grüßte mich Micha:

„Hey, ich bin Micha. Haha, lebendig gefällst du mir viel besser!", grinste er.

Micha war einen halben Kopf kleiner als Julian. Er hatte blondes Haar mit einem stylischen Haarschnitt mit Seitenscheitel und perfekt ausrasiertem Nacken. Das längere Haupthaar wurde von einer Sonnenbrille zurückgehalten. Seine blauen Augen strahlten in seinem gebräunten, eigentlich attraktivem aber irgendwie erstaunlich asymmetrischen Gesicht, das etwas hager wirkte, weil seine ganze Statur eher drahtig-schlanker Natur war. Er hatte entweder einen Fimmel für gepflegte Hände oder bekam regelmäßig eine Maniküre – seine Fingernägel waren makellos. Micha trug zwei schwere Goldringe, hatte aber ansonsten auch Sportklamotten an. Offensichtlich waren die beiden auf dem Weg zum Joggen oder einem anderen Frühsport.

Aus der gesamten Clique war er derjenige, vor dem ich am wenigsten Angst hatte. Das lag hauptsächlich daran, dass er auf mich von allen in dieser Gruppe am bodenständigsten wirkte. Er räumte Teller zusammen, wenn die Clique den Speisesaal verließ, er grüßte das Lehrpersonal immer freundlich und nahm dafür stets die Sonnenbrille ab, wenn er eine trug. Er bedankte sich und hielt auch dem kleinsten Rotzbengel am Büro-Gebäude die schwere Tür auf. Er wirkte auf mich wie ein sehr wohlerzogener Junge in zu teuren Klamotten.

Ich nahm mir einen guten Moment, um mich bei Micha in aller Form zu entschuldigen, und bat auch ihm meine Schuldigkeit an. Er winkte lachend ab und warf einen kurzen, unsicheren Blick zu Julian, der seine Sonnenbrille aufgesetzt hatte und gelangweilt seine Schuhspitzen anstarrte. Dass ich ihm jetzt peinlich war, war völlig verständlich und ich würde selbstverständlich so tun, als kenne ich ihn kaum. Was streng genommen ja auch stimmte. *Notiz: Googlen, Lotti. Was ist los mit dir?*

Zurück in meinem Zimmer feierte ich meine Keller-Bändigung mit einer Tasse Kaffee und einem Mittagessen, das aus Kuchen bestand. Ich fand, ich konnte mal so richtig über die Stränge schlagen. Dann nahm ich eine weitere Aspirin. Während ich darauf wartete, dass sie wirkte, fuhr ich mein Notebook hoch und rief Google auf. Ich zögerte. War es relevant, was ich im Internet über Julian Simon finden würde? Ja, er hatte mich geküsst, aber ich hatte das auch irgendwie provoziert. Vielleicht war ich sogar übergriffig gewesen und hatte Grenzen überschritten, ohne ein Einverständnis zu erfragen. Dass ihm das jetzt peinlich war, war glasklar - und sein Helfersyndrom auf diese Weise auszunutzen, war schon ein ganz neues Level an Verrücktheit. Je länger ich darüber nachdachte, wie Julian mich wahrnehmen musste, desto elender fühlte ich mich.

Wenn ich ihn jetzt googelte... wäre das Stalking? Mein Körper erinnerte sich an die Berührungen und sehnte sich so sehr danach, dass sich mein Brustkorb schmerzhaft zusammenzog. Ja, sogar das Entfernen des Splitters war eine angenehme Erinnerung. Und das war definitiv komplett bescheuert. Auf der anderen Seite hoffte ich, dass mir das Internet dabei helfen würde, meine Position in diesem seltsamen Miteinander richtig einzuordnen. Das Internat, Gut Freyenberg, hingegen war wie ein kleines, hochspezielles Habitat, in dem Arten wunderliche Anpassungen und Überlebensstrategien an den Tag legten. Die Welt außen fand hier keine Anwendung, wir teilten allein die Schwerkraft und einen Fixstern, schien es mir.

Langsam gab ich Julians Namen in das Suchfeld ein. Obwohl ich erst seinen Vornamen eingegeben hatte, bot

Google bereits Empfehlungen an. „Julian Simon – Schauspieler" wurde an erster Stelle angezeigt. Puh. Nach drei anderen Personen folgten ergänzende Suchbegriffe: „Julian Simon Single", „Julian Simon Freundin" und „Julian Simon neuer Film". Google hatte schon entschieden, dass es bei meiner Anfrage offensichtlich um Julian Simon ging. Ich fühlte mich ertappt und eine heiße Welle schwappte über mein Gesicht. Ich drückte die Entertaste. Zu oberst erschienen Bilder von Julian, die bei Filmpremieren oder in Interviews gemacht wurden. Nachdem ich ihn nur aus der Schule kannte, wirkten die Bilder wie ziemlich gute Montagen, aber auf jeden Fall Fälschungen. Ich bekam diese vollkommen andere Realität überhaupt nicht zu fassen. Daneben zeigte die Suchmaschine die aktuellsten Pressemitteilungen, angrenzend sein Alter (achtzehn) inklusive Geburtstag und seinen neusten Film. Ich wechselte zu den Bildern. Viele waren Szenen in Filmen. Zwar konnte ich erkennen, dass es sich um Julian handelte, aber die unterschiedlichen Haarschnitte, Masken und Beleuchtungen entfremdeten ihn. Es war offensichtlich, dass nicht einer der Filme mit ihm ein B-Movie war. Die Produktionsfirmen waren die ganz großen und bekannten. Dann sah ich die ersten Bilder mit Frauen. Oder Mädchen oder wie auch immer. Einige waren anscheinend Schauspielkolleginnen, andere wirkten zufällig geschossen. Es gab hochwertige Bilder und solche in eindeutiger Paparazzi-Qualität. Keine der Frauen schien das Mädchen von der Waldhütte zu sein. Der Großteil der Presseberichte kam aus den USA, aber auch hier in Deutschland schienen sich Promi-Zeitschriften für Julian zu interessieren. Er wurde sogar immer wieder auf Titelblättern abgebildet. Von Klatsch-blättern, die ich einfach nie zu Gesicht bekam, wie ich feststellte.

So langsam verstand ich Bellas Stockbrot-Spruch von Freitag Nacht. Julian war ein berühmter Schauspieler mit Fans und Glamour und allem drum und dran.

Haha, diesem Typen hast du angeboten, einen Aufsatz für ihn zu schreiben, Lotti. Und du ihm deine Supertittis gezeigt. Loool. Oh man.

Ich schlug die Hände vor dem Gesicht zusammen. Leider würde ich für die kommenden zwei Jahre mein Zimmer nicht mehr verlassen können. Julian Simon hatte mich aus meiner eigenen Kaffee-mit-Croissant-Kotze gefischt. Er hatte in meiner Unterwäsche kramen müssen. Er hatte mir ein Einhorn-Pflaster auf den Rücken geklebt. Ich hatte ihm die Tür vor der Nase zugedrückt. Natürlich war ihm das über alle Maßen unangenehm. ICH musste ihm bis ins Mark peinlich sein. Zum ersten Mal wollte ich unbedingt und ganz freiwillig am liebsten die Schule wechseln. Sofort. Idealerweise in eine andere Galaxie.

Lotti, unbekannt verzogen.

„Shirin?"

„Heyyy, whazzzuuuup???" Ping.

„Sag mal, kennst du Julian Simon?"

„Aaaah, der Mann meiner Träume! Der Prinz von Hollywood! Der Star aus der ‚In Space'-Trilogie und ‚Chrome' UND ‚My Love'... ja, Lotti, den kennt jeder!" Ping.

„Verdammt."

Ein überdramatisch geschocktes Emoji. Fünf Frage-zeichen.

„Du hättest auch altägyptische Hieroglyphen in die Tastatur klöppeln können – ich habe von diesen... das sind Filme, richtig? Also, davon habe ich noch nie gehört."

Ein Mumien-Gif erscheint.

„Hehehe. Hast du etwa einen Film mit ihm gesehen, du Rebellin, und bist jetzt unsterblich verliebt? Sollen wir eine Julian-Selbsthilfegruppe für dich raussuchen?" Ping.

Weil mir nicht einfiel, was ich schreiben konnte, postete ich ein Heul-Emoji. Shiri schien davon auszugehen, dass ich immer noch nicht mehr wusste:

„Julian ist die Brut des berühmten Schauspielers Parker Simon. Der, der fünftausend Oscars oder so hat? Er hat, glaube ich, noch einen kleinen Bruder. Und seine Mutter ist eine, uh, weiß nicht mehr. Hammerhübsche Frau jedenfalls." Ping.

„Das war ziemlich übel sexistisch, Shiri... und ja, habe ich gelesen. Seine Mutter ist übrigens Ärztin."

Ein Auberginen-Emoji.

„Du hast Julian Simon gegoogelt? Das ist sehr charlistisch, Charles..." Ping.

„Sieht so aus, als wäre Julian Simon in meiner Klasse..." Ganz sicher war ich mir nicht, ob ich das laut NDA hatte schreiben dürfen.

„WAS??????" Ping.

Einen Moment schien Shiri nicht mehr zu diktieren oder zu tippen. Dann zeigten sich wieder drei Punkte, daraufhin war wieder Ruhe. Nach einigen Sekunden schickte Shiri die möglicherweise untypischste Nachricht, die ich je von Shiri gesehen hatte:

„Und wie ist er so?" Ping.

Ich mochte Shirin nicht anlügen, aber ich wusste auch, wie schwer es sein konnte, spannende Geheimnisse für sich zu behalten. Plötzlich spürte ich ein altbekanntes Dilemma an meine innere Tür klopfen: Shiri war eine der ganz wenigen Personen, vielleicht auch die einzige, mit der ich mich vertrauensvoll austauschen konnte. Aber je mehr sie wusste, desto mehr Kraft musste sie aufbringen, um nicht selbst darüber mit jemandem reden zu wollen. Und genau deswegen gab es Verschwiegenheitserklärungen. Leider fehlte mir ein Kreis vertrauter Personen, die das gleiche NDA unterschrieben hatten wie ich und mit denen ich mich hätte austauschen können. Jetzt musste ich entscheiden, ob meine Not groß genug war, um Shiri mit in diese Sache reinzuziehen. War sie nicht. Weder war mein Leben in Gefahr, noch ihres. Ich seufzte.

„Keine Ahnung. Cool?"

„Haha, wenn du dieses Wort nutzt, ist das nie nett gemeint!" Ping.

„Ich bin seit einer Woche hier, du Biest. Ich werde berichten... vermutlich."

„Besorg' mir ein Autogramm und mach' dabei anzügliche Miau-Geräusche!" Ping.

„Wie sind wir eigentlich Freundinnen geworden?"

„Hahaha, Gegensätze ziehen sich an!" Ping.

Ein Pfirsich-Emoji. Was immer das bedeuten sollte.

Die Abschiedsfeier

Die folgenden Wochen verbrachte ich damit, Schulstoff aufzuholen und mich auf die Wünsche und Träume des Lehrpersonals einzustellen. Es half ungemein dabei, gute Noten zu bekommen, wenn man wusste, was sich Lehrende für ihren Unterricht und von ihren Schulklassen erhofften. Im außerschulischen Bereich schloss ich mich dem Bibliotheksteam an. Einmal im Monat unterstützte ich die Gemeinde Freyenberg als Übersetzerin vor allem in Urdu, aber auch Französisch und Spanisch. Dafür wurde ich an diesen Freitagen vom Sport freigestellt, weil Behörden nun einmal nicht nachmittags arbeiteten. Ich bewarb mich schließlich noch beim Crosslauf-Team, war aber schon nach dem Bewerbungslauf, der natürlich das vorhandene Gelände nutzte, nicht ganz sicher, ob ich das überleben würde. Da ich aber kaum zum Joggen kam, war das eine willkommene Abwechslung. Montag Abend bot eine Lehrerin Yoga an und ich war froh, wieder mehr für meine Gelenkigkeit tun zu können.

Julian hatte ich zu seinem und meinem Besten gemieden und ihn wie Luft behandelt. Ich wollte ihn entlasten und deutlich machen, dass ich ganz sicher keine Stalkerin war und nicht vor hatte, auch nur eines der peinlichen Erlebnisse, die er mit mir hatte ertragen müssen, auszuplaudern. Er wollte, dass die Schule wusste, dass er sicher nichts mit der uncoolen Neuen zu tun hatte, und ich wollte absolut nicht die uncoole Neue sein, die dem hübschen Promi-Jungen die Füße küsste. Auch deswegen stürzte ich mich voll und ganz in alle schulischen Aktivitäten, denn es stellte sich heraus, dass mein Körper und Geist auf diese Entwöhnung eher ungehalten reagierten.

„Süße! Wir schmeißen eine Abschiedsfete für Julian – bist du morgen Abend dabei?", flötete Nicki Donnerstagmorgen in Mathe. Heute trug sie ein unerhört edles waldgrünes Hemd aus Angora-Wolle mit mittellangen Ärmeln und eine dunkelgrüne Stoffhose mit Ton in Ton aufgesticktem floralen Dekor. Ich hatte Julian in den letzten Tagen praktisch nicht einmal gesehen. Wenn doch, dann hing meistens das Mädchen aus dem Wald an seinem Körper. In der Mensa setzte sie sich demonstrativ auf seinen Schoß. Wenn er auf dem Weg in Klassenräume kein Händchen halten konnte oder wollte, hakte sie sich ein. Sie hing an seinen Lippen und er... wirkte immer ausgesprochen cool. *Würg.* Dennoch rutschte mir jetzt das Herz in die Hose und mein Magen verkrampfte sich. Warum war das immer noch so?

„Er verlässt die Schule?", fragte ich so gleichgültig, wie es mir möglich war.

„Haha, Quatsch! Aber immer, wenn er einen Filmdreh hat, dann ist er ein paar Wochen nicht da und bekommt dann vor Ort Privatunterricht."

„Ah, cool", antwortete ich knapp und spürte, wie eine Welle der Erleichterung meinen Körper flutete. *Bescheuert, Lotti!*

„Du weißt, dass du dieses Wort nie in einem netten Kontext benutzt?", grinste Nicki.

Warum fiel das allen auf, nur mir nicht?

„Also, du musst nicht, aber eigentlich kommt die ganze Klasse, soweit ich weiß. Also, alle, die nicht nach Hause fahren. Um 22 Uhr an der Waldhütte."

Natürlich musste ich nicht. Aber was war wohl auffälliger? Wenn ich fernblieb, ohne einen vernünftigen Grund vorbringen zu können, oder wenn ich teilnahm, wie der Rest der Klasse und all die gewöhnlichen Menschen, die sich aus Julian genau so viel machten, wie man sich eben aus einem obercoolen und berühmten Klassenkameraden machte. Ich war froh gewesen, dass Julian mich genauso gekonnt ignorierte wie ich ihn. So weh es tat, so war das doch der beste Weg, damit auch ich ihn endlich vergessen konnte. In dem Rahmen, in dem das in einem verdammten Internat möglich war.

Bittersweet, Lotti. Keine Ahnung, ob es dafür ein sinnvolles deutsches Wort gibt.

Freitag Abend entschied ich mich für ein Kleid mit kurzen Ärmeln, das an einen Sari erinnerte, und ein großes Kaschmir-Tuch in den gleichen nachtblauen Farbtönen. Mein Haar steckte ich hoch, so wie ich es oft in Karachi getan hatte, und wählte den klassischen Kajal-Look. Es war inzwischen Oktober, und auch wenn es tagsüber warm gewesen war, nahm der Wald jetzt mehr Feuchtigkeit auf und kühlte die Luft stark ab, sobald die Sonne hinter dem Horizont verschwand. Um Viertel nach zehn war ich bereit und schlenderte los. Auf dem Gang zum Foyer traf ich Tobi, einen wirklich netten Klassenkameraden, der in einem der vorderen Zimmer wohnte und einer Computer Clique angehörte. Gerüchte besagten, dass er dem CCC, dem Chaos Computer Club, angehörte und schon Regierungseinrichtungen gehackt hatte. Dann wiederum war das ungefähr das erste und einzige Gerücht, das immer sofort entstand, sobald jemand ohne Hilfe den Arbeitsspeicher an seinem PC erweitern konnte. Tobi war nur wenige Zentimeter größer als ich, sah eigentlich gut aus, aber hatte wirklich absolut keinen Geschmack, was Klamotten anging. Es war alles Designerware und es wirkte, als wäre sie per Lotto-Verfahren zum Anziehen gewählt worden. Sein Vater besaß ein florierendes Silicon Valley Unternehmen und Tobi arbeitete mit Herzblut daran, dort einzusteigen, ohne sich auf seinem Verwandtschaftsgrad zum Boss auszuruhen. Das fand ich beeindruckend, aber besonders sympathisch war er mir, weil er fast immer ein Baseballcap trug, aus dem seine dunkelbraunen gelockten Haare hervorquollen, und er dieses Cap wie eine Tobi-Zustandsanzeige nutzte: Schirm im Nacken bedeutete hoch konzentriert, Schirm tief in die Stirn gezogen bedeutete schlecht gelaunt oder sauer und Schirm hoch in der Stirn oder gar seitlich verrutscht stand für fröhlich, freundlich und zu Späßen aufgelegt.

„Woooah, du siehst super aus, Charles!", rief er mir entgegen. Kurz starrte er mich an, dann schob er den Schirm seines Caps hoch und grinste verschmitzt:

„Würdest du mir einen riesigen Gefallen tun?"

Fragend schaute ich ihn an: „Klar, wenn ich kann, mache ich das gerne für dich."

Er räusperte sich: „Könnten wir es so aussehen lassen, als würden wir zusammen ankommen? So ein wenig nach einem... Date? Ich möchte gar keins mit dir. Sorry! Jedenfalls... ich, äh, ich will endlich dieses bescheuerte Hacker-Gerücht loswerden und denke, dass eine Schönheit wie du da hilfreich sein könnte."

Lachend antwortete ich: „Ich wage zu bezweifeln, dass das ein besseres Gerücht wird."

Wir liefen den Trampelpfad entlang, und als wir kurz vor der Lichtung waren, hakte ich mich bei ihm ein.

„Geiler Scheiß!", kicherte Tobi und wurde gut und gerne drei Zentimeter größer.

Auf dem Platz angekommen verstummten kurz einige Gespräche, als wir ankamen. Zwei Mädchen stießen mit den Köpfen zusammen, als sie sich gegenseitig auf die Verrückte und Hacker-Tobi hinweisen wollten, und ich beschloss, mein Bedürfnis nach Unscheinbarkeit für einen Moment aufzugeben – das Kleid war dafür sowieso nicht sonderlich geeignet. Ich löste mich von Tobis Arm, griff aber nach seiner Hand und verschlang meine Finger mit seinen.

Genüsslich flüsterte mir Tobi ins Ohr: „Dafür hast du bei mir was gut", und ich lächelte verliebt.

„Ich will mir einen Rosé holen. Du möchtest aber zu deinen Kumpels da hinten am Feuer – also trennen sich unsere Wege vorerst und wir lassen im letzten Moment unsere Finger auseinandergleiten, okay?" Tobi nickte und lächelte dabei beseelt.

Vielleicht wirkte die Verabschiedungsszene einen Tick zu melodramatisch. Möglicherweise wäre die Theater-AG genau das Richtige für mich gewesen.

Haha, Lotti auf einer Bühne. Nicht!

Und vielleicht tat es einfach gut, nach wochenlanger Lernerei mal wieder etwas Witziges zu machen. Die Freude verging mir allerdings, als ich die Terrasse betrat. Dort hatte sich die Clique Cool auf und um die

Schaukel herum niedergelassen und Klette – ich kannte ihren Namen einfach immer noch nicht – saß rittlings auf Julians Schoß. Sie drückte ihm ihre Brüste förmlich ins Gesicht und lachte ein wenig zu laut über einen Witz, den keiner erzählt zu haben schien. Micha, der zusammen mit Julian und Klette auf der Schaukel saß, wirkte gelangweilt. Auffällig gelangweilt. Mit einem halben Lächeln zwinkerte er mir zum Gruß zu. Lisa und Basti teilten sich Marshmallows und lutschten sich gegenseitig den geschmolzenen Zucker von den Lippen. Die zwei anderen Mädels der Clique, Stefanie und Nadja, fehlten. Aber was mir wirklich kurz einen Schrecken einjagte, war der wütende Gesichtsausdruck, den Julian hatte. Er hielt mich mit seinem Blick fixiert, während immer wieder Klette auf ihm herumhampelte und er sie mit seinem kräftigen Arm und der rechten Hand auf seinem Schoß stützte. Und bei alledem verzog er keine Miene. Zwischen drei Fingern der anderen Hand baumelte ein Whisky-Tumbler, der deutlich zu voll war. Ohne den Blick von mir abzuwenden, nahm er einen tiefen Schluck. Ich hatte die oberste Treppenstufe erreicht und war kurz davor, auf sein Starren mit einem stummen „Was?!" zu reagieren, aber da wandte er seinen Blick ab, als würde ich ihn anwidern.

Ich ließ auf dem Weg zur Theke die letzten Tage Revue passieren. Ich hatte mit niemandem über Julian geredet. Von Shirins permanenten anzüglichen Anspielungen konnte er unmöglich etwas wissen und außerdem müsste er dann auf Shiri sauer sein. Gab es hier irgendeinen Usus zu Abschiedspartys, den ich nicht kannte, weil ich diese saublöde Führung nicht mitgemacht hatte? Oder hatte er ernsthaft damit gerechnet, dass ich nicht zu seiner Abschiedsfeier kommen würde?! Ich hatte keine Ahnung.

„Einen Rosé, nehme ich an?", der Thekentyp lächelte freundlich.

„Ich bin viel zu berechenbar, oder?" Schmollend schob ich die Unterlippe vor.

„Ach, Quatsch!", rief Thekentyp, aber das dreckige Grinsen belegte das Gegenteil.

Notiz: Rausfinden, wie der Thekentyp heißt. Oder...

„Hey, wie heißt du eigentlich?", rief ich, als Thekentyp mit meinem Rosé – das Glas war zu gut zweidritteln gefüllt – zurückkehrte und ich ihm zwei Euro hinhielt.

„Jerome!", grinste er mit einem breiten Lächeln, griff nach meiner Hand und ließ das Zwei-Euro-Stück wieder hineinfallen: „Geht auf's Haus, Charles!"

Ich strahlte ihn an: „Danke! Dann kann ich mir ja noch einen leisten", und zwinkerte zum Abschied.

Vielleicht sollte ich heute etwas über die Stränge schlagen. Ich hatte keine Möglichkeit gefunden zu erfahren, wie lange Julian weg sein würde. Oder um welches Filmprojekt es ging. Auch wenn die coole Clique erstaunlich freundlich zu mir war, hielt ich mich tunlichst von ihnen fern. Sie schüchterten mich einfach ein. Nichts schien der Gruppe etwas anhaben zu können, nie wirkten sie sorgenvoll. Ich hatte mich in den letzten Wochen endlich wieder notenmäßig in die vorderen Ränge gekämpft, in allen Fächern. Das war immens wichtig. Zum Halbjahr mussten meine Eltern ein einwandfreies Zwischenzeugnis erhalten, wenn ich verhindern wollte, dass sie sich meldeten oder gar hier auftauchten. Alles jenseits der vollen Punktzahl plus minus zweier Punkte war nicht akzeptabel. Und selbst bei zwei

Punkten konnte ich davon ausgehen, dass ich einen Drohbrief von meinem Vater erhalten würde. In den meisten Fächern fiel mir das leicht. Nur in Geschichte tat ich mich mit dem vielen Stoff wirklich schwer. Vorsorglich hatte ich mich für eine weitere Aktivität Sonntag Nachmittag eingeschrieben, einen Benimm-Kurs. Nicht, dass ich diese Erziehung nicht mein ganzes Leben durchlaufen hätte, aber sicher würde es meinen Vater besänftigen, wenn ich zeigte, dass ich freiwillig dranblieb. Hier und heute Abend konnte ich es mir leisten, für Lotti-Verhältnisse etwas auszurasten.

Es wurden kleine Kanapees serviert und ich stellte mich eine Weile zu Bella und ihren Freundinnen, weil ich von dort strategisch günstig zu den Tabletts mit Essen positioniert war. Joy und Michelle grinsten mich neugierig an:

„Was war das denn für ein Auftritt?", bohrte Joy ungehemmt inquisitiv nach.

„Keine Ahnung, was du meinst...", grinste ich sie an.

Nur Bella wirkte nicht wirklich begeistert. Ihr Lächeln war aufgesetzt, auch wenn sie ihr Bestes gab, es sich nicht anmerken zu lassen. Ihre Frage kam deswegen in Portugiesisch:

„War das wirklich klug, Charles?"

„Tobi ist wirklich ein ganz Netter!", gab ich diplomatisch zurück, um Tobi den Abend möglichst lange zu versüßen und das Gerücht dingfest zu machen.

„Ich weiß das – und deswegen frage ich das auch eigentlich nicht. Aber gut. Mach', was du denkst."

Das war nicht wirklich Bellas Art. Normalerweise lag ihr Herz auf ihrer Zunge und sie nahm kein Blatt vor den Mund, wenn sie es für notwendig hielt. Indifferenz war nicht ihre Stärke.

„Nu gönn' Tobi doch den Spaß! Er hat einfach die Nase von dem Regierungshack-Gerücht voll, weil permanent alle wollen, dass er die Smartphones ihrer Liebschaften hackt und die Dickpicks löscht...", argumentierte ich.

Jetzt musste Bella schmunzeln.

„Treib's nicht zu weit. Es soll ja keiner verletzt werden."

Verletzt? Okay, das war eine ganz eindeutige Bella-Übertreibung. Es war Tobis Idee und ich hatte wirklich nicht das Gefühl, dass er mehr von mir wollte, als dieses Gerücht loswerden. Und selbst mir konnte man nur von einem ultrakonservativen Standpunkt aus vorwerfen, dass ich mit einem Jungen Händchen gehalten hatte.

„Ich hole mir noch ein Glas – wollt ihr auch was?"

Alle drei schüttelten den Kopf und ich schnappte mir auf dem Weg noch ein Kanapee.

Jerome füllte mein Glas einfach wieder auf. Das hier mochte Gut Freyenberg sein, aber der Thekendienst hatte trotzdem keine Lust, mehr Geschirr zu waschen als es unbedingt notwendig war. Für meine zwei Euro bekam ich eindeutig mehr Rosé als sonst. Wie auf dem Hinweg blendete ich Julian auch auf dem Rückweg aus. Was immer da vorhin losgewesen war, ich war in den letzten Wochen als Julians Luftpartikel halbwegs gut klargekommen und wollte so tun, als wäre diese seltsame Situation gar nicht passiert. Ich war mir nicht mal ganz sicher, ob die Klette ihn nicht längst mit ihren Brüsten erstickt und seine Leiche mit ihrem aufdringlichen Körper in die Polsterung der Schaukel gerubbelt hatte.

+++ *Julian Simon spurlos verschwunden. Eine Klette trauert.*+++

An der Treppe erwartete mich Tobi. Das kam mir nicht ungelegen. Sollte der blöde Kerl noch auf seiner Schaukel brüten und Whisky saufen, ich musste mir ja davon nicht die Stimmung verderben lassen, auch wenn das hier seine Abschiedsparty war.

Kurz flammte in meinem Kopf ein Gedanke auf, dass Julian vielleicht nicht wegwollte und nur traurig war. Dann lachte ich mich selbst aus. Vermutlich würde er mit irgendwelchen krassen Hollywood-Größen an wunderschönen Orten drehen, irre Kostüme tragen und endlos Partys feiern. Das wäre natürlich ein schreckliches Schicksal im Verhältnis zu einem Internat.

„Hakst du dich wieder ein?", grinste Tobi. Während ich das tat, berichtete er mir aufgeregt, wer ihn schon alles wegen unseres Auftrittes angesprochen hatte.

Hinter mir schallten mehrere Rufe von der Terrasse. Julians Name fiel. Ich hörte Basti und Micha, aber auch die schrille Stimme von Klette. Vielleicht machte ein Mädchen eine dramatische Abschiedsszene? Vielleicht war ich doch nicht das Peinlichste, was Julian je erlebt hatte.

Sicherlich, Kotzi-Titti...

Ich legte mein Wolltuch enger um die Schultern und wandte mich konzentriert Tobi zu.

„Eine langsame Runde um das Feuer zu den Kanapees, du fütterst mich, ich kichere, dann ist mein Rosé leer und ich hole mir neuen?"

„Perfekt!"

Auf dem Weg erzählte Tobi, dass seine Clique kurz in Panik geraten war. Das letzte Mal, als einer ihrer Kumpels eine neue Freundin hatte, hatten sie ihn über Wochen praktisch nicht wiedergesehen. Die beiden waren nur noch zum Unterricht und zum Essen aufgetaucht. Inzwischen hatte sich die Situation aber wohl wieder normalisiert und die Clique war jetzt einfach um ein Mädchen stärker.

„Ein Internat ist wie ein Gefängnis. Wie ein winziges, anarchisches Leben hinter Mauern, aber ohne die strengen Regeln der Eltern, ohne Kontrolle, ohne alles... und alle Dorfbewohner decken sich gegenseitig. Wer nichts anderes kennt, wächst in einer Scheinwelt auf, in der man machen kann, was man will – Scheiß auf Freunde oder Verantwortung." Seine letzten Worte klangen ernster, als er das vermutlich gewollt hatte. Gedankenverloren zog der die Basecap tief über die Stirn.

„Ich kann mir das gut vorstellen", nickte ich und betrachtete ihn interessiert.

„Wie lange bist du schon hier, Tobi?"

„Ach, erst seit anderthalb Jahren. Meine Eltern mussten ins Ausland und sie wollten mich nicht aus dem Schulsystem herausreißen."

„Und ich glaube, ich bin ganz froh darum. Von denen, die ich kenne und die seit der 5. Klasse hier sind, sind nur wenige wirklich auf das vorbereitet, was sie in der wirklichen Welt erwartet. In einigen Fällen ist das vermutlich egal, weil sie sowieso immer weich fallen werden. Aber wenn durch die ganzen Jahre wie durch Zauberhand die Toiletten immer sauber sind, das Essen immer warm und lecker ist und man jede verdammte Person kennt, mit der man in diesem komischen Gallierdorf zusammenlebt... das kann doch nicht gut sein, oder?"

So hatte ich das noch nie betrachtet. Inzwischen waren wir kurz vor dem Kanapee-Stand angekommen und ich raunte Tobi das Go zu:

„Die mit Lachs sind super – die mit dieser grünen Creme hingegen widerlich."

Tobi setzte seine Cap seitlich auf, nahm einen mit grüner Creme und ich wurde kurz panisch. Dann steckte er sich das Kanapee in den Mund, griff nach einem zweiten mit Lachs und hielt es mir verführerisch vor das Gesicht. Ich musste das Kichern gar nicht vortäuschen, denn im selben Moment verzog sich sein Gesicht zu einer Grimasse:

„Was, um Himmels Willen, ist das grüne Zeug? Rattenkotze?"

Ich musste mir den Mund zuhalten, während ich lachte. Nicht alle sollten das Lachskanapee nochmals sehen und so gab ich mir Mühe, mich wieder in den Griff zu bekommen. Ich spülte das Kanapee mit dem Rest des Rosés herunter, umarmte Tobi freundschaftlich und bedankte mich für den spannenden Einblick in seine Gedanken zu Gut Freyenberg. Dann zeigte ich auf mein Glas. Er nickte und flüsterte mir ein Danke ins Ohr. Auf der Terrasse entstand ein weiterer kleiner Tumult.

„Jerome?"

„Ja?"

„Wenn ich mir jetzt noch einen Rosé kaufe, kann ich den dann irgendwo hier hinter der Theke abstellen, damit ich ein wenig tanzen kann?"

„Klar, ich passe drauf auf!"

Bester Thekentyp.

Ich war eindeutig angenehm beschwipst. Die Soundanlage spielte mir unbekannte Tanzmusik mit eingängigen Beats und ich hatte Lust, mich zu bewegen. Meine Hemmschwelle war alkoholisch mild betäubt. Ich legte meinen Schal zu dem Glas Rosé und tanzte mich an den Rand der Tanzfläche. Dort waren inzwischen weit mehr Leute, als zu unserer Klasse gehörten – Party war Party. Es tanzten Pärchen und Grüppchen, Freundinnen und einzelne Tanzbären. Im Laufe der Jahre hatte ich so viele Tanzstile gesehen und mir angeeignet, dass meine Bewegungen eigen wirken mochten, aber das störte mich nicht. Nach einigen Minuten veränderte sich die Geschwindigkeit und der gefällige Rumba zielte offensichtlich auf die Pärchen auf der Fläche ab. Lächelnd betrachtete ich sie, wie sie sich aneinanderschmiegten, als ich eine große warme Hand an meinem Rücken spürte.

„Tanz mit mir, bitte", raunte Julian. Seine Stimme war nicht mehr völlig klar und ich roch die scharfe Würze des Whiskys. Es stellte sich heraus, dass Julian nicht nur ein wenig Tanzunterricht in seinem Leben hatte. Trotz seines Alkoholspiegels konnte ich ihn führen lassen, denn er wusste offensichtlich, was er da tat. Er drehte sich, drehte mich, führte mit der Hand an meiner Hüfte, leitete mich an Armen und Handgelenken. Es fühlte sich immer ein wenig zu fest an. Es war, als wolle er nicht tanzen, sondern nicht loslassen. Es war nicht schmerzhaft, aber mühevoll kontrolliert.

Als ein reiner Schunkelsong begann, griff er mein Handgelenk und zog mich mit der anderen Hand an sich heran. Mit wilden Augen fixierte er mich und führte mein Handgelenk an seinen Mund. Dann packte er fester zu und küsste und knabberte an der Innenseite.

„Julian!", zischte ich.

„Was soll das?", fauchte er zurück.

Ich versuchte, ihn etwas von mir wegzudrücken, um ihn besser sehen zu können. Ich war verwirrt.

„Was soll was? Was habe ICH denn getan? Du hast vorhin schon so wütend geschaut... Hätte ich nicht kommen sollen? Wie hätte das denn gewirkt? Oder... warte, meinst du das? Ich verspreche dir, ich habe mit niemandem über dich geredet. Wirklich! Wenn da Gerüchte erzählt werden oder was in der Presse ist, dann ist es... gelogen oder... oder wenigstens nicht von mir."

Gedankenverloren küsste Julian meine Handfläche.

„Julian, hör bitte auf!", flüsterte ich verzweifelt: „Wenn das... jemand sieht!" Ich dachte dabei fast ausschließlich an Klette.

„Ich halte das nicht aus, Charles...", begann er und ließ mein Handgelenk los. Sofort nutzte ich die Gelegenheit, um mich aus seiner anderen Hand zu drehen und ihn unauffällig von mir zu schieben. Mit wenigen großen Schritten verließ ich die Tanzfläche und ließ Julian dort stehen. Keine Sekunde zu früh! Klette hat die Waldhütte betreten und peilte ihn zielstrebig an. Aus dem Augenwinkel beobachtete ich von der Theke aus, wie sie ihre Arme um seinen Nacken schlang. Julian zog Klette an sich heran und befreite ihren Hals von ihren Haaren. Dann legte er seine Hände um ihren Hals, wie er es bei mir gemacht hatte. Doch während er sie küsste, starrte er mich an. In meinem Hals bildete sich ein Kloß. Wenn er mich quälen wollte, dann war ihm das gelungen.

Unser Kuss in meinem Flur war nicht spurlos an mir vorbeigezogen, auch wenn ich kaum noch die Details wusste. Was ich aber nicht vergessen hatte, war diese Lust, die bis in meinen Unterleib zog und wohlige Schmerzen bereitete. Ich erinnerte mich an Julians Lippen und seinen Atem, die mühsame Kontrolle und die Zärtlichkeit, die eine unwahrscheinliche Gier zähmte. Aber mir war auch bewusst, wer ich war, und ich wusste jetzt, wer Julian war. Mir war klar, warum ich bei Schuleintritt ein NDA unterschrieben hatte und warum jede Hoffnung, das er auch etwas für mich empfand, vollkommen lächerlich war, weil ich... *bin die kaputte Lotti.*

An der Theke schnappte ich mir mein Tuch und das Glas Rosé und verließ die Blockhütte über die Hintertür. Ich hatte keine Lust, jetzt auf Clique Cool zu treffen. An diesem Ausgang stand eine einfache Holzbank, die derzeit durch einen Turm aus Bierkästen und Weinkartons verdeckt wurde. Ich nutzte dieses Versteck und setzte mich. Mein Puls musste sich wieder normalisieren und vielleicht trank ich das letzte Glas Rosé einfach hier aus, bevor ich zurück auf mein Zimmer ging. Ich verstand zu viele Dinge auf dieser Abschiedsfeier nicht – allen voran Julian. Als die Tür sich öffnete und wieder schloss, verhielt ich mich still. Ich hoffte, dass Jerome nur eine neue Kiste Wein brauchte, wollte mich aber wirklich gerade mit niemandem unterhalten. Stattdessen stand Julian vor mir.

„Du bist jetzt also mit Tobi zusammen?", spuckte Julian mir die Worte vor die Füße.

Das war das Glas Rosé nicht wert. Langsam stand ich auf.

„Antworte mir!", forderte er.

Ich schüttelte den Kopf. Nicht weil ich nicht antworten wollte, sondern weil mich die Situation massiv überforderte. Trauer, Wut, Enttäuschung, Begierde. Mein Herz hämmerte und ich hatte Angst, etwas Falsches zu sagen. Ich hatte den Überblick verloren und verstand nicht, was hier gerade passierte. Mein Körper begann zu entgleisen und... ich brachte keinen Ton heraus. Ich wollte gehen, um diesem Moment und meiner Unfähigkeit, damit umzugehen, zu entfliehen, aber Julian packte nach meinem Handgelenk.

„Du kannst nicht einfach abhauen – ich habe dich etwas gefragt!", forderte er.

„Du willst nicht? Okay, dann halt so: Charles, du schuldest mir noch was und ich fordere jetzt eine Schuld ein... also antworte!"

Das Muster, in das ich bei zu viel Druck verfiel, war wie folgt: Erstarren, irgendwo auf den Boden starren, flach und schnell atmen. Ausharren. Sprechen kann ich nicht. Ich konnte nicht darauf reagieren, dass Julian mir Angst machte. Ich konnte nicht sagen, dass sein Griff an meinem Handgelenk schmerzte. Ich konnte nicht klarstellen, dass Tobi und ich nicht zusammen waren. Ich konnte nur warten. Kellerassel-Taktik. Mit kaltem Blick starrte mich Julian an.

„Behalt' deine Schuld für dich, du Miststück. Wir sind fertig!"

Dann ließ er mein Handgelenk wie in Zeitlupe los, wandte sich ab und verschwand in der Waldhütte. Als ich wieder normal atmen konnte, schenkte ich dem Wald zweieinhalb Gläser Rosé im Wert von ca. fünf Euro.

Corned Beef

Es mochte ja Menschen geben, die glücklich in ihrer kleinen Welt waren und deswegen auch gar nicht wissen wollten, was um sie herum so vorging. Es war gut möglich, dass das Leben übersichtlich und einfach wurde, wenn man es so handhabte. Ich gehörte nicht dazu. Ich musste von jedem Desaster wissen, das auf diesem Planeten passierte. Morgens scrollte ich mich während des Frühstücks durch drei Nachrichten-Apps und behielt damit grob den asiatischen, den amerikanischen und den europäischen Kontinent im Auge. Dort lebten meiner Einschätzung nach die Typen, die der Welt und der Menschheit mit einem Fingerzucken den größten Schaden zufügen konnten. In meiner kleinen Welt mochte das anders wirken, ich mochte oberflächlich und verschlossen erscheinen, weil ich mich bemühte, keine wirklich tiefen Freundschaften zu knüpfen. Aber im Grunde vermied ich Kontakte, weil ich wusste, dass es mir mit jedem Umzug wieder das Herz aus der Brust riss, wenn ich die Menschen, die ich mochte, verlassen musste. In mir fühlte sich ein internationaler Konflikt genauso bedrohlich an wie ein eigener. Ich benötigte Wochen und Monate, um loslassen zu können, um nicht permanent an die verlorenen Menschen zu denken, um sie nicht zu vermissen. Ich dachte, hier an diesem Internat würde es einfacher werden. Ich konnte mich immer zurückziehen, meine Tür schließen, die Ressourcen der

Schule nutzen, ohne dafür von jemandem abhängig zu sein – weil ja sowieso alles vor Ort war. Aber das Gegenteil war der Fall. Alles war vor Ort, weil auch die Menschen alle hier waren. Immer. Die kleinen und großen Dramen des Lebens passierten nicht auf anderen Kontinenten, zu Hause oder am Telefon. Sie passierten hier auf dem Versammlungsplatz, in der Mensa oder an der Waldhütte. Hier war es nicht einfacher, hier war alles näher und nackter.

Julians Verhalten auf seiner Abschiedsparty hatte leider Tobi sein neues Gerücht versaut. Es gab unzählige Spekulationen darüber, was mit ihm losgewesen war. Man erzählte sich, dass er sich plötzlich von der Terrasse der Waldhütte auf irgendjemanden am Lagerfeuer stürzen wollte, dafür Cindy von seinem Schoß gestoßen hatte und Basti und Micha ihn davon nur abhalten konnten, indem sie sich auf ihn warfen. Nachdem sie Julian beruhigt hatten und alles wieder normal gewirkt hatte, hatte er es später ein zweites Mal versucht. Basti hatte sich ein Veilchen eingefangen, wobei unklar war, ob das nur ein Versehen im allgemeinen Handgemenge gewesen war oder eben nicht.

Angeblich hatte Julians Hollywood-Freundin mit ihm Schluss gemacht. Beim neuen Dreh würde sein Erzfeind mitspielen. Klette – endlich kannte ich ihren Namen! Er lautete Cindy – war schwanger von Julian. Julian war eifersüchtig, weil Tobi sich Charles geschnappt hatte. *Haha.* Charles hatte Julian angebaggert, was gar nicht cool war, weil Julian ja mindestens eine oder zwei Freundinnen hatte. Aber Cindy war da und vor den Augen der Freundin machte man so etwas nicht.

Selbst die abstrusesten Gerüchte hielten sich inzwischen seit über einem Monat. Offensichtlich war Julian noch weiter ausgeflippt und hatte seinen Tumbler nach Jerome geworfen und ihn nur knapp verfehlt. Irgendwann hatte Clique Cool ihn weggeschafft, damit er nicht noch einen Schulverweis bekam. Nachdem Julian von mir abgelassen hatte und weggestürmt war und ich dem Wald meinen Rosé geschenkt hatte, war ich in mein Zimmer geflüchtet. Dort verbrachte ich jetzt die Zeit, wenn ich nicht zu irgendwelchen Aktivitäten musste. Allzu gerne wollte ich mir einreden, dass mich das alles kalt ließ, aber sobald ich mein Zimmer verließ, suchte ich Julian. Nicht aktiv. Meine Augen nahmen jeden Jungen in den Fokus, der auch nur entfernt wie er aussah. Mein Hirn hoffte, dass er hinter der nächsten Wegbiegung, im nächsten Klassenzimmer oder in der Mensa auftauchte. Meine Ohren horchten nach seiner Stimme. Und es trieb mich in den Wahnsinn! Auch weil ich immer noch nicht wusste, wann Julian eigentlich in die Schule zurückkehrte. Mehrmals war ich so genervt von mir, dass ich überlegte, Lisa, Basti oder Micha einfach zu fragen. Sie wussten es bestimmt. Aber das war unmöglich. Ich konnte nicht erklären, warum ich das wissen musste. Es würde so wirken, als wären die Gerüchte wahr oder als wäre ich eine völlig verrückte Stalkerin. Und von denen hatte Julian sicher gleich mehrere.

Vielleicht war ich ja auch eine Stalkerin? Wussten Stalker eigentlich, wenn sie Stalker waren? Oder sahen sie sich selbst ganz anders? Ich lebte im gleichen Haus wie er, besuchte die gleichen Klassen, hatte mich – aus Unwissenheit, aber das wusste er ja nicht! – in der

Mensa in seine Nähe gesetzt... und jetzt verhielt ich mich wie ein Junkie auf Entzug. Und das, obwohl er mich ganz offensichtlich und zu Recht für völlig verrückt hielt.

Ein leeres, unpersönliches Zimmer, Einhorn-Pflaster, seltsame Häkelpullis, Wunden und Narben, aber dann Brüste zeigen... das Stalkerinnen-Einsteigerset. Glückwunsch, Lotti.

Aber es war noch schlimmer – trotz dieser unerträglichen Allgemeinlage sehnte ich mich nach ihm. Seinen Anblick, seine ekelhafte Coolness, seine Stimme und seinen Geruch. Ich vermisste seine entsetzten und wütenden Blicke, seine körperlichen Reaktionen, wenn ich etwas Dämliches tat, wenn er mich aufzog, oder über mich lachte. Ich wollte seine Aufmerksamkeit und das war doch wirklich völlig krank.

[Shirin246 sent a picture] Ping.

„Ich haaaab's! Ich hab's rausgefunden, Lotti!!!" Ping.

„Hi! Wie geht es dir?"

„Alles fantastisch! Gestern Nacht habe ich drei Typen in Grund und Boden gezockt. Um mich nicht zu verraten, habe ich nur den Chat genutzt und die sind voll abgegangen und haben so viele üble Sprüche über Frauen und Frauen und Gaming abgelassen, es war ein Fest. Und als ich sie alle platt gemacht hatte, habe ich mein Mikro eingeschaltet und in meiner süßesten Shiri-Stimme eine richtig beschissene Nachtruhe gewünscht... hahaha."

Ich sendete ein grinsendes Emoji.

„Was ich schreiben wollte, Schatz: Der Film heißt wohl ‚Corned Beef' und ist jetzt abgedreht. Julian hat auf Insta ‚AND... DONE!' gepostet und ein spektakulär sexy Bild von sich dazu – haste gesehen?"

Ich mied Julians Instagram-Profil wie die Fliege den Klebestreifen. Es gab einen Unterschied zwischen professionellen Stalkerinnen und solchen, die es wirklich nicht sein wollten... wie mich.

„Ne, aber Neil Gaimans Profil ist einfach super! Folgst du dem?"

„Manchmal weiß ich nicht, ob du wirklich so unglaublich weltfremd bist oder ob du einfach unglaublich geschickt in Ablenkungsmanövern bist, Mäuschen..." Ping.

Letzteres. Ich nahm das als Kompliment, für das ich mich gerade nicht bedanken konnte.

Um Shirin nicht noch mehr anlügen zu müssen, kam ich ihr etwas entgegen:

„Ich glaube, ich habe die Romanvorlage dazu in der Bibliothek gesehen. Ich könne es lesen und wenn du den Film gesehen hast, können wir darüber reden. Wie wär das?"

„Oder du bist mal mutig und schaust Filme auf deinem Laptop?" Ping.

Den Fehler würde ich nie wieder machen. Für meinen Vater war es weniger der Film als vielmehr die Regelverletzung – und ich wusste einfach nicht, welchen Zugriff er hatte.

„Nope." Ich ergänzte ein lächelndes Emoji.

Drei Punkte hüpften im Chatfenster. Verschwanden. Tauchten wieder auf. Shirin wusste, dass es Dinge gab, über die ich nicht redete. Und manchmal konnte ich auch auf die Entfernung fühlen, dass es ihr schwerfiel, das zu akzeptieren.

„Nagut! Aber mach dich auf was gefasst... soweit ich weiß, ist es eine Liebesgeschichte. Mit Julian in der Hauptrolle." Auberginen-Emoji.

Ich musste lachen. Wenn ich diesen Roman las und mein Hirn jetzt automatisch Julians Gesicht aus meinen realen Erinnerungen in die Szenen einsetzte, dann würde das eine ganz neue, seltsame Erfahrung werden.

„Ekelig!", schrieb ich, war mir aber sicher, dass ich mit dieser Einschätzung grenzwertig unehrlich war.

Drei Auberginen-Emojis gefolgt von drei Tropfen.

„Okay, du bist auf jeden Fall ekelig!"

Shirin schickte ein Gif. Es zeigte Julian offensichtlich in einer Filmszene, in der er mit einer Frau tanzte. Eng.

Ich fühlte mich ertappt, wusste aber, dass Shiri nun wirklich die Allerletzte war, die von dem Blockhütten-Vorfall mitbekommen hatte. Außerdem war es seltsam, Julian in einem Gif zu sehen. Er war ein Klassenkamerad und dazu noch ein herablassender Snob. Und ich fühlte eine seltsame Erleichterung. Julian würde bald wieder hier sein.

Na, Lotti? Findest du diese Vorfreude und Euphorie über seine Rückkehr nicht etwas unangemessennn?

Weil ich keine Ahnung hatte, ob Schauspielende nach einem Dreh erst einmal Urlaub machen mussten, machte ich weiter wie bisher. Nur mein blödes Stalker-Hirn schaltete noch einen Gang höher. Trotzdem schaffte ich es, in Geschichte aufzuholen und meine Punktzahl in den grünen Bereich zu bugsieren. ‚Corned Beef' bekam ich nicht zu fassen und das, obwohl ich Teil des Bibliotheksteams war. Es war immer ausgeliehen und hatte eine unendlich lange Warteliste in der Schulbibliothek.

Es gab auch auf Gut Freyenberg offensichtlich eine Julian-Fanbase, sie war nur sehr subversiv und zeigte sich in diesen kleinen Abweichungen vom Normalen. Eigentlich lief ansonsten aber alles super.

Am Freitag stand meine monatliche Übersetzerinnen-Tätigkeit in der Gemeinde an. Meist übersetzte ich für Herrn Schmidt, einem leicht untersetzten, resoluten Mittfünfziger mit Halbglatze, der Sozialhilfe- und Asylanträge bearbeitete. Weil ich wusste, wie Menschen und vor allem Männer sein konnten, trug ich meine Haare zu diesen Terminen nie offen und immer eine langärmelige Bluse und jetzt, Ende November, einen Pullover. Ich nahm diese Aufgabe sehr ernst und sie war erfüllend. Ich hatte das Gefühl, vielen Menschen, Familien und auch Frauen wirklich helfen zu können. Ich schaffte es, dass sich die Leute mir öffneten, wenn sie in ihrer Muttersprache ihre Sorgen und Nöte darstellen konnten, und ich Herrn Schmidt die Situation so umfänglich darstellen konnte, dass er – im Rahmen seiner Möglichkeiten – die richtigen Maßnahmen veranlassen konnte. Herrn Schmidt lag das Wohl der Menschen am Herzen. Er sah nicht so aus und in Gesprächen verhielt er sich wie ein typischer Beamter mit kalter Miene, keinem Lächeln und sachlicher Abgrenzung. Aber wenn wir unter uns waren, er die Anträge bearbeitete, Nachfragen stellte und um meine Einschätzung bat, dann war er offen und aufmerksam und formulierte zugunsten der Antragstellenden, wenn nichts dagegen sprach.

Heute allerdings saß uns eine Familie aus Frankreich gegenüber, deren Oberhaupt ein Mann mit glattrasiertem Schädel in den Dreißigern war, bei dem in mir alle Alarmglocken schrillten. Er schien Gewichte zu stemmen und war bis zum Kehlkopf hinauf tätowiert. Seine Bewegungen waren hektisch und ungehemmt. Er konnte mich kaum ansehen, seine Antworten waren knapp und weder seine Frau noch seine zwei Kinder wagten es, mehr zu tun, als zu atmen. Seine Mundpartie war angespannt und daran, wie seine Kiefermuskeln sich mahlend bewegten, während er meinen Übersetzungen folgte, erkannte ich, dass er die Zähne durchgehend zusammenpresste. Seine Lippen waren blass, so fest schloss er sie, wenn ich redete. Seine Geschichte war inkonsistent, es fehlten wichtige Angaben und selbst aus den vermeintlichen Beschreibungen von Orten und Personen ließ sich nicht rückschließen, welche Teile stimmten und welche nicht. Obwohl ich diese Übersetzungen erst seit kurzer Zeit machte, hatte ich das permanente Gefühl, belogen zu werden. Teilweise schien es ihm regelrecht egal zu sein, dass seine Erzählungen keinen Sinn ergaben. Fragte ich nach, wurde er nicht nervös, sondern wurde laut und langsam in der Sprache, als wäre ich einfach zu dumm, um ihm zu folgen.

„Wir melden uns in den kommenden Wochen bei Ihnen, Herr Girard", beendete Herr Schmidt das Gespräch nach fast einer Stunde sichtlich entnervt. Es fühlte sich an wie eine große und vollkommen sinnlose Zeitverschwendung.

„Wann?", forderte Girard in Deutsch.

„Das hängt davon ab. Frau Mabaux und ich besprechen uns jetzt und ergänzen Ihren Antrag. Die Wartefrist für Entscheidungen beträgt derzeit etwa drei Monate. Bitte seien Sie jederzeit erreichbar, falls es Nachfragen gibt."

Ich übersetzte. Girard funkelte mich kurz an, dann sprang er auf und stürmte aus dem Besprechungszimmer. Seine Familie folgte ihm stumm, Frau und Kinder hatten den Boden fest im Blick. Kein Nicken, keine zum Abschied gehobene Hand, kein Winken. Das war in jeder Kultur äußerst unhöflich.

„Der lügt. Der lügt so viel, dass er selbst gar keinen Überblick hat. Und er glaubt, wir wären so dumm, dass es vollkommen egal ist, was er erzählt. Das ist eine ganz gefährliche Mischung", fasste Herr Schmidt angestrengt zusammen.

„Außerdem hatte er ein Problem mit mir, fürchte ich", ergänzte ich.

„Ja, das habe ich auch gesehen. Charlotte, ich habe nicht einmal Nachfragen. Ich werde aber die Daten mal weitergeben, weil ich das Verhalten dieses Typen extrem auffällig fand. Vielleicht wird er gesucht. Warten Sie doch noch ein paar Minuten, bevor Sie sich auf den Weg machen – nur zur Sicherheit."

Ich nickte, nahm meine Tasche und verabschiedete mich von Herrn Schmidt. Auf dem Gang mit den tristen und ungemütlichen Holzstühlen und den Beistelltischchen aus schlecht gedrucktem Kunstfurnier ordnete ich die ausliegenden Prospekte und Zeitschriften, um die Zeit zu überbrücken. Dann verließ ich gedankenverloren das Gemeindehaus in Freyenberg, um zurück zur Schule zu gehen. Plötzlich stand Girard vor mir, von seiner Familie war nichts zu sehen. Er packte meinen Oberarm und fauchte in Französisch:

„Und? Was hast du ihm erzählt, du blöde Schlampe? Was hast du hier überhaupt zu suchen? Was soll ich denn einer Frau, einer Hure wie dir, erzählen – du verstehst es doch eh nicht!"

„Nicht anfassen!"

„Los, geh' wieder rein und sag dem Arschloch, dass er den Antrag bewilligen soll. JETZT!"

„Lassen Sie mich los. Nicht anfassen!", keuchte ich auf Französisch. Mein Herz raste. Mein Arm schmerzte, sein Griff war überaus kraftvoll und gewollt gewalttätig.

Hinter mir hörte ich Rufe. Ich wusste, dass im Gemeindehaus auch die Polizeistation untergebracht war. Ich musste Zeit schinden, bis mir jemand helfen konnte.

„Hören Sie: Sie lassen mich los und ich gehe wieder rein und rede mit Herrn Schmidt, in Ordnung?"

Um die Situation nicht zu eskalieren, blickte ich starr auf den Boden. Bloß keinen Augenkontakt.

„Für wie dumm hältst du mich eigentlich, Hure?! Und was glotzt du so blöd? Hör auf zu glotzen!"

Er schüttelte mich und ich strauchelte. Sein Griff glich dem eines Schraubstockes. Fast verlor ich das Gleichgewicht. Ich versuchte, mir meine Umhängetasche zum Schutz vor meinen Bauch- und Brustbereich zu halten. Einen Metalldetektor gab es hier nicht, wie es in vielen anderen Ländern in Behörden üblich war.

„Sie tun mir weh. Bitte, lassen Sie mich los und ich verspreche, dass ich mit Herrn Schmidt rede", antwortete ich so ruhig, wie es mir möglich war. Aber mein Herz raste und meine Stimme zitterte. Ich hatte Angst, dass Girard ein Messer bei sich trägt oder Schlimmeres.

„Du solltest dich schämen, Hure! Machst den Männern schöne Augen und nimmst ehrlichen Vätern ihre Würde!" Ich erinnerte mich, dass eines der Kinder ein

Mädchen war. Girard redete sich in Rage. Es ging nicht um Ehre – das hier war einfach ein extrem gewalttätiges, ungehemmtes Arschloch, das es gewohnt war, mit Drohungen und Gewalt zu bekommen, was es wollte.

„Bitte. Es tut mir sehr leid!", meine Stimme verkam zu einem weinerlichen Piepsen und mir schossen Tränen in die Augen. Warum half mir niemand?

„Ja, heulen geht, nicht wahr? Ihr seid alle gleich, ihr Dreckstücke. Eure Hurenmütter sollen elend sterben!"

„Lassen Sie sofort die Frau los. Herr Girard, hier spricht die Polizei, lassen Sie sie los."

Automatisch übersetzte ich die Forderung, die von einer festen, männlichen Stimme außerhalb meines Sichtbereichs zu hören war. Fast euphorisch nahm ich wahr, dass uns vier Polizisten einkreisten, und ich sah Herrn Schmidt, dessen Augen aufgerissen waren, während er sich besorgt die Hand vor den Mund presste.

Girard schrie. So viel Hass. Noch bevor ich reagieren konnte, holte er aus und schlug mir in einer unglaublichen Geschwindigkeit mit der Faust direkt ins Gesicht, immer wieder. Seine schweren Ringe rissen meine Haut auf, die Schläge trafen die Schläfe, ich hörte Rufe und ging betäubt zu Boden. Mein Kopf schlug auf das Pflaster des Eingangsbereiches. Ein kurzer stechender Schmerz zuckte den Nacken hinunter und mir wurde schwarz vor Augen. So viel Hass.

WIEDERKEHR

Ein Taxi brachte mich spätabends wieder an die Schule bis direkt vor Haus drei. Dort erwartete mich die Betreuungslehrerin Frau Dehner und begleitete mich in mein Zimmer. Samstag Vormittag würde Krankenschwester Czerniak nach mir sehen. Ob ich noch etwas bräuchte. Nein, danke. Ob es für mich in Ordnung wäre, jetzt alleine zu sein. Ja. Meine Krankschreibung nahm sie entgegen. Zwei Wochen. Gerade hatte ich alles aufgeholt, verdammt.

Vollgepumpt mit Schmerzmitteln legte ich mich ins Bett und schaffte es nicht einmal mehr, das Nachtlicht auszuschalten.

Samstag früh war mein rechtes Auge zugeschwollen. Die Fäden, mit denen die Platzwunde an meinem Hinterkopf genäht wurde, schmerzten, weil sich eine kapitale Beule gebildet hatte. Mein Wangenknochen hatte einen Haarbruch, der nicht behandelt werden konnte und von selber wieder zuwachsen musste. Ich blutete deswegen immer noch aus dem rechten Nasenloch. Die Krankenschwester versorgte mich mit Schmerzmitteln und Suppe. Kauen tat weh. Nachmittags stand Herr Schmidt vor meiner Tür mit einem riesigen Blumenstrauß und einem noch größeren Teddybären. Seine Geste wirkte so unbeholfen und liebevoll, dass ich weinen musste, was auch wehtat. Ich versicherte ihm tausendmal, dass es Tränen der Freude waren, weil er elender aussah, als ich mich fühlte. Er kochte mir einen Tee und erzählte mir von seiner eigenen Tochter, die gerade ihr Studium in Physik begonnen hatte. Er versicherte mir, dass schon eine Sitzung einberufen worden war, um die Sicherheit für alle Mitarbeitenden in der Zukunft zu verbessern. Er wiederholte aber auch immer wieder ganz fassungslos, dass so etwas noch nie passiert sei, und ich fragte mich, ob ein Girard rechtfertigte, dass sich die Welt in Freyenberg nun anders drehte. Das war zu viel Ehre für dieses Arschloch. Girard selbst wurde festgenommen und saß in U-Haft. Leider wusste Herr Schmidt nicht, was mit Girards Familie passiert war, wo sie abgeblieben waren und ob ihre Anträge jetzt separat von dem des Arschloch-Vaters behandelt wurden. Ich hoffte es sehr für sie. Vor allem für die weiblichen Wesen der Familie.

Samstag Abend feierte jemand ausgerechnet in Haus drei eine Party. Und zwar eine große. Permanent ging die Eingangstür und ich hörte Getrappel im Treppenhaus. Das Hämmern der Bässe war vermutlich eigentlich total erträglich, aber jetzt fühlte es sich an, als würde mit jedem Takt mein Auge aus dem Schädel fallen. Während die Beule am Hinterkopf etwas geschrumpft war und die Fäden deswegen auch nicht mehr so stark rissen, war Blut in meinen Augapfel geflossen und verursachte dort unangenehme, drückende Schmerzen. Ich wollte gerne meinen Augapfel entfernen und für ein oder zwei Wochen im Kühlschrank lagern, bis es ihm wieder besser ging. Das Hämatom, das durch den Kieferanbruch entstanden war, war dank der wundervollen Schwerkraft inzwischen in meine Wange und bis in meine Oberlippe gelaufen und ließ sie anschwellen und pochen. Jedes neue Gewebe, dass sich mit diesem toten Blut befassen musste, schmerzte in der Anstrengung, den Eindringling wieder loszuwerden.

Wumm, wumm, wumm, wumm, dröhnte Haus drei und mein Kopf. Ich hatte die maximale Dosis an Schmerzmitteln intus und durfte die nächsten Tabletten eigentlich erst wieder in zwei Stunden einnehmen. Seit einer Viertelstunde versuchte ich tapfer zu sein, dann verlor ich die Nerven und beschloss, dass mein junger Körper eine leichte Überdosis Schmerzmittel schon abgebaut bekommen würde. Ich hatte noch nie von jemandem gehört, der an zwei Paracetamol zu viel gestorben war. Allerdings hatte ich auch noch nie danach gegoogelt. Ich schaltete mein Nachtlicht wieder an und kochte mir einen Baldrian-Tee. Dann schluckte ich die Schmerzmittel und aß einen in Tee eingeweichten Schokokeks dazu, damit mein Magen sich mit etwas Nettem beschäftigen konnte. Um fünf Uhr morgens schlief ich endlich ein, wachte dafür aber auch erst um 13 Uhr wieder auf. Ich fühlte mich viel besser. Solange ich mich nicht bewegte und die Augen geschlossen hielt, hatte ich keine Schmerzen. Minutenlang lag ich noch im Bett und schöpfte Kraft aus der Schmerzlosigkeit.

Der Badezimmerspiegel war ein wirklich unhöfliches, bösartiges Ding. So direkt gab er Feedback und wurde dabei noch auf gemeinste Weise von dem grellen Licht in diesem kleinen Raum unterstützt. Mein halbes Gesicht war unförmig angeschwollen und blutunterlaufen, hinter dem zu gequollenen Auge leuchtete ein feuerroter Augapfel. Und für das Nähen der Platzwunde auf der gegenüberliegenden Seite hatten die Notfallärzte Teile meines Haares wegrasieren müssen. Grummelnd machte ich ein Foto für Shirin. Und für die Polizei. Ich putzte mir vorsichtig die Zähne. Meine Ultraschallzahnbürste konnte ich nicht verwenden, weil das Brummen fürchterlich wehtat. Ich benötigte doppelt so lange, damit sich meine Zähne halbwegs sauber anfühlten. Die Krankenschwester hatte mir für heute die Erlaubnis gegeben, meine Haare zu waschen, bestand aber auf einem unparfümierten Kindershampoo, das sie mir gestern mitgebracht hatte. Ich entfernte vorsichtig alle Krusten an Schläfe und Nase und aus meinem Haar. So gut das Duschen auch getan hatte, an meinem deformierten Spiegelbild mit dem halbseitigen Duckface änderte es nichts.

Immerhin hatte ich wieder Hunger und hoffte, dass mein Sonntagskorb noch im Foyer stand. Ein Kaffee wäre jetzt das höchste der Gefühle. Ich schlüpfte in meine liebste Haremshose mit dem blau-lilafarbenen Batikmuster und streifte über das schwarze Trägerunterhemd einen weiten dunkelblauen Strickpulli mit der ausladenden Halsöffnung, den ich besonders gut und berührungsfrei über meinen Kopf und mein Gesicht gezogen bekam.

Ich öffnete die Tür und sondierte, ob sich jemand im Foyer aufhielt. An meinem Aussehen konnte ich zwar gerade nichts ändern, aber ich fühlte mich noch nicht bereit, angeglotzt zu werden. Alles war still, was nach der Party letzte Nacht wenig verwunderlich war. Auf Socken schlich ich ins Foyer und freute mich, dass mein Korb tatsächlich noch dort stand. Eine orange-farbene Gerbera steckte zwischen Thermoskanne und Brötchentüte – bestimmt hatten die alle bekommen. Zum Herbstanfang oder aus einem anderen Anlass, den ich noch ergründen musste. Eine Treppenstufe knarzte. Mist.

Ich drehte mich so, dass mein Gesicht vom Treppenaufgang aus nicht zu sehen war, während ich meinen Korb schnappte und plante, schnell in mein Zimmer zurück zu huschen. Falls das jemand war, mit dem ich eigentlich ansonsten einen lockeren Umgang pflegte, wäre das allerdings wirklich sehr unhöflich. Wenn es irgendein verspäteter Partygast war, wäre es hingegen nicht so dramatisch. Nur einen kurzen Blick musste ich dafür riskieren...

Julian sah müde und verschlafen aus. Eigentlich stierte er an mir vorbei, aber dann schien er zu bemerken, dass etwas mit meinem Gesicht nicht stimmte und fokussierte sich. Kein Ton verließ seine Lippen.

Wie, liebe Lotti, bekommst du das eigentlich hin? Also diese vollumfängliche Superpeinlichkeit. Du lässt es so einfach aussehen, aber nach all dem Mist rund um Julian kann man eine außergewöhnliche Expertise erkennen, sich völlig, absolut und maximal zu blamieren. Vielleicht möchtest du ihm jetzt noch vor die Füße kotzen? Noch nichts gegessen? Hält dich das wirklich ab, liebe Lotti?

Langsam drehte ich mich weg. Als wären besonders langsame Bewegungen besonders unauffällig und ich damit irgendwie unsichtbar. Dann schlich ich den Flur entlang zu meinem Zimmer und schloss die Tür hinter mir, so leise es mir möglich war. Normalerweise würde ich jetzt die Hände vor mein Gesicht schlagen und mich eine Runde schämen. Nicht einmal das war mir gerade möglich.

Ich lauschte, aber auf dem Gang war kein Geräusch zu hören. Fast fünf Minuten stand ich in meinem kleinen Flur an der Tür und horchte. Julian war wieder da, wurde mir klar. Wie gut, dass er mir so deutlich gemacht hatte, dass er nichts mit mir zu tun haben möchte, denn reden war derzeit sowieso ziemlich anstrengend. Ein Schmerz raste durch meinen Körper, der Julians Geruch und Wärme sehr renitent vermisste.

Entschuldigung, bitte?! Du kannst nichts vermissen, dass du nie wirklich hattest, du dämlicher Körper!

Ich entspannte mich. Julian war wieder da.

Ich hatte es mir zum Ritual gemacht, die Inhalte des Korbes auf meinem Schreibtisch auszubreiten, um zu entscheiden, was ich wann essen würde. Im Bad opferte ich mein Zahnputzglas als Vase für die Gerbera und stellte sie an das Fenster. Die Tüte mit den Brötchen schob ich beiseite. Es war sehr unwahrscheinlich, dass ich die schon essen konnte. Aber der Kuchen war eine Biskuitrolle mit Erdbeerquark-Füllung. Das würde gehen. Jetzt freute ich mich auf den Kaffee und warf vorher noch die verschriebene Dosis Paracetamol ein. Ich war sowieso viel zu spät dran, weil ich verschlafen hatte. Da mein Wasserglas von der Gerbera besetzt wurde, ging ich ins Bad, um meine Teetasse auszuspülen und mir etwas Wasser zu holen.

Als es klopfte, öffnete ich die Tür auf meinem Weg zurück – Frau Czerniak hatte gestern schon angekündigt, dass sie heute noch mal nach mir schauen wollte.

„Guten Morgen, äh, Tag, Frau Czerniak", flötete ich, während ich die Tasse zu meinem Schreibtisch balancierte: „Ich glaube, Sie können Ihr wohlverdientes Wochenende genießen – es geht mir schon viel besser."

„Das freut mich."

Das... war nicht Frau Czerniaks Stimme. Vor Schreck ließ ich fast die Tasse fallen und verschüttete etwas Wasser auf meinem Tisch.

„Julian", sagte ich tonlos, nachdem ich mich im ersten Impuls schnell zur Tür umgedreht und dann in einem panischen Moment der Erkenntnis wieder Richtung Fenster gedreht hatte. Meine Hände waren von der wenig galanten Pirouette nass und die Tasse fast leer. Ich starrte auf den Schreibtisch und hörte, wie die Tür geschlossen wurde.

„Gibst du mir bitte die Tasse? Ich hole dir neues Wasser." Julians Stimme war ruhig, aber belegt. Ich wusste jetzt, was das für eine Party gestern Nacht gewesen war. Die Willkommensparty. Er fischte mir die Tasse aus den Händen und ich hörte den Wasserhahn im Bad.

Gut, Lotti. Bewahre dir doch bitte deinen letzten Funken Würde und wisch wenigstens das Wasser weg.

Als Julian zurückkam, wischte ich gerade die Pfützen auf dem Tisch und den Dielen auf. Ich setzte mich auf die Fensterbank. Damit schauten Passanten vor Haus drei, die es wirklich darauf anlegten, zwar auf die zerbeulte Seite meines Schädels, aber wenigstens blickte Julian nur auf diejenige, wo mir in der Notaufnahme nur ein Teil meines Haupthaares wegrasiert worden war, um die Platzwunde zu nähen. Dafür sah diese Gesichtshälfte normaler aus.

„Möchtest du auch einen Kaffee?", fragte ich. *Das klang aber schrill, liebe Lotti.* Er sah jedenfalls sehr danach aus, als könnte er einen Kaffe gebrauchen, wobei ich vermied, ihn direkt anzuschauen.

Er setzte sich auf meinen Bürostuhl und rieb sich das Gesicht mit den Händen. Dann fuhr er sich mit den Fingern durch seine gewellten Haare, die in den letzten Wochen noch ein ganzes Stück gewachsen waren. Natürlich saß die Frisur perfekt. Wie immer. Er nickte.

Normalerweise hätte ich nur den Schluck Wasser in meiner Tasse getrunken, den ich benötigte, um die Tabletten herunterzuspülen. Damit ich jetzt aber nicht an ihm vorbei zurück ins Bad musste, trank ich zu den zwei Paracetamol die halbe Tasse aus. Julian teilte ich die Schultasse zu, die sich im Korb befand, und goss uns beiden Kaffee ein. Ich beschäftigte mich hochkonzentriert mit dieser Aufgabe, einfach weil ich keine Idee hatte, wie ich schon wieder derart peinlich auffällig geworden war und wie ich das Julian glaubhaft machen konnte.

„Ich weiß nicht, wie du deinen...“

„Nur Hafermilch.“

Ich schüttelte die Tüte vorsichtig und füllte beide Tassen mit der Milch auf. Dann schob ich Julian seine Tasse mit den Fingerspitzen entgegen und verzog mich wieder auf meinen Hochsitz.

„Also... hattest du einen guten... Dreh? Sagt man das so?“, versuchte ich mich in Konversation, weil sich Julian nicht rührte und nur ins Leere starrte. Sein Schnauben war ein eindeutiger Affekt, vielleicht ein seltsames Lachen oder Empörung. Er konnte unmöglich glauben, dass ich jetzt die Frage beantwortete, die ich vor Wochen in der Blockhütte nicht beantworten konnte. Oder? Oder was auch immer eigentlich los war... denn das hatte ich nie herausgefunden. Alle Szenarien erschienen ähnlich unwahrscheinlich und einige noch unwahrscheinlicher. Julian antwortete auch jetzt nicht. Weder auf die ausgesprochene noch auf alle meine unausgesprochenen Fragen. Vielleicht hielt er mich doch für eine Stalkerin und wollte deswegen nichts aus seinem Privat- oder Arbeitsleben erzählen.

Damit brauchte ich also die Konversation auch nicht mit der Party gestern Nacht, meinen vergeblichen Versuchen, ,Corned Beef' auszuleihen, oder dem Julian-Gif anfangen. Jetzt sah Julian mich an. Er schien jedes Detail meines Gesichts genau zu bewerten. Ich hampelte kurz, und als ich seinem Blick nicht mehr standzuhalten vermochte, hielt ich mir die Kaffeetasse vor mein Gesicht, trank einen Schluck und versuchte es anders:

„Also, ich finde, die Schule macht einen wirklich guten Kaffee. Selbst jetzt nach Stunden ist er nicht bitt...“

„Der Kaffee interessiert mich nicht.“

Okay. Mir schossen Tränen in die Augen. Der Schmerz, den das in meinem rechten Augapfel provozierte, überrascht mich. Hastig knallte ich die Kaffeetasse vor mich auf den Tisch und drückte meine Hand schützend vor das Auge. Ich konnte nicht verhindern, dass mir ein Schluchzen entfuhr.

„Oh Gott! Verdammt, Charles! So meinte ich das doch nicht!“, rief Julian hastig und sprang auf.

„Bitte! Es tut mir irre leid! Aber ich möchte wissen, was mit deinem Gesicht passiert ist und nicht, wie dir der blöde Kaffee schmeckt!“

Tränen flossen unkontrolliert aus meinen Augen und ich bekam meine Atmung nicht in den Griff. Das war einfach zu viel. Zu viel für dieses Wochenende. Zu viel für mich. Zu viel alles.

Und dann nahm mich Julian in den Arm. Er zog mich von der Fensterbank und legte seine Arme um mich. Als er dabei die genähte Wunde an meinem Hinterkopf berührt, fluchte er: „Gottverdammt!" Und legte dann ganz vorsichtig seine große warme Hand in meinen Nacken. Ich gab mein Bestes, um mich möglichst schnell wieder in den Griff zu bekommen. Dann löste ich mich langsam aus seiner Umarmung und verschwand ins Bad, um mir die Nase zu putzen und zu kontrollieren, ob sie dabei wieder angefangen hatte zu bluten. Hatte sie nicht. Glück gehabt.

Im Bad bemühte ich mich auch, mich zu sortieren. Unser letztes Zusammentreffen war grausam in mein Gedächtnis eingebrannt. Ich hielt seine Ablehnung nicht aus, so sehr ich sie nachvollziehen konnte. Vielleicht konnte ich Smalltalk halten, aber ich konnte seine Berührung auf keinen Fall ertragen. Nichts schien richtig oder klar zu sein und ich fühlte mich wie Beute, die im Finstern das Raubtier spürte, aber es nicht ausmachen konnte. Ich wollte schreien, toben, wollte all das sagen, was mir durch den Kopf ging, wollte, dass er sich endlich entschied. Dass er sich dafür entschied, mich in Ruhe zu lassen. Oder nicht. Eines von beidem, aber nicht beides. Beides ging nicht. Das schaffte ich emotional einfach nicht. Ich war zu einsam, zu alleine, um mit der Idee von Nähe und Geborgenheit immer wieder konfrontiert zu werden, nur um sie dann vorenthalten zu bekommen.

„Kann ich mir ein Stück Kuchen nehmen? Ich habe ziemlich dollen Hunger."

Genervt rollte er die Augen, reichte mir aber schon währenddessen eine Scheibe der Biskuitrolle. Sie schmeckte köstlich, auch wenn ich jeden Bissen an dem Kloß in meinem Hals vorbeiwürgen musste. Ich leckte mir den restlichen Quark von den Fingern. Julian bewegte sich, während er mich beobachtete – dabei hatte ich schon so schnell gegessen, wie es halbwegs anständig war. Ich holte Luft und erzählte ihm, was passiert war. In allen Details. Zum ersten Mal redete ich überhaupt über das Geschehene und es war eigentlich fast nicht wichtig, dass Julian derjenige war, der mir zuhören musste. Ich sprach lange über Herrn Girard und wie sich seine Blicke und der Hass angefühlt hatten. Über den Griff, aus dem ich mich nicht lösen konnte. Julian hatte sich inzwischen mit dem Stuhl vor das Fensterbrett gesetzt, trank Kaffee und hörte mir aufmerksam zu. Zwischendurch stellte er Verständnisfragen, wenn ich mich in den vielen Unwahrheiten des Girard und ihren Übersetzungen verhaspelte. Jetzt griff er nach meinem weiten Pulloverkragen, zuckte dann aber zurück.

„Darf ich?", fragte er und blinzelte unsicher. Ich nickte und war froh um die Sprechpause.

Vorsichtig zog er den Pulloverkragen so weit runter, bis mein Oberarm zu sehen war. Wie ein breiter schwarzer Ring legte sich das Hämatom von Girards Hand um den Arm.

„Hast du das auch für die Polizei dokumentiert?", fragte er ernst.

Nein, das hatte ich tatsächlich vergessen. Entgeistert starrte ich auf meinen Oberarm. Ich war so beschäftigt mit meinem Gesicht gewesen, dass mir das gar nicht aufgefallen war. Während Julian meinen Pullover hielt, machte ich im Badezimmerspiegel ein Foto von meinem Arm. Ich betrachte das Foto und musste kichern. Er legte fragend den Kopf schief.

„Sorry, aber du musst da weggehen. Auf dem Foto sieht es aus, als hätte ich einen unheimlichen Stalker namens Julian Simon...", grinste ich und hielt ihm mein Smartphone hin.

Er lachte auf und rollte dann die Augen, während ich das Foto löschte. Keine Fotos von anderen Personen außer von Selfies mit Einverständnis. Und ganz, ganz sicher galt das für dieses Foto.

„Ich gehe mal meine Kaffeekanne holen. In der Zeit kannst du das Foto machen. Bin gleich wieder da."

Als er zurückkehrte, war alles erledigt. Er hatte auch seinen Biskuitkuchen mitgebracht, den ich offensichtlich ein paar Sekunden zu lange anstarrte. Als würde er seinen Kuchen einem gefährlichen Raubtier reichen, schob er ihn mir über den Tisch. Theatralisch machte er die beschwichtigen Gesten eines Raubkatzen-Dompteurs und ich musste lachen.

„Au. Au, au, au. Lass das!", keuchte ich und hielt meine Wange.

Sofort wurde sein Gesicht sorgenvoll und er schaute traurig.

„Darf ich mal sehen?"

Es fühlte sich seltsam an, dieses perfekte Gesicht so nah an dem eigenen zu wissen. Dieser konzentrierte Blick auf meiner geschundenen, aufgerissenen und verschorften Haut. Auf das verquollene Auge mit den blutigen Hautsäcken und dem inzwischen rotfleckigen Augapfel.

„Hier ist der Bruch?", fragte er leise und fuhr vorsichtig mit den Fingern über meinen Wangenknochen. Ich wagte nicht, mich zu bewegen. Seine Fingerkuppen strichen leicht über meine Schläfe. Dann widmete er sich der Platzwunde.

„Acht Stiche.", hauchte er.

„Ich bin wirklich blöd gefallen, glaube ich."

„Charles!", keuchte er: „Du bist angegriffen worden - das ist etwas völlig anderes!"

„Ja, naja, du weißt, wie ich es meine."

„Hast du Angst?"

Hm. Darüber hatte ich noch gar nicht nachgedacht. Ich erklärte, dass Girard im Gefängnis war und wie es um seine Situation jetzt bestellt war. Ich berichtete von seiner eingeschüchterten Familie und von Herrn Schmidt und den Maßnahmen, die ergriffen werden sollten. Weil ich immer müder wurde, krabbelte ich irgendwann zurück in mein Bett.

„Soll ich dich... alleine lassen?"

„Du musst nicht bleiben, wenn du nicht möchtest", murmelte ich. Als er sich nicht rührte, rückte ich ein Stück zur Seite.

„Dann komm her. Das Bett ist eh der gemütlichste Ort hier."

Vielleicht konnte ich diese Nähe und Fürsorge nicht immer haben. Ich sollte diese Gelegenheit nutzen, solange sie sich noch bot. Ich konnte mich später damit befassen, wie weh es tat, sie ein weiteres Mal zu verlieren.

„Weil du dich weigerst, dein Zimmer etwas einzurichten", jammerte er leise, legte sich dabei aber rücklings auf die rechte Betthälfte und verschränkte seine

Arme hinter seinem Kopf. Mein Körper übernahm und ließ keinen Raum mehr für all die Zweifel, die mich sonst bestimmten. Ich robbte mich an Julian heran und legte meine gesunde Gesichtshälfte vorsichtig an seiner Brust ab. Ich spürte seinen kräftigen Herzschlag und dass er seinen rechten Arm um mich schlang. Seine Hand legte er an meine Seite. Es war mir jetzt einfach egal. Ich sehnte mich nach seiner Wärme, nach seiner Lebendigkeit. Seine Bauchmuskulatur war fest und selbst mit dem Unterarm, den ich nur darauf abgelegt hatte, spürte ich die Ansätze des Sixpacks. Weil ich ein ganzes Stück kleiner als er war, lehnte mein Unterleib an seinem Hüftknochen und schien jede Muskelbewegung, jede Berührung aufzunehmen. Ich versuchte, mich zu konzentrieren, und bemerkte, dass Julian nichts mehr sagte. Vielleicht war es ihm unangenehm. Vielleicht auch nicht. Es war mir gerade einfach egal.

„Du musst jetzt ein wenig erzählen – das Reden ist echt anstrengend. Tut mir leid."

Seine große Hand breitete sich auf meinem Rücken aus und drückte meinen Körper an seinen. Sein Atem stockte.

„Also, wie war dein Drehdings?", murmelte ich gegen seinen Brustkorb. Hoffentlich sabberte ich nicht. *Lotti, nicht sabbern!*

Julian begann zu erzählen. Doch schon nach wenigen Sätzen merkte ich, dass mir ganz viele Begriffe nichts sagten, und ich musste nachfragen. Geduldig unterbrach er seinen Bericht und erläuterte, was ein Skript war, ein Set, Close-Up... seine tiefe Stimme hallte an meinem Ohr durch seinen Brustkorb. Das sonore Summen der Vibrationen, seine ruhige Stimme und die Unmenge an mir völlig unbekannten Namen bewirkten, dass ich in einen tiefen Schlaf fiel. Und anscheinend hatte die Anreise und die Party der letzten Nacht auch Julian zugesetzt, denn als ich weit nach Mitternacht aufwachte, lag er immer noch neben mir. Sein Atem ging ruhig. Im Halbschlaf beschloss ich, vorsichtshalber für ihn den Wecker zu stellen, damit er nicht den Schulanfang verpasste und ich daran schuld war. Dann schlief ich wieder ein.

Ganz kurz meinte ich, den ersten meiner zwei Wecker zu hören, aber es war gleich wieder still. Naja, das zweite Klingeln würde fünf Minuten später losgehen.

Vogelgezwitscher mit melodischen Gitarrenklängen. Ich räkelte mich, nur um kurz darauf das Gesicht zu verziehen. Au. Neben mir hörte ich ein heiseres Lachen. Oh.

„Das ist deine Aufwachmusik?! Feengesänge und Vogelgezwitscher? Ernsthaft?"

Langsam zog ich unauffällig das Kissen über mein Gesicht und tat, als könnte ich mich damit unsichtbar machen. Dann blinzelte ich hinter dem Kissen hervor. Julian betrachtete mich.

„Wie geht es dir?"

„Viel besser, glaube ich."

„Gestern Abend hat Frau Czerniak noch angerufen. Ich bin ehrlich gesagt rangegangen und habe ihr gesagt, dass es dir gut geht und sie nicht mehr vorbeikommen muss."

„Danke. Ich habe ein ganzes Telefonat verpasst?"

„Japp. Du schnarchst übrigens nicht. Nicht mal mit deinem zermatschten Gesicht."

„Ich nehme Komplimente, wie sie kommen", konterte ich und streckte mich.

Plötzlich spürte ich Julians Hand auf meiner Bauchdecke. Er strich über meine Haut und folgte seinen Fingern mit dem Blick. Mit dem Daumen schob er mein Unterhemd ein Stück nach oben, blinzelte dann und glitt mit der Hand an meine Hüfte. Er zog mich näher an sich heran. Nicht viel, aber so, dass ich seine Kraft spüren konnte.

„Charles. Ich möchte mit dir noch darüber reden, was in der Blockhütte passiert ist."

Uäh! Unangenehme Wendung! Gerade hat sich Lottis Körper hormonell in die bunte Welt der jugendlichen Pornografie verabschiedet und dann so was. Dass Typen immer reden müssen!

Während ich vorsichtig seine Hand von meinem Körper nahm und mich langsam aufsetzte, antwortete ich knapp:

„Das mit Tobi war ein Witz. Er hatte mich darum gebeten, weil er mal ein anderes Gerücht um sich haben wollte als Hacker-Kram. Und... wenn Menschen mir etwas bedeuten und sie in ungünstigen Situationen zu viel Druck ausüben, leitet mein Körper einen Notabschaltung ein. So wie du. Hinter der Blockhütte."

Julian betrachtete die Hand, mit der er mich gerade noch berührt hatte.

„Ja, das mit Tobi weiß ich inzwischen auch", entgegnete er mit belegter Stimme: „Bella hat mit mir geredet."

„Es tut mir wahnsinnig leid, Charles. Ich habe mich fürchterlich mies verhalten und habe Dinge gesagt, die ich weder meine noch je gedacht habe. Ich war gereizt, genervt, betrunken und... eifersüchtig."

Julian hatte sich jetzt ebenfalls aufgesetzt.

Planet Erde an Lotti Luftikus, Planet Erde an Lotti. Haben wir das gerade gehört? Könnten wir bitte irgendwie darauf reagieren und diesen wahnsinnig heißen Typen in unserem Bett nicht einfach nur anglotzen wie ein Rind den Schlachter? Danke im Voraus.

„Auf wen warst du eifersüchtig? Cindy?", fragte ich verständnislos.

Julian lachte und schüttelte den Kopf. Dann rieb er sich mit beiden Händen das Gesicht und fuhr dann durch sein Haar. Dabei spannte sich sein Bizeps auf einen fast unsittlichen Umfang an und... *Körper! Aus!*

„Auf Tobi, Charles, auf Tobi!"

„Äh, Tobi ist nett?" Ich fühlte mich wie ein Mondkalb.

Wie eine Sprungfeder richtete sich Julian auf und war mir plötzlich ganz nahe. Jede Faser seines Körpers schien angespannt, als seine Lippen meine Ohrmuschel berührten, während er flüsterte:

„Aber du bist nicht nett, Charles. Du bist das schönste, klügste, seltsamste Mädchen, das ich je kennengelernt habe. Es kostet mich Kraft, dich nicht zu berühren, nicht deinen Duft aufzusaugen, nicht jeden verdammten Tag zu deinem anstatt in mein Zimmer zu gehen. Ich suche dich in der Mensa, ich hasse es, wenn du nachmittags andere Aktivitäten hast als ich. Es schmerzt... wenn du den Klassenraum betrittst und ich Luft für dich bin! Und trotzdem hat es mich an diesem Abend wahnsinnig gemacht zu wissen, dass ich für Wochen weg sein würde und dich nicht einmal sehen würde."

Und dann atmete er in mein Ohr und küsste meinen Hals. Mein ganzer Körper pochte.

„Julian! Das kannst du doch nicht einfach so sagen. Und schon gar nicht so!", keuchte ich empört. Um die Beherrschung nicht zu verlieren, hatte ich mich in mein Bettdeck gekrallt. Meine Lippen pulsierten. Ich konnte Julian nicht anschauen, denn dann würde ich endgültig die Kontrolle verlieren und das wäre wirklich nicht sehr erwachsen.

Julian atmete schwer an meinem Ohr. Dann lehnte er seine Stirn an meine Wange und ich spüre seine Atemstöße in meinem Dekolleté. Meine Brustwarzen zogen sich erregt zusammen und ich wusste, dass er das sehen konnte.

„Ich weiß nicht, wie ich mich verhalten soll, Charles. Ich weiß es einfach nicht. Ich habe so viel versucht, aber ich werde nicht schlau aus dir. Du musst mir sagen, wie ich mich verhalten soll", flüsterte er fast hastig und verzweifelt.

Ruckartig fuhr seine Hand an meinen Hals und strich dann sanft über mein Schlüsselbein. Dann ließ er seine Handfläche über meine Brust gleiten. Das Gefühl war so intensiv, dass ich nicht stumm bleiben konnte. Das hielt ich nicht aus. Ich griff hastig nach seinem Handgelenk und versuchte, normal zu atmen. Julian gelang das nicht, aber er ließ sich bereitwillig auf meinen Griff ein.

„Ich will dich berühren dürfen, Charles."

Dann hob er langsam seinen Kopf und küsste meine Wange.

„Ich konnte es nicht ertragen, dass Tobi an meiner Stelle sein durfte, Charles. Ich wollte ihn vermöbeln. Ich habe ihn gehasst. Basti und Micha ist es zu verdanken, dass ich das nicht geschafft habe. Ich hatte gesehen, wie ihr zusammen den Feuerplatz betreten habt, und plötzlich war mir klar, dass ich dich mit meinem Verhalten weggestoßen hatte. Ich hatte wochenlang versucht, mich von dir fernzuhalten, weil... weil ich Sorge hatte, dass ich dich und deinen Zustand mit dem Kuss nach der Waschkeller-Nummer ausgenutzt hatte. Ich hatte Angst, dass du mich hassen würdest. Und dann sahst du so glücklich aus mit Tobi, in diesem wahnsinnigen Sari-Kleid, deinen glänzenden Augen und... und dann hast du getanzt. Ich wollte, dass du mit mir so tanzt. Ich hatte dich beobachtet, als du alleine getanzt hast und wollte der Grund dafür sein, dass du diese Bewegungen machst. Ich habe noch nie so gehandelt, noch nie solche Gefühle erlebt – und der Alkohol hat es nicht besser gemacht. Und dann kommt auch noch dieser dämliche Jerome und drückt mir einen Spruch, dass ich dich nicht anbrüllen dürfe und mich gefälligst von dir fernhalten solle. Ich hatte wirklich Glück, dass ich zu betrunken war, um ihn mit dem Tumbler zu treffen. Gezielt hatte ich jedenfalls. Es war mein letzter Abend und ich habe mir nichts mehr gewünscht, als ihn mit dir zu verbringen. Ich brauchte keine Party, ich brauchte dich."

In meinem Kopf tobte ein Tornado aus Gedankenfetzen, die unkontrolliert wirbelten und rasten. Nicht einen konnte ich lange genug fassen, um ihn verarbeiten zu können.

„Sorry", war das Intelligenteste, was mir als Entgegnung einfiel.

Er lachte heiser und lehnte sich wieder zurück. Dann beobachtete er mich von der rechten Seite meines Bettes aus.

Es klopfte an meine Tür. Frau Czerniak rief ihren Namen.

Hastig sah ich mich um:

„Ach herrje, willst du dich verstecken?!"

„Nein", war die bestimmte und sehr klare Antwort, die ich erhielt. Ich starrte Julian an.

„Ich habe doch gestern schon mit ihr telefoniert, Charlie. Aber ich werde jetzt mal duschen gehen. Ich fürchte, ich werde mich mit einem ‚Sorry' nicht zufriedengeben können. Erhol' dich, weil ich bin noch nicht bereit aufzugeben."

Lotti Mondkalb
  Saß auf der Schlachtbank
  Dann kam der Schlachter
  Lotti Mondkalb
  Machte... Muh.

So, und jetzt, Lotti?

Ich brauche dich. Julian Simon hatte zu mir, Charlotte Mabaux, gesagt, dass er mich brauchte. Er hatte mir seine Seite der Geschichte geschildert und ich konnte nicht fassen, was er da sagte. In seiner Erzählung spielte ich eine Rolle. Ich saß nicht im Publikum, sondern stand mit ihm auf seiner Bühne. Und ich hatte es nicht gemerkt. Da war dieser Typ, den die halbe Welt kannte, und ich bedeutete ihm etwas. Es schmerzt, wenn ich Luft für dich bin. Ich will dich berühren dürfen. Das hatte Julian zu mir gesagt.

Alles, absolut alles hatte sich mit diesen Worten geändert und ich versuchte, das zu verarbeiten. So lange hatte ich mich in meiner ganz eigenen Wahrheit bewegt, dass ich nur mit Mühe meine Gedankenmuster durchbrechen konnte. Was hier passierte, war mein innigster Wunsch und meine absolut größte Angst. Ich hatte mich verliebt und würden meine Eltern mich jetzt zwingen, die Schule zu wechseln, dann würde mein Herz endgültig brechen.

LOKALPRESSE

Nachmittags stand Julian vor meiner Tür. Er brachte einen Stapel Papier und zwei Bücher.

„Oh, was ist das?", fragte ich neugierig, während ich versuchte, die Titel auf den Buchrücken zu entziffern.

„Hausaufgaben. Ich musste Mrs. Worthington dazu überreden, mir die Aufgabe für dich zu geben. Sie leidet ungefähr doppelt so sehr wie du... und fühlt sich mitverantwortlich, weil sie dich auf diese Sache in der Gemeinde aufmerksam gemacht hat. Dann noch die zwei Bücher für Englisch und Deutsch und, äh, meine Notizen von den Fächern, die wir zusammen haben. Lisa macht dir Kopien von den Fächern, die ihr zusammen habt, und Bella organisiert den Rest."

„Oh, das ist so unglaublich nett von euch!" Mir stiegen Tränen in die Augen.

„Moment, warum leidet Mrs. Worthington?"

„Okay, du möchtest dich vielleicht hinsetzen. Bekomm' bitte keine Panik", räusperte sich Julian und zog eine Ausgabe des Freyenberger Lokalblattes aus dem Jackett seiner Uniform.

„Was?", piepste ich und schlug das Blatt auf. Auf Seite zwei war das Foto der polizeilichen Dokumentation meiner Verletzungen. Mein Gesicht war unkenntlich gemacht. Weil es in Freyenberg so unglaublich viele Mädchen gab, die als Übersetzerin für die Gemeinde tätig waren.

„Oh Gott!", stöhnte ich und starrte das Bild an. Ein Teil der Wunden waren wegen der Anonymisierung nicht zu erkennen. Ich presste die Lippen aufeinander. Das Foto war im Krankenhaus gemacht worden und ich krallte mich an der steifen Zudecke fest, die über meinen Körper gelegt wurde.

„Dürfen die das?"

„Ja, du bist unkenntlich gemacht."

Ich hatte mit der Polizei geklärt, dass ich fast achtzehn war, und kein Anlass bestand, meine Eltern zu verständigen. Eine Anzeige von Girard hatte ich verweigert, weil er sowieso aktenkundig geworden war und ich um jeden Preis versuchte, zu verhindern, dass meine Eltern davon Wind bekamen. Ich hatte damit gedroht, Girard zu entlasten, wenn die Polizei oder die Gemeinde sich daran nicht hielt. Möglicherweise war ich etwas hysterisch, aber das war es wert. Das Gleiche hatte ich auch mit der Schulleitung und der Betreuungslehrerin besprochen. Kein Wort zu meinen Eltern. Zumindest nicht vor meinem Schulabschluss. Der Vermerk in meiner Akte wurde auf mein Verlangen separat archiviert. Allen fragenden Blicken war ich rigoros ausgewichen. Ich wusste, was ich da tue.

„Alles okay?", fragte Julian besorgt.

„Ich muss darüber nachdenken. Durchspielen, ob und was das für Auswirkungen haben kann", erklärte ich verbissen, während ich mein Bild anstarrte. Julian schluckte hörbar. Mist. Ich wollte die Stimmung nicht versauen. Ich setzte ein möglichst breites Lächeln auf.

„Danke, Julian. Ich freue mich wirklich, dass ihr mir alle helft."

Dienstag übernahm Bella. Wir unterhielten uns eine ganze Weile. Sie kritisierte das Zellenhafte meines Zimmers und unterstellte, dass ich keine Persönlichkeit hätte. Dafür mochte sie meine Klamotten. Allerdings erkannte sie keinen Sinn darin, mehr Bücher als Kleidung zu haben, und starrte fassungslos in die leere rechte Schrankhälfte. Den Schrank hatte sie, ohne zu fragen, eigenhändig erforscht, was mich aber grinsen ließ, weil es einfach zu ihr passte.

Mittwoch brachte Lisa einen kleinen Stapel. Sie kam gar nicht in mein Zimmer, beschwerte sich aber einige Minuten über die Unleserlichkeit von Bellas Notizen, die teils in Portugiesisch waren, weswegen sich Lisa nicht sicher war, ob sie wirklich alles Relevante kopiert hatte. Der Kunstkurs hatte mir eine Karte mit den Worten „Werd' schnell wieder gesund!" gebastelt und alle hatten unterschrieben. Auch Julian.

„DAS IST EIN FUCKING AUTOGRAMM!!!" Ping.

Ich sendete einen Tränen lachenden Emoji.

„Wie geht es dir?" Ping.

„Viel besser. Ich habe keine Ahnung, wie ich hier noch eine ganze Woche in diesem Verlies abhängen soll. Ich habe mir sogar Shakespeares Komödien nochmals vorgenommen, weil ich nicht weiß, wohin mit mir."

„Es ist doch schon Donnerstag – die zweite Woche vergeht wie im Flug... nicht. Hahaha!" Ping.

Es klopft leise, dann öffnete Julian die Tür.

„Kann ich... reinkommen?" Über seiner Schulter baumelte eine Tasche.

Ich nickte.

„Shiri, hier kommt gerade ein Klassenkamerad und bringt mir die Aufgaben. Ich meld mich wieder."

„Sexy?" Ping.

Ein Auberginen-Emoji mit einem großen roten Fragezeichen dahinter.

Julian hatte sich neben mich gehockt und strich mit seinem Finger über meinen Unterarm.

„Geht es um mich?" Er grinste.

„Hier lies. Ich sage ihr wirklich nichts. Versprochen."

„WARTE! Ich hab noch was für dich, Lotte!" Ping.

Ein Zahnrädchen kreiselte, während ein Gif lud.

Julian lachte laut los, ich starrte entgeistert auf den Bildschirm. Shirin hatte ein altes Klassenfoto von mir mit meinem zerbeulten Gesicht gemorpht und so wiederholte sich unablässig die faziale Apokalypse der Charlotte Mabaux.

„Eigentlich war es andersrum gedacht und so als Ermutigung, aber so isses viel lustiger, Schatz!" Ping.

Kussmund-Emoji.

„Danke, vermutlich", antworte ich und rollte mit den Augen.

Julian wischte sich eine Träne aus dem Augenwinkel und grinste immer noch.

Julian hatte nicht nur die Hausaufgaben mitgebracht.

„Ich habe meine liebste Maskenbildnerin angefunkt, weil sie auch Kosmetikerin ist und sie hat mir ein Paket mit Dingen zusammengestellt, die deinen Heilungsprozess beschleunigen sollen."

Er kippte den Inhalt der Tasche auf mein Bett.

„Ooooh!", staunte ich mit großen Augen.

Die kommenden zwei Stunden verbrachten wir damit, die Cremes und Masken zu inspizieren und Anleitungen zu lesen. Einige Sälbchen trug Julian mir mit Inbrunst und Konzentration auf, andere ich vor dem Badezimmerspiegel. Eine feuchtigkeitsspendende Maske, die auch die Blutzirkulation verbessern sollte, gab es im Doppelpack. Also musste Julian ebenfalls dran glauben. Wir lachten viel und machten Selfies mit diesen Masken, die im Grunde runde Scheiben mit Löchern darin waren.

Mein Auge war inzwischen wieder vollständig abgeschwollen. Die Blutergüsse hatten sich von Rot und Blau in Lila bis Schwarz mit Ansätzen gelber Ränder verändert. Dafür war meine Lippe wieder normalgroß. Einzig von Suppen hatte ich langsam und allmählich wirklich die Nase voll.

Samstag teilte ich der Schulleitung mit, dass ich keine weitere Woche verpassen wollte und meine Krankschreibung vorzeitig beendete. Der zuständige Arzt war auf Nachfrage nicht begeistert, aber hatte auch keine triftigen Argumente dagegen. Einzig am Mittwoch musste ich nachmittags noch einmal zum Fäden ziehen nach Freyenberg und anstrengende Sportarten, bei denen ich stürzen und den Bruch des Kiefers eskalieren könnte, blieben weiterhin verboten. Mist. Julian sagte ich davon nichts. Er war sowieso auf einer Feier versackt und kam Sonntag Vormittag vorbei geschlichen, um zusammen mit mir Kuchen zu essen und Kaffee zu trinken. Mehr als Grunzlaute gab er kaum von sich, was ich unglaublich amüsant fand. Letztendlich schlief er auf meinem Bett wieder ein und ich holte Lehrstoff nach, um für Montag gerüstet zu sein.

Nachdem praktisch die gesamte Schule das Bild in der Lokalpresse gesehen hatte, waren am darauffolgenden Montag alle ganz begeistert, wie gut ich schon aussah. *Ja, Leute, auch Lotti beherrscht die Kunst des Make-ups.* Immerhin hatte diese Krise somit wenigstens einen Vorteil, auch wenn meine Unscheinbarkeit damit massiv schwächelte. Und bisher konnte ich noch keine Nachteile erkennen. Julian hatte ich nichts gesagt und kam so beim Betreten des Klassenraumes in den Genuss eines extrem überraschten Gesichtes. *Ha, Mister Gar-nicht-so-Cool!* Mrs. Worthington war ganz aus dem Häuschen ob meiner Wiederkehr, ihre Augen wirkten wässrig und sie redete so schnell und so britisch, dass ein paar Leute in der Klasse, die nicht so firm in der Sprache waren, unverhohlen nervös wurden.

Julian und ich hatten in den letzten Tagen das ausstehende Gespräch nicht wieder aufgegriffen. Ich war ganz froh darüber, denn ich hatte das Gefühl, dass er Entscheidungen von mir fordern würde, von denen ich nicht wusste, ob ich sie treffen konnte. Ich fühlte mich nicht vorbereitet, nicht ausreichend informiert über das, was mich erwartete... was er von mir erwartete. Ich hatte die letzten Tage mit ihm von Herzen genossen. War er bei mir, war unser Zusammensein von Leichtigkeit geprägt. Wir konnten über alles Mögliche sprechen, über Aufgaben und Ansichten, über beliebtes und unbeliebtes Lehrpersonal und ich hatte versucht, mehr davon zu verstehen, was in seinem Leben als Schauspieler passierte. Ja, ich hatte mir Lernkarten angelegt, um Begriffe auswendig zu lernen. Dafür hatte mich Julian herzlich ausgelacht.

Nach der Stunde kam Julian zu mir.

„Warum hast du mir das nicht gesagt?", fragte er vorwurfsvoll.

„Na, ich wollte euch alle überraschen. Ihr müsst euch jetzt nicht mehr die ganze Mühe mit den Notizen und so machen." Irgendwie schien ich nicht sehr gut darin zu sein, Leuten eine Freude zu machen. Dabei klang der Plan in meinem Kopf super.

Lisa trabte an uns vorbei.

„Heyyy, wie cool, Charles! Keine Notizen mehr machen – was bin ich froh!"

Fragend schaute ich Julian an.

„Ja, okay. Äh, danke." Er ließ sich zurückfallen und wurde schnell von Clique Cool aufgegriffen. Ich blieb etwas ratlos zurück.

Weder am Montagnachmittag, noch am Dienstag ließ er sich blicken. Mittwoch verbrachte ich die ersten Schulstunden in Freyenbergs Krankenhaus, wo mir die Fäden am Kopf gezogen wurden und via Röntgen die Entwicklung des Kieferbruches überprüft wurde. Beides heilte besser, als es sich die behandelnde Ärztin erhofft hatte. Zur Feier des Tages wagte ich mich zum ersten Mal wieder in die Mensa. Das vegetarische Gericht waren Nudeln mit Pesto und ich konnte mir nicht vorstellen, dass das meinen Schädel jetzt noch zertrümmern könnte – und glücklicherweise stand auf dem Menüplan des Tages nicht eine verdammte Suppe. Als ich den Speisesaal betrat, warf ich einen vorsichtigen Blick an den Tisch der coolen Clique. Dort schien dicke Luft zu herrschen. Julian sah bleich aus und konzentrierte sich auf sein Essen, während Micha vortäuschte, interessiert dem zu lauschen, was Basti gerade erzählte. Lisa sah mich und warf mir einen seltsamen Blick zu, der mich davon abhielt, ihr ein Lächeln zum Gruß zu schicken. Zwischen Stefanie und Nadja saß Cindy. Nadja hatte ihren Arm um sie gelegt. Cindys Gesicht war fleckig, ihre Augen waren gerötet und sie pickte abwesend in ihren Nudeln herum. Stefanie redete in Cindys Ohr.

Und das, Lotti, ist der Grund, warum wir so wahnsinnig gerne alleine essen.

SCHOOL OF ROCK

„Halt dich fest, Charles", begann Nicki vor der Mathe-Stunde Donnerstag früh: „Morgen Abend ist Feiern angesagt. Und zwaaar in der Mensa!"

Nicki könnte mit kobern reich werden. Natürlich war sie schon stinkreich, aber ihr Werbetalent stand völlig außer Frage. Offensichtlich wechselte die Schülerschaft mit dem Feiern im Winter, wenn es draußen einfach zu kalt war, von der Schulleitung geduldet aus der Wald-hütte in die Mensa. Die Tische wurden verräumt und der innere Speisesaal wurde zur Tanzfläche. Ich erfuhr, dass es darüber eine komplette Medien- und Beleuchtungs-anlage gab, weil der Raum auch für offizielle Empfänge genutzt wurde. Das Thema der ersten Mensa-Feier des Schuljahres war School of Rock und Uniform war Pflicht. Mit Kreativität. Dank Nickis Tipp steuerte ich in der Mittagspause die Theater-AG an und lieh mir aus deren Kostümfundus einen Petticoat-Unterrock, den ich gedachte mit meinem bisher ungenutzten Schulrock zu verbinden. Ein paar Netzstrümpfe hatte ich noch von einer vergangenen Halloween-Feier in Paris, deren Motto die Rocky Horror Picture Show war. Und damit fühlte ich mich eigentlich schon auf der sicheren Seite.

Donnerstag am späten Abend klopfte es und meine Klinke bewegte sich, aber die Tür wurde nicht geöffnet.

„Charles, ich bin's.", hörte ich Julians tiefe Stimme.

Als ich ihm öffnete, hielt er sich mit beiden Händen am Türrahmen fest. Ich roch würzigen Whisky und blickte in dunkle Augen. Ich hatte keine guten Erfahrungen mit Julian in diesem Zustand gemacht. Ich spannte mich an.

„Wie betrunken bist du?", fragte ich vorsichtig.

Er lächelte schief.

„Gar nicht. Also, nicht wirklich. Ich brauchte nur etwas Mut..."

Langsam trat ich beiseite und gab damit den Weg in mein Zimmer frei.

„Es ist alles gerade ein wenig scheiße und ich...", er schluckte und setzte sich auf die Bettkante. Erst jetzt sah ich die dunklen Ringe unter seinen Augen. Ich hockte mich zu ihm und schaute aufmerksam auf die Zeichen in seinem Gesicht. Als er die Lippen aufeinanderpresste und fast aussah, als müsste er weinen, griff ich nach seiner Hand und legte meine Finger in seine Handfläche.

„... und du möchtest darüber reden? Schieß los. Ich gebe mein Bestes."

Er lachte leise auf, während er meine Hand in seiner betrachtete und sie dann sachte drückte.

„Das tust du immer, Charles. Selbst in den unmöglichsten Situationen. Und das schüchtert mich krass ein."

Während ich kurz rot anlief, aber gleichzeitig nicht wollte, dass es jetzt um mich ging, wartete ich aufmerksam.

„Ich habe mit Cindy Schluss gemacht. Naja, eigentlich... waren wir nie wirklich zusammen. Es war halt einfach so. Sie hat sich an mich rangemacht und sie ist

wirklich hübsch und ich habe nicht weiter darüber nachgedacht und ich dachte, bei ihr wäre es ähnlich – einfach Spaß haben und angenehme Ablenkung und so",
murmelte er und legte nach: „Ich habe wirklich keine
Probleme, Mädchen aufzureißen, weißt du?"

Okay, unangeneeehm.

„Außer dich. Keine Ahnung, was mit dir nicht
stimmt." Er lächelte schief, aber seine Augen flackerten
unsicher und er konnte mich nicht direkt anschauen.

„Ich habe mich noch nie so sehr bemüht, aber immer,
wenn ich das Gefühl habe, wir kommen uns näher, dann
machst du so etwas wie am Montag und stößt mich
weg." Ich wollte protestieren. Aber er umfasste meinen
Unterarm mit seiner anderen Hand.

„Warte, bitte. Ich möchte das loswerden, weil es mich
in den Wahnsinn treibt und der Alkoholpegel gerade
noch passt." Er schaute mich halb verzweifelt an und
ich nickte.

„Ich, ich weiß gar nicht, wie man das ordentlich
macht. Also... um ein Mädchen wirklich werben. Klingt
das altmodisch? Weiß nicht. Es ist unendlich frustrierend. Ich habe Blumen versucht..." *Oh, die Gerbera!*
„Aber dann komme ich hier ins Zimmer und da steht ein
riesiger Blumenstrauß von einem uralten Opa und ein
blöder Teddybär und du schwärmst von dem Typen, als
wäre er der wiedergeborene Romeo."

Wenn ich mich nicht bald rechtfertigen durfte, würde
ich explodieren. Wie konnte man denn alles bloß so
völlig falsch verstehen? *Äh, Lotti? Merkste selbst?*

„Jedenfalls... habe ich Cindy gesagt, dass es Aus ist
und sie ist ausgeflippt und ich habe Angst, dass sie ihr
NDA bricht und Stories an die Presse verkauft. Nötig

hat sie es wirklich nicht, aber einfach aus Rache. Und dann habe ich gesehen, wie du auf den Artikel in dem Furzblatt reagiert hast und habe verstanden, dass du kein Interesse daran hast, in der Presse zu landen. Aber mit mir... kann das passieren. Und ich habe das nur sehr begrenzt im Griff. Ich bin auf dieser Schule, weil das Privatgelände so groß ist, dass ich keine Sorge wegen Teleobjektiven haben muss und mich frei bewegen kann, ohne mich eingesperrt zu fühlen."

Es brach förmlich aus ihm heraus. Die Worte überschlugen sich und ich kapierte, dass ihn das nicht erst seit Kurzem beschäftigte.

„Das ist ein Problem, das du immer hast, oder?"

Er nickte.

„Aber normalerweise wollen immer alle Mädchen unbedingt mit mir fotografiert werden. Du hast nicht einmal versucht, mit mir ein vernünftiges Selfie zu machen. Es ist so krass frustrierend!"

Jetzt klang er wirklich empört.

„Aber..."

„Auf einem bin ich ein krasser Psycho-Stalker, während dein Gesicht aussieht, als hätte ich dich durch einen Fleischwolf gedreht... und auf dem anderen tragen wir beide Masken und sind im Grunde Druckerpapier mit vier Löchern drin!", unterbrach er mich und in seiner Stimme schwang so viel Verzweiflung mit, dass ich lachen musste. Kurz entgleiste sein Gesicht, aber als er sich seiner Worte bewusst wurde, lachte auch er und schüttelt dabei resigniert den Kopf.

Was ich nie hatte, war einen Freund. Knutschereien, ja. Gegrabsche auf einer Party, ja. Vorsichtige Flirts, die mich schnell überfordert hatten, weil damit so viel Aufmerksamkeit verbunden war, ja. Aber eine richtige Beziehung? Warum auch. Freundschaften machten schon keinen Sinn, da waren Liebschaften völlig schwachsinnig. Und jetzt war da Julian, der – objektiv betrachtet – mein ganz persönlicher Unscheinbarkeitsalbtraum war. Er war ziemlich sicher berühmter, als ich das überhaupt erfassen konnte. Er sah absurd gut aus. Und auf der Schule waren immer alle Augen auf ihn gerichtet. Alles war so lange gut, wie er eine Freundin hatte. Cindy. Ich war davon ausgegangen, dass unser Intermezzo nichts als ein dummer Ausrutscher war, den ich auch noch provoziert hatte. Zu glauben, er könnte sich für mich interessieren, hatte ich mir nie gestattet. Aus all den genannten Gründen.

Auch war mir überhaupt nicht klar, wie man so etwas in einem Internat organisierte. Wir lebten praktisch im gleichen Haus! In anderen Szenarien traf das nur auf Geschwister zu. Oder Verheiratete. Ging man hier aus? Und dann ersetzte die Zimmertür die Haustür des Elternhauses. In dem Eltern waren und nicht einfach fünf Meter daneben ein Queensize-Bett. Und kein Erwachsener weit und breit in Sicht... Warum waren hier eigentlich nicht alle schwanger?! Hier ging man in die gleichen Klassen, man sah sich von morgens bis abends oder... immer? Das war wie verheiratet sein mit Home Office? Was, wenn man mal Blähungen hatte? Völlig verschwitzt und stinkend vom Joggen zurückkam? Oder... einen fürchterlichen Pickel hatte? Wenn man seine Tage hatte??? Ging Julian mit seinen Angebeteten ins... Kino? Eher nicht. Verließ er überhaupt je das Gelände? Außer zu Drehs?

Julian beobachtete mein Gesicht.

„Bevor du mir gleich den ersten Korb meines Lebens gibst... Ich... ich weiß, dass das mit mir wirklich schwierig ist. Aber ich bin so gerne in deiner Nähe. Nirgends sonst fühle ich mich so... normal. Und gleichzeitig werde ich wahnsinnig, wenn du unterwegs bist. Freitags... das halte ich kaum aus. Und jetzt weiß ich gar nicht, wie ich das aushalten soll, nachdem du so schwer verletzt worden bist. Ich kann dich nicht begleiten. Ich kann nicht an deiner Seite sein, auf dich warten und dich beschützen. Ganz Freyenberg ist voll mit Freizeit-Knippsern, die um der Leute hier auf dem Gut wissen und hoffen, dass bekannte Gesichter im Ort auftauchen. Die großen Medienhäuser zahlen gutes Geld, wenn sie einen Alltagsschnappschuss abgreifen können – weißt du, wie lukrativ ein Handgemenge wäre? Mit einem wunderschönen Mädchen im Szenario?"

Er schüttelte traurig den Kopf und starrte auf meine Hand. Mit seinem Daumen zog er gedankenverloren die Lebenslinien auf meiner Handinnenfläche nach.

„Charles, ich mag dich sehr und ich möchte mehr von dir. Ich möchte dich kennenlernen und Zeit mit dir verbringen. Zwischendurch habe ich das Gefühl, dass du mich auch magst. Und dann glaube ich wieder, dass du mich hasst. Oder Angst vor mir hast. Oder nur nett bist, weil man zu einem Julian Simon nicht scheisse ist. Oder... ich weiß doch auch nicht."

Hey, Lotti. Lass mal was richtig Dummes machen, ja?

Ich nahm meine rechte Hand und legte sie auf Julians Wange. Dann drehte ich sein Gesicht so, dass er mir direkt in die Augen sah. Seine Lippen öffneten sich leicht und am liebsten wollte ich über ihn herfallen. Ich wollte ihn schmecken und riechen...

Okay, Lotti, nicht ganz so dumm!

Probeweise näherte ich mich seinem Gesicht. Als ich seine Lippen spürte, küsste ich ihn vorsichtig. Erst schien er nicht zu reagieren, und bevor mich der Mut verließ, küsste ich zärtlich seine Ober- und seine Unterlippe. Ein Atemstoß. Und dann umfasste Julian meinen Nacken mit beiden Händen und erwiderte den Kuss. Dass er wusste, was er da tut, war nicht sonderlich überraschend. Aber wie er es tat und wie es sich anfühlte, war sehr wohl überraschend. Schnell zuckte seine Zunge durch meinen Mund. Ich erschrak und sog Luft ein. Vorsichtshalber öffnete ich die Augen, um zu prüfen, wie peinlich die Reaktion war.

„Ist das okay?", flüsterte er in meinen Mund.

Anstatt Zeit mit blöden Antworten zu verschwenden, fuhr ich mit meiner Zungenspitze entlang seiner Oberlippe und beobachtete ihn. Seine Augenlider flackerten. Der nächste Kuss war gieriger und fordernder.

Ich räusperte mich.

„Hrm. Also. So etwas, äh, etwas... hat mir noch nie ein Junge gesagt."

Julian brummte.

„Ich... ich weiß nicht, wie das funktioniert, Julian. Nichts davon."

Er schaute mich verwundert an: „Was meinst du? Du... hattest noch keinen Freund?" Ich schüttelte den Kopf.

„Keinen... Sex?"

Ich schüttelte den Kopf.

„Oh. Noch... gar nichts?"

Ich schüttelte den Kopf.

„Aber du... aber...", setzte er an.

„Mein Leben ist ein wenig anders verlaufen als deines, vermute ich. Wir wissen so wenig über einander und ich verstehe so wenig von deiner Lebensrealität. Aber ich habe... mich ungefähr in dich verliebt, als du mir den Splitter aus dem Rücken gezogen hast... und..."

„Du bist in mich verliebt?", unterbrach mich Julian.

„Jetzt bild' dir darauf mal nichts ein. Hast du mal in den Spiegel geschaut?", entgegnete ich empört, weil ich das ein wenig offensichtlich fand und Lobhudelei grob unnötig bei diesem Typen.

„Ja. Und dich gesehen. Und ich habe nicht fassen können, wie man diese Augenfarbe haben kann. Wie ein Gesicht so ebenmäßig sein kann. Und wie unbedingt ich diesen Körper berühren wollte." Ich lief rot an. Er lächelte dreckig.

„Wie... wie macht man so etwas auf... einem Internat?"

Ich hatte das Bedürfnis, mir mehr Klarheit verschaffen zu müssen, bevor ich mich in diese Hölle stürzte.

„Hmmm, wie wäre es, wenn wir morgen zusammen auf die Party gehen?"

„Als... als, äh, Pärchen?! Auf keinen Fall!"

„Ja, jede andere wäre jetzt vor Begeisterung ausgeflippt und hätte mich gefragt, was ich vor habe zu tragen, damit es auch gleich Pärchenlook ist..."

„Ich weiß schon, was ich anziehe, sorry."

Julian schmunzelte.

„Also, erstmal einfach gemeinsam hingehen? Und wenn die anderen dich nerven, gehen wir wieder." Ich hatte Clique Cool erfolgreichst verdrängt. Und Cindy.

Als hätte er meine Gedanken gelesen, ergänzte er: „Cindy fährt nach Hause morgen. Das... ist eine der Sachen, die mich so stressen."

„Ich glaube, das schaffe ich nicht, Julian. Da sind zu viele Menschen, die dich und auch mich kennen. Gibt es... irgendeinen Zwischenschritt?" Er starrte mich an und seufzte.

„Samstag Nachmittag? Kuchen essen bei – Achtung – bei mir?"

„Ich weiß gar nicht, wo du wohnst!", platzte es aus mir heraus und er lachte wieder.

Wir machten eine Uhrzeit aus, er sagte mir seine Zimmernummer und als ich ihn an der Tür verabschiedete, umfasste er mein Kinn und küsste mich. Dabei öffnete er die Tür und ich drückte sie wieder zu, nur falls jemand auf dem Flur stand. Er lachte leise.

„Ich bin dir also peinlich. Ich glaube, das wird die schärfste heimliche Affaire, die ich je hatte." Dann versenkte der seine Hände in seinen Hosentaschen und ging.

„Was ziehst du für ein Oberteil an?" Ping.

Ich schoss für Shirin ein Foto im Bad und sendete es.

„IST DAS EINE NETZSTRUMPFHOSE?" Ein Emoji, dem sehr heiß ist.

„... und dazu dachte ich die hohen Martens? Ist das... rockig?"

„Scheiiiiße, ja! Haare?" Ping.

„Ich kann mich nicht entscheiden. Toupieren sieht halt irgendwie nicht richtig aus, auch wenn es passen würde... einen dieser Zickzack-Heizstäbe habe ich nicht...“

„Wie wäre es mit einem hoch angesetzten Pferdeschwanz? Zu poppig... hm... ICH WEISS!“ Ping.

Ein Bild von Amy Winehouse erschien.

„Statt des Auftoupierten machst du deinen großen Dutt. Traust du dich, dir diesen süßen Kringel am Ohr zu machen? Dazu fett Eyeliner. Und dann hole ich mir auf dein Foto einen runter...“ Ping.

„Shiri!“

Ein Gif mit einem sexy tanzenden Channing Tatum ploppte auf.

Ich antwortete mit einem Augen rollenden Emoji.

„Das ist übrigens Channing Tatum, ein Schauspieler.“ Ping.

„Ich weiß, wer das ist. Ich schaue keine Filme, aber ich habe Insta, Shiri!“

Den Faltenrock unterfütterte ich mit einer Lage des Petticoats. Darüber trug ich ein grobrippiges, weißes und mir ein wenig zu kleines Trägerunterhemd. Darunter blitzte ein dunkelblauer Spitzen-BH auf, der farblich zum Rock passte. Die Netzstrumpfhose war schwarz, da hoffte ich auf eine gnädige Beleuchtung. Dafür harmonierten sie mit den schwarzen Springerstiefeln. Ich entschied mich, ähnlich wie Amy Winehouse, für eine wenig auffällige Lippenstiftfarbe, die kaum mehr als die Röte meiner Lippen betonte. Der einzige Wermutstropfen war mein rechter Augapfel, der noch nicht wieder vollständig weiß war, alles andere ließ sich inzwischen mit Make-up verdecken.

Auf dem Weg zur Mensa begegneten mir KISS-Bands und Tina Turners, AC/DC erfreute sich wegen der Einbindung der Schuluniform in das Partythema größter Beliebtheit. Andere hatten das mit der Uniform offensichtlich überhört oder einfach ignoriert, um sich im Glam Rock-Stil aufbrezeln zu können. Ich wunderte mich, woher so viele Leute so schnell so viele Kostüme herbekommen hatten und ging davon aus, dass der Theaterfundus praktisch leer war.

So spät im Jahr war es inzwischen draußen bereits dunkel. Aus den Fenstern der Mensa blitzten klassische bunte Drehleuchter und Discokugeln auf. Gerade erschallte ein E-Gitarren-Solo. Im Vorbeigehen beäugte ich durch die schon leicht beschlagenen Fenster den Speisesaal. Ich war erstaunt, was ein wenig Deko und Licht aus diesem Raum machen konnten. Wie es schien, ließ sich ein Teil der Empore zu einer Art Bühne umbauen. Dort stand jetzt ein DJ, hinter dem auf einer Leinwand Lichtfiguren auf schwarzem Hintergrund zuckten und schlängelten. Das Lichtsystem war offensichtlich mit der Musik verknüpft. Die Essensausgabe war die neue Theke, wobei die sterile Großküche mit den weißen Fliesen mit schwarzen Tüchern abgehängt worden war. Eine Lichterkette schaffte ein Barfeeling, das durch Schalen mit Limetten und Kerzen ergänzt wurde. Dann sah ich, dass mich Jerome angrinste. Er legte die Finger zu einem Herz und ließ es vor seiner Brust pochen. Ich zwinkerte ihm zu und er hielt mir den Rosé schon entgegen. Betont cool zog ich einen Fünf-Euro-Schein aus meinem BH und reichte ihn über die

Theke. Jerome lachte, aber schien auch angemessen beeindruckt. Nur das Rückgeld musste er behalten und verrechnen – für Münzen hatte ich keine Unterbringungsmöglichkeit.

Mit meinem Glas betrat ich den Rand der Tanzfläche. Die vorderen drei Tische auf der linken Seite der Empore hatten es sich offenbar zur Aufgabe gemacht, den Cheer-club zu mimen, und begrüßten jede neue Person mit einem lauten Jubel. Ich lachte und rettete mich ebenfalls auf die Empore. Auf der Tanzfläche wurde geheadbangt und nicht nur die Metaller-Clique schien überaus glücklich mit der Themenwahl. Während ich mich umsah, hörte ich einen Pfiff und sah Bella, die mich heranwinkte. Ihre Augen leuchteten.

„Du bist das schönste Mädchen hier! Amy Winehouse – was für eine geniale Idee!"

Sie umarmte mich und tanzte mich an. Ich zog mit, weil es einfach Spaß machte. Es war auf der Empore angenehm dunkel. Die Tische waren mit einzelnen künstlichen Teelichtern ausgestattet, um eine minimale Orientierung zu gewährleisten. Ausgewählte Ecken waren mit schwarzem Stoff abgehängt und ich konnte mir schon vorstellen, warum diese Separees so gestaltet waren – immerhin gab es hier keinen Wald, in den man sich zurückziehen konnte.

Nach einer Pirouette drehte ich mich von Bellas Tisch weg und lief weiter. Ich wollte mich unbedingt Nicki präsentieren, damit sie zufrieden war. Noch hatte ich die Königin der Festlichkeiten allerdings nicht gesichtet. Jemand griff nach meinem Arm.

„Hi, Charles. Ich bin Cyrill – wir haben zusammen Geschichte." Nicht Julian. Aber dafür konnte er ja nichts.

„Hey Cyrill, ich weiß doch, wie du heißt!", lachte ich.

Cyrill gehörte zu diesen reichen Kindern, mit denen ich mich schwertat, auch wenn er nichts dazu beigetragen hatte. Alles an ihm, die karierten Hemden, die Hornbrille, die Stoffhosen und schmalen Leder-Gürtel, wirkte wie eine Kopie. An ihm erkannte ich nichts Eigenes. Nicht der konservativ-langweilige Kurzhaarschnitt mit Seitenscheitel, nicht der Siegelring und nicht seine Hobbys. Was immer er tat, wirkte auf mich, als würde er es tun, weil man das eben so machte. Ich hatte keine Ahnung, wer die Person hinter diesem Namen war und ich war mir fast sicher, dass ihm das nicht anders ging. Cyrill stellte nie kluge Fragen im Unterricht, hatte keine herausragenden Fähigkeiten und schien mit dieser ambitionslosen Mittelmäßigkeit ganz zufrieden. Für all das konnte und wollte ich ihn nicht verurteilen, dennoch gab mir jede Minute mit ihm das Gefühl, meine Zeit zu verschwenden, weil ich ihn schlicht unglaublich uninteressant fand. Nett, aber fürchterlich langweilig.

„Dein Look ist der Hammer. Darf ich mich auf deine Tanzkarte einschreiben?" Cyrill zwinkerte.

„Haha, ja, sicher... ich suche nur noch Nicki, um Hallo zu sagen." Er nickte zufrieden. Selbst jetzt hatte ich nicht das Gefühl, dass er mit mir tanzen wollte, sondern dass er die Reaktionen anderer auf mein Outfit beobachtet hatte und sich ausrechnete, dass ein cooler Typ mit mir tanzen wollen würde. Deswegen fragte er. Nett, aber latent unangenehm.

Jetzt hatte ich die Empore zur Hälfte umrundet und stand sehr nahe an den Boxen des DJs – ich konnte die Bässe an meinem immer noch empfindlichen Kieferanbruch fühlen. Also wich ich über die Treppe auf die Tanzebene aus und nahm die nächsten Stufen wieder hinauf auf die Empore. Es war mir einfach zu risikoreich, meinen lädierten Schädel zwischen fröhlichen Headbangern zu wissen. Hier oben gab es weitere abgeteilte Bereiche und jeder Rundtisch war mit Cliquen und Freundeskreisen belegt. Viele lächelten mich an, einige grüßten. Ob Nicki sich in eines der Separees zurückgezogen hatte? Nachschauen konnte ich selbstverständlich nicht. Aber würde sie diese Party wirklich verpassen wollen? Und dann spürte ich Wärme an meinem Rücken und Lippen an meinem Ohr:

„Suchst du mich?", brummte Julian.

Ich drehte mich um und schenkte ihm mein coolstes Halblächeln.

„Nein. Nicki...""

„Verdammt, das war hart", grinste er: „Du siehst... unglaublich aus, Charles.""

„Ich weiß!", konstatierte ich herablassend mit hochgezogener Augenbraue.

Julians Augen wurden kurz glasig, dann setzte er sein dreckig-charmantes Lächeln auf und stellte sich so nah an mich, dass sein Körper meine Körperseite berührte. Er legte seinen Mund an mein Ohr:

„Nicki ist hinten bei uns, du Biest.""

Okay, Lotti. Nicht die Nerven verlieren. Niemand wird dir heute den Stuhl klauen, auch Basti nicht. Cindy ist nicht da und wenn Stefanie und Nadja nicht beobachtet haben, wie sich Julian mir gegenüber ver-

hält, dann besteht eine reale Chance, dass sie mir nicht
mein mit literweise Haarspray fixiertes Haar anzünden.

Julian lief hinter mir und ich spürte seine Fingerspitzen an meinem unteren Rücken. Unter anderen Umständen hätte ich mich gewehrt, denn ich wusste ja sehr gut,
wo Clique Cool saß. Aber jetzt gerade versetzte mich
diese Berührung in eine wohlige Anspannung, eine
anziehende Sicherheit, die ich zu genießen gedachte.

Nicki stieß einen schrillen Schrei aus, als sie mich
entdeckte, während ich mich gerade an Micha und Basti
vorbeischlängelte. Micha machte eine übertriebene
‚Heißes Teil!'-Geste. Lisa boxte Basti herzhaft auf den
Oberarm, weil er wohl eine Millisekunde zu lang
geglotzt hatte. Nadja warf mir einen betont gelangweilten Blick zu, aber Stefanie hatte Mühe, ihre Freude zu
unterdrücken, und ein unsicheres Lächeln flackerte über
ihr Gesicht.

„Oh mein Gott, du siehst aus wie sie! Nur schöner!
Und sexier!" Nicki umarmte mich und zog mich halb
über Micha, der einen Jubelruf ertönen ließ und dann
aufjaulte:

„Ich fass' sie nicht an, Mann!"

„Alter, das hat wehgetan...", maulte er und stellte
seine Bierflasche ab, um sich das Ohr zu reiben.

„Oh sorry, Micha. Habe ich dir weh getan?", fragte
ich panisch und beugte mich vor, um sein Ohr zu inspizieren.

„Hehehe, total. Siehst du es? Schau genauer nach
meinem Ohr, Charles...", schnurrte er. Eine Hand fuhr
an meinem Gesicht vorbei und packte sich Michas komplette Ohrmuschel. Hastig schaute ich zu Julian, der mit
einem dreckigen Grinsen mit seiner freien Hand ein

Dreieck vor seiner Brust zeichnete. Micha hielt sich schon wieder beleidigt sein Ohr, aber grinste immer noch schief. Einerseits fand ich Julians Bemühungen, mich zu schützen, sehr charmant, aber andererseits war es mir wichtig, dass ich selbst entscheiden und äußern durfte, was ich wollte und was nicht. Ich war durchaus in der Lage, mit einem frechen Micha umzugehen.

„Ja, jetzt habe ich es gesehen, Micha...", raunte ich, beugte mich nochmals zu ihm hinab und küsste ihn auf die Stirn, bevor ich mich aufrichtete. Das sollte genügend Einblick für heute Abend sein. Micha lachte sich, sein Ohr haltend, schlapp und Stefanie lachte mit. Lisa grinste und Basti nickte anerkennend. Nur Nadja bemühte sich, mich zu ignorieren.

Weil ich Sorge hatte, dass ich es gegenüber Julian übertrieben haben könnte, ließ ich mich bereitwillig von Nicki ein Stück von der Truppe wegziehen.

„Ich bin so froh, dass es dir wieder viel besser geht, Charles. Ich muss dich vorwarnen – nachher ist ein Linedance geplant und ich weiß nicht, ob dir das etwas sagt."

Ja, tat es. Weil in Karachi Bollywood-Filme ein riesiges Ding waren, gab es ganze außerschulische Kulturklubs, die sich damit befassten – oder anders gesagt: einen Haufen Jugendliche, die mit Feuereifer jeden Linedance nachtanzten, dessen sie habhaft werden konnten. Die Frage war nur, ob ich die Schrittfolge konnte, die hier und heute Abend abverlangt wurde.

Nicki zeigt mir auf ihrem Handy die Szene – es war der Linedance aus „She's All That". Konnte ich. In Karachi hatten wir nach einem Video einer Tanzgruppe aus den USA geübt und ich konnte nur hoffen, dass dieser hier ähnlich war. Ich nickte und lächelte.

„Yes!", rief Nicki und stellte sich an den Rand der Empore. Sie stieß einen Pfiff aus und gab dem DJ ein Handzeichen. Ich sah, dass auf der gegenüberliegenden Seite der Empore Bella aufsprang. Sie schnappte sich Cyrill, der offensichtlich schon auf sein Zeichen gewartet hatte. Dann blickte ich zu Julian und mit den ersten Klängen bewegte ich mich in seine Richtung und schwang meinen Rock, wie es einst Baby in ,Dirty Dancing' getan hatte. Sein Grinsen wurde breiter und breiter.

Auf der Tanzfläche fanden sich an die zwanzig Paare ein, inklusive der für diesen Linedance benötigten Tina Turner. Es überraschte mich nicht, dass Julian sich und mich in der Mitte positionierte. An der Empore hatten sich alle Partygäste entlang des Geländers aufgereiht und feuerten uns an. Schon lange hatte ich nicht mehr so ausgelassen getanzt. Bittersüße Erinnerungen an meine Zeit in Pakistan und mit Shirin stiegen auf und vermischten sich mit dem Tanzunterricht in Paris. Nur in diesem Rahmen hatten meine Eltern Freude erlaubt – aber ich glaubte auch nicht, dass sie wussten, was sie da zugelassen hatten.

Julian und ich tanzten zusammen, als hätten wir es eintausend Male geübt. Bei den ruckartigen Bewegungen sandte ich Stoßgebete an die Göttin des Haarsprays und sie erhörte mich. In der Szene, in der zuerst die Jungs die Mädchen antanzten, zeigte sich, dass Julian sein Fach gelernt hatte. Also demonstrierte ich, dass auch ich mein Antanzen beherrschte. Ich sah, wie sich Julians Augen verdunkelten und sein Lächeln angespannt wurde. Dann rief der DJ zur nächsten Szene auf. Der abschließende Part, in dem Mädchen und Jungen abwechselnd aufgestellt waren, funktionierte toll. Jetzt war die Frage, wie diese Truppe den Abschluss gestaltet hatte. Der DJ rief:

„Jungs, werft euch an euer Mädel ran!", und ich wusste, welche Choreografie folgte. Julian umtanzte mich und ich bewegte mich dazu, zuerst abweisend und herablassend, dann interessiert und schließlich endete dieser Part in einer Hebefigur, an deren Ende der Junge das Mädchen auf seinen Arm legte und sie – vermeintlich - küsste. Nur dass Julians Lippen die meinen tatsächlich berührten. Fast verlor ich das Gleichgewicht, aber mit seinem starken Arm hob er mich wieder zurück und setzte mich souverän grinsend ab. Alle Jungs verneigten sich, die Mädchen machten einen Knicks.

Es brach tobender Jubel aus und verlor sich gleich wieder in den schnellen Takten der Arctic Monkeys. Einige Paare blieben auf der Tanzfläche, Julian zog mich zurück auf die Empore.

„Aaalter, wo hast du das gelernt, Charles?", jubelte Micha.

„Auf einer anderen Schule", antwortete ich unverbindlich und lächelte. Lisa und Stefanie redeten auf mich ein und wollten mich dazu bringen, ihnen Unterricht zu geben. Nadja mochte auch, aber sie versuchte immer noch, Cindy gegenüber loyal zu sein. Als Bella am Treppengeländer erschien, entschuldigte ich mich.

„Ich wusste von Anfang an, dass du Potential hast", grinste sie.

„Komm', wir gehen uns etwas zu trinken holen", schlug ich vor und griff nach meinem leeren Weinglas. In der Runde hatten alle etwas zu trinken bis auf Julian.

„Soll ich dir etwas mitbringen?", fragte ich und sah erst da, dass er mich mit einem seltsamen Blick beobachtete.

„Darf ich euch begleiten?", lautete seine Gegenfrage, auch wenn ich nicht das Gefühl hatte, dass es mehr als eine Antwortoption gab.

„Klar!" Bella ignorierte entweder seinen seltsamen Blick oder ich bildete ihn mir ein.

Auf dem Weg zur Theke spürte ich sie plötzlich wieder – die Hand an meinem Rücken und lächelte in mich hinein.

Jerome war hin und weg – auch er hatte zugesehen und gab mir meinen Rosé aus. Dafür erntete er einen drohenden Blick von Julian, den er gekonnt ignorierte. Meinte Julian das ernst? Jerome war einfach nett zu mir – wir hatten uns noch nie außerhalb dieser Partys unterhalten, dabei hatten wir sogar Fächer zusammen. Auch Jerome spielte Fußball und trainierte hart. Er war wirklich gut, aber seine Freizeit und Interessen dadurch auch beschränkt. Ich nahm mir vor, Julians Verhalten weiter zu beobachten. Nach dem, was er mir gestern erzählt hatte, wie er bei der Abschiedsfeier ausgeflippt war, wollte ich mir die Option offenhalten, mit ihm darüber zu reden. Entweder er vertraute mir oder nicht. Letzteres führte in eine Sackgasse, egal, was aus uns nun wurde.

Bella lud mich in die Linedance-Gruppe ein. Eigentlich bettelte sie mich förmlich an. Ich versprach, es mir zu überlegen, wusste aber auch, dass ich dann eine andere Aktivität aufgeben musste. Dann horchte sie auf und fing an zu hüpfen. Sie entschuldigte sich und rief irgendetwas mit ‚Tanzfläche'.

„Komm' mit", sagte die tiefe Stimme an meinem Ohr. Und dann spürte ich, wie Julian nach meiner Hand fasste. Ich löste den Griff wieder und warf ihm einen eindringlichen Blick zu. Er nickte, aber es gefiel ihm nicht sonderlich, dass ich vorhatte, unsere Vereinbarung für diese Party einzuhalten. Wir bewegten uns an der Tanzfläche entlang und tanzten uns bis zu einem hinteren Treppenaufgang, die Gläser über die Köpfe haltend. Hier war es dunkel und inzwischen achtete kaum noch einer auf die Menschen, die sich zwischen den Tischen hindurchschlängelten. Bevor ich mich versah, hatte mich Julian in eines der abgehängten Separees gezogen. Er knipste die Lichterkette an, die nur wenig mehr tat, als die Dunkelheit zu vertreiben. Der Rundtisch war aus dieser Sitzecke entfernt worden, wodurch eine Stehfläche entstand und rundum eine gepolsterte Sitzlandschaft, die mit kleinen Kissen ausstaffiert worden war.

„Jetzt verstehe ich... Licht an – besetzt. Richtig?"

Julian nickte langsam. Er hatte sich in der hinteren, tiefen Ecke der Bank niedergelassen und drehte sein Glas nachdenklich auf der angrenzenden Rückenlehne, während er mich beobachtete. Draußen lief Tools ‚Schism' und ich begann, mich dazu zu bewegen, während ich Julian betrachtete. Hatte er also doch noch einen Weg gefunden, die Vereinbarung zu verwässern, der Fuchs. Es fühlte sich an wie in einem luxuriösen Stripklub, in dem sich ein absurd gut aussehender Mann eine Stripperin eingeladen hatte, nur um sie zu betrachten. Ich tanzte gerne für mich und ich wusste, dass ich mich bewegen konnte. Zu „Where Is My Mind" näherte ich mich Julian, bis ich direkt zwischen seinen gespreizten Beinen tanzte. Er sah hoch konzentriert aus. Ich wandte mich ihm zu und ließ meine Hüften kreisen. Ich lächelte ihn an. Mit einem Mal lehnte sich Julian nach vorne und ich fühlte, wie seine rechte Hand unter dem Rock zu meinem Gesäß hinaufglitt. Mit der anderen Hand packte er den Bund meines Rockes und küsste meine Leiste. Ein wenig erschrocken keuchte ich und krallte mich an seinem Nacken fest. Es waren gierige Küsse, Bisse, ich spürte seine Zunge und fühlte, wie seine Hand an meinem Bein hinunterglitt. Auf Kniekehlenhöhe angelangt, zog er mich auf seinen Schoß und drückte mir seine Hüfte entgegen. Ich spürte ihn. Das machte mir Angst, aber gleichzeitig brandete Adrenalin durch meinen Körper und ich passte mich dem Druck zwischen meinen Beinen an. Kurz lehnte Julian seinen Kopf gegen meine Brust und bewegte sich nicht. Ich strich durch sein Haar und spürte, dass mein Atem schwer ging. Mit einem Keuchen riss Julian mein Hemd über meine Brüste und küsste sie, nachdem er den BH mit einer einzigen Handbewegung nach unten gezogen hatte. Ich fühlte seine Lippen an meinen Brustwarzen und hielt die Luft an, als ich seine Zähne spürte, die vorsichtig an ihnen zogen. Zwischen meinen Beinen pulsierte alles. Julian. Ich.

„Oh Gott, was machst du bloß mit mir, Charles", seine Stimme klang angestrengt und gepresst. Ich hatte begonnen, seine Hose zu öffnen.

„Das geht alles zu schnell. Ich bin nicht vorbereitet.", fluchte er und küsste mich. Seine Zunge suchte nach meiner. Dann atmete er.

„Ich raste gleich aus", seine Stimme war rau und klang fast drohend. Als wäre es eine Aufforderung, hielt ich mich an seinem Hals fest und schob ihm stumm meine Hüfte entgegen. Langsam positionierte ich mich. Ich bewegte mich über seinen Ständer und konnte ihn genau da fühlen, wo ich es brauchte. Der Stoff, der uns trennte, konnte das nicht verhindern.

„Ich habe nichts... dabei", stöhnte er erneut.

„Das hier ist nicht, wie es beim ersten Mal sein sollte, Charles!" Verzweifelt versuchte er, meine Hüften davon abzuhalten, sich zu bewegen. Gleichzeitig streckte er sich mir entgegen und warf seinen Kopf genussvoll in den Nacken.

„Hier werden wir sicher keinen Sex haben, du Spinner. Halt einfach still, okay?", flüstere ich in sein Ohr.

„Ja", hauchte er.

Stoff auf Stoff. Ich wusste, was ich tue und bewegte mich rhythmisch.

„Schhh, einfach stillhalten", mein Atem ging schnell und ich legte meine Lippen an sein Ohr, damit er mich hören konnte.

„Oh Gott, Charles...", seine Hände krallten sich in meine Seiten, aber da war es schon zu spät. Mein Körper wurde von Wellen des Wohlseins geflutet, erst große Sturmfluten, dann immer kleinere Wellen. Sie alle atmete ich in Julians Ohr, während ich mich an ihm festhielt und er mich an sich presste.

Langsam ließ ich ab und betrachtete seinen Gesichtsausdruck. Seine Haut war gerötet, sein Blick glasig, aber seine Lippen und die Stirnpartie wirkten angespannt.

„Alles okay?"

„Ja. Gib mir einen Moment", hauchte er und rieb sich das Gesicht. Dann grinste er.

Lächelnd rückte ich mich auf seinem Schoss zurecht und ordnete mein Oberteil. Er beobachtete mich dabei, trank von seinem Rotwein und hielt mir dann sein Glas hin. Ich nahm einen Schluck. Als er mir das Glas abnehmen wollte, zog ich es nach hinten, damit er näher zu mir kommen musste.

„Alles okay?"

„Ja... du Biest", lachte er rau und gab mir einen fordernden Zungenkuss, während er das Glas aus meiner Hand fischte.

„Das war... mein erstes Mal... ohne Mal", schmunzelte er. Ich glitt von seinem Schoß und holte mir mein Glas Rosé, während er seine Hose wieder schloss. Dann setzte ich mich neben ihn und legte mein Bein über seinen Schoss. Er schien in Gedanken verloren, hin und wieder zuckten seine Mundwinkel nach oben. Er ließ seinen Blick über meinen Körper gleiten und strich mein Bein entlang.

„Du weißt, dass es Jerome auf dich abgesehen hat?", fragte er zu unverbindlich.

„Du weißt, dass ich deinen blöden Todesblick gesehen habe?", setzte ich entgegen.

„Solange ich bei klarem Verstand bin, werde ich mich bemühen, damit nie wieder ein anderer Kerl für dich interessant wird", sagte er mit einer Ruhe in der Stimme, die mich aufblicken ließ. Er erwiderte meinen Blick und hielt ihm stand. Ich musste lächeln.

„Das ist sexy, ein wenig gruselig und unglaublich niedlich zugleich", kicherte ich.

„Lass uns gehen, bevor uns die anderen vermissen",
schlug er vor.

ZWEI TÜREN

Zwar verließen wir das Separee zusammen, nachdem Julian die Lichterkette wieder ausgeschaltet hatte, aber ich deutete Richtung Theke und ließ ihn glauben, ich würde noch etwas zu trinken holen. Tatsächlich war ich aber nicht bereit, mich zu Julian und der coolen Clique zu setzen. Auch wenn er sich das wünschte – ich musste erst nachdenken.

Also verließ ich die Party, ohne mich zu verabschieden. Zurück in meinem Zimmer schälte ich mich aus den Stiefeln und der Netzstrumpfhose. Und auch sonst entledigte ich mich allem außer meinem Slip und dem Unterhemd. Dann streckte ich mich auf dem Bett aus und ließ meinen Geist all diese neuen Erfahrungen verarbeiten. Julians perfekter Körper, der mich förmlich mit seiner Präsenz anschaltete. Seine Stimme. Seine Hände. Sein Geruch. Seine Reaktion auf mich und meine Bewegungen. Allein von den Erinnerungen wurde mir erneut warm und kribbelig. Ich hatte mich in diesem Raum mit ihm wohlgefühlt, unbewertet und frei. So cool Julian immer tat, wann immer er mich in den Fokus nahm, tat er das auf eine intensive und exklusive Art und Weise. Ich hatte darüber nachgedacht, über seine Blicke in den fröhlichen Momenten, den stressigen und selbst wenn er mir in den schlimmsten Zeiten beistand. Ich hatte sie als abschätzig empfunden, weil meine eigene Unsicherheit meine Wahrnehmung vergiftete. Zumindest hoffte ich das, denn das, was ich durch Julian empfand, war aufregend und verheißungsvoll. Ich sehnte mich schon jetzt wieder nach ihm und hatte Angst, ihn damit zu überfordern.

Das Smartphone auf meinem Nachttisch summte und kündigte eine Nachricht an.

„Wo bist du?!"

Diese Nummer kannte ich nicht.

„Hi. Wer schreibt da?"

„JS!"

„Woher hast du meine Nummer?"

„Wo. Bist. Du."

„Liege im Bett und träume von einem unglaublich scharfen Typen. Gute Nacht."

„Wtf, Charles."

„Freue mich auf morgen, ah, nein, heute Nachmittag!"

In dieser Nacht hatte ich unglaublich lebhafte Träume. Leider waren es, wie üblich, Albträume, die mich zweimal keuchend aus dem Schlaf rissen. Julian, der mich liebkoste. Schwarze, rauchartige Schlingen, die ihn umfassten, würgten und von mir wegzogen. Ich schrie. Ich lief auf Julian zu. Der Boden bekam Risse. Ein Senkloch öffnete sich und ich fiel und fiel und fiel in die Tiefe.

Da hatte das Lotti-Hirn wohl etwas zu verarbeiten und hat es auf seine äußerst charmante Art angegangen, wa?

Ich duschte lange und heiß und shampoonierte mein Haar zwei Male, weil ich nicht das Gefühl hatte, das Haarspray losgeworden zu sein. Aus Panik, dass sich das Zeug rächen würde, indem es meine Haare massenhaft ausfallen ließ, legte ich noch eine Runde Conditioner obendrauf. Außer einer Feuchtigkeitscreme kam heute auch nichts an mein Gesicht.

Im Schlafanzug huschte ich schnell ins Foyer und rannte mit meinem Korb zurück in mein Zimmer, als ich mehrere Leute die Treppe herunterlaufen hörte. Ich war noch nicht bereit für Sozialkontakte. Nicht mal für ein soziales Grunzen.

Der erste Schnee war gefallen und mein Herz ging auf. Schnee machte etwas mit den Geräuschen der Welt, sodass ich mich pudelwohl und mit mir selbst im Reinen fühlte. Ich fühlte mich geborgen. Schneekristalle dämpften den Schall auf eine ganz spezielle Art und Weise und mein Körper fand darin mehr Frieden als an jedem Strand unter Palmen.

Innerlich jubelte ich, als ich feststellte, dass ich Croissants wieder schmerzfrei essen konnte, und machte mir eine Notiz in den Kalender, falls die Ärztin das bei der nächsten Nachsorge wissen musste. Die Butter legte ich außen auf meine Fensterbank und wartete eine halbe Stunde, bis sie abgekühlt und fest war. Frisches Croissant mit kalter Butter bei Schnee war, wie ich mir den Himmel vorstellte. Vorausgesetzt ich war mit meinem Croissant drinnen im Warmen, während der Schnee draußen im Kalten sein Werk tat.

Trotzdem freute ich mich so sehr, dass ich mir etwas später warme Klamotten anzog und spazieren ging. Ich verlief mich, weil bekannte Orientierungspunkte durch den Schnee vor mir verborgen blieben, und wanderte so fast dreieinhalb Stunden rund um das verschneite und kalte Freyenberg und sein Gut. Die Fachwerkhäuser wirkten pittoresk mit ihren Schneehauben auf jedem kleinen Dachvorsprung. Die Welt war einfach und übersichtlich, mit weißen Flächen und Baumwipfeln und dunkelbraunen und grauen Stämmen. Keine Farben, keine wehenden Blätter, nichts störte diese Einfachheit – ich war das Bunteste, was dieses Fleckchen Erde gerade zu bieten hatte. Irgendwo zwischen dieser Form des Alleinseins und sich Geborgenfühlens krochen immer wieder seltsame Empfindungen in meine Gedanken, die sich bedrückend anfühlten. Als würde ich hier etwas erleben, das ich nie wieder erfahren würde. Als würde es nie wieder schneien. Ich konnte nicht dingfest machen, woher dieses Gefühl kam, und so tat ich mein Bestes, um es zu verdrängen.

Wieder im Zimmer angekommen, stellte ich schockiert fest, dass es schon zwei Uhr mittags war. Etwa um drei war Julian in der letzten Woche immer bei mir eingetroffen, wenn wir gemeinsam Kuchen gegessen hatten.

Ich wechselte in eine leichte cremefarbene Leinenhose und zog über mein schwarzes Unterhemd eine olivgrüne schwere Leinenbluse. Mein Haar hatte mir die vergangenen Stunden übel genommen. Das Haarspray, die Shampooniererei, den Conditioner, oder den langen Spaziergang bei Minusgraden mit feuchtem Haar. Oder das alles zusammen. Zwar hatte ich es zu einem Zopf gebunden, aber jetzt wütete es auf meinen Kopf wie das Schlangenhaupt einer schlecht gelaunten Gorgone. Mir blieb nichts, außer das Gestrüpp erneut zu flechten, damit niemand bei meinem Anblick zu Stein erstarrte.

Ich schnappte mir das große Stück Apfelblechkuchen, das heute in den Körben untergebracht worden war, stellte es nochmals ab und band mir das mintgrüne Seidentuch um den Hals, damit es nicht wirkte, als wäre mir nicht bewusst, dass Winter war. Ein kurzer Blick in den Spiegel. Ja, ging. Kuchen. Brachte man ein Gastgeschenk mit? Mir fiel auf, dass ich, seit ich auf dem Internat war, noch nie das Zimmer einer anderen Person betreten hatte, nur Klassenzimmer. Was könnte ich mitbringen? Jemandem, der vermutlich schon alles hat? Wohingegen ich – wie Julian mehrfach angemerkt hatte – praktisch nichts besaß. Blumen pflücken fiel aus, es war immer noch Winter und die Schneedecke inzwischen gute 30 cm dick. Ich kam definitiv nicht mehr in ein Geschäft. Ich stellte den Kuchen wieder ab. Ratlos starrte ich in mein Zimmer. Woher hatte Julian die Gerbera? Hatte ich mich je dafür bedankt? Nein, hatte ich nicht.

Glückwunsch, Lotti – siebzehneinhalb Jahre Erziehungsbootcamp und selbst das bekommst du nicht hin. Morgen im Benimm-Kurs kannst du gleich mal Buße tun.

Mein Herz fing an zu pochen und ich setzte mich auf die Bettkante. Ich könnte ein Bild malen... dafür bräuchte ich etwa eine halbe Stunde. Aber dann wäre es eine schlampige Zeichnung und das fühlte sich an wie zu Kindergartenzeiten. Ich hatte etwas Schmuck und ging ihn hektisch im Kopf durch, dann verwarf ich diese Idee wieder. Völlig unangemessen! Meine Hände waren kalt, weil sich mein Schulter- und Nackenbereich stressbedingt verspannt hatte. Es war eigentlich ganz klar: Ich hatte schlicht nichts, was ich als Gastgeschenk reichen konnte. Und ich hatte hier auch keine Möglichkeiten, etwas zu machen. Das Einzige, was mir blieb, war, mich zu entschuldigen und das nachzuholen. Es war schon kurz nach drei. Ich sprang von meinem Bett auf, auf dem ich die letzten Minuten brütend gesessen hatte, und atmete tief durch. Mir schossen Tränen in die Augen.

Okay, Lotti, beruhig dich. Du hast doch zumindest den Kuchen.

An diesem Gedanken – und an dem Kuchen – hielt ich mich fest wie eine Ertrinkende an einem Rettungsring in der stürmischen Beringsee.

Wir sind einfach unglaublich gut in solchen Dingen, nicht wahr, Lotti?

Warum passierte das gerade? Warum fing mein Hirn an, wieder derart herumzuspinnen? Woher kam plötzlich diese Panik? Ich wollte doch zu Julian. Ich wollte doch diese Erfahrung machen, oder?

Ich verließ mein Zimmer und ging den Flur entlang ins Foyer. Zwei Etagen hoch, dann nach rechts, da war nur eine Tür. So hatte es Julian beschrieben. Die Tür hatte keine Nummer oder Initialen daran. Ich hatte vergessen zu fragen, ob das die einzige Tür war, bei der das so war. Aber da war ja nur eine. Hatte er gesagt. Im Foyer heftete ich meinen Blick an die Kellertür neben dem Treppenaufgang.

Dich habe ich gebändigt, den Rest schaffe ich auch.

Das Treppenhaus war aus altem Eichenholz gefertigt. Es war so massiv, dass kaum eine Planke knarrte oder quietschte. Im ersten Obergeschoss verschlug es mir die Sprache. Hier standen im Flur Topfpflanzen, einige Leute hatten Schuhregale vor ihren Türen aufgestellt. Die Türblätter waren teils beklebt mit lustigen Bildchen oder Postern. Eine Garderobe war mit Jacken und Mänteln behangen und drei unterschiedliche Läufer zeigten an, dass sie genau eines gemeinsam hatten: Sie waren Teppiche. Aus Flicken, von der Großmutter, Ikea, stellte ich fest. Ich hörte leise Musik und merkte, dass ich keine Ahnung hatte, wer hier wohnte.

Ich nahm die nächsten Stufen, die heller schienen, weil auf halbem Weg ein Fenster den Blick auf das Schulgelände freigab. Es sah wunderschön aus, mit all dem Schnee dort draußen. Ich schaute mir so lange die verschneite Landschaft an, bis ich das Gefühl hatte, dass sich die emotionalen Wogen glätteten, die an meinem Inneren zerrten und meine Stimmung erodieren ließen wie eine Steilküste aus Sand bei Sturmflut.

Jetzt waren es nur noch ein paar Stufen und ein paar Meter. Hoffte ich. Ich musste nur nach rechts gehen. Nur nach rechts. Ich legte meinen Kopf in den Nacken und fokussierte mich auf die Zieletage. Dieser Flur sah neu gestrichen aus. Nur ein paar Stufen. Oben angekommen bewunderte ich das alte Parkett, das im Fischgrät-Stil verlegt war. Auch Eiche. Es sah nicht alt aus. Hier oben hingen Bilder an den Wänden. Gerahmte Bilder. Und ein Ficus stand hier. Ich hatte in meinem Leben noch nie so einen gesunden Ficus gesehen, außer in seiner Heimat, wild und in der Erde, in der er sich wirklich zu Hause und wohlfühlte. Hier oben waren sechs Türen, zwei waren mit Initialen versehen, vier nicht. Die Tür, die sich rechts von mir befand, war unbeschriftet.

Okay, Lotti, fast geschafft.

Bis mir auffiel, dass da noch eine weitere, etwas schmalere Tür war. Moment. Von dieser Tür wusste ich nichts. Sie war auch nicht beschriftet. Ich blieb stehen und versuchte, die beiden Türen zu vergleichen. Sie sahen ganz unterschiedlich aus. Eine sah aus wie die anderen Zimmertüren im Haus. Wie meine Tür. Die andere nicht. Ihr Anschlag ging in den Flur. Sie hatte einen Drehknauf und keine Klinke. Sie war weiß lackiert. Julian hatte gesagt, es gäbe hier nur eine Tür. Das stimmte nicht. Vielleicht war ich doch im falschen Stockwerk? Vielleicht musste ich doch eine Etage runter? Möglicherweise hatte er das Erdgeschoss mitgezählt. Ich machte kehrt und trabte wieder ins erste Obergeschoss. Jetzt rechts, dachte ich. Aber hier war ein langer Gang mit fünf Türen! Fünf! Das war es nicht. Inzwischen krallte ich mich so fest in den Kuchen, dass meine Finger schmerzten.

Ich ging wieder hoch, verlor aber langsam die Nerven. Meine Nase bitzelte und ich versuchte, mich zu beruhigen. Mit etwas Lotti-Glück öffnete sich jetzt noch irgendwo eine Tür und jemand sah mich in diesem Zustand. Ich starrte wieder auf die beiden Türen. Dann wurde mir klar, dass es gar nicht um die Türen ging. Rational betrachtet war ziemlich klar, dass das eine vermutlich eine Abstellkammer oder etwas Ähnliches war, während das andere die richtige, normale Zimmertür war. Eigentlich und schon, seit ich heute Morgen losgewandert war, ging es um gestern Nacht, um Julian, um eine Beziehung, auf die ich mich einlassen musste, meine dämlichen Sehnsüchte und die Leute der Clique Cool, diese eingeschworene, irgendwie familiäre Gemeinschaft. Ich war mir sicher, dass ich mich falsch verhalten hatte.

„Du und deine ganzen Gefühle – ihr seid nicht wichtig. Wichtig ist, dass du nicht auffällst und immer freundlich bist." Das pflegte mein Vater zu sagen. Und er meinte es auch so. Ich hasste es, dass sich dieser Arsch in meinen Kopf drängte.

In meiner Vorstellung erwartete mich hinter dieser Tür die Clique Cool. Immer wieder blitzte das Bild von Cindy auf Julians Schoß auf und sein Blick. Jedes Mal durchzuckte mich ein Schmerz, der meine Muskeln verkrampfte und dann einen dringenden Fluchtimpuls auslöste. Ich konnte mir gerade nichts Schöneres als das Fensterbrett in meinem kleinen dunklen Zimmer vorstellen. Jede Faser meines Körpers verweigerte sich der Realität, die ich selbst gestern geschaffen hatte, weil ich so unbedingt Spaß haben wollte. Ich wollte mich in einer Höhle verkriechen.

Plötzlich öffnete sich Julians Tür und er stand vor mir. Er blickte von seinem Smartphone auf:

„Da bist du ja! Ich habe dir jetzt schon drei Nachrichten geschrieben, aber du antwortest nicht...“

„Mein Phone liegt in meinem Zimmer“, schluchzte ich. Ich zitterte am ganzen Körper von der Anstrengung, die es mich gekostet hatte, zwei Stockwerke zu erobern. Mein Kopf fühlte sich leer an, als hätten meine Synapsen einfach alles verfeuert, was ihnen zur völlig übertriebenen Informationsweiterleitung zur Verfügung stand. Mein Hirn war der qualmende Überrest eines Buschbrandes.

„Aber... ich habe bestimmt vor einer... Viertelstunde geschrieben“, Julians Augen verengten sich.

„Da sind zwei Türen!“, platzte es aus mir heraus und ich zeigte auf die zweite Tür.

Julian wirkte irritiert und folgte meinem Fingerzeig. Ohne die Miene zu verziehen, öffnete er die schmalere Tür.

„Das ist ein Wandschrank, Charles", sagte er mit weicher Stimme und beobachtete mich, wie ich mir mit dem Handrücken Tränen aus den Augen wischte. Hinter der Tür tauchten eingelassene Regalböden auf, auf denen Putzmittel, einige Geschirrtücher und eine erstaunlich große Menge hochprozentiger Alkohol stand. Whisky, Gin, Wodka.

„Oh."

Wortlos wich er nach hinten durch seine Tür und ermöglichte mir den Blick in sein, äh, Zimmer? Ob geplant oder nicht – was ich sah, unterschied sich so krass von dem, was ich hier oben erwartet hatte, dass mein Hirn einen Neustart initiierte und ich mich in unter einer Minute vom panischen Kleinkind zu der guten, alten Lotte zurückentwickeln konnte. Dankbar nahm ich die Eindrücke auf und hoffte, dass ich mich weit weniger auffällig verhielt, als ich mich fühlte.

Julian bewohnte eine kleinere Suite mit Dachterrasse. Die war mir vom Weg aus noch nie aufgefallen, vermutlich weil außer auf der Waldseite ein relativ hoher Sichtschutz verbaut war. Julians Zimmer war größer als manche Wohnung, in der ich gewohnt hatte. Es gab einen Küchenbereich, der allerdings offensichtlich hauptsächlich als Bar verwendet wurde. Eine Kücheninsel war mit Barhockern ausgestattet und diente als Esstisch, denn dort stand der Wochenend-Korb und war teilweise ausgeräumt. Eine große, dunkelbraune Sofa-Landschaft mit tiefen Polstern und zahlreichen Kissen, die in U-Form aufgestellt war, füllte die eine Seite des Zimmers. Ein riesiger Fernseher schloss die Runde. An den Wänden hingen unzählige Poster von Filmen, die ich nicht kannte. Aber, so stellte ich stolz fest, von einigen hatte ich zumindest schon einmal gehört oder gelesen.

Auf der anderen Seite der Suite befand sich ein großer Schreibtisch mit zwei Monitoren, Drucker und allem, was Shirin möglicherweise annähernd glücklich machen würde. Auf dem Tisch waren Ordner mit den verschiedenen Unterrichtsfächern farblich sortiert. In zwei massiven Regalen rechts neben dem Schreibtisch standen Bücher. Mehr als ich besaß. Sie waren ordentlich aufgereiht, darauf gestapelt und teils in zweiter Reihe untergebracht. Neben den Regalen erkannte ich durch eine weitere Tür ein Bett. Es gab also ein separates Schlafzimmer.

„Du meine Güte", entfuhr es mir: „Oh, sorry!"

Julians Gesichtsausdruck konnte ich nicht deuten. Er wirkte nicht stolz, eher unruhig, vielleicht betrübt. Vielleicht wegen meinem Auftritt, über den ich nicht reden wollte. Stumm nahm er mir den Kuchen ab und stockte kurz. Ich hatte mich so lange an dem Blech festgekrallt, dass meine Finger weiß und steif waren. Schnell versteckte ich meine Hand hinter meinem Rücken und lenkte ab:

„Darf ich... mal gucken?", fragte ich und deutete mit dem Kopf in Richtung Schlafzimmer.

„Klar", antwortete er knapp und presste kurz seine Lippen zusammen.

Weil ich die Antwort nicht abgewartet hatte, stand ich schon vor den Bücherregalen und verrenkte mir den Hals, um die Buchrücken lesen zu können. Die Bücher, die ein Mensch hatte und behielt, sagten meiner Erfahrung nach ganz viel darüber aus, was ihn eigentlich wirklich interessierte. Die Texte, die dieser Mensch las, offenbarten etwas über seinen Geist und die Art, wie das Hirn gestrickt war. Und manchmal erkannte man, wenn eine Bücherwand nur dazu da war, um intellektuell zu wirken. Das war hier aber definitiv nicht der Fall.

Ich hörte ein leises Lachen.

„Was?", fragte ich und drehte mich verwundert um.

Julian saß auf einem der Barhocker und grinste mich an:

„Ich dachte, du willst das Schlafzimmer sehen..."

Verständnislos blinzelte ich.

„Wieso sollte ich mir ein Bett anschauen wollen?", fragte ich mit großen Augen.

Er lachte wieder, schüttelte den Kopf und rieb sich das Gesicht.

„Ja, ich weiß es doch auch nicht, Charles...", entgegnete er mit einem sanften Schmunzeln, während er mit leicht gesenktem Kopf zu mir aufschaute.

Ich nahm mir den Moment, um diesen extrem ansprechenden Anblick für einen schönen Tagtraum abzuspeichern, bevor ich mich langsam und so höflich wie möglich wieder den Büchern zuwandte. Hinter mir ertönte ein leises, amüsiertes Schnauben. Ich sah Shakespeares gesammelte Werke.

„Die liebe ich und ich habe noch nie eine so schöne Ausgabe gesehen, Julian!"

Ich sah Hermann Hesse (natürlich!), die Bücher von Suzanne Collins (‚Die Tribute von Panem' und die Jugendliteratur), J. R. R. Tolkien (sogar das Silmarillion) und alle Terry Pratchetts mit den Covern von Josh Kirby.

„Oooh."

Vorsichtig zog ich davon einige, die ich noch nicht kannte, aus dem Regal.

Plötzlich stand Julian neben mir.

„Ich liebe Kirbys Zeichnungen. Sie sind wie Wimmelbilder und ich kann immer etwas Neues entdecken. Manchmal erst, wenn ich das Buch gelesen habe."

Vorsichtig fuhr ich mit dem Finger über die kleinen verrückten Figuren.

„Das hier kenne ich gar nicht..."

„Ich leihe es dir!"

Ich lehnte mich kurz an Julian und spürte, wie er zusammenzuckte.

„Sorry, war das blöd? Ich... wir... müssen wir über gestern reden?", fragte ich verunsichert.

„Nein, auf keinen Fall. Du hast mich nur überrascht. Mehrfach.", gab er ruhig zurück und strich mit seiner Hand über meinen Rücken.

Verdammt, Jasper Fforde! Ich tauchte ab und las als kleines Knäuel, welche Julian hier hatte. Natürlich die gesamte Thursday Next-Reihe. *Plock!* Die Dragonslayer-Reihe. Constant Rabbit!

„Das möchte ich mir auch leihen", murmelte ich.

Julian brummte.

Eine ganze Reihe Bücher erschienen mir dagegen fremdartig, als gehörten sie nicht in dieses Regal und wären hier höchstens zwischengelagert. Etwas über Astrophysik. Ein Bildband über Afrika. Kitschromane.

„Sind das... Geschenke?"

„Wie kommst du darauf?", fragte er verwundert.

„Sie passen nicht."

Also, sorry, aber das sieht man doch!

Kurz sah er mich nachdenklich an, dann erklärte Julian mir, dass er vor Drehs immer gerne das Original las, wenn es sich um eine Buchverfilmung handelte. Manchmal redete er auch mit der Autorin oder dem Autor, falls das realisierbar war. Er wollte so gut wie möglich verstehen, was einen Charakter ausmachte. Einige Bücher waren tatsächlich Geschenke, andere dienten zur Vorbereitung auf spezielle Themen, wie beispielsweise die Biografien über bekannte Forschende oder das Buch über Astrophysik.

„Das war für ‚Singularity‘", ergänzte er.

Lotti findet den Fettnapf in Schwimmbadgröße. Sie nimmt Anlauf... uuuund:

„Ist das... ein Film?"

Julian war so stumm, dass ich Sorge hatte, dass er mich gleich hochkant rauswerfen würde. Musste ich mich entschuldigen? Konnte er davon ausgehen, dass ich Filme schaute, wo ich nicht einmal einen Fernseher besaß? Oder ins Kino ging? Wieso war mir eigentlich vorher nie aufgefallen, wie groß meine Wissenslücke in diesem Bereich war?

„Kennst du... einen Film, in dem ich mitgespielt habe? Irgendeinen?", fragte er tonlos.

„Also. Äh. Ehrlicherweise darf ich, also... kenne ich keine Filme außer ein paar Klassiker wie ‚Casablanca‘ oder ‚Ben Hur‘. Meine Eltern... halten nicht so viel von Bewegtbildern, glaube ich."

Und völlig überraschend stellt sich heraus, dass Lotti-schlotti maximal alte Männer zwischen siebzig und fünfundachtzig mit ihrem Konversationswissen glücklich machen könnte. Ekelig, Lotti, ekelig.

Inzwischen hatte Julian mich zu sich gedreht, damit er mich ansehen konnte. Seine Augen glitten über mein Gesicht, als fänden sie keinen Punkt, auf den sie sich fixieren konnten oder wollten.

„Aber du... du kannst den kompletten Linedance aus ‚She's All That'?"

Ich löste mich von den Bücherregalen – allerdings nur sehr ungern – und wanderte Richtung Kuchen. Dabei erzählte ich von dem Tanzkurs in Karachi und dass ich mir bis heute sicher war, dass meine Eltern dachten, ich würde dort meine Fähigkeiten im Standardtanz und möglicherweise einige traditionelle pakistanische und indische Tänze lernen. Traditionell waren die Tänze allerdings eher nicht, sondern Szenen aus Bollywood-Filmen, die wir eifrig nachgetanzt hatten.

Ein dreckiges Grinsen breitete sich auf Julians Gesicht aus.

„Das... erklärt einiges!"

Mir fielen der gestrige Abend und das Separee wieder ein, und ich lief rot an. Dann nickte ich und lächelte.

„Verdammt!", lachte er.

Wir aßen Apfelblechkuchen und tranken Kaffee und redeten über Bücher, Lieblingsschreibende und völlige Flops.

„Wusstest du, dass unendlich viele Hollywood-Filme letztendlich nur Abwandlungen von ‚Der Widerspenstigen Zähmung' sind? Nein, warte. Dieser Fakt macht für dich eigentlich gar keinen Sinn, weil du keine Filme kennst", überlegte er.

Dann entstand ein sehr breites Grinsen auf seinem Gesicht.

„Ich habe eine Idee... lass uns einen Film schauen!"

Ich wusste nicht, ob ich dazu bereit war, Julian auf einer Leinwand zu sehen. Das fühlte sich seltsam an und deswegen sagte ich das auch. Er schmunzelte und gestand, dass das vielleicht das erste Mal war, dass jemand nicht einen seiner fiktiven Charaktere zuerst kannte. Dann wurde er kurz nachdenklich und ich fragte mich, was das mit einem macht, wenn man immer gegen ein vollkommen falsches Bild der eigenen Person angehen musste. Julian schlug dann einen Film namens ‚Avatar' vor und mir blieb nichts, als mit den Schultern zu zucken. Während er alles vorbereitete, fragte ich nach dem Weg zur Toilette und er grinste:

„Dafür musst du ins Schlafzimmer und die wirklich einzige andere Tür dort nehmen."

Autsch.

Natürlich stand in diesem Schlafzimmer ein riesiges Bett. Und ich war mir ziemlich sicher, dass die Schränke, deren Fronten teilweise verspiegelt waren, nicht leer waren, wie es bei mir der Fall war. Trotzdem verstand ich nicht, was es da zu lachen gab. Wir konnten doch unmöglich noch so pubertär sein, dass wir wegen eines Bettes zu kichern anfingen? Richtig?

Als ich zurückkehrte, hatte Julian die beiden Kaffeetassen auf dem Couchtisch abgestellt und es sich in einer Ecke der Couch gemütlich gemacht. Unschlüssig stand ich vor diesem riesigen Sofading und fragte mich, wo ich mich jetzt am besten hinsetzen sollte. Wo anders? Wirkte das abweisend? Zu Julian? Wirkte das aufdringlich? In meinem Zimmer war alles so klar –

man konnte sich praktisch nicht nicht auf die Pelle rücken.

Julian lächelte und beobachtete mich. Dann zeigte er auf den Platz neben sich und rückte ein Kissen an seine Seite. Anzüglich wackelte er mit den Augenbrauen und grinste.

Ich rollte empört die Augen, folgte aber sehr gerne seiner Aufforderung. Als ich bei ihm angekommen war, griff er nach meinem Halstuch und nahm es mir ab. Er strich mir über die Wange.

„Bist du bereit?"

„Ja. Nein. Ich weiß nicht. Vermutlich?", antwortete ich unsicher. Ohne die Miene zu verziehen, drückte er auf den Play-Pfeil auf der Fernbedienung.

Natürlich wusste ich, dass es solche Filme gab. Ich war prinzipiell im Bilde, was CGI war, und hatte schon Filmszenen auf Instagram angeschaut. Aber ich war nie in einem Kino gewesen. Und ich hatte so große Fernsehbildschirme bisher nur in Geschäften gesehen. Vermutlich verhielt ich mich deswegen während des Filmes wie ein seltsames Produkt aus Wildtier, Heulsuse, Kleinkind und geblitztem Reh. Immer, wirklich immer, wenn ich zwischendurch Julian anschaute, betrachtete er mich und nicht den Film. Meist war ein Mundwinkel leicht nach oben gezogen, aber manchmal fühlte ich mich, als wäre ich der eigentliche Film. Die Sache war nur: Wenn ich schon so eine Gelegenheit hatte, dann wollte ich sie auch nutzen. Ich wollte das ganze Erlebnis, ich wollte es fühlen, erfahren, sehen. Und mir wurde klar, dass Julian genau deswegen diesen Film ausgesucht hatte. Mit seinen merkwürdigen Alien-Organismen, den gleichartig, aber anders wirkenden Einheimischen und den wilden Flügen durch Welten aus schwebenden Bergen. Ab der Fällung des Heimatbaumes heulte ich mir die Augen aus und schimpfte auf die Menschen. Wortlos reichte mir Julian Kleenex-Tücher. Ich feuerte Soldat Sully an, damit er den Initiationsritus überstand, und mir entfuhren Ooohs und Aaahs bei dem großen Kampf gegen die menschlichen Eindringlinge.

Sollte Julian darauf gehofft haben, dass ich mich an ihn kuschelte, dann war dieser Plan nicht aufgegangen. Ich saß, hockte, lag (heulend) eingerollt und kniete auf der Couch. Und am Ende heulte ich wieder. Als ich mich beruhigt hatte, seufzte ich tief.

„Das war... wunderschön!"

„Du bist mir ein Mysterium. Und ich kann mir nichts Spannenderes vorstellen, als es langsam und bedächtig zu entschlüsseln."

Also warf ich mich an seine Seite und umarmte ihn zum Dank.

„Ich muss dir noch etwas sagen... ich habe ein fürchterlich schlechtes Gewissen, weil ich kein Gastgeschenk hatte, um es dir mitzubringen. Danke, dass du nicht sauer warst – ich hole das nach."

Und dann hakte Julian zwei Finger unter mein Kinn und zog mich vorsichtig an sein Gesicht.

„Das ist natürlich Blödsinn, weil du genauso in diesem Haus wohnst wie ich und damit streng genommen kein Gast bist. Aber wenn ich schon einen Gefallen einfordern kann, dann tue ich das jetzt gleich", brummte er.

Und küsste mich. Erst zärtlich, dann fordernder und schließlich hob er mich mit seinem Arm auf seinen

Schoß und fixierte meinen Kopf vor seinem Gesicht, indem er den Kragen meiner Bluse festhielt. Wir ließen uns Zeit und küssten uns lange und innig. Auch wenn ich spürte, dass wir beide mehr wollten, mochte ich nicht wirken, als wäre mir jede Gelegenheit genehm. Ich würde heute in den Erinnerungen an diesen Film schwelgen und sie nicht durch ein noch krasseres Ereignis überlagern. Ich musste außerdem wissen, dass Julian auch hier, in seinem Reich, ein Nein akzeptierte.

„Ich will heute nicht weitergehen. Ist das okay?"

„Es kann nur weitergehen, wenn es für dich okay ist – also: ja."

Julian erzählte mir, was er über die Entstehung von ‚Avatar' wusste, während ich den Google-Artikel dazu las. Ich hatte es mir auf seinem Körper gemütlich gemacht und kuschelte mich an ihn. Er kannte einige der Schauspielerinnen und Schauspieler, die an dem Film mitgewirkt hatten. Etwas frustriert muss er feststellen, dass die meisten Namen für mich Schall und Rauch waren. Ich hatte nie einen Sinn darin gesehen, mich mit Dingen zu beschäftigen, die mir sowieso verboten waren. Das war, als würde man sich einen Schokoladenbrunnen ins Zimmer stellen, um ihn dann unentwegt anzuschauen, aber nie davon zu essen.

Mich interessierte die Technik hinter dem Film. Wie es gemacht wurde und wie es später aussah. Auf seinem iPad zeigte er mir Fotos von Greenscreens und absurden Flaschenzügen, an Seilen aufgespannten Menschen in Kostümen. Mal waren es berühmte Leute, mal ihre Stuntmenschen. Ich wollte wissen, wie man sich in eine Rolle einfand, wenn um einen herum Strippen baumelten und alles Grün leuchtete. Er konnte das wieder auf Kommando ausblenden, erklärte er. Aber dann war er nach einem Drehtag auch fix und fertig, weil es mental eine zusätzliche Herausforderung war und viel Konzentration brauchte. Wie er das dann mit dem Privatunterricht schaffte, erkundigte ich mich. Und er lachte, weil das noch nie jemanden interessiert hatte. Langsam fragte ich mich, ob mit mir tatsächlich etwas nicht stimmte, und gab diese Frage an Julian weiter.

„Ich kenne dich nicht gut genug, Charles. Und wir haben einige sehr krasse, beängstigende Momente miteinander erlebt. Und wunderschöne und filmreife. Und ein paar absurd erotische. Manchmal sehe ich dich und dein Gefängnis aus Ängsten und dann schaue ich dir zu, wie du dich immer und immer wieder gegen die Gitterstäbe stemmst, um dir deine Freiheit zu erhalten. Manchmal wirkst du so frei und losgelöst, das in mir purer Neid aufsteigt. Aber meistens habe ich einfach keinen blassen Schimmer, was du als Nächstes von dir preisgibst. Ich weiß, dass da noch ganz viele unerzählte Geschichten sind und ich vermute, dass es auch solche gibt, die du nicht erzählen willst. Manchmal sehe ich ganz viel Dunkelheit. Und dann findet etwas deinen Schalter und du leuchtest wie eine junge Sonne. Ich habe nie das Gefühl, dass du mir je langweilig werden könntest. Bei dir kann ich einfach ich sein, auch wenn ich mich manchmal sorge, dass ich nicht der Mensch bin, den du eigentlich brauchst. Aber ich habe durch dich gelernt, dass ich mich selbst nicht gut genug kenne, um mir ein endgültiges Urteil darüber zu fällen, wie du bist. Ich habe so etwas noch nie erlebt. Noch nie."

Ich wusste nicht, was ich antworten sollte. Mir war klar, dass es mir wirklich nicht gelungen war, alleine und für mich selbst zu bleiben. Schlimmer noch: Da war plötzlich Julian und er hatte unglaublich viel Platz in meinem Herzen und meinen Gedanken eingenommen. Und das meiste davon konnte ich nicht mal bewusst steuern.

„Ich weiß auch fast gar nichts über dich. Ich habe viel länger als üblich benötigt, um mich hier halbwegs einzugewöhnen und tue mich immer noch schwer. Ein Internat ist doch etwas anderes als eine normale Schule. Du und dein Leben sind etwas, was mir riesig und nicht fassbar erscheint. Es ist, als würde ich am Fuß eines Berges stehen und versuchen, ihn in seiner Gänze zu sehen. Ich brauche Zeit, um dich besser kennenzulernen und um zu verstehen, was das hier... ist, wenn... also falls... also wenn das okay ist.“

Und auf der Zielgeraden abgeschmiert, Frau Lotterkopf. Und dann auch noch so unglaublich eloquent abgeschmiert.

„Darüber habe ich vorhin viel nachgedacht, als ich dich beim Filmschauen beobachtet habe. Mir geht es ähnlich, aber das gehört ja auch irgendwie dazu, oder?“

Er wirkte nachdenklich.

„Hoffentlich.“

Zeig ihm einfach deine Brüste, Lotti!

Ich entschied mich für eine abgemilderte Variante und küsste zärtlich seine Mundwinkel, bevor ich ihm einen kleinen Kuss auf den Mund gab.

„Das war einer der besten Samstage meines Lebens!“, schnurrte ich und lächelte.

„Das... war kaum zu übersehen“, grinste Julian.

In der kommenden Woche hatte ich einen Besprechungstermin auf der Gemeinde. Das Gebäude und vor allem der Eingangsbereich machten mich noch etwas nervös, aber Herr Schmidt erwartete mich schon vor dem Eingang.

„Frau Mabaux, Charlotte – es ist so schön, Sie wiederzusehen!"

Auch ich freute mich ehrlich.

„Ihr Teddybär hat einen festen Platz zwischen meinen Kopfkissen und hat schon einen Jungen eifersüchtig gemacht", grinste ich und er lachte.

Herr Schmidt trug ein hellblaues Hemd, das etwas zu klein war, über einem Feinripp-Unterhemd, das etwas zu groß war. Seine Nase war rot von der Kälte und lief, aber seine Augen funkelten fröhlich. Allerdings zuckten sie auch unsicher zwischen mir und einem Punkt hinter mir hin und her.

„Ist das... gehört dieser Herr dort hinten an dem schwarzen Auto zu... Ihnen?"

Ich drehte mich um. Ein Schrank von einem Mann stand vor einem massiven, schwarzen SUV und erfüllte förmlich jedes Klischee, das es über Bodyguards gab. Anzug schwarz, weißes Hemd, Sonnenbrille, durchgestyltes kurzes Haar, Knopf im Ohr. Die Hände hatte er vor dem Körper so ineinander gelegt, dass seine Schultern noch breiter wirkten. Er stand etwas breitbeinig an der Beifahrertür mit den abgedunkelten Fensterscheiben. Sein Blick konnte direkt auf Herrn Schmidt und mich gerichtet sein, aber das war mit der Sonnenbrille nicht sicher auszumachen.

Ich schüttelte den Kopf, zückte aber mein Handy und tippte eine Nachricht.

„Ist das deiner?!"

Während wir ins Gebäude gingen, summte es.

„Ich kann nicht da sein, aber etwas kann ich für deinen Schutz schon tun."

„Bist du völlig verrückt???"

„Nein. Aber ich möchte mein Forschungssubjekt nicht verlieren."

Ich räusperte mich.

„Ja, Herr Schmidt, sieht so aus, als wäre das ‚meiner'. Um genau zu sein, gehört er zu einem, äh, Klassenkameraden."

Herr Schmidt wusste um Gut Freyenberg und ich war mir nicht einmal sicher, ob er mein kurzes Zögern wirklich interpretierte. Sein gleichgültiger Erkenntnislaut („Ah.") klang mehr nach dem Wissen, dass dort ein kleines Dorf voller reicher Snobs für unglaubliche Mehreinnahmen in der Gemeindekasse und immer erfreulich hohe Spenden sorgte, wenn mal wieder jemand an eine Statue gepinkelt oder dem Bürgermeister auf die Motorhaube gekotzt hatte. In Herrn Schmidts Vorstellung hatten Menschen auf Gut Freyenberg einfach Bodyguards. Ich ließ das so stehen.

Während dem Meeting wurde mir mitgeteilt, dass ‚man' untersagte, dass ich weiter als Übersetzerin für die Gemeinde tätig war. Auf meine Nachfrage, wer das beschlossen hat, wanden sich alle und murmelten etwas von Entscheidungen und Prozessen. Der Vorsitzende dieser Besprechung schaffte es, mit erstaunlich vielen und großen, aber leer klingenden Worten, mich vollkommen verbindlich und kompromisslos zu entlassen. Ich hatte kein Mitspracherecht. Das hier kam also von meinem Vater. Diese Absolutheit ohne Optionen kam stets von ihm. Oder vermutlich eher einem seiner

Anwälte. Wie auch immer er davon Wind bekommen hatte. Dass ich nicht gefragt wurde und meine Ansichten nicht relevant waren, war so typisch, dass ich nicht mal versuchte, darüber zu verhandeln. Herr Schmidt sah bedrückt aus und ich versprach ihm, ihn zu besuchen, wenn ich im Ort war.

Missmutig stapfte ich zum Taxi-Stand, aber bevor ein Taxifahrer reagieren konnte, fuhr die schwarze Limousine vor.

„Wir können Sie mitnehmen, Charlotte", bestimmte der Schrank mit der Sonnenbrille und öffnete mir die hintere Tür.

Klar. Warum auch nicht. Anscheinend hatte ich hier ja sowieso nicht mitzureden. Mir war bewusst, dass ich meine Wut gerade bereitwillig auf Unschuldige ausweitete, aber ich würde mich sehr bemühen, dass ich mich dabei anständig verhielt.

„Das ist sehr nett, danke." Und das war alles, was ich während der Fahrt sagte. Einmal nahm ich kurz wahr, dass Schrank mich durch den Rückspiegel beobachtete und blickte demonstrativ aus dem Fenster.

Meine Gedanken rotierten. Zum ersten Mal seit Monaten hatte mein Vater Präsenz gezeigt. Auf seine ihm ganz typische Art und Weise. Andere Jugendliche bekamen Anrufe und Nachrichten, Mails und Briefe, Carepakete und Geschenke. Ich war es gewohnt, dass das bei mir nie der Fall war. Ich war ein gutes Kind, wenn man sich nicht mit mir auseinandersetzen musste und ungestört den eigenen Geschäften nachgehen konnte. Entstand ein Bedarf an Kontakt, dann war das ein eindeutiges Anzeichen für Probleme – und die hasste mein Vater. Ich war durch und durch darauf getrimmt, den Kontakt zu meinen Eltern zu vermeiden und tat alles dafür. Normalerweise half es, keine Freunde zu haben und für sich zu bleiben. Im Allgemeinen verursachten Schulaktivitäten keine „Probleme". Bei dem Gedanken, dass mein Vater das Freyenberger Lokalblatt zugespielt bekommen hatte und mein lädiertes Gesicht darin gesehen hatte, wurde mir übel. Auch wenn es sicherlich geholfen hatte, dass im Artikel der Kontext des Ereignisses erklärt wurde, hatte mein Vater mit dem Verbot, als Übersetzerin zu helfen, deutlich gemacht, dass solche Eskapaden nicht erwünscht waren. Eigentlich sollte ich kein schlechtes Gewissen und keine Angst haben müssen. Ich hatte nichts Falsches getan. Nein, ich fand sogar, dass ich diese Sache ziemlich gut alleine gemeistert hatte.

Das Abendessen ließ ich ausfallen und ging früh schlafen.

Am darauffolgenden Tag redete ich mit Bella. Ihre Tanztruppe traf sich immer Freitag nach dem Mittagessen. Das bedeutete, dass ich an diesem Tag nicht in der Mensa zu Mittag essen brauchte, weil es nichts Schlimmeres gab, als mit vollem Magen herumzuhüpfen. Ich sagte zu und Bella jubelte. Insgeheim zeigte ich meinem Vater einen herzhaften Stinkefinger und genoss meinen kindischen Triumph.

ZUSAMMEN

„Und? Was machst du über die Weihnachtsferien, Charles?", fragte mich Micha während eines Mittagsessens. Er legte sein Besteck an den Tellerrand, wischte sich mit der Serviette, die auf seinem Oberschenkel platziert gewesen war, den Mund ab und trank einen Schluck von seinem Tee. Manchmal setzte ich mich jetzt zu Clique Cool, zumindest wenn Cindy nicht dabei war. Was sie allerdings fast gar nie mehr war. Sie schien sich eine eigene Truppe Mädels zusammengestellt zu haben und Stefanie und Nadja, die sie noch vor Wochen getröstet und ihr beigestanden hatten, waren kein Teil der neuen Clique. Was sie davon hielten, vermochte ich nicht auszumachen. Mich hätte es geärgert. Aber was wusste ich schon.

„Ich werde ein paar Aufsätze schreiben, habe mir ein paar Zusatzprojekte organisiert und arbeite schon mal für Mitte Januar vor. Und du?"

„Äh, Aspen", platzte er heraus und glotzte wie ein Goldfisch.

Lisa und Basti fingen an zu lachen. Julian legte den Kopf schief.

„Du fährst nicht... nach Hause?"

„Nein." Ich fand, das war als Antwort vollkommen ausreichend, vor allem weil ich einfach keine Begründung liefern wollte. Zwar durfte ich in den Ferien und an Feiertagen zu meinen Eltern fahren, aber für sie bedeutete das, dass ein Gästezimmer belegt war, dass sie im Rahmen von Feierlichkeiten oder Verhandlungen eigentlich benötigten. Mir wurde immer gerne klargemacht, dass meine Anwesenheit einen zusätzlichen organisatorischen Aufwand bereitete. Ich war sogar schon in ein Hotel ausgelagert worden, weil meine Eltern es für unmöglich hielten, ihre Pläne ansonsten umzusetzen. Nichts, absolut nichts deutete darauf hin, dass ich ihnen willkommen war. Ich konnte an jedem anderen Ort sein, denn da störte ich sie definitiv weniger als in ihrem Zuhause. Das wusste ich, aber weil mir auch klar war, dass das ziemlich erbärmlich klang, redete ich darüber nie.

Am Tisch herrschte kurz betretenes Schweigen.

Stefanie fragte: „Ist die Küche während der Weihnachtszeit nicht geschlossen?"

Ich nickte. Aber ich hatte keine Sorgen zu verhungern. Die Geschäfte waren geöffnet und ich konnte Monate lang mit Brot und leckeren Aufstrichen überleben. Und Tee.

Nadja und Stefanie schielten sich unsicher an. Dann suchten sie den Blick von Julian, der aber abwesend in seinem Mittagessen herumstocherte. Micha zog stumm und ratlos die Schultern hoch.

„Ihr wisst schon, dass nicht alle Kulturen Weihnachten feiern? Oder zumindest nicht zwischen dem 24. und 26. Dezember?", versuchte ich das Thema ein wenig in eine minder unangenehme Richtung zu schubsen.

„Ja, schon...", Nadja zog die Worte sehr in die Länge. Unausgesprochen blieb: Aber wir haben dennoch ein Zuhause, das uns aufnimmt.

Ich nickte, als würde ich das als zustimmende Antwort gelten lassen und erklärte damit gleichzeitig, dass das Thema für mich geklärt und beendet war. Lisa roch die Lunte und half mir:

„Also ich werde zwei Tage zu meiner Großmutter nach London gehen, dann noch zwei Tage zu meinen Eltern. Dann treffe ich mich mit Basti in New York und wir fliegen weiter zu Micha. Das wird super, aber auch wieder endlos stressig."

„Ich darf mich auf das komplette Großfamilie-Peter-Spektakel im wunderschönen München-Bogenhausen freuen. Mit besoffenen Onkeln, zickenden Schwestern und streitenden Schwiegermüttern. Das wird wieder ein christlicher Super-GAU", nuschelte Basti mit einer großen Portion Bratkartoffeln in einer Wangentasche.

„Ich bin in L.A.", murmelte Julian.

„... und kommst dann zu deinem Lieblingsmicha, richtig?", miaute Micha.

Alle lachten. Clique Cool verbrachte also auch die Freizeit miteinander. In dieser Runde fühlte es sich immer ein wenig wie bei Shirin zu Hause an, wo die Geschwister sich stritten und boxten, aber nie der geringste Zweifel daran bestand, dass sie zueinander gehörten, und das bis in alle Ewigkeit. Sie nahmen sich, wie sie waren, und konnten deswegen ehrlich miteinander sein. Man sagte, dass Blut dicker als Wasser war, aber vielleicht gab es Lebenskonzepte, die ähnliche Bindungen erzeugten. Ein Internat mochte so ein Konzept sein. Ich hatte große Probleme, das nachzuempfinden. Das ging mir schon bei Shirin und ihrer Familie so. Das Miteinander fand ich immer wundervoll und ich hatte es genossen, Zeit mit ihr und ihren Geschwistern zu verbringen, aber ich hatte mich immer in der Rolle der Beobachterin gefühlt. Natürlich hatten sich die Kinder gestritten. Sie hatten sich die gemeinsten Unterstellungen und Vorwürfe an den Kopf geworfen. Besonders Shirin und ihre größere Schwester konnten sich kräftig in die Wolle bekommen, sodass ich mir tagelang anhören musste, wie blöd Ebrah war, dass Shirin nie wieder mit ihr reden würde und was sie mit ihrem Lieblingssari zu tun gedachte. Egal wie wütend Shirin auf ihre Schwester war, war immer klar, dass die beiden zusammengehörten. Rachepläne drehten sich nie um den Bruch der Beziehung, sondern nur um – zugegeben kindische – Streiche. Konflikte wurden gelöst, ohne dass die Verbindung der beiden je auf dem Spiel stand. Der Ausgang jedes Streits war schuldfreie Vergebung, oft sogar ohne dass es je zu einer Aussprache zwischen den Schwestern kam. Wohingegen ich vermeintlich beste Freundinnen verloren hatte, nur weil ich die Schule wechseln musste. So sehr ich mich nach solchen Verbindungen sehnte, so sehr wusste ich doch, dass sie mir praktisch jedes Mal das Herz brachen.

Vielleicht war auch ich es, die unfähig war, eine solche Beziehung zu erhalten. So etwas wie Familie hatte ich nie kennengelernt. Ich war Einzelkind und wuchs mit Kindermädchen auf. Eine Zeit lang, als ich zwölf war und wir gerade mal wieder umgezogen waren, sollte ich zusammen mit meinen Eltern essen. Sie wurden dem aber anscheinend schnell überdrüssig, denn schon nach zwei Wochen fand ich eines Abends meine Speisen wieder in meinen Räumlichkeiten. Das Kindermädchen sagte mir damals, dass meine Eltern auf Geschäftsreise seien, und vermutlich war das ihr Versuch, mir diese Ablehnung zu erleichtern. Mein Herz brach dann einen Tag später, als ich meine Mutter im Haus lachen hörte, aber das Abendessen dennoch wieder vor meiner Tür stand.

Ob ich wusste, dass ich in keiner normalen Familie aufgewachsen war? Ja, natürlich. Aber ich konnte es auch nicht ändern, denn meine Eltern waren die, die sie waren. Dieser Tage fragte ich mich einmal mehr, warum sie mich nicht schon viel früher in einem Internat untergebracht hatten, anstatt mich von Land zu Land mitzuschleppen. Auf der anderen Seite wurde ich auf Festivitäten in unserem Haus häufig vorgeführt. Dann verhielt sich zumindest meine Mutter annähernd wie ein liebevoller Elternteil, während ich die wertenden und urteilenden Blicke meines Vaters durchgehend spüren konnte. Meine Erziehung im Haus konzentrierte sich vollständig auf repräsentable Manieren und später der Fähigkeit, Konversation zu betreiben. Zu Jane Austens Zeiten hätte ich vermutlich noch gelernt zu sticken. Klavierunterricht hatte ich jedenfalls erhalten.

Und dann wiederum war da Cindy. Ich wusste nicht, ob sie weiterhin Teil der Clique Cool hätte sein können, nachdem Julian sich von ihr getrennt hatte. Zumindest gab es keine Bemühungen, sie darin zu halten. Oder ich wusste wenigstens nichts davon. Sie war nicht mehr da und darüber wurde kein Wort verloren. So würde das letztendlich auch mit mir laufen, sobald Julian unser Aus verkündete. So war das einfach, wenn man die Neue war.

Ich beteiligte mich nicht weiter an der Unterhaltung in der Mensa, wo Clique Cool jetzt nochmals durchging, wer wann wo in den Weihnachtsferien eintreffen würde.

Auf dem Weg aus dem Mensa-Gebäude holte Julian zu mir auf.

„Hast du eigentlich Kontakt zu deinen Eltern?"

„Wenn du damit meinst, ob ich ihre Telefonnummer habe, dann ja", versuchte ich, witzig zu klingen.

„Aber fragen sie je, wie es dir geht oder wie es dir hier gefällt oder so?", hakte er nach.

„Mein Vater kontrolliert meine Leistungen. Und er lässt die Lokalpresse überwachen, wie es aussieht. Meine Zeiten als Übersetzerin sind jedenfalls vorbei – ich hoffe, dein Bodyguard wird nicht langweilig...", entgegnete ich und es klang härter, als es gemeint war. Weil ich nie über meine Eltern redete, war ich auch wirklich nicht sehr gut darin. Außerdem hatte ich Julian die Übergriffigkeit mit dem menschlichen Schrank noch nicht ganz verziehen. Es reichte, wenn meine Eltern über meinen Kopf hinweg entschieden. Julian blieb stumm, bis unsere Wege sich trennten, weil ich jetzt Biologie und er Französisch hatte.

„Awww, das ist sweet!" Ping.

Der Bibliothekar der Schule, Herr Westermann, hatte mir einen Zweitschlüssel für die Bibliothek gegeben, damit ich mich während der Weihnachtsferien mit Lesestoff versorgen konnte.

„Das ist meine Chance, endlich ‚Corned Beef' zu lesen, Shiri!"

„Dir ist schon klar, dass du es einfach bei Amazon kaufen kannst?" Ping.

„Hahaha! Nein."

„Hä? Warum nicht?" Ping.

„Also, jetzt stell' dir das doch bitte mal vor. Ich habe dieses Buch dann hier im Regal stehen, oder noch schlimmer! Es liegt auf meinem Nachttisch oder so! Und dann kommt Julian hier rein und sieht das. Google mal, ob schon Menschen an Peinlichkeit gestorben sind!"

„Wieso sollte Julian in dein Zimmer kommen?" Ping.

Verdammt. Jetzt hieß es schnell antworten und das möglichst, ohne zu lügen.

„Keine Ahnung – immerhin wohnt er im gleichen Haus. Vielleicht braucht er ne Rolle Klopapier oder so?"

Ein hysterisch überrascht aussehendes Emoji.

Eine Salve aus Party-, Glitzer- und Herzen-Emojis.

„WANN WOLLTEST DU MIR DAS DENN ERZÄHLEN?!" Ping.

„Aber du weißt doch, dass er in meiner Klasse ist..." Gab es eigentlich ein Emoji für eine Nebelkerze?

„OMFG! Warst du schon mal bei ihm???" Ping.

„Jaaa..."

„...???" Ping.

„Ja, es ist halt riesig. Er hat praktisch eine eigene Wohnung mit Dachterrasse. Fehlt nur noch ein Hausmädchen in kurzem Rock und Spitzenschürze in einer Zimmerecke."

Drei Punkte hüpften. Wieder. Wieder.

„Also irgendwann müssen wir uns mal Zeit nehmen, facetimen und dann erkläre ich dir mal, was deine Rolle in dieser Nummer hier ist. Ich will Infos. Den ganzen heißen Scheiß. Und Fotos!" Auberginen-Emoji.

„Shiri... ich habe hier ein NDA unterschrieben und glaube, ich habe dagegen schon verstoßen, als ich dir von ihm und von der Genesungskarte erzählt habe."

„Schick mir das NDA. Ich geb das unserem Anwalt und er soll dann eine Liste machen mit Dingen, die du leaken kannst!" Ping.

Shiri klang lustig, aber ich wusste, dass sie genau das tun würde und ich innerhalb einer Woche so eine Liste per E-Mail von irgendeiner schicken Anwaltskanzlei aus Karachi erhalten würde.

Ich sendete ein grinsendes Emoji und ein Herz. Es fühlte sich trotzdem falsch an, Shiri zu belügen – und nichts anderes tat ich, indem ich nicht über das schrieb, was bei mir eigentlich passierte.

Es war der letzte Freitagabend dieses Jahres, an dem die Schüler auf Gut Freyenberg abends feiern würden. Es gab kein Motto, aber Nicki hat die Weihnachtsdeko, die in den letzten Wochen im Speisesaal angebracht worden war, noch mal verzehnfachen lassen. Schon auf dem Weg zur Mensa fühlte ich mich mächtig underdressed. Die meisten Mädchen trugen Cocktailkleider oder wirklich aufreizende Röcke. In ein paar Fällen hätte ich als Elternteil definitiv interveniert und ich hielt mich eigentlich nicht für sonderlich prüde.

Ich hatte mich für ein dunkelblaues, langes und eng anliegendes Strickkleid entschieden. Der Dekolleté-Bereich wurde mit einer feinen Knopfleiste bedeckt und ich trug, wie es in Pakistan üblich war, ein blau-weißes Tuch mit großen Blütendekor über der rechten Schulter. Die Haare hatte ich mir hochgesteckt.

Im Eingangsbereich stand die coole Clique.

„Wow, wir warten also länger auf Micha als auf alle Mädels, mit denen wir uns hier treffen wollten", rief Basti. Julian grinste. „Hey, tolles Kleid... sehr stilvoll, etwas zugeknöpft", raunte er mir zu und bevor ich an meiner Kleiderwahl zweifeln konnte, sah ich, wie er mit ausdrucksloser Miene zwei Mädchen vorbeiließ, die einen Onlineshop für Prostituierte leergekauft zu haben schienen.

„Wow", murmelte Stefanie: „Haben wir das Motto verpasst? Reeperbahn oder so?"

„Quatsch, letzte Party vor den Ferien – alle wollen nochmal jemanden klarmachen, ganz normal." Basti klang so abgeklärt, dass Lisa ihm einen alarmierten Giftblick zuwarf.

„Ja, sorry, ist halt so", maulte er und steckte seine Hände tief in die Hosentaschen seiner Jeans, über der er einen schlichten Marken-Hoodie trug. Er hatte von dem Motto entweder auch nichts gehört oder musste niemanden mehr klarmachen, wie es aussah. Ich grinste Lisa an, die offensichtlich gerade das Gleiche dachte und darüber nur so mittelbegeistert war.

Micha kam. Voll durchgestylt und wie wir alle bemerkten, als er in unsere Runde trat, eingehüllt in einen Liter Parfum. Stefanie und Nadja bekamen einen hysterischen Lachanfall. Julian schüttelte resigniert den Kopf und Basti grinste.

„Was?!", maulte Micha: „Es ist die letzte Party des Jahres!"

Wir nahmen den gleichen Weg durch die Mensa wie zur Essenszeit und holten uns unsere Getränke. Ich entschied mich für Cola, Julian sich für Bier. In dem Gang, der zur Tanzfläche führte, holte er zu mir auf.

„Ich möchte etwas machen und ich hoffe, dass das für dich okay ist...", kündigte er an. Weil ich nicht wusste, was er meinte, zuckte ich mit den Schultern und lächelte ihn an.

„Also gut", schmunzelte er und in dem Moment, wo wir den Saal betraten, legte er seinen Arm um meine Schultern und zog mich an sich.

Äh, was? Cool bleiben, Lotti. Cool bleiben. Tu so, als wäre das normal. Oder nein, warte. Arm wegschlagen, ohrfeigen und heulend weglaufen? Es schauen Unmassen an Menschen hier her, Lotti! Lotti? Ja, dann bleib halt cool, jetzt ist es eh zu spät.

Meine Gedanken rasten und hinter mir hörte ich Micha und Basti aufjaulen. Julian lachte. Er leitete mich rechts entlang der Tanzfläche, wo gerade Muses ‚Supermassive Black Hole' lief. Im Laufen lehnte er sich zu meinem Ohr hinunter.

„Kommst du damit klar?"

Ich nickte einmal kurz und lächelte knapp. Klarkommen war nicht ganz der Begriff, den ich verwendet hätte, aber atmen und gleichzeitig laufen ging und das kam dem doch relativ nah. Hinter uns ertönten Jubelschreie auf der Empore, und als ich über die Schulter blickte, sah ich Bella, die mir Herzen schickte und auf der Sitzbank einen Tanz aufführte. Am Tisch der coolen Clique saßen schon Nicki und ihre Entourage. Nicki grinste breit.

„Na, endlich", lachte sie: „Julian wären sonst bald vor lauter Glotzen die Augen rausgefallen und dann wäre er nicht mehr ganz so hübsch anzusehen gewesen."

Julian zog eine Augenbraue hoch, ließ den Spruch aber unkommentiert über sich ergehen. Micha und Basti zogen los, um mehr Stühle zu holen. Ich stand da, als hätte ich mich noch nie an einen Tisch gesetzt.

„Hier, ich habe dir einen Stuhl mitgebracht", sagte Basti zu mir, während er einen Stuhl neben Julians schob, und seine Handlung erschien so selbstverständlich, dass meine Nase anfing zu kribbeln. Der Stuhldieb hatte für mich einen Stuhl geraubt. Lisa lächelte ihn an und schien ein wenig stolz zu sein.

Nicki rückte ihren Stuhl hinter uns. So war sie als Königin der Feiern immer noch gut zu sehen, aber konnte sich auch unterhalten.

„Okay, ich will alles wissen", leitete sie ohne große Umschweife ein und sah dabei aus wie eine Geschäftsfrau, die mit Informationen handelt.

„Da muss ich dich enttäuschen. Ich habe Charles damit gerade völlig überrumpelt und wir konnten unsere Story noch nicht mediengerecht absprechen", antwortete Julian in dem gleichen Businesston. Nicki schaute mich fragend an. Ich zog die Schultern hoch und lächelte entschuldigend.

„Dann sag mir wenigstens, wann sie dir aufgefallen ist, Mann", verhandelte Nicki.

„Als sie mir eine Abfuhr für die Führung am ersten Tag gegeben hat", antwortete er und mein Kopf fuhr ruckartig herum.

What?!

„Also nach... Stunden auf diesem Gelände. Wow. Das ist ein halbes Jahr her, du narkotisiertes Faultier."

„Ich weiß", schmunzelte Julian.

Äh, Entschuldigung. Ich wiederhole mich ungern, aber...

WHAT?!

Ich starrte Julian an und Nicki lachte.

„Also gelogen ist das mit der Abstimmung eurer Geschichte definitiv nicht, wenn ich mir Charlie so anschaue", griente sie und sprang dann auf, um den Leuten auf der Tanzfläche einzuheizen.

„Jetzt guck nicht so. Bei der letzten Führung ist das Mädchen, der ich das Gelände zeigen sollte, ohnmächtig geworden, als sie ihre Zimmertür geöffnet hat. Ich musste die Krankenschwester rufen, weil sie sich dabei eine Schramme an der Stirn zugezogen hat. Das Mädchen davor hing vier Wochen an meiner Pelle, weil sie der festen Überzeugung war, ich hätte mich freiwillig gemeldet, um ausgerechnet sie herumzuführen und das wäre ein klares Zeichen für unsere bald anstehende Hochzeit. Sie war dann einen weiteren Monat beim Schulpsychologen. Ich weiß überhaupt nicht, was sich die Schulleitung davon verspricht, wenn ich diese Führungen gebe. Aber vielleicht – und das habe ich tatsächlich nie jemanden gefragt – verweigern ansonsten Neulinge diesen Teil, so wie du das bei mir getan hast, und das ist dann im Nachgang noch mühsamer...", schmunzelte er und zwinkerte mich an.

„Ne", mischte sich Micha ein, „Neue sind eigentlich viel zu eingeschüchtert und machen, was man sagt. Solange ich diese Führungen gemacht habe, hat mir noch nie jemand die Nase vor der Tür zugeknallt."

„Du hast Micha das erzählt?", quiekte ich.

„Es hat ihn in seinen Grundfesten seiner Herrlichkeit erschüttert, Charles!", lachte Micha.

Julian legte seinen Arm um meine Stuhllehne und ich ließ mich zurücksinken, während Micha mir die lustigsten Geschichten seiner Schulführungen erzählte. Dabei knibbelte er hin und wieder gedankenverloren an meinem Tuch oder gestikulierte damit. Es war eine seltsam vertraute Art der Nähe zwischen diesen beiden Jungen und der Art, wie sie mich aufnahmen. Als Bella am Tisch auftauchte, warf sie sich einfach zwischen Micha und mich und umarmte Julian gleich mit. Sie regte sich mit Nadja darüber auf, wie übel der Abend von Julians Abschiedsfeier gewesen war, und zog mich damit auf, wie unglaublich begriffsstutzig ich für jemanden war, der praktisch in jedem Fach Klassenbeste war. Erst jetzt verstand ich, was ihre seltsamen Andeutungen damals wegen Tobi bezwecken sollten. Es ging gar nicht um Tobis Seelenheil – das hatte auch sie nicht in Gefahr gesehen. Aber sie kannte Julian besser und hatte längst begriffen, dass ich die Situation völlig falsch einschätzte.

„Ich habe ihr schon vorher ihren Rosé ausgegeben", empörte sich Lisa, „Also, deutlicher geht es doch fast nicht!"

Jetzt musste ich mich verteidigen. Denn ich fand nicht, dass ein spendierter Rosé von Lisa einen Hinweis auf irgendeinen Typen lieferte, der ein Auge auf mich geworfen hatte.

„Sie hat dich ‚irgendeinen Typen' genannt. Wie fühlst du dich, Julian Simon?", interviewte Basti trocken und hielt ihm ein unsichtbares Mikrofon vor den Mund. Ich schlug die Hände vor dem Gesicht zusammen, alle fingen an zu lachen und Julian grinste.

Nach der Feier trennte ich mich von Clique Cool und ging auf mein Zimmer. Ich musste nachdenken, wie es jetzt weitergehen sollte. Natürlich gab es NDAs und, soweit mir bekannt war, drangen tatsächlich keine Nachrichten aus der Schule nach außen. Das war ja der Grund, warum so viele Hobby-Paparazzi in Freyenberg herumlungerten. Hier auf dem Gelände war ich also sicher, vermutete ich. Mühe machte mir, dass ich Shiri davon nichts erzählen konnte. Einerseits war Julian kein schwer zu hütendes Geheimnis, weil Shiri und ich fast nur chatteten und sich die Male, die wir facetimeten sicher gut kontrollieren lassen würden. Aber wenn ich jetzt einen Freund hatte, dann war das eine große Sache. Auch für mich. Das war ein neuer Lebensabschnitt, für den ich keine Erfahrungswerte hatte und über den ich mit niemandem sonst reden konnte. Ich wollte aber, dass das mit Shiri weiter funktionierte. So, wie es jetzt war, würden sich unsere Leben von unseren Unterhaltungen lösen und es wäre nichts mehr... echt. Das fühlte sich einfach nicht richtig an. Ich könnte Shirin von dem Freund erzählen, aber ihn anonym halten. Unter dieser Voraussetzung müsste ich sie immerhin nicht belügen. Allerdings es war auch Shirin. Sie würde akzeptieren, dass ich ihn anonym hielt, und dann würde sie immer und immer und immer wieder versuchen, es herauszufinden. So war Shirin eben. Sie kannte keine Grenzen, nur Verhandlungen und Kompromisse... bis sie ihren Willen durchgesetzt hatte.

Eigentlich wäre es das Einfachste, ich würde Shirin alles erzählen. Niemals würde sie irgendetwas weitergeben. Auch sie blieb häufig anonym, um sich selbst und ihre Geschwister zu schützen. Aber damit würde ich gegen mein NDA verstoßen. Das war alles ein großer Mist.

Außerdem wollte ich es Shiri erzählen. Ich brauchte einen Menschen, der mich kannte. Sie war mein Anker in einer chaotischen Welt, und wenn es notwendig war, dann war sie zu weit mehr als blöden Sprüchen und anzüglichen Emojis und Gifs fähig. Und willens. Eine Freundschaft auf diese Distanz funktionierte nur, wenn man sich die Zeit nahm, ehrlich zu sein, und nichts ausließ. Ich brauchte Shiri. Aber ich wollte auch Julian.

Über meinem Dilemma brütend saß ich am Fenster, hielt mich an einem Kräutertee fest und starrte in die Dunkelheit und den Schnee, der im Mondlicht glitzerte.

Fingertrommeln an meiner Tür, dann sah ich Julians Kopf.

„Darf ich?"

„Sind wir jetzt... zusammen?"

„Darf ich das IM Zimmer beantworten?"

„Nagut."

Julian schnappte sich meinen Schreibtischstuhl und positionierte sich vor mir an der Fensterbank. Eigentlich hätte ich mich freuen sollen, aber ich fühlte mich isoliert und war selbst dafür verantwortlich.

„Charles...?", flüsterte er und seine Stimme war weich und zärtlich.

Gooo, Lotti, Flutschotten auf!

Und so kullerten die Tränen über mein Gesicht. Ich war überfordert. Endlich hatte ich mich halbwegs eingelebt, hatte alles wieder besser im Griff. Die Noten, die Beliebtheit bei dem Lehrpersonal. Und jetzt sollte ich etwas ganz, also wirklich ganz Neues versuchen? Und als wäre das nicht schon beängstigend genug, musste das selbstverständlich mit einem Hollywood-Star sein, der nicht mal einkaufen gehen konnte, ohne dass Fotografen wie ein Schwarm Mücken um ihn kreisten? Ich musste Shirin belügen, ich würde meine kleinen, mühsam erarbeiteten Freiheiten aufgeben müssen – denn darauf lief das ja möglicherweise hinaus – und sollte mich jeden verdammten Tag von allen auf Gut Freyenberg anglotzen lassen. Ich? Ausgerechnet ich?

Julian sah panisch aus.

„Also. Hör mal. Es tut mir leid, dass ich dich damit so überfallen habe. Das war einfach falsch. Ich hätte vorher mit dir reden sollen!" Seine Stimme überschlug sich fast: „Ich habe dich in diesem Kleid gesehen und mein ganzer Körper hat gebrannt vor Stolz. Und dann habe ich an Jerome gedacht und an Cyrill und all die anderen Jungs, die in den Schatten lungern und nur auf ihre Chance warten. Ich will nicht mehr so tun, als würde ich dich nicht kennen. Und offensichtlich bin ich sowieso krass schlecht darin, wenn ich Nickis Spruch Glauben schenke. Und wenn wir ehrlich sind, dann hat sie recht. Ich kann meine Augen nicht von dir lassen. Und ich will es auch nicht." Kurz starrte er in die Dunkelheit an mir vorbei aus dem Fenster.

„Ich weiß, dass mein... Leben für dich ein Albtraum sein muss. Und nein, ich habe keine Ahnung, ob wir das schaffen können. Aber ich will es wenigstens versuchen. Weil ich... weil ich...", stammelte er und schaute mich dann mit festem Blick an: „Weil ich mich fürchterlich in dich verliebt habe und mit dir zusammen sein will. Richtig."

Jetzt gab es kein Halten mehr. Ich schluchzte unkontrolliert und Julian fischte mir die Teetasse aus der Hand, aus der Kräutertee in alle Richtungen spritzte. Dann zog er mich auf seinen Schoß und hielt mich, während ich mich gepflegt einer Heulattacke hingab. Vorsichtig rollte er mit mir zum Schreibtisch und zupfte mir Taschentücher aus einer Packung, die neben dem Rechner lag. Denn mein letzter Weinanfall war nur kurz vorher passiert, als ich das Pingen von Shirins Nachrichten gehört hatte und mich nicht mehr getraut hatte, den Rechner anzufassen.

Nach einigen Minuten, in denen ich damit beschäftigt war, nicht zu hyperventilieren, und Julian nichts tat, außer mich festzuhalten und mir über den Kopf zu streichen, schnäuzte ich mich ungehemmt und holte Luft:

„Du musst das nicht sag..."

„Weiß ich. Es ist aber wahr und offensichtlich ganz fürchterlich", maulte er. Ein Lächeln zuckte über sein Gesicht.

„Okay, dann: Willst du mit mir zusammen sein, Charlotte Mabaux?", fragte er mit einem übertrieben ernsten Gesichtsausdruck.

„Nagut!", pampte ich zurück und schniefte. Wir umarmten uns, aber ich verweigerte einen Kuss, weil ich völlig verrotzt war.

„Gut, dann nutze ich aus, dass ich diesen Teil schon nicht ordentlich hinbekommen habe, und eskaliere es gleich völlig. Bereit?"

„Klar, was soll schon schiefgehen", gab ich verbittert zurück.

Julian lachte leise.

„Ich möchte, dass du über die Weihnachtsferien mit zu mir nach L.A. kommst."

Also boxte ich ihm in sein Sixpack.

„Puh! Ja, gut. Das hätte ich kommen sehen können.", schnaufte er, „Ich mein's ernst, Charles. Ich will nicht, dass du hier alleine bist. Das ist schon so eine gruselige Vorstellung, aber meine, hrm, FREUNDIN in dieser Lage zu wissen..."

Bei dem Wort ‚Freundin' musste ich mich kurz aufbäumen, nur um direkt wieder mein Gesicht an seinem Brustkorb zu vergraben.

„Ich kann keinen Flug buchen. Mein Vater würde das sofort mitbekommen."

„Ich zahle."

„Scheiße."

„Charlotte Mabaux, dieses Wort habe ich von Ihnen ja noch nie gehört!"

Künstliche Empörung stand Julian und ich musste lachen.

„Können wir erst ein paar Sachen besprechen, die mir wichtig sind?"

„Klar."

Kein Händchen halten, bis ich mich dazu bereit fühlte. Keine Besitzansprüche, keine Entscheidungen über meinen Kopf hinweg. Ja, auch keine verdammten Bodyguard-Schränke. Julian nahm die Verhandlungen sportlich. Als ich anfing, von Shirin zu erzählen, musste ich wieder weinen. Trotzdem hatte er große Vorbehalte. Auch wegen Shirins Familie. Er versprach, darüber nachzudenken, wollte aber ein oberflächliches Screening zu Shirin veranlassen, dem ich zustimmte. Viel Glück mit auf den Weg, Herr Simon! Ich würde nicht bei ihm wohnen, nur weil sein Zimmer eine Suite war. Er nickte. Ich musste ein zusätzliches Julian-Simon-NDA unterzeichnen.

Ich erklärte mich bereit, über die Konditionen in Verhandlung zu treten, und zog überheblich eine Augenbraue hoch. Dann hielt ich einen kurzen Vortrag über die fiesen und missbräuchlichen NDAs von Fußballerfreundinnen und -frauen. Julian nickte, sah aber nur halbernst dabei aus. Ich bekam viele kleine liebevolle Küsse auf die Stirn, auf meine verheulten Augen, auf meine Nasenspitze und auf den Mund. Ich umarmte Julian zum Abschied zum ersten Mal bewusst und es fühlte sich unglaublich gut an.

Am folgenden Sonntag Mittag stand er wieder vor meiner Tür.

„Kuchen. Donauwelle! Und... meinst du, Shirin ist wach?", fragte er, während er hereinkam. Erst dann blickte er sich um und stellt fest, dass ich gerade fast nackt (Slip geschafft, BH nicht – was war das bloß mit diesem Internat?!) im Bad stand, weil ich geduscht hatte. Abwesend schob er die Kuchenplatte auf den Schreibtisch, ohne mich aus den Augen zu lassen.

„Sorry, not sorry", summte er.

„Glücklicherweise hast du Shirin erwähnt - das war ein sehr effektiver Abturner."

„Verdammt", brummte er und beobachtete mich ungehemmt. Lasziv zog ich mir meinen BH an und ein Unterhemd darüber. Langsam schob ich das Hemd über meinen Bauch, während ich die Hüften kreisen ließ. Dann schlüpfte ich mit einem anzüglichen Gesichtsausdruck in meine Jogginghose. Er lachte.

„Das war auf sehr seltsame Weise erregend und verwirrend zugleich."

Ich rollte mit den Augen.

„Was ist mit Shirin?"

Das Screening war okay, kaum etwas zu finden, exakt gar keine Kontakte zur Presse, gut situiert (das war mal herzlich untertrieben). Wenn Shirin damit einverstanden war, ein NDA zu unterzeichnen, dann war alles in Ordnung.

Um vor Freude nicht gleich wieder zu heulen, hüpfte ich ein wenig durch das Zimmer und leitete das NDA weiter, das er mir geschickt hatte.

„UNTERSCHREIB! JETZT!"

„Was?" Ping.

„E-MAIL! JETZT!"

„Lotti, ich mache mir langsam Sorgen, Schatz!" Ping. „UNTERSCHREIB!"

Mein Handy summte. Ich zeigte Julian die Unterschrift, er nickte.

„FACETIME, SOFORT!"

„Alter, was hab ich da gerade unterschrieben?" Ein Heul-Emoji

Dann klingelte mein Handy und ich nehme Shirins Videocall an. Dafür lehnte ich das Phone an meinen Monitor und setzte mich auf die Bettkante, damit sie mich gut sehen konnte. Mein Herz tat einen Sprung, als ich Shiris erwartungsvolles Gesicht sah.

„Shiri, ich habe einen Freund."

Shirins Augen wurden riesig, dann schrie sie, ihr Bild wackelte unkontrolliert, ihr Smartphone fiel runter, sie krisch weiter und war wieder da.

„Setz' dich und stell das Handy vielleicht irgendwo ab."

„HOLY FUCKSHIT! ISSER SCHÖN? ISSER NETT? WIE ISSER IM BETT?"

„Er ist... vor allem gerade hier IM RAUM, Shirin!"

„HAHAHA... warte, WAS?!"

Julian hatte sich von hinten um mich geschlungen und saß jetzt mit mir auf der Bettkante. Dann grinste er in die Kamera.

„Hey, Shirin. Ich bin Julian..."

Keine Ahnung, ob Shirin seinen Namen gehört hatte. Sie hatte ihn längst erkannt und rannte schreiend und tanzend durch ihr Zimmer. Wir konnten schemenhaft ihren Körper sehen, der kreisend tanzte, auf und ab hüpfte und dann wieder aus dem Bild verschwand.

„Ist das normal?", fragte Julian verunsichert.

„Ich glaube, sie hatte gerade einen grippalen Infekt und ist nicht ganz auf der Höhe", antwortete ich. Julian lachte an meinen Hals.

Irgendwann tauchte sie mit geröteten Wangen wieder auf und atmete einmal tief durch.

„Hey, ich bin Shiri – wenn du ihr wehtust, tu ich dir weh", sagte sie und es war kein Funken Freundlichkeit in ihrem Gesichtsausdruck.

„Verstanden", antwortete Julian.

Dann wurde ihr Grinsen immer breiter.

„Und ich habe dieses bekackte NDA unterschrieben, verdammt", kicherte sie, fluchte und kicherte wieder.

„Babe, ich freue mich unwahrscheinlich für dich. Julian, du musst ganz, ganz gut auf sie aufpassen, ja?" Julian nickte.

„Und wir müssen ganz viel reden, wenn der Typ nicht mehr im Raum ist, weil erstens habe ich Fragen und zweitens kann ich nur mit dir darüber reden." *Lotti nickt.*

„Ich liebe dich, Lotti. Dich nicht, Julian, aber was nicht ist, kann ja noch werden", und dann legte sie einfach auf.

Ich weinte, weil ich Shiri fürchterlich vermisste. Julian hielt mich.

„Ich glaube, ich verstehe dich. Shirin wirkt wie jemand, mit dem man eine wirklich gute Zeit haben kann." Die Worte trösteten, eskalierten aber mein Schluchzen.

Direkt nach dem letzten Benimm-Kurs des Jahres an diesem Sonntag funkte ich Shiri an. Wir chatteten die halbe Nacht durch. Ich erzählte ihr alles, und weil Shirin Shirin war, nahm sie mir nicht übel, dass ich so konsequent dichtgehalten hatte, sondern war todunglücklich darüber, dass ich damit so alleine gewesen war. Sie befahl mir auch, Julians Angebot mit der L.A.-Reise anzunehmen, und wir planten diese völlig verrückte Aktion durch.

Der Schulleitung sagte ich nichts von der L.A.-Reise, erwähnte aber, dass ich möglicherweise gedachte, die Einladung einer Freundin über die Weihnachtsferien anzunehmen. Das musste sein, falls meine Anwesenheit doch kontrolliert werden sollte und jemand auf die dumme Idee kommen sollte, meinen Eltern zu melden, dass ich nicht in der Schule war. Lisa erklärte sich bereit, ein Schreiben zu verfassen, das wir auf meinem Schreibtisch positionieren würden. Ihre Familie lebte in Brüssel, war von bestem Ruf, und sie hatte schon öfter Freundinnen mitgenommen. Wenn auch nicht gerade über Weihnachten. Julian ließ ich wissen, dass ich nicht vorhatte, die Extra-Projekte abzusagen. Ich hatte das Gefühl, dass er auch zugestimmt hätte, wenn ich angekündigt hätte, in einem Penis-Kostüm auf Reisen gehen zu wollen. Bereitwillig stand er mir Rede und Antwort, während ich Verhöre über seine Familie, die Bräuche in seinem Zuhause, Gastgeschenke und klimatische Bedingungen führte. Er buchte mir Erste-Klasse-Tickets, allerdings saßen wir getrennt. Er würde an einem Fensterplatz vorne sitzen, neben ihm sein Bodyguard, der Schrank. Ich würde auf der gegenüberliegenden Seite weiter hinten in diesem Abteil des Flugzeugs sitzen. Wir würden über Paris fliegen und hatten dort einen einstündigen Aufenthalt bevor es weiter nach L.A. ging.

„Kein Privatjet?", fragte ich gespielt entsetzt nach.

„Ich habe eh schon immer ein schlechtes Gewissen wegen der CO2-Emissionen – dann lieber einen Flieger, der so oder so fliegt."

Wegen der Reise war er angespannt. Er hatte weiteres Sicherheitspersonal damit beauftragt, mich im Auge zu behalten, aber letztendlich trat ich den Trip unabhängig von ihm an. Aus taktischen Gründen entschied ich mich – anstatt des Penis-Kostüms – für ein konservativ-westeuropäisches Outfit aus sandfarbener Leinenhose und senffarbener Leinenbluse mit einem dunkelblauen Strickpolunder aus Seide. Um das Gepäck kümmerte sich Julians Truppe. Sein Bodyguard-Schrank, der sich mir als Gregg vorstellte, nahm meinen Koffer entgegen und wartete irritiert auf das restliche Gepäck. Immerhin sollte es nach L.A. und anschließend nach Aspen gehen.

„Zwiebeltaktik", erklärte ich knapp und sah nicht ein, das weiter auszuführen oder mich dafür zu entschuldigen. Gregg nickte, aber ich sah seinen Mundwinkel zucken.

Den Flughafen Charles de Gaulles kannte ich gut und es tat gut, wieder französisch reden zu können. Ich liebte das laute Treiben und die großen Gesten dieses Volkes... und das Essen. Nichts konnte mich während des einstündigen Aufenthaltes davon abhalten, gutes Brot und noch besseren Käse zu schlemmen. Beim Einstieg in das nächste Flugzeug verwickelte mich ein Geschäftsmann in einen Small talk. Er war etwa Anfang fünfzig und offensichtlich erfolgreich mit irgendetwas mit Versicherungen. Er war gut aussehend mit seinem grau-melierten Haar und dem maßgeschneiderten Dreiteiler, den er trug. Es war eine dieser klassischen kleinen

Unterhaltungen, wie ich sie häufig auch in Paris erlebt hatte. Es ging um den Verkehr in Paris, das Wetter, Streiks und Straßensperrungen wegen eines Filmsets, einer Modenschau oder Demonstrationen. Und diese ganzen Autos. Auch er flog erster Klasse, saß aber auf gleicher Höhe wie Julian. Als ich mich auf meinem Platz niederließ und ihm einen guten Flug wünschte, nahm ich Schwingungen aus Julians Richtung wahr. Wenn Blicke töten konnten, gäbe es jetzt einen Versicherungsmenschen weniger. Während der nette Mann ging, kratzte ich mir mit meinem Mittelfinger an der Schläfe, ohne Julian eines Blickes zu würdigen. Gregg lachte und tarnte es schnell als Hustenanfall.

Während der Flug nach Paris ereignislos verlaufen war, hatten in dem Flieger nach L.A. gleich mehrere Leute mitbekommen, wer in der Ersten Klasse saß. Immer wieder bekam ich leise Debatten hinter der Gardine zwischen Passagieren und dem Flugpersonal mit, wenn der Zutritt zu diesem Bereich aus Diskretionsgründen verweigert wurde. Innerhalb der Ersten Klasse sah ich eine Frau, die heimlich Fotos von Julian machte.

Wäre ich an Julians Stelle, würde ich spätestens jetzt Panik bekommen. Was wenn ich einschlafen würde und dann unkontrolliert sabberte? Was wenn das jemand fotografieren würde? Warum man auch sonst solche Fotos selten in der Klatschpresse sah, konnte ich nur vermuten. Jetzt zumindest schnallte sich Gregg ab, ging betont entspannt zu der Frau und sprach leise mit ihr. Sie lief puterrot an, tippte hektisch auf ihrem Handy herum und zeigte den Monitor dann Gregg. Ohne zu fragen, wischte er über den Screen und ich war mir sicher, dass er die Bildergalerie kontrollierte. Er nickte lächelnd und ging wieder. Kurz darauf kam eine Flugbegleiterin, legte der Frau freundlich(st) die Hand auf die Schulter und murmelte ihr etwas ins Ohr. Daraufhin verschwand das Handy in einer Tasche der Flugbegleiterin und die Frau sah ein wenig blass um die Nase aus.

Es waren seltsame Einblicke in Julians anderes Leben. Ich war nur eine Beobachterin und musste dank des allgemeinen Aufruhrs nicht darauf achten, ihn nicht anzuschauen. Es war allen hier im Abteil klar, dass sich die Tumulte um ihn drehten. Julian strahlte eine unglaubliche Nonchalance aus. Auch wenn er so oder so nicht der Typ für Grimassen und unangemessenes Verhalten war, so vermutete ich jetzt doch, dass er, wollte er nicht permanent in der Presse erscheinen, auch keine Alternative hatte. Um sich halbwegs normal bewegen zu können, musste er akzeptieren, dass jede seiner Handlungen dokumentiert und von einer breiten, unwissenden Öffentlichkeit kommentiert und bewertet werden konnte. Ich tat mich schon mit Blicken in der Schulklasse schwer, wusste aber letztendlich, dass ich nicht interessant genug war, als dass sich Menschen mit mir wirklich beschäftigten. Als Schauspieler verkörperte Julian in seinen Rollen Idealbilder und Wunschvorstellungen für eine breite Masse, die nicht reflektiert genug war, um den realen Menschen von dem fiktiven Charakter zu unterscheiden. Tat er etwas Menschliches, so wurde es mit Letzterem abgeglichen und danach ge- und verurteilt. Ich kannte diese erfundenen Personen nicht und ich war mir nicht sicher, ob ich sie überhaupt je kennenlernen wollte, aus Sorge, den Menschen, Julian, aus dem Blick zu verlieren.

Den Flug verschlief ich dann trotzdem nach dieser anfänglichen Aufregung fast komplett. Ich konnte in Flugzeugen schon immer unheimlich gut schlafen. Alles, was hier passierte, tat das auf sehr kleinem Raum mit einer sehr überschaubaren Menge an Menschen und wenn etwas schiefging, dann bedeutete das sowieso den fast sicheren Tod. Das fand ich ein sehr alternativloses und deswegen nicht in meinen Händen liegendes Schicksal.

Anders sah es in L.A. am Flughafen aus. Hier gab es offensichtlich Paparazzi, die sich – zumindest um diese Jahreszeit – an den Arrival-Ausgängen positionierten und auf der Suche nach Promis waren. Julians Ankunft löste einen kleinen Hype aus. Fotografen riefen, ein paar Mädchen quietschten. Aus dem Augenwinkel beobachtete ich die Szene, hielt aber Abstand. Julian hatte einen Fahrer organisiert, der mich separat zu ihm nach Hause bringen sollte. Dann sah ich das Schild, auf dem groß ‚C.M.' stand.

„Miss Mabaux?", fragte mich der ältere Herr mit der Schirmmütze. Ich nickte. Meinen Koffer, der Rollen hatte, übernahm er ganz selbstverständlich und wir gingen Richtung Ausgang, während ich hinter mir immer noch Leute hörte, die Julians Nachnamen oder auch seinen Vornamen riefen. Auf Englisch, was irgendwie komisch klang.

Ich war schon in vielen Ländern gewesen und das zu den unterschiedlichsten Jahreszeiten. Deswegen sollte es mich eigentlich nicht überraschen, im Sonnenschein auf riesige Palmen zu schauen, nachdem wir das Flughafen-Gebäude verlassen hatten. Da ich gerade aus dem

winterlichen Deutschland und dem immer noch wenigstens trüb-grauen Paris kam, brauchte ich ein paar
Momente, um mich einzustellen. L.A. lag in einer sub-
tropischen Klimazone und jetzt, so kurz vor Weihnachten, herrschten angenehme 21°C. Nur gegen Abend
würden die Temperaturen kräftig fallen, heute laut Vor-
hersage auf 9°C. Das war für hiesige Verhältnisse tatsächlich winterlich. Nachdem ich das letzte Jahr in
Europa verbracht hatte, wirkte alles frühsommerlich mit
dem vielen Grün und dem strahlend blauen Himmel.
Nachdem der Fahrer mir die Hintertür zu einem nietna-
gelneuen Mercedes geöffnet hatte und ich mich auf den
cognac-farbenen Ledersitzen niedergelassen hatte,
nutzte ich die Fahrt, um mich an die kulturellen Eigen-
heiten dieser Region zu gewöhnen. Ich betrachtete die
Menschen und Gebäude, die an uns vorbeizogen, die
Autos, Geschäfte und Werbeplakate.

Eine Dreiviertelstunde später bogen wir vom Mulhol-
land Drive in eine gewundene Allee. Häuser waren hier
kaum zu sehen, alle standen nach hinten versetzt auf
riesigen Grundstücken, die hermetisch abgeriegelt
waren. Entlang der Straße ragten alte knorrige Bäume
über grüne Wiesenflecken und Sträucher. Nur hier und
da blitzte der gelbe, felsige Boden auf, der typisch für
die Region war. Die regenreiche Zeit hatte gerade erst
begonnen und die Vegetation erholte sich von den
heißen und dürren Sommermonaten. Hinter einem
weiteren Abzweig bremsten wir vor einem großen Tor.
Mein Fahrer zückte eine Schlüsselkarte, hielt sie vor ein
Lesegerät und das Tor öffnete sich. Gepflegte Palmen
und sattgrüne Bäume säumten die Auffahrt. Hinter einer
Biegung stoppten wir in einem gepflasterten Kreisel.

Von hier aus wirkte das Anwesen nicht so riesig, wie ich befürchtet hatte. Es war ebenerdig, mit roten Ziegeln gedeckt und schlicht gehalten. Große alte Bäume säumten das Haus und auch das Gelände, was im Verhältnis zu den bis zur Unkenntlichkeit durchgestalteten Grundstücken, die wir immer wieder passiert hatten, eine Wohltat war.

Ich atmete einmal tief durch, bedankte mich bei meinem Fahrer und stieg aus. Julian schien noch nicht da zu sein – vielleicht hatten sich Fans vor seine Füße geworfen oder gleich ganz vor die Limousine? Herzlichen Dank. Jetzt musste ich Julians Eltern alleine gegenübertreten, denn vermutlich würde es seltsam wirken, wenn ich mich hier in diesem Auto verbarrikadierte, bis er auftauchte. Ich war von mir selbst überrascht, dass mir diese Situation erstaunlich wenig Mühe bereitete, aber vielleicht hatte mich die lange Reise einfach genügend zermürbt und mein Hirn hatte keine Kapazitäten, um hysterisch zu werden. In dem Moment öffnete sich die Haustür (Okay, mehr ein Tor als eine Tür) und ein extrem gut aussehender mittelalter Mann, seine noch schönere Frau und eine kleinere Variante von Julian traten heraus. Der Vater lächelte, hielt sich aber im Hintergrund, während Julians Mutter schnellen Schrittes in meine Richtung gelaufen kam und dabei winkte.

„Hi Charlotte, ich bin Julians Mutter, Kirsten Simon. Bitte, nenn' mich Kirsten", begrüßte sie mich und umfasste meine Hand mit beiden Händen, ohne sie zu schütteln. Ich wusste, dass Julians Mutter Deutsche war, und machte einen kleinen Knicks.

„Danke, dass ich die Weihnachtsferien hier verbringen darf. Ich hoffe, das ist keine allzu große Belastung für Sie." Kirsten lachte.

„Nein – und wir sind ganz gespannt. Julian hat noch nie ein Mädchen mit hier her gebracht und schon gar nicht an den Feiertagen", grinste sie.

„Boah, Mom!", maulte Klein-Julian, der neben seine Mutter getreten war, „Ich bin Ben. Hi." Ben grinste und ich lächelte zurück und hob zum Gruß meine Hand.

„Ich bin eher so etwas wie ein Sorgenfall und keine Besonderheit", erklärte ich. Kirsten lachte, legte den Arm um mich und drückte mich an sich.

Hilfe?

„Das ist Parker Simon, wie du sicher weißt", stellte sie mich Julians Vater vor. Er hielt mir zum Gruß seine Hand hin, die ich natürlich schüttelte und den üblichen Knicks machte.

„Nenn' mich gerne Parker", sagte er in gepflegtem amerikanischen Englisch: „Schön, dass du hier bist." Sein Lächeln war verhaltener, aber nicht abweisend.

„Julian hat mir viel über Sie erzählt. Es tut mir fürchterlich leid, dass ich keinen Ihrer Filme kenne. Ich hoffe, ich kann das irgendwann nachholen. Bitte verzeihen Sie."

Durch Parkers Gesicht huschte ein seltsamer Schatten, dann nickte er und ließ mich wissen, dass sich dafür sicher Zeit finden würde.

„Wo ist dein restliches Gepäck? Bei Julian?", fragte Kirsten und starrte den Koffer an, den der Fahrer neben mich gestellt hatte.

„Zwiebeltaktik", erläuterte ich. Ben bestaunte meinen Koffer wie ein exotisches Tier. Parkers Blick huschte zu seiner Frau, die schnell reagierte.

„Das ist für Reisen immer die richtige Taktik", fing sie mich auf: „Oh, da kommt Julian!"

Winkend lief sie in den Kreisel, sodass Julians Fahrer früher stoppen musste, damit Julian nicht zum Halbwaisen werden würde. Noch bevor das Auto stehen blieb, riss er die Tür auf und fiel seiner Mutter in die Arme. Ben machte einen Satz und sprang seinem Bruder halb auf den Rücken, um ihn mit zu umarmen.

„Bitte entschuldige mich einen Moment", murmelte Parker und lief ebenfalls zu den dreien. Er umarmte Julian und seine Frau gleich mit, was Kirsten einen liebevollen Schrei entlockte, und rieb dann seinem Sohn herzlich den Rücken. Julian strahlte über beide Ohren, während er seinen Bruder in den Schwitzkasten nahm, und ich glaubte, ich hatte ihn noch nie so glücklich gesehen.

So, Lotti. Wir fühlen uns hier gerade extreeeem deplatziert. Hattest du eigentlich einen Plan B, falls das hier unhaltbar sentimental und familiär werden würde und sich uns deswegen die Haut vom Fleisch schält? Da war vorhin der Bau eines Kojoten irgendwo auf dem Weg. Da sollte für dich und deinen einen Koffer noch etwas Platz sein.

Ich atmete durch.

Die vier kehrten zu mir zurück und Julian nahm mich in den Arm.

„War's schlimm? Und hat der blöde Typ im Flieger dir seine Nummer zugesteckt?", fragte Julian.

„Klar, wir heiraten an Neujahr", antwortete ich und verzog dabei keine Miene.

Kirsten und Ben lachten.

„Müssen wir etwa noch ein aufklärendes Gespräch über Eifersucht führen, Schätzchen?", kicherte sie.

Julian rollte die Augen und wir betraten das Haus. Es war... größer als es wirkte. Wie bei den meisten Reichen und Berühmten fand das Privatleben auf der Rückseite, tatsächlich und sinnbildlich, statt. Gleichzeitig war ich angenehm überrascht, dass es hier, anders als in vielen Villen, die ich schon gesehen hatte, wohnlich eingerichtet war und nicht allein dem Angeben diente. Der Boden war mit wunderschönen Terracotta-Fliesen belegt, die Wände weiß getüncht und hier und da lugten Teile des Ständerwerks aus runden Stämmen aus der Decke, wie es bei Häusern im spanischen Baustil häufig zu sehen war. Die von der Auffahrt abgewandte Seite bestand aus großen Glasfronten, die sich verschieben ließen und den Raum zu einem erweiterten Teil des Gartens machten.

„Charlotte, wir dachten, du würdest dich vielleicht im Gästebereich am wohlsten fühlen. Dort hast du praktisch eine kleine Wohnung für dich allein und wenn unser Sohn dir auf die Nerven geht, kannst du einfach die Tür abschließen."

„Das wäre dann genauso wie in Freyenberg", kommentierte Julian schmallippig.

Ich nickte, weil ich ganz sicher nicht vor hatte, irgendwelche Sonderwünsche zu äußern.

„Julian bringt dich hin, dein Gep... also dein Koffer kommt gleich nach", sagte Parker.

Julian ergriff meine Hand, warf seinen Eltern Kusshände zu und zog mich in Richtung des rechten Flügels dieses kleingroßen Anwesens. Durch große Fensterfronten sah ich mehrere Terrassen und angelegte Sitzgruppen, eine erstaunlich natürliche Bepflanzung und den riesigen Pool, der mit kleinen dunkelgrünen Fliesen ausgelegt war und deswegen fast wie ein Schwimmteich wirkte. Wir passierten ein Esszimmer und einen großen Wohnbereich und wechselten über wenige Stufen immer wieder die Ebenen. Das Anwesen war dem Gelände angepasst worden. Dann verließen wir das Haus durch eine große gläserne Schiebetür und standen letztlich vor einem im rechten Winkel angelegten Bau mit einer weiteren Tür, die sich hinter zwei riesigen blühenden Sträuchern verbarg.

„Ich hoffe, dass du dich wohlfühlst", murmelte Julian und wirkte fast ein wenig nervös.

Vergiss den Kojoten-Bau, Lotti. Das hier geht in Ordnung.

Wir betraten einen großen, hellen Raum, der durch eine verschiebbare Wand in einen Wohnbereich mit kleinerer Küche und einen Schlafbereich getrennt war. Das Bad war größer als mein Zimmer in Freyenberg. Möglicherweise war sogar der begehbare Schrank, den es natürlich gab, größer als mein Internatszimmer. Das unvorstellbar ausladende Boxspringbett war in Weiß- und Cremetönen bezogen und mit einer Flut an Kissen und Decken bestückt. Entlang der Trennwand gab es einen wunderschönen Schreibtisch mit einer nur minimal behandelten, natürlich gewachsenen, riesigen Holzscheibe darauf, auf der ein PC stand. Auf dem Ruhebildschirm schwebten die Worte:

„Willkommen, Charles!"

„Ich fühle mich etwas überfordert, Julian", hauchte

ich. Mehr konnte ich dazu nicht sagen, wenn ich nicht anfangen wollte zu weinen.

„Dann machen wir die Führung vielleicht erst morgen", grinste er und drückte mich an sich.

„Möglicherweise warst du in einem früheren Leben Fremdenführer. Wie sonst lässt sich dein Drang erklären, Menschen durch die Welt zu führen?", murmelte ich.

Weil ich keinen Hunger hatte und trotz allem Schlafen im Flugzeug ziemlich müde war, verabredeten wir uns für den Abend. Ich versprach, eine Nachricht zu schreiben, und Julian küsste mich zum Abschied auf die Stirn.

Als ich endlich alleine war, wich die Anspannung langsam von mir. Ich schälte mich aus den Schuhen, die ich jetzt seit über einem Tag trug. Ich entledigte mich meiner Kleidung und wechselte in ein Unterhemd und eine Jogginghose. Dann inspizierte ich den Kühlschrank und die Küchenschränke und kochte mir schließlich einen Kräutertee aus den Notfallbeuteln, die ich mir eingesteckt hatte. Während der Tee abkühlte, ging ich mich frisch machen. Die Dusche war riesig, ebenerdig und offen und verfügte über so viele Funktionen, dass ich mich überwinden musste, sie überhaupt anzuschalten. Ich putzte mir die Zähne zweimal, weil die seltsam gefilterte Luft in Flugzeugen und der wächserne Stress der letzten Stunden bis in meinen Mund gekrochen waren und sich schlicht ekelhaft anfühlten. Den Tee genoss ich in einem großen runden Sessel, der so gemütlich aussah, dass ich zuerst einmal testete, ob ich ihn je wieder verlassen konnte, sollte ich darin eingesunken sein. Alle selbstfürsorgenden Maßnahmen machten nicht, dass meine Lebensgeister zurückkehrten, sondern zeigten mir erst, wie fertig ich war. Obwohl es früher Abend war, beschloss ich, das Bett zu testen. Es konnte ja immerhin sein, dass es extrem ungemütlich war und nur von hier so unwahrscheinlich wolkenhaft wirkte. Tat es nicht.

„Hey...", hörte ich Julians Stimme an meinem Ohr.

Im Halbschlaf rollte ich mich an den wunderbar duftenden Typen heran, der neben mir im Bett lag. Ich umschlang ihn mit meinem Bein und legte den Kopf auf seinem Brustkorb ab. Sein Herz schlug stark und laut.

„Mh", antwortete ich und zog sein T-Shirt hoch, um seinen Bauch zu streicheln. Bestimmt bekam ich ihn so dazu, einfach still zu sein und sich nicht zu bewegen. Ich hatte mich doch gerade erst zu einem Nickerchen hingelegt.

Stattdessen lachte er leise, was meinen Kopf auf seiner Brust wackeln ließ.

„Mh!", forderte ich empört.

„Sorry", schnaufte er und versuchte, regelmäßig zu atmen.

„Charles?"

„Mhm?"

„Es ist jetzt 10 Uhr... morgens", flüsterte er.

Ich erstarrte. Was?

Langsam richtete ich mich mit großen Augen auf und schaute Julian an.

„Ach du lieber Himmel!" Und damit sprang ich aus dem Bett und rannte ins Bad.

„Deine Eltern werden mich für einen Faulpelz halten, Julian! Warum hast du mich denn nicht geweckt?", rief ich panisch, während ich unter die Dusche sprang.

Julian folgte mir, blieb aber im Türrahmen stehen.

„Schau nachher mal auf dein Handy. Da sind dann etwa zehn Nachrichten von mir. Aber ich glaube, du hattest den Schlaf einfach dringend nötig. Außerdem sollte damit das Jetlag-Thema praktisch erledigt sein", entgegnete er.

Wir frühstückten auf der Terrasse. Julians Eltern waren unterwegs. Seine Mutter arbeitete weiterhin in einer Klinik und hatte Dienst als leitende Ärztin in der Notaufnahme. Sein Vater hatte ein Meeting und ging danach mit Freunden golfen. Ben war ebenfalls bei Freunden. Ein Angestellter brachte uns frischen Kaffee und fragte, was wir frühstücken mochten. Julian bestellte Rührei mit Speck, ich nahm das gleiche, weil das der vermutete geringste Aufwand war. Wir aßen außerdem Obst in rauen Mengen. Kalifornien bot da Vorteile, die Westeuropa klimatisch gerade nicht bieten konnte.

Im Anschluss zeigte Julian mir das Anwesen und den Garten. Hätte ich gewusst, wie interessant er Führungen gestaltete, hätte ich mich vor einigen Monaten vielleicht nicht so sehr dagegen gewehrt. Naja, doch. Hätte ich. Später traf er sich noch mit Leuten vom Set von ‚Corned Beef' und ich nutzte die Zeit, um mich den ersten Schulprojekten zu widmen. Als ich nicht weiterkam, weil mir Literatur fehlte und ich nicht herausfinden konnte, wie das Passwort des PCs lautete, der in meinem Gästehaus stand, beschloss ich, die Bibliothek zu erforschen, die Julian mir bei der Führung gezeigt hatte. Ich wollte eigentlich direkt alle Bücherregale durchforsten, aber er hatte mich lachend weggezogen und versprochen, dass ich dafür noch ausreichend Zeit finden würde.

Einerseits fand ich viel medizinische Fachliteratur. Bücher und Journale, deren Titel ich kaum verstand. Dieser Teil gehörte ganz sicher Kirsten. In einem weiteren Bereich fanden sich viele Klassiker und ich jubelte innerlich, als ich Austens und James' gesammelte Werke sah. Dann entdeckte ich ganze Reihen an philosophischer und soziologischer Literatur und auch hier Biografien und mindestens fünf Regale mit Büchern, die keinem richtigen Konzept zu folgen schienen. Es waren populärwissenschaftliche Werke über Evolution, Naturbände und Nachschlagewerke, Bildbände über Tiefseebewohner und Aufnahmen, die mit Rasterelektronenmikroskopen gemacht wurden. Es gab vereinzelte Krimis und ganze Reihen billig produziert wirkender Science-Fiction- und Fantasy-Romane, von denen ich noch nie gehört hatte. Lehrbücher über Statistik und Pflanzenphysiologie, eine Reihe dicker Bände über Veterinärmedizin. Es gab einen Regalboden mit Bauanleitungen für bestimmte Wagentypen, technische Geräte, Möbel. Fasziniert las ich Buchrücken um Buchrücken und versuchte, mir die Bücher zu merken, in die ich schauen wollte, obwohl mich das Thema noch nie interessiert hatte. Dann kam neuere Literatur. Grisham, King, Paretsky und Kishon. Viele Klassiker waren Krimis, von Miss Marple bis Sherlock Holmes.

Julian fand mich später in der Bibliothek, wo ich mit einer Tasse Tee gerade einen Paretsky-Roman las, den ich noch nicht kannte. Das Passwort meines PCs lautete

im Übrigen ‚Julianistdoof!!1!' und war von Ben so eingestellt worden.

Das Weihnachtsessen

Am 24. Dezember fand sich die Familie Simon zum ersten Mal wieder zusammen ein und es wurde verabredet, endlich gemeinsam zu Abend zu essen. Die eigentliche Weihnachtsfeier würde erst am 26. stattfinden. Es gab Kartoffelsalat, den Julians Mutter selbst nach einem Rezept ihrer Mutter gemacht hatte, und dazu, weil es in den USA einfach keine ordentlichen Wiener Würstchen gab, die ein deutscher Gaumen ertragen hätte, Steak.

Ich nutzte diese Zusammenkunft, um mein Gastgeschenk zu überreichen. Es war ein Landschaftsbild des Guts Freyenberg, das ich mit Wasserfarben auf dicken Karton gemalt hatte und das erstaunlich gut geworden war, weswegen ich es außerdem hatte rahmen lassen. Kirsten war ganz gerührt, Julian empört, weil er davon nichts wusste. Parker nickte lächelnd. Er schien einfach ein eher reservierter Mensch zu sein.

Wir stießen mit Sekt an, mir wurde Rosé angeboten, aber ich wechselte nach einem Glas vorsichtshalber auf Wasser. Ben, Julian und seine Eltern unterhielten sich über alles. Ben war kein Schauspieler, sondern Sportler durch und durch. Um genau zu sein, war er Fußballer und spielte in der A-Jugend des L.A.er Fußballklubs. Er berichtete von seinen Trainings und den Verletzungen anderer Teammitglieder. Julian und er versuchten, sich mit Geschichten über Fouls und Schwalben zu toppen. Diesen Schilderungen schien vor allem seine Mutter, die

Ärztin, aufmerksam zu folgen. Dennoch lächelte sie durchgehend und schien es zu genießen, dass ihre beiden Söhne gemeinsam an einem Tisch saßen. Kirsten berichtete von den Herausforderungen ihrer Arbeit und verrückten Fällen aus der Notaufnahme des letzten halben Jahres. Parker drehte gerade eine Serie, die Zuschauerzahlen waren enorm, aber er war nicht ganz glücklich mit den Drehbuch-Menschen, weil sie immer wieder versuchten, es sich einfach zu machen. Es entstand eine lange Fachsimpelei über den Druck, unter dem Drehbuchautoren und -autorinnen standen, die Bezahlung, Kreativität auf Kommando und eine Reihe Dinge, die ich nicht verstand. Ich beobachte Kirsten. Sie wusste sicher, worüber ihr Mann und ihr Sohn redeten, aber sie beteiligte sich an der Unterhaltung nicht. Hin und wieder lächelte sie bei einem Argument, vermutlich wenn sie es gut fand. Sie aß und trank, hörte zu und zwinkerte mich hin und wieder an, während Angestellte dafür sorgten, dass der Tisch immer mit den notwendigen Knabbereien, einer Käse-Platte, Obst und dem gewünschten Wein bestückt war. Ben tippte auf seinem Smartphone herum und schien mit jemandem zu chatten.

Ich beobachtete diese Szenen einer Familie vor allem. So wie ich es eigentlich immer bei Shirins Familie getan hatte. Anfangs hatte Shiri noch versucht, mich in die Gespräche mit einzubeziehen, aber ich fühlte mich nicht so wohl damit, die Aufmerksamkeit auf mich zu ziehen. Viel lieber hörte ich zu und beobachtete die Bhattis, ob groß oder klein, wie sie aßen, redeten, sich ärgerten und gemeinsam lachten. Ich konnte das stundenlang tun, wenn es nach mir ging. Dabei mümmelte ich ein paar Blätter Salat oder aß ein Stück Käse zu frischem Ciabatta-Brot, nagte an einer Nuss oder an einer Weintraube. Ich fühlte mich wohl.

Nach einiger Zeit war alles zu diesem Thema gesagt. Vater und Sohn hatten sich nicht gestritten, sondern ihre Argumente und Ansichten vorgebracht, hatten hier eingelenkt und da ihre eigene Sichtweise für fundierter gehalten. Es war eine angenehme Debatte und es wäre sicher spannend gewesen, ihr zu folgen, hätten mir Begriffe und Namen, Beispielfilme und -serien etwas gesagt. Julian prüfte meinen Gesichtsausdruck und lächelte dann zufrieden.

Notiz: Nachschauen, ob es in dieser Bibliothek etwas über die Filmindustrie gibt.

Ben entschuldigte sich und zog los, um sich wieder mit Freunden zu treffen. Es war inzwischen dunkel geworden und der Esstisch war in ein sparsames, warmes Licht getaucht. Nur hier und da dienten kleine Leuchten auf einem Tischchen oder einem Vorsprung der allgemeinen Orientierung in diesem großen Raum.

Dann wandte sich Parker plötzlich an mich.

„Entschuldige, Charles, das war sicher ein wenig unhöflich, dass wir hier so über unsere Arbeit reden. Die du ja gar nicht kennst."

Seine Worte klangen leicht und höflich, aber es fand sich ein ätzender Unterton darin und die Wahl der Formulierung alarmierte mich. Vorsichtig schaute ich zu Julian, der jedoch mit seinem Essen beschäftigt war, das er sich jetzt nach der langen Debatte auf seinen Teller geladen hatte, und schien nichts zu bemerken. Auch Kirsten widmete sich gerade ihrem Glas Weißwein.

„Ich habe es nicht als unhöflich empfunden. Ihr alle kommt doch vermutlich relativ selten zusammen und dann sind es doch diese Unterhaltungen, die wichtig sind, finde ich", antwortete ich diplomatisch.

„Julian sagte schon, dass du dich nicht für seine Arbeit interessierst."

„Das habe ich so aber nicht gesagt", schmunzelte der, ohne von seinem Teller aufzublicken. Er wirkte immer noch gelassen und ich wollte mich auf sein Urteil verlassen, weil er seinen Vater sicher besser kannte als ich. Aber ich merkte, dass meine Haut anfing zu spannen und ich bemühte mich, regelmäßig zu atmen.

Lass dich nicht verunsichern, Lotti. Du kennst ihn einfach noch nicht gut genug und immerhin ist er Julians Vater. Ganz ruhig.

„Es ist nicht, dass ich mich nicht für seine Arbeit interessiere. Ich denke, ich war im letzten halben Jahr sehr damit beschäftigt, mich auf Gut Freyenberg und mit dem Internatsleben im Allgemeinen zurechtzufinden. Die Umgewöhnung war überraschend schwierig. Julian und ich tauschen uns viel über Schulthemen aus. Beispielsweise habe ich mich anfangs mit Geschichte schwergetan, weil die Wiedervereinigung in meiner Schule davor in Paris nur oberflächlich behandelt wurde, und er hat mir mit einigen Büchern aus seiner Bibliothek ausgeholfen", taktierte ich und rückte den Sohn in ein gutes Licht, um den Vater zu besänftigen. Meist funktionierte das.

Parker jedoch beobachtete mich wie ein gelangweiltes Raubtier. Sein Gesicht war komplett ausdruckslos. Er gönnte mir nichts und ließ sich von mir auch nicht einlullen. Ich kam nicht dahinter, welche Absichten er verfolgte.

„Ich stelle es mir für Julian seltsam vor, dass du einen großen Part seines Lebens angeblich nicht kennst. Nicht einmal ‚Singularity‘?“

Angeblich. *Lasset die Alarmglocken läuten, ihr lieben Menschen, ich rieche einen Schwelbrand.*

Jetzt sprang auch Julians Blick irritiert zwischen meinem und dem Gesicht seines Vaters hin und her.

„Nein, es tut mir leid. Ich werde das aber natürlich nachholen, sobald ich eine Gelegenheit dazu finde.“

„Hast du wenigstens von ‚The Master of Mind‘ gehört? Immerhin ist das damals ein weltweiter Kassenschlager gewesen...“

„Nein, sorry.“ Mein Herz pochte jetzt so laut, dass ich Angst bekam, Parker und seine Fragen nicht mehr hören zu können. Und dabei erschien es mir gerade besonders wichtig, seinen Worten folgen zu können, wo ich schon nur mit Unwissen glänzen konnte. Ich fühlte mich dumm und ungebildet.

„Aber ‚Corned Beef‘ hast du wenigstens gelesen? Immerhin kanntet ihr euch da ja schon.“ Wenigstens. Immerhin.

„Ich wollte das Buch in der Schulbibliothek ausleihen, aber es war immer schon weg oder hatte eine Warteliste. Und ich... konnte es nicht... bestellen“, erklärte ich, während sich mein Hals zuschnürte. Unvorbereitet, ungebildet, naiv, saublöd.

Reiß dich zusammen, Lotti. Das sind Julians Eltern, hier musst, musst, musst du einfach einen ordentlichen und normalen Eindruck machen. Was sollen sie denken, wenn ihr Sohn so ein kaputtes Ding anschleppt? Einfach antworten, höflich bleiben, vollständige Sätze sagen, dem Gegenüber beim Reden in die Augen schauen. Hände auf den Tisch, Lotti. Sitz gerade. Lächeln.

„Parker", hörte ich Kirsten flüstern, die leicht alarmiert klang.

„Einen Moment, Schatz. Ich finde es einfach sehr interessant, dass so eine junge, hübsche Frau, die auch noch aus sehr gutem Haus kommt, so tut, als wäre sie in einer Höhle aufgewachsen", erwiderte Parker, ohne mich aus dem Blick zu lassen.

Oder mit anderen Worten, Lotti: Du bist so dumm, dass es unmöglich ist, dass ein Julian Simon sich mit dir abgibt.

„Dad! Was?", fuhr jetzt Julian herum. Er saß kerzengerade und starrte Parker an.

Atmen. Sein Vater hat ihm gerade gesagt, dass ich seiner nicht würdig bin.

„M... meine Eltern haben immer großen W... Wert auf...", ich musste schlucken, weil mein Hals wie Feuer brannte, „...eine gute Erziehung gelegt. Ich wurde vor allem mit Lit... eratur versorgt, in Sprachen geschult und... anderen... Sachen." Ohne dass ich es hätte verhindern können, rollte eine Träne über meine Wange. Vor Scham starrte ich auf meine Hände, die ich unter dem Tisch zusammengeballt hatte.

Lotti, taktischen Rückzug einleiten. Sofort.

„Charles, alles ist gut. Ich weiß, dass du nichts dafür kannst und wir haben alle Zeit, das nachzuholen", versuchte Julian mich zu beruhigen. Damit stellte er mich bloß und machte mich zu einem Projekt, einem Tierchen, das aufgepäppelt werden musste. Das Zittern meiner Hände wurde unkontrollierbar und ich stand langsam auf.

„Charles...", setzte Kirsten an und hielt mir als beruhigende Geste ihre offenen Hände hin.

Nicht. Anfassen.

„Ich bedanke mich für dieses wundervolle und sehr leckere Abendessen. Der Kartoffelsalat war wirklich sehr gut, Mrs. Simon. Ich ziehe mich jetzt zurück. Bitte verzeihen Sie mein Unwissen, Mr. Simon. Danke und gute Nacht euch allen", ratterte ich schnell herunter. Während Tränen mir die Sicht nahmen, drehte ich mich um und ging – *Niiiicht rennen, Lotti* – weg. Idealerweise in Richtung Gästebereich, aber derzeit war mir das egal, Hauptsache weg von diesem Tisch und diesen Menschen, die mich entsetzt und beschämt anstarrten. Als ich mir sicher war, nicht mehr gesehen zu werden, rannte ich so leise wie möglich. Hinter mir hörte ich Kirsten und Julian, die auf Parker einredeten und dann Julian, der meinen Namen rief. Er klang näher, als er sein sollte. Ich musste schneller sein!

Ich hechtete in mein Zimmer und verschloss die Tür. Für die die Simons sicher einen Zweitschlüssel hatten. Also rannte ich weiter und landete in dem begehbaren Schrank, der zwar leer war, aber immer noch das kleinste Zimmer des Gästebereichs. Das kam mir am sichersten vor. Ich schaltete das Licht an, zog die Tür zu, verschloss sie und schlüpfte in ein hübsches Schrankfach, in dem vermutlich normalerweise Kleider aufgehängt wurden. Dort rollte ich mich zusammen, Gesicht und Bauch zur Wand, nur der Rücken als Schutz exponiert.

Dumpf hörte ich Julian an die Eingangstür klopfen. Ich nahm meinen Kopf zwischen die Arme. Dann summte mein Smartphone im Schlafbereich. Ich presste meine Arme an die Ohren, bis sie schmerzten. Die Fäuste geballt, die Fingernägel in die Handballen geschlagen. Dann wurde es wieder still. Ich wartete, aber es kam niemand mit einem Schlüssel. Ich versuchte, so leise wie möglich zu atmen, doch mein Herz raste und meine Lunge schrie nach Luft.

Sooo, Lotti Loserin, du dachtest also, du könntest mit den Eltern deines baldigen Ex-Freundes ganz normal sein. Wo du dich nicht mal in einem affigen Debattierklub in der Mittelschule im Griff hattest. Da hat dich dein Vater schon wieder rausgeholt, weil dein auffälliges Verhalten so peinlich war. Und jetzt bist du in Bel Air in einem riesigen Anwesen, in dem zwei Film-Stars wohnen und dachtest, das klappt? Du bist nicht nur eine Loserin, sondern auch spektakulär dumm.

Mit der Stille übermannten mich der Frust und die Scham, und ich verfiel in eine kapitale Heulattacke. Weil ich Angst hatte, zu laut zu sein, schrie ich stumm in meine Armbeuge, weswegen ich Brech- und Hustanfälle bekam, die ich ebenfalls versuchte, geräuschlos durchzuhalten. Folglich platzten Äderchen in meinen Augäpfeln. Dann hyperventilierte ich. Und ich hörte Stimmen, die ich aber nicht mehr einordnen konnte.

„Charles, es wird gut. Ich gebe dir jetzt etwas, das dir helfen wird. Halt kurz still... Oh!... Julian, du musst mir helfen...", hörte ich Kirsten mit fester Stimme sagen.

Julian hielt meinen Arm.

„Charles, es ist alles okay. Das wird wieder. Halt durch."

Als ich am nächsten Morgen aufwachte, fühlte ich mich, als hätte man mich von innen heraus verprügelt. Julian saß auf dem Wolkensessel neben dem Bett, und als er sah, das ich mich bewegte, tippte er schnell etwas in sein Handy.

„Wow, hab ich Scheiße gebaut", krächzte ich: „Es tut mir irre, irre leid, Julian."

Julian stand auf und legte sich neben mich ins Bett. Dann lächelte er schief.

„Du siehst aus wie ein Zombi. Meine letzte Maskenbildnerin hätte dir ein Vermögen dafür gezahlt, wenn du ihr verraten hättest, wie man solche Augen hinbekommt."

„Äderchen gerissen?", krächzte ich.

„Ja. Immer noch besser als das, was Girard geschafft hat, aber insgesamt schon beeindruckend", entgegnete er möglichst locker.

„Das ist nicht der Eindruck, den ich bei deinen Eltern hinterlassen wollte", flüsterte ich und wieder schossen Tränen in meine Augen.

In dem Moment klopfte es an der Tür und Kirsten fragte, ob sie reinkommen könne. Das war also, was Julian gemacht hatte. Er hatte ihr geschrieben, dass der Pflegefall aufgewacht war. Mein Körper verkrampfte sich, so sehr schämte ich mich.

„Sie ist Ärztin, Charles – das ist jetzt wichtig", erklärte Julian.

Kirsten hatte eine Tasche dabei und wirkte... ärztlich. Sie setzte eines dieser professionellen Arztgesichter auf und fragte, wie es mir geht. Tränen liefen unkontrolliert über mein Gesicht, während ich ein „Gut." hervorbrachte, an dem förmlich ein blinkendes Neonschild mit dem

Schriftzug ‚Lüge' hing. Als sie meinen Arm fassen wollte, sog ich scharf Luft ein.

„NICHT anf..." Ich riss mich schnell zusammen, schluckte und krempelte den Ärmel des Pullovers hoch, den ich aus unbekannten Gründen trug. Kirsten beobachtete mich ruhig. Sie maß meinen Blutdruck, fühlte meinen Puls, betastete meine Stirn, betrachtete meine Augen und ich konnte sehen, wie sie die Lippen aufeinanderpresste. Keine Mutter wollte so etwas Kaputtes für ihren Sohn. Ich bewegte mich nicht, blendete all die Manipulationen an meinem Körper aus und versuchte, ein- und auszuatmen.

„Es tut mir ganz fürchterlich leid. Ich, ich kann natürlich anbieten, dass ich die restliche Zeit einfach hier in diesen Räumen bleibe – sie sind traumhaft schön und ich fühle mich hier sehr wohl", bot ich mit rauer Stimme an, während ich auf meine Hände starrte, und Tränen auf die Bettdecke tropften.

„Charles, ich mache mir doch nur Sorgen um dich", erwiderte sie.

„Ich... ich hatte einfach gehofft, dass sich keine solche... Situation ergibt. Dann bin ich eigentlich recht funktional. Erst recht, wenn es keine Keller gibt."

„Ich finde dich wirklich sehr mutig, dass du diese Reise mit angetreten bist."

„Aber, Frau Simon, Ihr Sohn, Julian, hat das nicht... das ist nicht..."

„Charles. Erstens: Ich würde mir wünschen, dass du mich weiterhin Kirsten nennst. Meinen Mann kannst du dagegen gerne für eine Weile zu ‚Mister Simon' degradieren. Und zweitens: Nimmst du Drogen?"

„Was?! Nein!", piepste ich mit aufgerissenen Augen.

„Ja, das wusste ich übrigens. Hast du vor, dich von meinem Sohn schwängern zu lassen, um dann ordentlich Geld abzusahnen?"

„Nein! Ich bin Jungfrau! Ooooh Gott, habe ich das gerade wirklich gesagt?", stöhnte ich. Dann verbarg ich das Gesicht in meinen Händen, weil ich fühlen konnte, dass ich puterrot werde.

Julian lachte. Kirsten lächelte ebenfalls, nur weniger dreckig.

„Worüber Parker sich – zurecht – große Sorgen macht, ist, dass ein so wunderschönes und kluges Mädchen wie du daher kommt, unserem lieben Sohn den Kopf verdreht und dann für ihre eigene Bekanntheit, Medienpräsenz und oder Geld sein Herz bricht. Parker kann sich einfach nicht vorstellen, dass es auf diesem Planeten noch Menschen gibt, die nicht fernsehen", erklärte sie und fuhr fort: „Dennoch verzeiht das nicht sein Benehmen gestern. Auf der anderen Seite möchte ich entschuldigend anbringen, dass wir auch zum ersten Mal in der Situation sind, dass unser Sohn ein Mädchen mitbringt. Nachdem Julian uns über dich informiert hatte, hat Parker förmlich eine Krise nach der anderen bekommen."

Nach einem Moment Pause fragte sie:

„Weißt du, woher diese Panikattacken kommen?"

„Ja."

Sie schaute mir fest in die Augen:

„Willst du es mir sagen?"

Ja, nein, eigentlich wollen wir das nicht, Lotti.

„Mein Vater ist gewalttätig."

Kirsten nickte langsam. Schemenhaft konnte ich erkennen, dass Julian sich wand.

„Kommen daher die Narben an deinen Oberschenkeln? Wir haben sie gestern gesehen, als wir dich ins Bett gebracht haben."

„Ja. Da sieht man es nicht", antwortete ich und übernahm einfach die Erklärung meines Vaters.

Ich konnte Julian laut schlucken hören.

„Ich verstehe. Welche Situationen sind für dich schwierig?"

Julian sprang ein:

„Keller und direkte Konfrontation", antwortete er fest, aber seine Stimme zitterte. Ich nickte.

„Und wenn Julian mir den Weg zu seinem Zimmer beschreibt und sagt, da wäre nur eine Tür, aber da sind in Wirklichkeit zwei", ergänzte ich.

„Es ist immer noch ein Wandschrank, Charles..."

„Aber ein großer. Mit einer Tür!"

„Dir helfen übersichtliche und kontrollierbare Situationen, wenig Veränderung und einschätzbare Kontakte, richtig?"

„Ja", antwortete ich und war ein wenig entsetzt, dass sich das so einfach in einem kleinen Satz zusammenfassen ließ.

„Schulwechsel müssen für dich ein Albtraum sein", fiel Julian auf.

Ich nickte langsam.

„Da habt ihr beiden euch ganz schön was vorgenommen", merkte Kirsten an und warf einen langen Blick zu Julian.

„Ich habe vollstes Verständnis dafür, wenn Julian das nicht möchte", lenkte ich sofort ein und Julian sog scharf Luft ein. Kirsten hob die Hand.

„Charles, du wirst dir die gleichen Gedanken über Julian machen müssen. Denn das, was seinen Alltag außerhalb der Schule ausmacht, ist in Teilen genau das, was deine Attacken triggert", erklärte sie.

Ich nicke erneut.

„Darüber muss ich nachdenken. Ich weiß nicht, was das bedeutet. Julian hat das auch schon gesagt. Aber ich verstehe es nicht, weil ich keine Erfahrung habe", flüsterte ich.

„Also wenn eines gestern Abend deutlich geworden ist, dann das, Liebelein", schmunzelte Kirsten und strich Tränen von meiner Wange.

Den Mittag verbrachte ich im Bett. Julian kochte mir Tee und lag neben mir. Er war sehr schweigsam. Auch wenn mir klar war, warum das so war, war ich ganz froh, dass er nicht weiter nachbohrte. Später brachte eine Angestellte Mittagessen vorbei, das ich verschlang. Mir war gar nicht klar, wie viel Hunger ich eigentlich hatte. Dann klopfte es.

„Darf ich reinkommen?", hörte ich Parkers Stimme.

„Du musst nicht, wenn du nicht willst", flüsterte Julian schnell.

Doch, musste ich, nachdem ich so eine Szene gemacht hatte. Ich versuchte, mich im Bett etwas würdevoller hinzusetzen und rief:

„Natürlich, komm rein."

Parker betrat das Gästehaus, blieb aber wie angewurzelt an der Trennwand stehen, als er mich sah.

„Es tut mir... es tut mir wirklich sehr leid", begann er mit belegter Stimme.

„Nein, es tut mir sehr leid, Parker. Das war wirklich eine extrem peinliche Szene, die ich da gemacht habe. Das wird, ähm, hoffentlich nicht wieder vorkommen", antwortete ich, konnte ihn aber nicht anschauen.

„Blödsinn, das war einfach Mist von Papa", presste Julian hervor. Ich wollte keinen Streit zwischen Vater und Sohn vom Zaun brechen. Es gab Kämpfe, die man getrost verlieren sollte. Also legte ich meine zitternde Hand auf Julians Arm und schüttelte bittend den Kopf.

„Er hat recht, Charlotte. Ich habe mich aufgeführt wie ein Arschloch. Ich dachte irgendwie, ich müsste Julian beschützen und dabei auf meine Erfahrungen mit... mit... Menschen zurückgreifen, die ich so im Laufe der Dekaden gesammelt habe. Berühmtheit ist ein Gift, keine Gunst."

„Ich verstehe", antwortete ich, obwohl es gelogen war. Hier gab es einfach nichts zu gewinnen, kein Recht zu behalten und keinen Sieg zu feiern.

„Ich hätte Julians Urteil trauen sollen. Zwar ist er nicht so lange in diesem Geschäft wie ich, aber ich war keine Minute auf Gut Freyenberg und das habe ich völlig außer Acht gelassen. Es gibt Kollegen von Julian, die jünger sind, und... schon Väter. Also, nicht dass ich... das wir... etwas gegen... aber ich...", Parkers Stimme wurde immer leiser. Dann starrte er eine Weile auf den Boden und schien sich neu sammeln zu müssen.

„Ich hätte einfach ehrlich mit dir sein können. Ich hätte freundlich sein können. Als Vater hätte ich... als Vater sollte man...", wieder verstummte er und starrte jetzt eine Wand an. Mir wurde klar, dass Kirsten mit ihm gesprochen hatte. Dann schluckte er schwer.

„Wenn es dir... wieder besser geht, habe ich gedacht... also, ich habe dir ein paar Bücher mitgebracht. Biografien und Dokumentationen über, naja, über Hollywood und die Filmindustrie. Falls du...", stammelte Parker und fand irgendwie auch kein Ende für diesen Satz. Ich musste ihm da raus helfen.

„Das ist unglaublich nett. Tatsächlich hatte ich mir selbst auch schon vorgenommen, in eurer Bibliothek danach zu schauen", entgegnete ich wahrheitsgemäß. Ich ließ aus, dass ich schon eine komplette Liste mit den Werken erstellt hatte, die ich lesen wollte.

Und dann blitzte etwas in Parkers Augen auf.

„Wirklich?"

„Ja. Wie soll ich denn Julian gut zuhören, wenn ich nicht verstehe, was er sagt. Ich habe ausgerechnet, dass ich in naher Zukunft nicht annähernd alle wichtigen Filme sehen kann, weil... naja, ich in die Schule gehe. Aber ich finde, ich sollte besser verstehen lernen, was diesen Beruf ausmacht, um ihn unterstützen zu können. Außerdem möchte ich nicht, dass sich Julian meiner schämen muss... wenn ich es irgendwie verhindern kann."

„Du hast das ausgerechnet?", fragten Vater und Sohn fast einstimmig.

„Ja, natürlich. Man kann Durchschnittslängen von Filmen ergoogeln und ich weiß, wie viele Minuten ich täglich für freie Aktivitäten zur Verfügung habe. Ich würde drei, maximal vier Filme pro Woche schaffen, wenn ich einen Teil meiner Zeit mit Julian wegkürze", erklärte ich.

„Wieso die Zeit mit mir?", fragte Julian empört.

„Du wirst mir nicht als außerschulische Aktivität angerechnet", antwortete ich trocken und Parker lachte laut auf.

„Ich habe gestern Nacht darüber nachgedacht und vielleicht ist es auch gar nicht der richtige oder effizienteste Weg, wenn du versuchst, alle Filme zu schauen. Deswegen habe ich dir diese Schmöker rausgesucht", sagte er und hob einen Korb mit etwa zehn Büchern an, den er anscheinend die ganze Zeit in der Hand gehalten und hinter der Raumtrennung verborgen hatte.

„Ooooh", staunte ich und wurde unruhig.

„Na toll. Ich hatte dir erklärt, dass Bücher für Charles ein unwiderstehliches Lockmittel sind. Sie soll sich doch noch erholen!", maulte Julian.

„Dann stelle ich sie vielleicht hier hinten in die Küche?", schlug Parker vor. Aber ich schüttelte den Kopf und klopfte neben mich auf das Bett.

„Du hast doch bestimmt heute sowieso etwas vor?", fragte ich Julian und schielte dabei.

„Dir ist klar, wie gruselig das mit den geplatzten Adern aussieht?"

„Ja. Ich bin Profi."

Julian schüttelte den Kopf, lächelte aber dabei. Dann gab er mir einen Kuss auf die Stirn und ging zusammen mit seinem Vater zurück ins Haupthaus.

Den Abend verbrachte ich mit den Simons. Am Nachmittag hatte ich drei der Bücher durchgearbeitet. Zwei Dokumentationen über Hollywood und Filmstudios und eine Biografie über Marylin Monroe, die mich immer wieder zum Weinen gebracht hatte.

Geduscht und geschickt geschminkt, um die Spuren meines Anfalls besser zu verbergen, hatte ich mich in eine dunkelblaue Bluse mit einem relativ hohen Kragen und eine dunkelbraune Hose mit feinen blauen Nadelstreifen geworfen. Ich wollte gepflegt und normal wirken und vor allem nicht auch noch Ben beunruhigen.

Die Zögerlichkeit verschwand, als mich Parker fragte, ob ich schon Gelegenheit hatte, in eines der Bücher zu schauen. In den kommenden zwei Stunden befragte ich Vater und Sohn so ausführlich, dass es FBI-Mitarbeitenden sicher die Tränen in die Augen getrieben hätte. Ben gefiel das und er nutzte die Zeit, um unter dem Esstisch ein Spiel auf seinem Handy zu zocken. Hin und wieder fragte ich mit Blicken bei Kirsten nach, ob das noch angemessen war und sie nickte immer ermutigend. Zwischendurch schüttelte sie ungläubig den Kopf.

„Das hast du dir alles gemerkt?", fragte sie.

„Auch wenn ich mir sicher bin, dass dein Mann diese Bücher nicht ohne Grund ausgewählt hat, vermute ich dennoch, dass ich noch nicht einmal an der Oberfläche gekratzt habe."

Parker grinste stolz und Julian beobachtete mich mit einem unergründlichen Blick. Ich hatte höchstens ein Promille der Fragen gestellt, die ich hatte, aber beide hatten so gewissenhaft versucht, sie zu beantworten, und waren darüber selbst in Debatten geraten, dass wir nicht besonders weit kamen. Fand ich zumindest.

Der Abend war mild hier in Kalifornien. Nach dem Essen hatten sich Julians Eltern zurückgezogen, während wir beide auf einer Terrasse in einer Art Hollywood-Schaukel saßen. Julian hatte mir einen Erdbeer-

Margarita gemacht, den ich gefährlich lecker fand. Er zog mich an sich heran und legte ein Bein um mich, während ich mich an seinen Oberkörper lehnte. Seinen Arm hatte er um meine Hüfte geschlungen und seine Hand an meiner Flanke abgelegt.

„Habe ich dir schon mal gesagt, dass ich dich krass finde?", fragte er.

„Ist das gut oder schlecht?"

„Das weiß ich auch noch nicht so genau. Manchmal habe ich das Gefühl, dass ich dich unbedingt beschützen muss. Aber dann stelle ich fest, dass ich dich damit – wenn auch gut gemeint – einsperren würde. Denn andererseits bist du unabhängiger und eigenständiger als fast alle in unserem Alter, die ich kenne."

„Hm. Ich habe leider auch keine Idee, wie man am besten mit mir umgeht. Ich hatte noch nie einen Freund." Ich überbetonte das Wort ‚Freund' und zog es in die Länge.

„Also... darf ich noch dein Freund sein?", flüsterte Julian an mein Ohr und ich konnte seine Lippen an meiner Ohrmuschel spüren. Ein kleiner, wohliger Schauer durchzog mich.

„Was muss ich denn als Freundin so machen?", fragte ich nach und beobachtete die Gänsehaut, die sich auf meinen Unterarmen bildete.

Er küsste ganz leicht meinen Hals unterhalb des Ohres.

„Also... du musst mich bewundern und immer mit mir rummachen wollen und mir die Füße massieren und an meinen Lippen hängen wie an denen eines Gottes", begann er.

Ich schnaubte.

„Außerdem musst du immer so phantastisch wie diese Charlotte Mabaux in ihren schlechtesten Zeiten aussehen und dann musst du alle meine Filme mögen und du musst wissen, dass dir hier nie, wirklich nie etwas Schlimmes widerfährt", sagte er und bei den letzten Worten wurde seine Stimme tief und traurig. Dann zog er mich an sich und atmete an meinen Hals.

„Ich habe überlegt, mir die Haare bis auf einen Irokesen abzurasieren und den in Regenbogenfarben zu färben. Ginge das?", neckte ich ihn, weil ich keine Lust auf Ernsthaftigkeit hatte, aber wollte, dass er wusste, dass ich ihn gehört hatte.

„Klar. Ich mache dann mit und lasse mir ein Gesichtstattoo stechen", antwortete er gespielt emotionslos.

Julians Hand wanderte über meinen Bauch zu meinem Dekolleté hoch und zog dann eine Linie mit dem Finger zwischen meinen Brüsten hindurch entlang der Knopfleiste der Bluse.

„Habe ich deiner Mutter, ich meine, deiner Mutter wirklich gesagt, dass ich noch Jungfrau bin?"

„Japp", kicherte er.

„Wie wahrscheinlich ist es, dass sie es deinem Vater erzählt?"

„Sehr wahrscheinlich."

„Scheiße."

Julian lachte und strich mit seiner anderen Hand über meinen Arm.

„Wir könnten das ändern, übrigens...", raunte er und sein Körper spannte sich kurz an.

„In deinem Elternhaus? Über Weihnachten? Wo für morgen deine halbe Familie angekündigt ist? Klar, sicher. Vielleicht morgen so gegen 18 Uhr... unter dem Weihnachtsbaum?"

Julian lachte. Die Weihnachtsfeier sollte morgen um 16 Uhr beginnen und schon heute hatte ein Catering-Unternehmen mit der Dekoration und der Essensvorbereitung begonnen. Kirsten hatte Kekse gebacken. Es ärgerte mich, wie viel ich heute verpasst hatte.

„Ich hätte heute wenigstens deiner Mutter mit den Keksen helfen sollen, finde ich."

„Das haben Ben und ich gemacht", beruhigte mich Julian, aber das nervte mich nur noch mehr, weil ich zu gerne gesehen hätte, wie er Kekse ausstach und dekorierte. Aber ich genoss auch diesen Abend mit ihm, seine Nähe und Wärme. Vielleicht, ja, sogar sehr wahrscheinlich würde es nicht halten, aber jetzt und hier fühlte ich mich aufgehoben, seltsam friedlich und auch aufgeregt. Es fühlte sich an, als könnte ich mit Julian etwas Neues erleben und mir gefiel dieser Gedanke.

„Ich finde, du solltest mit deinen Eltern darüber reden, ob das mit mir wirklich eine gute Idee ist, Julian. Ich habe unberechenbare, dysfunktionale Momente, in denen mein Körper vollkommen unkontrollierbar für mich ist. Auf der Reise hier her habe ich gesehen, wie viel Kontrolle du in jedem Moment über dich selbst hast. Ich fühle mich, als würde ich dir dabei zuschauen, wie du dir bei vollem Bewusstsein ein Bein absägst. Ich kann nicht in der Öffentlichkeit stehen. Ich kann nur bedingt mit Fremden umgehen. Mit einer Beziehung betrete ich ein vollkommen unbekanntes Terrain, das mich verunsichert und noch verrückter erscheinen lässt, als ich mir das selbst eingestehen möchte. Und dein Terrain, dein Leben, ist für mich wie eine Mondlandschaft

– ich weiß nicht einmal, ob ich da überlebensfähig wäre."

Julian küsste meinen Nacken, während er mir zuhörte.

„Vielleicht können deine Eltern besser einschätzen, wie man zwei so unterschiedliche Leben zusammenbringen könnte. Zumindest für eine Zeitlang. Wir beide wissen, dass wir uns aus den unterschiedlichsten Gründen keine Fehler leisten können. Aber ich habe große Angst, dir zu schaden. Gleichzeitig wünschte ich, ich müsste über so etwas nicht nachdenken oder solche Sachen zu dir sagen. Ich finde das alles ganz furchtbar. Ich möchte mit dir zusammen sein, dich spüren und riechen, deine Stimme hören und deine Berührung erfahren. Ich möchte mich mit dir unterhalten, mit dir lachen und dich unterstützen. Ich glaube, ich möchte eigentlich sehr normale Mädchen-Dinge von einem Jungen, den ich nicht nur mag, sondern auch unglaublich sexy finde", schloss ich ab.

Julian nahm mich fest in die Arme und sagte nichts.

Eigentlich war der Sari, den ich trug, gar nicht besonders festlich, zumindest würden Inderinnen das so sehen. Er war aus schlichter dunkelgrüner Naturseide, aber mit senffarbenen und blauen Perlen bestickt. Shirin fand ihn zu düster und vermisste mindestens zwei weitere, knallige Farben, sagte sie. Ich trug darunter ein dunkelblaues Hemd und hatte dünne, goldene Armreife angelegt. Mir lag nie etwas daran, mich zu verkleiden, deswegen fand ich nicht, dass ich, was den Schmuck anging, so dick auftragen musste, wie es üblich wäre. Meiner Meinung nach waren Saris praktisch und wunderschön.

Als ich das Haupthaus betrat, war Kirsten so begeistert, dass sie applaudierte. Parker warf Julian einen betont langen Blick zu und lächelte dann.

„Was hatte denn dieser Blick zu bedeuten?", fragte ich nach, als Julian zu mir kam und mich umarmte.

„Entweder hat er mir zu meinem hervorragenden Geschmack gratuliert oder mir mitgeteilt, dass er mich umbringt, wenn ich dich doch schwängere", übersetzte er und küsste mich.

„Vielleicht könnten wir diese ganze Schwangerschaftsplanung noch etwa fünf bis zehn Jahre verschieben? Bitte?"

„Wir haben noch nicht mal öffentlich Händchen gehalten und das versucht zu überleben – ich bin voll bei dir", schmunzelte Julian.

Die Weihnachtsfeier meisterte ich zu meiner Zufriedenheit. Zwar beäugten mich viele Tanten und entferntere Verwandte und Freunde, aber in der Masse kam ich mit Höflichkeit, gekonnter Konversation und gelegentlichen Rettungen in Julians Arme gut zurecht. Sein Großvater Charles war ganz begeistert von seiner Namensvetterin. Julian hatte ihm schon von mir erzählt, was ich süß und gruselig zugleich fand. Insgesamt herrschte verhohlene Aufregung, weil Julian zum ersten Mal ein Mädchen zu einer Familienfeier mitbrachte, auch wenn den Gästen die genauen Umstände nicht bekannt waren und diese Einführung in die Familie deswegen ein wenig zu stark gewichtet wurde, fand ich.

Bei den Simons wurden keine Geschenke gereicht, hatte Julian mir schon früh erklärt. Man hatte sich in der Familie darauf geeinigt, dass ein Präsent zu einem nicht personenbezogenen Datum unsinnig war und man lieber die Zeit, die man miteinander verbrachte, als Geschenk sah. Dementsprechend wurde überall im Haus, am Esstisch und auf Couchen, auf Terrassen und in der Küche erzählt, diskutiert, die neusten Neuigkeiten ausgetauscht und ein wenig gelästert. Dazu freute es mich, wie viele unterschiedliche Menschen ich sah – die Simons waren eine internationale Familie. Wegen meines Saris wurde ich auf Hindi angesprochen und weil ich Urdu beherrschte, führte ich eine lange Unterhaltung über Indien mit dem Lebensgefährten einer Tante von Julian. Nachdem ich auf eine gewitzelte Frage in Spanisch fließend geantwortet hatte, schien sich in der Familie ein

Wettbewerb zu entwickeln und ich hatte das Gefühl, dass Leute zu mir geschickt wurden, um verschiedene Sprachen zu testen. Jetzt wussten die Simons zumindest, dass ich kein Polnisch beherrschte und auch kein Schwedisch konnte.

Dafür war ein Großonkel ganz selig, endlich mal wieder Französisch sprechen zu können, auch wenn es eher holprig war und er mich das ein oder andere Mal in Englisch nach Worten fragen musste.

„Wie viele Sprachen sprichst du eigentlich?", fragt mich irgendwann Ben neugierig und Parker drehte sich zu uns um, weil ihn die Antwort auch zu interessieren schien.

„Sieben oder acht und ein ganz wenig Chinesisch und das mehr schlecht als recht, weil ich immer Angst habe, etwas falsch zu betonen und damit jemanden zu verärgern. Mit einem falsch betonten Wort kann man in bestimmten Kreisen einen Eklat auslösen, auch wenn man noch so westlich aussieht", entgegnete ich.

„Wurde das von dir verlangt?", fragt Parker fast beiläufig.

„Es hat sich aus den vielen Ländern und Schulen ergeben, die ich besucht habe."

„Wie oft hast du die Schule gewechselt?", will Ben gerade wissen, als sich Julian zu uns gesellte.

„Etwa alle halbe Jahre."

„Oh."

Lotti, jetzt wäre einfach der perfekte Moment für einen gediegenen Themenwechsel.

„Ich finde eure Familie wirklich ganz wundervoll – und das hier ist eines der besten und herzlichsten Feste, auf dem ich je war", sagte ich und lächelte so überzeugend wie möglich. Ben grinste stolz.

Parker roch die Lunte und bedankte sich. Dann ging er, einen Arm um Bens Schultern gelegt, um das an Kirsten weiterzugeben, wie er sagte. Julian war sehr ruhig, nahm meine Hand und zog mich in eine weniger frequentierte Ecke.

„Bedeutet das, dass du bald wieder die Schule wechselst?", fragte er und klang dabei angespannt.

„Soweit ich weiß, soll ich bis zu meinem Abschluss in Gut Freyenberg bleiben", lächelte ich und strich Julian über die Wange. Diese Besorgtheit fand ich sehr rührend.

„Und... und dann?"

„Das weiß ich nicht", sagte ich und es war halb wahr und halb unwahr, weswegen ich Julian nicht anschauen mochte: „Wollen wir wieder zu den anderen gehen? Ich glaube, es gibt jetzt Nachtisch."

Ich ging davon aus, dass meine Eltern nicht nur die schulische Erziehung geplant hatten. Nachdem ich aber kein Mitspracherecht hatte, wurde ich auch erst zum nötigen Zeitpunkt darüber informiert, was mit meinem Leben als Nächstes geschehen sollte. Ich schätzte, dass ich studieren würde. Aber es war nur eine Vermutung. Was und wo würden dann meine Eltern festlegen.

Ein Glöckchen erklang jetzt schon zum fünften Mal und kündigte den nächsten Gang an.

„*Saved by the bell*...", murmelte Julian, aber ich verstand die Referenz nicht.

Am kommenden Morgen las mir Kirsten von ihrem Smartphone vor, was eine ganze Reihe Gäste an Komplimenten zu mir im Nachgang geäußert hatte. Und ich erkannte, dass sich diese ganze Familie irgendwie sehr umeinander kümmerte und gar nicht so unterschiedlich zu den Bhattis war.

Parker kommentierte einige der Komplimente und Sätze mit Beifallslauten und Julian lachte entweder oder schüttelte mit einem zufriedenen Lächeln den Kopf.

„Darf ich offen sprechen?", fragte Kirsten und schaute mich ernst an. Ich nickte zögerlich und schielte zu Parker hinüber. Der schien aber auch nicht zu wissen, worum es ging.

„Julian und ich haben uns etwas unterhalten. Und ich habe dich gestern ein wenig beobachtet. Ich denke, ich habe verstanden, dass du regelrecht trainiert wurdest, mit Gästen und Fremden auf eine fast viktorianisch anmutende Art und Weise umzugehen. Zu keinem Zeitpunkt habe ich Stressanzeichen bei dir gesehen oder hatte das Gefühl, dass du nicht wusstest, was zu tun ist. Du warst richtig in deinem Element und hast viele Leute mit deiner Sprachgewandtheit, deinem Konversationsvermögen und natürlich auch mit deinem Charme glücklich gemacht."

Ich lief ein wenig rot an und murmelte ein Danke.

„Als Kompliment meine ich das eigentlich nicht", lächelte Kirsten.

„Ihr fliegt übermorgen nach Aspen, um mit Julians Freundinnen und Freunden Neujahr zu feiern. Das ist fast schon Tradition. Aber in Aspen bist du nicht so geschützt, wie wir das hier auf dem Gelände gewährleisten können und das bereitet mir Sorgen", fuhr Kirsten fort.

Julian blickte etwas steif auf seinen Frühstücksteller.

„Es kann euch passieren, dass ihr fotografiert werdet", sagte seine Mutter.

Und am Horizont ziehen dunkle Wolken auf, damit es auf Lotti regnen kann...

„Das... oh." War meine unglaublich differenzierte Antwort. Darüber hatte ich noch nicht nachgedacht. Ein Foto von mir in der Presse konnte sehr gut in die Hände meiner Eltern geraten. Obwohl, wog ich ab, da sie mich in Freyenberg oder höchstens in Brüssel vermuteten, war die Frage, inwieweit sie die US-Presse verfolgen würden. Dann teilte ich meine Überlegungen mit den Simons.

„Es wird dann nicht nur in der US-Presse zu lesen sein", erwiderte Parker mit einer sanften Stimme.

„Oh."

„Wir könnten separat bis ins Resort reisen. Dort kann ich die anderen bitten, dass wir Charles immer in die Mitte nehmen, wenn wir rausgehen. Und es wird so kalt sein, dass sich keiner wundert, wenn sie einen Rollkragenpullover und eine dicke Pudelmütze trägt", schlug Julian vor.

„Ich habe keinen Rollkragenpullover. Und keine Pudelmütze. Aber eine Sonnenbrille und einen Kapu... nein, den kann ich nicht tragen, der ist von der Karachi High... aber eine dicke Jacke habe ich, die im Übrigen enorm viel Platz in meinem Koffer eingenommen hat."

Kirsten und Parker wirkten nicht überzeugt.

„Warum ich das überhaupt so aufbringe, war eigentlich, dass ich nicht glaube, dass du nicht mit der Presse oder Menschen, die Julian ansprechen, umgehen könntest. Du musst sie nur als Gäste betrachten. Ich glaube, das könnte sehr gut für dich funktionieren, denn letzt-

endlich sind es viele Menschen mit einem eher ober-
flächlichen Interesse an einer Person oder einem Thema.
Über deinen Vater hatte ich mir ehrlich gesagt noch
keine Gedanken gemacht", erklärte Kirsten und sah ent-
mutigt aus.

„Was könnte passieren, wenn deine Eltern das rausfinden", fragte Parker mit dumpfer Stimme.

Darüber musste ich nachdenken.

„Das hängt ein wenig davon ab, ob die Sache mit
Girard und die Reaktion meines Vaters schon eine Ver-
warnung war. Aber das ist nicht immer so einfach einzuschätzen."

„Was für eine Sache mit welchem Girard?", fragten
beide Eltern.

Julian berichtete, was vor einigen Wochen passiert
war, und zeigte Fotos von der Dokumentation der Verletzungen und aus der Lokalpresse, die er auf seinem
Smartphone hatte. Es war nicht das, auf dem er aussah
wie ein gewalttätiger Psychostalker. Das hatten wir noch
an diesem Abend gelöscht. Nicht auszumalen, was passiert wäre, wenn das so an die Presse gelangt wäre.

„Charles Eltern haben sich nicht gemeldet und
wenigstens mal gefragt, wie es ihr geht. Und dabei
wussten sie ja offensichtlich von der Geschichte, sonst
hätte ihr Vater das ja nicht verbieten können", ergänzte
Julian sichtlich wütend. Ich war erstaunt, dass er sich
solche Gedanken machte, denn wir hatten nicht darüber
gesprochen.

„Je mehr ich über dich erfahre, desto peinlicher wird
mir mein Verhalten neulich Abend", seufzte Parker.

„Letztendlich würde er mich im schlimmsten Fall
von der Schule nehmen, denke ich." Ich wollte nicht,

dass Parker sich schuldig fühlte. Also versuchte ich, wieder zu diesem nicht weniger unangenehmen Thema zurückzukehren.

Julian schlug die Hände vor dem Gesicht zusammen. Diese Antwort gefiel ihm nicht, aber darauf konnte ich keine Rücksicht nehmen. Die Frage war mehr, wie viel Risiko ich bereit war einzugehen. Und darüber hatte ich mir schon Gedanken gemacht, seit Julian und ich uns das erste Mal näher gekommen waren.

„Letztendlich weiß ich ja, dass das auf mich zukommt. Und ich habe für mich beschlossen, dass ich das riskieren möchte. Ich bin die, die ich bin – mit allen Macken – weil ich weiß, dass alles, was ich tue, eine Strafe nach sich ziehen kann. Ich kann aber nur entweder mein Leben leben oder nicht existieren, denn nur dann bestünde eine realistische Chance, dass ich meinen Eltern nicht unangenehm auffalle."

Ich wusste, wie hart diese Worte für eine Familie wie diese klingen mussten, und ich konnte sehen, wie sich alle Personen an diesem Frühstückstisch wanden. Aber nach meiner Panikattacke hatte ich auch nicht mehr so viel zu verlieren.

„Bitte verzeiht die Worte. Ich bin ganz anders aufgewachsen als euer Sohn. Das habe ich hier in den letzten Tagen noch mal mehr verstanden. Meine Eltern lieben mich nicht. Ich war ein notwendiges Übel, weil es für die Karriere eines Pärchens mit ihrem Hintergrund sinnvoll war. Und ich bin ein... Investitionsobjekt. Ich als Individuum spiele für meine Eltern keine Rolle. Sie werden also, wenn sie ihre Investition gefährdet sehen, entsprechend agieren. Ich tue schon mein ganzes Leben alles, damit sie so wenig wie möglich davon rausfinden. Es ist für mich also nichts Neues und Teil meiner Freiheit, mich für oder gegen ein Risiko zu entscheiden. Ich habe mich schon für Julian entschieden und ich werde versuchen, ihn so wenig wie möglich mit meinen Strategien zu belasten. Und falls das wichtig ist: Ich glaube nicht, dass mein Vater je eine andere Person als mich in den Fokus nehmen würde, also auch nicht Julian. Darunter könnte sein Ruf leiden und das wäre aus seiner Warte betrachtet taktisch unklug. Also wäre das in Ordnung?", fragte ich abschließend in die Runde. Julian, Kirsten und Parker starrten mich an. Kirsten fing sich als Erstes.

„Ähm, was denkst du, Julian?", taktierte sie liebevoll.

„Leute, das ist doch absurd. Ich weiß überhaupt nicht, wie ich dazu überhaupt etwas Sinnvolles beitragen kann. Mama, du hast die Narben gesehen!", murmelte er.

„Das sind meine Narben, nicht deine", warf ich ein, „Mit ihnen und jeder Einzelnen, die dazu kommt, lebe ich schon mein ganzes Leben. Sie entstellen mich, aber sie sind meine."

„Aber ich will nicht für neue verantwortlich sein, Charles!" Julian klang wütend.

„Der einzige, der dafür verantwortlich ist, ist Charles' Vater", griff Parker ein und ich konnte die Wut in seinem Gesicht sehen.

„Lass uns jetzt und hier eine Vereinbarung treffen: Wenn ich dir zu viel werde und dich das mehr belastet, als es gut für dich ist, dann kannst du mir das immer sagen. Ich muss also zum Beispiel nicht mit nach Aspen, ich kann auch zurück nach Freyenberg. Ich schaffe das hier nur, wenn ich mir sicher sein kann, dass es dir damit auch gut geht. Deswegen würde ich dir nie übel nehmen, wenn du dich nach Abwägung der Fakten umentscheidest. Für dich und deine Situation kann ich einfach nicht sprechen und will es auch gar nicht. Deine Bedürfnisse sind mir wichtig und dürfen nicht meinen hintenanstehen."

„Ich möchte aber, dass du mitkommst. Und über die Vereinbarung muss ich erst nachdenken", grummelte Julian.

„In dem Fall würde ich mich auf eure Erfahrung verlassen wollen", versuchte ich zu verhandeln: „Dein Vorschlag klang für mich super und das hat auf dem Weg hier her doch auch ganz wundervoll geklappt. Ich bin mir fast sicher, dass ihr euch nicht in einem 30-Quadratmeter-Selbstversorger-Häuschen an der Hauptstraße eingemietet habt. Wenn du das Gefühl hast, dass es in Aspen selbst nicht sicher ist, weil Paparazzi im Ort sind, dann bleibe ich eben im Haus."

„Das Domizil von Michas Eltern in Aspen ist größer als dieses Anwesen hier", schnaubte Kirsten und schaffte es, mit dieser sehr mütterlichen Reaktion die ganze Situation aufzulockern.

„Ja, okay. Nagut. Dann organisiere ich dir aber wieder einen Fahrer!", trotzte Julian und zog überdramatisch die Schultern hoch.

„Selbstversorger! Wir verzogenen Snobs würden es schaffen, zwischen Weihnachten und Neujahr zu verhungern, wenn wir uns selbst versorgen müssten..."

Wir lachten.

Neujahr

Vor unserer Abreise schenkte Kirsten mir einen wunderschönen Rollkragenpullover in einem satten Grau mit feinem Zopfmuster. Er war unglaublich weich und ich spielte mit dem Gedanken, einfach nie wieder einen anderen Pullover zu tragen.

Die Reise nach Aspen verlief völlig ohne Zwischenfälle. Die Natur wirkte alt, rau und wild und stand in krassem Kontrast zu den neuen, auf alt getrimmten Touristenorten, die besonders märchenhaft wirken sollten, aber sich wie die Kopie eines Originals anfühlten. Es war alles ein wenig zu kontrastreich, zu bunt und überschärft. Ich war froh, dass wir den Ortskern verließen und, zwischen pompösen Villen, wieder mehr Felsen und Nadelbäume auftauchten. Erst nachdem der Fahrer an einem Tor hielt und das nach Rücksprache geöffnet wurde, wurde mir richtig klar, dass alle diese Jugendlichen ähnlich beschützt aufwuchsen. Als das Auto vor der Haustür anhielt, wedelte Micha schon mit den Armen. Lisa und Basti waren auch da, aber anscheinend gerade in gewaltiger Fummellaune.

„Willkommen, neue Freundin!", jubelte Micha und umarmte mich überschwänglich. „Julian ist schon angekommen. Euer Zimmer ist oben – ruf einfach nach ihm, dann findest du es."

Öhm? Ein Zimmer? Lotti Lotterleben, ich hoffe, du hast deinen Rasierer eingepackt...

„Wohnst du hier?", fragte ich erstaunt.

„Nein, das ist nur eine von zwei Ferienoptionen, die meine Eltern erstanden haben", grinste er: „Sie sind übrigens mit meinen kleinen Schwestern in der anderen... sie mögen Schnee nicht so."

Das Anwesen war mit dunklem Holz verkleidet, das von großen, bodentiefen Fensterscheiben unterbrochen wurde, und stand in einer weitläufigen Senke. Uralte Tannen hüllten es ein und ein Bach wand sich über das Grundstück. Es lag etwa ein halber Meter Schnee, der auf jedem Stein und auf jedem Busch eine kugelige Haube entstehen ließ. Am Bach sah ich kleine Eiszapfen glitzern und musste mich kurz damit auseinandersetzen, dass ich vor einigen Stunden noch unter Palmen unterwegs gewesen war.

„Julian?", rief ich, als ich über die offene Holztreppe mit dem gläsernen Geländer im oberen Stockwerk dieser privaten Superskihütte mit Kaminen, Fellen, Tiergeweihen und langflorigen Teppichen angekommen war.

„Hier!", rief Julian weiter hinten in dem breiten und hellen Gang aus einer offenen Tür zurück. Das Zimmer war natürlich riesig, besaß selbstverständlich ein eigenes Bad und den obligatorischen begehbaren Kleiderschrank. Hier brachte Gregg gerade Julians Sachen unter, als ich eintraf. Einige Kleiderbügel schwangen noch. Der Bodyguard verabschiedete sich stumm mit einem Nicken. Julian hob zum Dank die Hand und warf sich mit Schwung auf das riesige Bett, das mit einem edel-rustikalen Baldachin ausgestattet war. Blickdichte Stoffe mit einem sehr stilvollen Blütenmuster auf schwarzem Grund ließen sich offenbar zuziehen. Jetzt waren sie gardinenartig an den Pfosten festgebunden und zwischen ihnen lag Julian seitlich auf der Tagesdecke und klopfte anzüglich mit der Hand auf den Platz neben sich. Ich grinste, ließ meinen Koffer stehen, schlüpfte aus den Schuhen und krabbelte auf das Bett.

„Geschafft!", jubelte ich leise und erhielt einen langen, innigen Kuss.

„Leute, ihr seid ja bald schlimmer als Lisa und Basti!", jammerte Micha theatralisch. Er stand im Türrahmen und grinste eigentlich ganz zufrieden.

„Ihr könnt heute Nacht alle Sauereien machen, die euch einfallen, aber jetzt müssen wir erstmal die Party vorbereiten. Sonst haben wir in ein paar Stunden warmen Champagner. Und sonst nichts", feixte er. Auf dem Gang und im Haus war fröhliches Stimmengewirr zu hören.

Stefanie und Nadja waren eingetroffen. Sowie Nicki mit zwei Freundinnen und Bella. Es waren jetzt eindeutig mehr Mädchen als Jungen im Haus und alle schienen sich hier schon bestens auszukennen. Ein privater Koch bereitete in der Küche ein Buffet mit asiatischen Speisen zu und natürlich bergeweise Sushi. Nicki und Micha tobten durch das Haus und kommandierten, wo welche Dekoration aufgehängt werden sollte und welche wertvollen Gegenstände in Sicherheit gebracht werden mussten. Auch hier schien Nicki die Königin der Partys zu sein. Im Haus wurde an unterschiedlichen Stellen Musik abgespielt und hin und wieder rannte jemand von einer Seite zur anderen, um noch Wünsche für die Playlist für heute Abend zu platzieren.

Es fand sich auch eine Reihe Sicherheitspersonal ein, das offensichtlich zu den verschiedenen Gästen gehörte, die schon eingetroffen waren. Sie besprachen anscheinend, wie sie diesen Sack Flöhe sicher über Silvester bringen konnten, und verteilten sich dann. Ein Trupp mit fünf Jungs traf ein – es waren Freunde von Micha, die aber auch die anderen zu kennen schienen.

Ich hatte es mir auf einer Couch bequem gemacht, auf die mich Nicki geführt hatte, nachdem sie mir herrisch klargemacht hatte, dass ich nur im Weg stehen würde. Ich sollte hier sitzen und mir alles für nächstes Jahr merken. Jawohl, oh meine Königin. Ich trank Tee (Micha hatte peinlich berührt die Augen gerollt, als er mir gebracht wurde) und staunte über das rege Treiben.

Julian setzte sich zu mir.

„Puh, kurze Pause. Nicki ist immer irre stressig, weil alles perfekt sein soll", jammerte er. Plötzlich kam Gregg zu ihm geeilt und murmelte ihm etwas ins Ohr. Noch bevor Julian aufspringen konnte, stand Cindy im Raum. Ein Großteil der Leute wusste nicht, was sich auf dem Internat abgespielt hatte, und begrüßte sie, die ebenfalls nicht zum ersten Mal hier zu sein schien.

„Heeeyyyy!", rief Micha etwas zu laut.

Cindy hatte ihren neuen Freund mitgebracht, einen Schauspieler, den anscheinend auch Julian gut kannte. Aber ihr Gesichtsausdruck verriet, dass sie angespannt war. Sie blickte sich im Raum um und entdeckte uns. Ihr Blick blieb kurz an Julian hängen und nahm dann mich in den Fokus. So lange, dass es unangenehm wurde.

„Scheiße", murmelte Julian, stand auf und ging auf die beiden zu: „Hi Cindy. Hey Steve, wie geht es dir?"

Die beiden unterhielten sich angeregt, während Cindys Blick immer wieder zu mir hinüber flackerte. Micha kam zu mir und hockte sich vor mich.

„Sorry, Charles. Die Einladung bestand einfach schon und ich konnte doch nicht... nur weil... du weißt schon...", stammelte er.

Ich lächelte ihn an und versicherte ihm, dass alles in Ordnung war und das ich das auch nicht anders gehandhabt hätte, weil das unhöflich wäre. Es war Cindys Entscheidung gewesen, diese Einladung anzunehmen oder abzusagen.

„Sag mal, Micha... dass Cindy nicht mehr Teil eurer Clique ist, war das so gewollt? Oder könnte sie immer noch mit am Tisch in der Mensa sitzen und so?"

Micha dachte kurz darüber nach, während er sich an meinem Knie festhielt, um in der Hocke nicht das Gleichgewicht zu verlieren.

„Hm, also niemand von uns hat ihr gesagt, dass sie nicht mehr dabei sein darf oder so. Ich glaube, dass sie nur mit uns abgehangen hat, weil Julian da war – einen wirklichen Draht hatten wir anderen weder zu ihr noch sie zu uns. Vielleicht war sie auch ganz froh, sich nicht mehr mit uns herumquälen zu müssen", schloss er ab und lächelte.

Mir fiel sein Gesichtsausdruck auf der Abschiedsfeier wieder ein und ich nickte langsam und bedankte mich. Gerade hatte Cindy laut aufgelacht und dabei ihre Hand auf Julians Arm gelegt.

Nachdem Julian und Steve sich noch weiter unterhielten und Cindy anscheinend das Interesse an mir verloren hatte, um sich an Julian ranzuschmeißen, nutzte ich die Gelegenheit, um mich umzuziehen, denn so langsam schien das hier offiziell eine Party zu werden.

Für diesen Anlass hatte ich eines meiner liebsten Partykleider eingepackt. Es war ein trägerloses Duchesse-Kleid mit einer Korsage aus schwerer, schwarzer Seide. Der Rock bestand aus einem Unterrock und darüber drei Lagen schwarzem Tüll, der nicht zu viel und nicht zu wenig Blick auf die Beine erlaubte. Die äußerste Bahn war mit winzigen einzelnen Pailletten in leuchtenden Farben bestickt. Meine Haare steckte ich hoch und entschied mich für ein Make-up im Stil von Audrey Hepburn. Über diese Frau hatte ich gerade noch in einem der Bücher von Parker gelesen und fand, dass sie faszinierend und wunderschön war.

Im Gang hörte ich schnelle Schritte, dann ging die Tür auf. Ich war gerade dabei, die letzten Haarsträhnen mit Nadeln zu bändigen.

„Ich wusste das nicht, Charles – es tut mir... wow!"

„‚Wow' ist meines Wissens nach kein Adverb", klugschiss ich und grinste.

„Micha war gleich bei mir, Julian, und hat mir das auch schon gesagt. Ich finde, er hat recht. Es wäre irre gemein gewesen, sie wieder auszuladen. Und anscheinend hat sie ja einen neuen Freund. Sag' du mir einfach, wie wir uns heute Abend verhalten wollen, um sie nicht zu verärgern", bot ich an.

„Du siehst aus wie Audrey, nur mit deinen viel schöneren Augen und deinen B... einen... und so." *Dit war mal nich einstudiert, wa?* Ich lachte.

„Alles okay?"

„Möglicherweise muss ich kalt duschen gehen", jammerte Julian und starrte mich immer noch an. Ich hüpfte schnell ins Bad, was mit dem Tüll wirklich viel Spaß machte, und holte ein großes Badetuch. Als ich wieder ins Zimmer zurückkehrte, hielt ich es vor meinen Körper bis unterhalb der Augen.

„... und was hast du zu Cindy zu sagen?", flötete ich lieblich.

Julians Stimmung hatte sich verändert. Jetzt kam er mit drei großen Schritten zu mir und zog das Badetuch von meinem Gesicht.

„Du bist einfach wunderschön."

„Danke."

Er blickte mich eine Weile an und küsste meine Stirn.

„Ich würde gerne glauben, dass Cindy mit Steve glücklich ist und alles in Ordnung ist. Aber das hat sich nicht so angefühlt. Ich bin aber auch nicht bereit zu verstecken, was ich fühle. Ich bin nicht bereit, dich zu verstecken, Charles. Eigentlich möchte ich, dass es die Welt weiß – wenigstens die hier in diesem Haus."

Ich nickte und bekam unter der Schicht Make-up ganz sicher ein paar rote Flecken.

Julian wechselte ebenfalls die Kleidung. Als er aus dem Bad kam, trug er eine Anzughose, aber sein Oberkörper war noch nackt. Ich fand, dass ich jetzt das Recht hatte, unverblümt zu glotzen. Und weil er das sah, schnappte er sich sein Hemd, setzte mich auf die Bettkante und stellte sich direkt davor auf, während er es sich anzog. Anfassen sollte ja jetzt auch erlaubt sein, fand ich und strich über seinen Bauch. Als ich in der Leistengegend ankam, stöhnte er auf und fror kurz ein. Also zog ich ihn am Gürtel an mich heran und küsste ihn unterhalb des Bauchnabels.

„Haaah", war alles, was er dazu sagte und mit seinen Händen vorsichtig meinen Kopf festhielt. Dann ging er einen Schritt zurück.

„Später", sagte er ernst und seine Pupillen waren so groß, als wäre es Nacht.

Die Neujahrsfeier war teils cool, teils ein wenig altbacken und teils genau das, was man sich vorstellte, wenn ein Haufen extrem reicher Jugendlicher und junger Erwachsener zusammenkam. Hormone troffen förmlich von den Wänden und ließen Fenster und Spiegel beschlagen. Die Playlist schwankte zwischen ungehemmter Tanzaufforderung und Sex. Mal grölten Leute bei Liedern mit, mal wurde eng getanzt oder eine dunkle Ecke aufgesucht. Anstatt der klassischen Plastikbecher gab es Sektflöten und Cocktail-Gläser. Sushi stellte sich als das perfekte Partyessen heraus. Der Reis bremste die Wirkung des Alkohols aus, aber die Portionen waren so dosiert, dass sich auch das unsicherste Mädchen nicht schämen musste, sich ein Maki oder Nigiri Sushi zu gönnen.

Einigen Leuten sah man an, dass sie in asiatischen Ländern auf die Schule gingen – es lag im Trend, Kinder nach Tokio zu schicken, damit sie die wirtschaftlich relevanten Sprachen und Umgangsformen lernten. Und es dauerte nicht lange, bis sie dann alle halbwegs vernünftig mit Stäbchen essen konnten. Hier und da standen Leute, unterhielten sich und aßen leckere Gerichte mit süßsaurem Hühnchenfleisch oder appetitlich duftendes Gemüse aus dem Wok.

Als wir die große, offene Treppe hinuntergingen, um den Wohnraum zu betreten, in dem sich die Party konzentrierte, hatte Julian seine Hand an meinen Rücken gelegt und lächelte selbstzufrieden. Ich konnte hören, dass einige Gespräche ins Stocken gerieten, und atmete einmal tief durch. Zwei junge Männer begrüßten uns, aber vor allem Julian, der mich vorstellte. Sie redeten über Film, also ging ich davon aus, dass es Freunde oder Kollegen waren. Nach ein paar Minuten zogen wir weiter und ich schnappte mir ein Ginger Ale, das ich in eine Sektflöte umfüllte, damit ich nicht zu sehr auffiel. Julian schaute mir beeindruckt zu und grinste. Nicki kam angeflogen und umarmte mich.

„Wieder einmal finde ich deinen Look wundervoll", jubelte sie. Dann rückte sie näher an mein Ohr:

„Ihr solltet mit Cindy vorsichtig sein. Sie trinkt viel zu viel und viel zu schnell. Außerdem geht sie rum und versucht, Infos über dich zu bekommen, Charles. Ihrem Typen ist es jetzt schon so peinlich, dass er lieber mit anderen Leuten rumhängt", warnte sie. Ich nickte. Dann umfasste jemand mit einem Arm meine Hüfte und hob mich von Julian weg.

„Tanz mit mir!", miaute Micha in dem Moment, als das Lied aus einem Film namens ‚Pulp Fiction' gespielt wurde. Ich hatte schon damals beim Lernen der Tanzabfolge nicht verstanden, was es mit diesem Film auf sich hatte und warum gerade diese seltsame Szene so eine große Berühmtheit erlangt hatte, dass man sie überall im Internet fand. Aber nachtanzen konnte ich sie bis heute. Micha rastete fast aus, als er merkte, dass ich verstanden hatte, und machte ein paar Jubelsprünge. Dann stießen noch drei weitere Pärchen auf die Tanzfläche, die eigentlich der freigeräumte, riesige Essbereich war, dazu, darunter natürlich auch Bella. Ich freute mich schon sehr darauf, im neuen Jahr in ihrer Tanzgruppe mitmachen zu dürfen.

Nach dem Lied übernahm Julian und wir tanzten eine Weile Freestyle. Dann stand plötzlich Cindy zwischen ihm und mir. Ich konnte nur ihren wirklich hübschen Rücken sehen, denn sie schmiss sich einfach an seinen Hals, auch wenn das Lied nicht annähernd dafür geeignet war. Ich lächelte Julian zu und zeigte an, dass ich das nutzen würde, um mir etwas zu trinken zu holen.

„Willst du ihr das einfach durchgehen lassen?!", fauchte Bella, die mich und mein Sektglas Ginger Ale an der Küche abfing.

„Ganz ehrlich? Ich vertraue Julian und ich glaube, dass es Cindy nicht so gut geht. Er kennt sie gut und ich bin mir sicher, er schafft das."

„Du bist eine Heilige!", lachte Bella.

Ich war mir hingegen einfach sicher, dass ich die Lage eskalieren würde, wenn ich mich einmischte. Und ich vermutete, dass Cindy genau darauf abzielte. Ich konnte sehen, dass Julian sie zu einem Sofa geführt hatte. Als er ihr beim Setzen helfen wollte, versuchte sie, ihn mit sich zu ziehen. Julian schaffte es, sich abzufangen, und löste ihre Hände von seinem Hals. Dann redete er kurz mit ihr und machte sich schließlich auf in meine Richtung.

„Ich hole ihr jetzt erstmal Sushi und einen Kaffee. Sie wird das neue Jahr auf jeden Fall mit einem Kater beginnen", grummelte er, gab mir einen Kuss auf die Wange und ging weiter Richtung Küche.

Erst im letzten Moment konnte ich sehen, dass Cindy sich schon wieder aufgerappelt hatte und jetzt auf mich zukam. Wenige Zentimeter vor meinem Gesicht hielt sie an und ich konnte ihr süßliches Parfum und jede Menge säuerlichen Alkohol riechen, vermutlich Champagner oder Sekt.

„Na, Karlaaa?", lallte sie mir ins Gesicht: „Wie ist es so mit meinem Freund?"

Ich presste die Lippen zusammen und schwieg.

„Was man so hört, setzt du ja mehr so auf die Bedürftigkeitsmasche, um Kerle auszuspannen. Finde ich ja ein wenig peinlich und würdelos. Aber es klappt, wie es aussieht. Glückwunsch, du Schlampe,"

Ich konnte absolut nichts tun, um diese Situation zu entspannen. Ich konnte sie aushalten, mich beleidigen lassen und aufpassen, falls sie ausflippte.

„Oh, die Bitch ist sich zu fein, mit mir zu reden, ja? Dann gebe ich dir gerne noch einen heißen Tipp: vom Spannen allein wirst du nie gut genug für Julian im Bett werden." Ihr Gesicht war meinem jetzt so nah, das ich den Kopf abwenden musste, weil ich kleine Tropfen ihrer Spucke auf der Wange fühlen konnte und das ekelig fand.

„Ich hasse dich so sehr", schrie sie, während sie zwei Schritte zurücktaumelte und ihre rechte Hand nach oben fuhr.

Liebe Lotti, wenn es je einen Zeitpunkt gab, mal auszutesten, wie gut deine Fluchtfähigkeiten sind, dann ist er jetzt da. Also wirklich... jetzt!

Leider bewegte ich mich nicht, sondern glotzte nur.

Mit hocherhobener Hand flog Cindy auf mich zu und setzte zum Schlag an. Aber ihre Bewegungen waren seltsam langsam und unkoordiniert. Also duckte ich mich und machte dabei eine Drehung, damit sie im Notfall wenigstens nur meinen Rücken erwischen würde. Aber nicht einmal das gelang ihr. Stattdessen riss sie die Wucht ihres nicht angebrachten Schlages von den Beinen. Rufe ertönten im Raum. Cindy berührte nur deswegen den Boden nicht, weil Basti in diesem Moment plötzlich hinter ihr stand und sie auffing. Ohne großes Aufsehen zu erregen, verwandelte er den Fang in eine Art Umarmung, warf mir einen kurzen, ernsten Blick zu und brachte eine lauthals heulende Cindy von mir weg. Lisa, Stefanie und Nadja eilten aus verschiedenen Ecken des Raumes herbei und folgten den beiden.

Vorsichtig sah ich mich um, während ich versuchte, mir unauffällig Spucke aus dem Gesicht zu wischen. Ein paar scheue Blicke hingen noch auf mir, aber im nächsten Moment stellte sich Julian schützend vor mich.

„Verdammt, Charles – es tut mir leid. Ich hatte keine Ahnung... Lisa hat mir schnell erzählt, was passiert ist. Damit habe ich nicht gerechnet. Sie wirkte so betrunken."

„Wenn... wenn es ihr wieder besser geht, solltest du noch mal mit Cindy reden, Julian. Ich glaube, ihr liegt viel mehr an dir als du denkst." Meine Hände wurden ein wenig zittrig und ich bekam weiche Knie. Adrenalin war nicht Lottis Lieblingsbotenstoff.

„Ich hole mir jetzt einen richtigen Sekt und schnappe kurz frische Luft", schnaufte ich.

„Ich komme mit und esse Cindys Sushi, wenn das in Ordnung ist", erwiderte Julian mit einem schiefen Lächeln.

Um kurz vor Mitternacht verschwand ein Großteil der Jungs auf den Balkon, um Feuerwerk anzuzünden.

Ich selbst mochte diesen Kram nicht. Mir taten immer die Wildtiere leid, denn ich stellte mir vor, welche unendlichen Ängste sie durchstehen mussten, weil sie nicht verstehen konnten, was dieser Lärm, die Blitze, die Lichter zu bedeuten hatten.

Also blieb ich im Haus und als es zwölf war, hoben alle die Gläser und prosteten. Diejenigen, die nahe beieinander standen, umarmten sich, andere liefen aufgeregt durch die Menge, um die zu finden, die noch unbedingt geherzt werden mussten.

Zwei große Arme legten sich um meinen Oberkörper und griffen nach meinen Händen.

„Auf unser erstes gemeinsames Jahr, Charles", säuselte Julian in mein Ohr, mit seinem Gesicht an meinen Kopf angelegt. Langsam drehte ich mich zu ihm um.

„Auf unser erstes gemeinsames Jahr, wobei ich das wirklich einen sehr mutigen Vorsatz finde", lächelte ich und legte meine Hände um seinen Hals, um ihm einen Kuss zu geben.

In diesem Moment wurden wir von lauter Armen umschlungen.

„Frohes Neues!"

Clique Cool war irgendwie schon ziemlich... niedlich.

In der kommenden Stunde tanzten Julian und ich viel, aber irgendwann schien die Anzahl derer, die betrunkener waren, als es gut für sie war, ein nerviges Ausmaß anzunehmen.

„Warum torkelst du hier eigentlich nicht lallend durch die Gegend?", fragte ich Julian etwas entnervt, während er zwei Jungs von uns schob, die es auf der Tanzfläche völlig übertrieben.

„Das kann ich dir zeigen, wenn du möchtest", strahlte er. Ich nickte. Eine Überraschung? Hm.

Und dann nahm mit Julian bei der Hand und wir gingen in unser Zimmer. Hinter uns schloss er die Tür ab und warf mir einen verlegenen Blick zu. Achso.

„Ich dachte, wir könnten uns ja mal ein wenig... herantasten", versuchte er es mit einem schüchternen Lächeln.

Niemand würde uns stören. Wir hatten die ganze Nacht. Es war ein neues Jahr. *Lass mal das mit dem Herantasten versuchen, Lotti!*

Ich begann langsam, die Haarnadeln aus meiner Frisur zu entfernen. Ohne mich aus den Augen zu lassen, startete Julian die Musikanlage und eine Playlist auf seinem Handy. Ich schnürte die Korsage meines Kleides auf und ließ es mir von den Hüften gleiten. Für einen BH war kein Platz gewesen. Zögerlich überwand ich die Distanz zu Julian, der wie angewurzelt dastand und mich beobachtete. Dann begann ich, sein Hemd aufzuknöpfen. Und seine Gürtelschnalle zu lösen.

„Können wir erst duschen gehen? Ich habe ziemlich geschwitzt bei all der Tanzerei", flüsterte ich.

Als wäre er aus einem Traum erwacht, nickte Julian langsam und nahm mich an der Hand. Im Bad schaltete er nur eine kleine Spiegelbeleuchtung an. Dann drehte er sich um, um zog seine Unterhose aus. Ich sog Luft ein und spürte, wie sich die Aufregung in meinem Körper breitmachte. Julian kam zu mir und stellte sich an meinen Rücken. Nachdem er meine Haare von den Schultern genommen hatte, begann er, meinen Hals und die Schultern zu küssen. Dann konnte ich fühlen, wie seine Hände links und rechts an mir hinabglitten und den Slip mitnahmen, bis er von meinen Beinen glitt. Seine großen Hände tasteten sich zurück über die Scham auf meinen Bauch. Ein Rauschen durchfuhr meinen Körper und ich musste mich an Julian festhalten, weil sich meine Knie plötzlich weich anfühlten. Julian lenkte uns unter den Duschkopf und drehte langsam das Wasser auf, während er weiter meinen Hals und mein Ohr liebkoste. Das Wasser rann auf uns nieder und verdünnte die Intensität der Berührungen. Also traute ich mich, mich zu Julian umzudrehen. Und dann schob er mich gegen die Duschwand und presste sich an meinen Körper.

„Ich weiß nicht, wie ich das aushalten soll, Charles", hauchte er, nur um sich dann von mir abzustoßen und seine Hand über meine Brust gleiten zu lassen. Ich konnte fühlen, wie er meine Brustwarze mit den Lippen berührte, an ihr saugte und mit der Zunge mit ihr spielte. Die Empfindungen, die das auslöste, zogen fast schmerzhaft bis in meinen Schritt und ich konnte ein Stöhnen nicht unterdrücken.

„Ich will hier raus, Julian", keuchte ich. Ich wollte diese Tropfen nicht, dieses Geprassel, diese Störung. Stumm stellte er das Wasser ab und wickelte mich in ein Badetuch. Langsam fing er an, mich abzureiben. Vom Hals und den Armen, über meine Brüste und dann bewegte er seine Hand sanft in meinen vom Badetuch bedeckten Schritt. Wie von Sinnen wollte ich die Beine spreizen, ihn hereinlassen, aber fühlte mich nicht dazu in der Lage, also schlang ich die Arme um seinen Hals und zog mich an ihm hoch. Dabei fiel das Badehandtuch und meine Scham lag auf seinem großen und harten, erigierten Penis.

„Gott!", stöhnte er und packte mich an den Seiten. So trug er mich zurück ins Zimmer und legte mich vorsichtig auf dem Bett ab. Manchmal wirkten seine Bewegungen so schnell und hektisch, dass sie fast grob anmaßten, aber letztendlich war jede Berührung weich und zärtlich. Auch als er mich packte, um meinen Kopf auf einem Kopfkissen zu positionieren, und sich dann neben mir ablegte. Ich wollte seinen Körper entdecken, musste wissen, welche Berührungen ihn erregten und rollte mich auf ihn. Bevor ich mein Becken absenkte, beobachtete ich Julian kurz. Seine Augen waren genussvoll geschlossen und seine Hände glitten über meinen Körper.

Ich tat es ihm gleich und liebkoste seine Brustwarzen. Dann zog ich mit der Zunge die Linie zu seinem Bauchnabel nach und legte dort meinen Kopf ab. Denn jetzt wollte ich Julians Penis erforschen. Ich strich über die Leistengegend, was dazu führte, dass er sich stöhnend aufbäumte. Dann folgte ich der Linie seines Oberschenkelmuskels bis zur Basis des Gliedes und nahm es vorsichtig in die Hand.

„Mache ich das richtig?", fragte ich nach.

„Weiter oben ist er noch empfindlicher", keuchte Julian. Weiter oben also. Ich ließ meine Zungenspitze um die Eichel kreisen und als sein Penis in meinen Mund eindrang, drückte er mir sein Becken förmlich entgegen. Mit Unterdruck und Zunge bewegte ich mich so gleichmäßig, wie es möglich war, denn Julian wurde immer lauter. Mit seiner Hand hatte er sich in meinem Haar verkrallt und stöhnte mit jeder meiner Bewegungen.

„Hör auf, hör auf!"

„Oh, habe ich etwas falsch gemacht?"

„Nein, eher das Gegenteil ist das Problem", entgegnete Julian und atmete ein paar Male mit geschlossenen Augen aus und ein. Ich war derweil wieder auf seine Höhe gerobbt und beobachtete ihn.

„Charles, das hier könnte schiefgehen. Du turnst mich so unglaublich an, ich weiß nicht, ob ich lange genug durchhalte", flüsterte Julian verzweifelt.

„Ach, es gibt immer Möglichkeiten", grinste ich und dachte an unseren Abend im Separee zurück. Julian lachte leise und rollte sich auf mich. Als ich seinen Penis spürte, öffnete ich meine Beine. Ich konnte nicht anders. Ich wollte ihn fühlen. Ich wollte das erfahren. Ich musste wissen, wie es ist, so miteinander verbunden zu sein.

Julian beobachtete mich, dann küsste er mich.

„Hast du dein Häutchen noch?"

„Denke schon", antworte ich.

„Dann wird es vermutlich weh tun und auch etwas bluten und brennen bei ersten Mal", erklärte er: „Das ist nur beim ersten Mal, aber ich will, dass du darauf vorbereitet bist."

„Okay."

„Okay." Julian atmete durch, griff in die Schublade des Nachttischchens und holte ein Kondom heraus. Er lächelte verlegen. Er streifte es über und schaute mich dann an.

„Ich mache so langsam, wie ich es schaffe und du sagst mir immer, ob das noch in Ordnung ist, ja?"

„Versprochen."

Er küsste mich. Lange und fordernd und ich spürte seine Zunge in meinem Mund und seinen Finger zwischen meinen Schamlippen. Er rieb meinen Kitzler und genoss jeden kleinen Schrei, der mir entfuhr. Dann drang er mit dem Finger in mich ein. Ich spürte ihn und die Wellen an schönem Schmerz, die durch meinen Körper wallten, die meine Brustwarzen so fest werden ließen, dass sie spannten. Ich konnte nicht anders, als meinen Kopf zu überdehnen und zu stöhnen. Julian legte sich vorsichtig auf mich, und ich spürte das Gewicht seines muskulösen Körpers, seinen Ständer, und hielt mich an seinem Oberarm fest.

Vorsichtig lenkte er mit seinen Fingerspitzen seine Penisspitze in mich und drückte langsam sein Becken durch. Dabei küsste er mich und beobachtete mich abwechselnd. Den angekündigten Schmerz spürte ich kaum, dafür aber Julians großes Glied, das sich in mir bewegte und mich von Stoß zu Stoß mehr auszufüllen schien.

Mit jeder Bewegung drang er tiefer ein und sein Penis streifte meinen Kitzler, bis ich das Gefühl hatte, die Kontrolle über meinen gesamten Körper zu verlieren. Weder meine Muskulatur, noch die Atmung hörten noch auf mich und ich ließ mich fallen. Das hier war anders, als wenn ich es mir selbst machte. Das hier geschah ohne mein Zutun und es war... wunderbar.

„Gottverdammt", fluchte Julian und beobachtete mich und stieß mit einem Mal schneller und härter zu.

„Mehr", stöhnte ich und hörte Julians erregtes Keuchen.

„Schneller, bitte, Julian", dirigierte ich, aber eine Bitte war nicht notwendig.

Und dann überrannte mich die Welle und ich ließ sie gewähren. Meine Muskulatur zwang meine Arme und

Beine, sich durchzustrecken, mein Becken anzuheben und mein Innerstes in Wellen zu kontrahieren. Mein Kitzler war angeschwollen und empfindlich und meine Brustwarzen hart.

Julian bäumte sich auf, schloss die Augen und presste sich tief in mich.

Dann sackte er über mir zusammen und atmete stoßweise in mein Ohr. Es fühlte sich wundervoll und unglaublich nah an. Nach einigen Sekunden ließ er sich neben mir fallen und versuchte, wieder zu Atem zu kommen.

Ich genoss die abklingenden Wallungen meines Körpers und räkelte mich, um meine Muskulatur wieder zu entspannen.

„Das können wir gerne öfter machen", murmelte ich. Julian lachte leise und immer noch atemlos.

„Sehr, sehr gerne", antwortete er.

FEIERN GEHEN

Lotti Lustlöffel beginnt also das neue Jahr entjungfert.
Und, wie fühlen wir uns so?

In den letzten Jahren hatten Klassenkameradinnen immer wieder erzählt, wie anders sie sich nach dem großen Ereignis gefühlt hatten. Irgendwie erwachsener und wie eine richtige Frau. Also entweder stimmte mit mir etwas nicht oder mit diesen Geschichten. Ich fühlte mich genauso wie vorher, nur in wund. Ich war um eine einzigartige Erfahrung reicher – das war unbestritten. Aber körperlich und geistig war ich noch genau die Gleiche. Es hatte mich immer beängstigt, dass ein Ereignis einen dermaßen großen Einfluss auf mein Sein haben sollte, und vielleicht war es auch das, was mich – im Verhältnis – lange hatte warten lassen. Hätte eines dieser Mädchen gesagt, dass danach alle Probleme mit, sagen wir, Ängsten verschwunden gewesen wären, hätte ich mich vermutlich schon mit zwölf auf die Suche nach einem willigen Jungen begeben. Aber sich erwachsener zu fühlen oder wie eine richtige Frau? Das klang nicht sehr attraktiv.

Während ich so frisch geduscht und nackt vor dem Badezimmerspiegel stand und mich in Gedanken versunken hin und her drehte, die Luft einzog und einen krummen Rücken machte, die Arme anhob und die Hüften kreiste, erschien Julian im Türrahmen.

„Was machst du da?", fragte er verwundert.

„Ich schaue, ob ich jetzt irgendwie anders bin. Ich sehe aber nichts. Du?"

Julian grinste.

„Du hast also auch diese Geschichten zu hören bekommen. Ich habe schon mal nachgefragt, aber mit der Antwort ‚anders eben' konnte ich irgendwie auch nichts anfangen. Vielleicht kommt das, weil vor allem Mädchen erzählt wird, dass sie erst dann Frauen sind und all der andere kulturelle Quatsch, der damit verbunden ist?"

Ich nickte nachdenklich.

„Das ist gut möglich."

„Dir geht es also charlistisch gut?", hakte er nach.

„Ja. Total. Und ich habe irren Hunger. Und das Wort hast du von Shiri geklaut."

„Es ist ein sehr wichtiges Wort, finde ich."

Reiche Menschen hatten Angestellte, die dafür bezahlt wurden, den ganzen Mist wegzuräumen, den sie hinterließen. Aber immerhin wurden sie dafür bezahlt. Das Haus sah deswegen auch an diesem Mittag nach der Party aus, als wären nicht unzählige Leute durch Räume und Flure marodiert, als hätte keiner über den Balkon gekotzt und als wäre niemandem ein Glas zu Bruch gegangen.

Der Frühstückstisch war gedeckt und Bella und Nicki waren schon da und tranken aus großen Tassen Kaffee. Ihre Unterhaltung unterbrachen sie kurz, als wir hereinkamen, winkten und nahmen sie dann wieder auf, während sie uns gleich einbezogen.

„Micha ist mit Julia verschwunden und noch nicht wieder aufgetaucht. Und Cindy tut, als hätte sie ein

Blackout gehabt und postet auf Insta Bilder mit riesiger Sonnenbrille", updatete uns Bella.

„Wer ist Julia?", fragte Julian nach, der sich gerade Brot und Rührei auf einen Teller schaufelte und dabei eine Schale Obstsalat balancierte.

„Hrm. Die Julia. Deine... Julia", grinste Nicki.

Interessiert schaue ich auf Julians Reaktion.

„Ouh", machte er, zog die Mundwinkel nach hinten und grinste dann. Nicki kicherte.

„Julia, deren Eltern hier auch ein Ferienhaus haben, war vorletztes Jahr fürchterlich in Julian verschossen. Aber weil ihre Namen so ähnlich waren, hat sie Julian immer Romeo genannt und fand sich total witzig. Ihren Humor versteht eigentlich keiner, aber sie kann sich praktisch immer über sich selbst totlachen, was... letztendlich nicht die schlechteste aller Eigenschaften ist." Während Nicki das sagte, wurde sie fast grüblerisch.

„Es ist nur irgendwie unangenehm, dass sie dann immer auffordernd in die Runde schaut und erwartet, dass alle lachen", erinnerte sich Julian und ergänzte: „Das ist zwei Jahre her – vielleicht hat sich das ja geändert."

„Micha wäre es eh egal", kicherte Bella.

„Hauptsache, es geht Cindy gut. Das fand ich gestern ganz schön erschreckend", murmelte ich.

„Ja, war es auch. Wir haben einen der Securitys gebeten, sie nach Hause zu fahren und bei ihr zu bleiben, falls die Menge an Alkohol gefährlich gewesen ist. Als ich heute morgen aufgestanden bin, hatte ich schon die Nachricht, dass es ihr den Umständen entsprechend verkatert aber gut geht", erzählte Nicki.

An diesem Katertag spielten wir Brettspiele und Karten, sahen gemeinsam den Film ‚Pulp Fiction' (wtf!) und nutzten das Grundstück für Schneeballschlachten. Bella und ich tanzten verschiedene Choreografien aus Tanzfilmen nach, was die Jungs sehr begeisterte. Zurück in unserem Zimmer redete ich mit Julian. Cindys Spruch über meine Unerfahrenheit hatte mich verunsichert und ich entschied, dass ich lieber offen mit ihm darüber reden wollte, als mich in Sorgen zu verlieren. Kurz war er sauer auf Cindy, regte sich aber ausschließlich über ihren Spruch und nicht über sie als Person auf. Das fand ich beruhigend. Dann atmete er tief durch und versicherte mir mit einem wirklich anzüglichen Grinsen, dass er sich gerne aufopfern würde, um mit mir durch das Jammertal der sexuellen Erfahrungen zu wandern. In der Nacht probierten wir uns aus und erforschten unsere Körper. Den des anderen, aber damit auch immer den eigenen. Dieses Jammertal konnte ruhig groß und weitläufig sein, stellte ich fest.

Micha, der irgendwann aus dem Masterbedroom wieder aufgetaucht war und seitdem von Julia umschwirrt wurde, räusperte sich am Morgen des zweiten Tages, als wollte er eine Rede halten.

„Leute, ich freue mich immer, wenn ihr da seid, wirklich. Aber wenn ich noch einen Tag in dieser Bude hocke, flippe ich aus. Wie wär's, wenn wir heute Abend ausgehen? Essen und dann in einen Club?"

Zustimmendes Gemurmel, nur Julian schaute zu mir herüber. Ich zog die Schultern noch – es war klar, dass das früher oder später passieren würde.

„Du gehst mit und ich bleibe hier. Das ist doch kein Problem, Julian", sagte ich über den Tisch hinweg.

„Was? Wieso?", fragte Micha verwundert, während er Julia auf seinem einen Oberschenkel platzierte – sie kicherte fröhlich – und den Frühstücksteller strategisch auf der anderen Seite.

Lisa erinnerte sich gut an unsere Finte in meinem Zimmer. Der Zettel, der besagte, dass ich möglicherweise in Brüssel bei ihrer Familie wäre.

„Na, weil niemand wissen darf, dass Charles hier ist. Sie bekommt sonst schlimmen Ärger mit ihren Eltern."

„Aber wie sollten sie das rausfinden?", fragte Micha verständnislos mit vollem Mund. Julia hatte ihm ein großes Stück Rührei gefüttert und leckte sich gerade die Finger.

„Weil ich hier bin, Micha", sagte Julian ruhig und holte aus: „Ich habe Gregg schon losgeschickt, um sich umzusehen. Aspen ist voll mit Paparazzi. Sie lungern hinter jedem verdammten Mülleimer. Und Charlie und ich müssten ja nicht mal Händchen halten. Wir haben hier praktisch jedes Jahr superwichtige Presseartikel erzeugt. ‚Julian Simon mit Freunden in Aspen', ‚Hat Julian Simon eine Neue?' oder – du erinnerst dich an letztes Jahr? – ‚Ist Julian Simon schwul?!' Du warst übrigens meine neue große Liebe und das Bild von uns beiden war wirklich zuckersüß, Micha." Wäre Julians Gesichtsausdruck nicht so ernst, dann wäre das eigentlich witzig gewesen.

„Mhm, ich erinnere mich und liebe dich wirklich innigst", grübelte Micha. Und weil er nicht für seine Sentimentalität bekannt war, schloss er pragmatisch:

„Alsooo, dann bleibst du hier, Charles?"

Das verursachte einen gruppenumfassenden Anschiss. Selbst Julia schlug ihm mit der flachen Hand auf den Hinterkopf.

„Ich finde, wir sollten versuchen, was wir im Chat besprochen hatten. Julians Vorschlag, dass wir Charles in unsere Mitte nehmen, damit sie auf Fotos nicht zu erkennen ist. Wir sind doch mehr als genug Leute", schlug Bella vor.

„Meine Mutter hat geraten, dass sich Charles zusätzlich so einmümmelt, dass man sie nicht erkennen kann", ergänzte Julian: „Sie hat ihr dafür extra einen Rollkragenpullover geschenkt."

Oh-Rufe und Miau-Geräusche folgten und ich musste lachen, während Julian mit den Augen rollte.

„Okay und wir gehen spät, da ist es schon dunkel und Kameras machen dann sowieso ein übles Rauschen, auf dem man kaum noch etwas erkennt", plante Nadja. Das war vielleicht das erste Mal, dass sie sich für mich ausgesprochen hatte, und mein Herz machte einen kleinen Sprung vor Freude.

„Dann muss ich allerdings die Sonnenbrille weglassen", überlegte ich und alle nickten.

Stefanie stellte die Frage, die sich vermutlich alle am Tisch insgeheim stellten:

„Aber wie wollt ihr das denn in Zukunft machen? Wenn Charles Eltern das nicht erfahren dürfen, dann wird das... ich meine, das ist doch... und welche Eltern wären so blöd, sich nicht darüber zu freuen, wenn ihre Tochter mit Julian Simon zusammen ist?!" Sie redete sich förmlich in Rage, schielte dann aber unsicher zu Julian. Der lächelte nur und zog die Schultern hoch.

„Das wissen wir irgendwie noch nicht. Eins nach dem anderen. Jetzt erstmal Restaurant- und Clubauswahl... dann sehen wir weiter."

Julian fuhr sich durch sein Haar und presste kurz seine Handflächen gegen die Stirn. Er wirkte besorgt.

Am Abend trug ich ein langes schwarzes, eng anliegendes Kleid und darüber den wundervollen grauen Pullover. Julian musste mir hoch und heilig versprechen, dass wir gut auf ihn aufpassten. Nicki lieh mir ein großes schwarzgraues Tuch, das ich ähnlich einer Mütze um meinen Kopf schlingen konnte, ohne dass es seltsam wirkte. Und wir ließen uns so nah wie möglich vor den Eingang des Restaurants fahren. Wir nutzten dafür eine große Limousine, in der ein Teil der Clique und ich saß, und weitere Wagen. So war ich, nach unseren Plänen, direkt von fünf Leuten umgeben, und andere kamen dann hinzu. Das wirkte nicht auffällig und dennoch unübersichtlich.

Die erste Sache, die wir nicht bedacht hatten, war, dass das Restaurant, das wir gewählt hatten, einen sehr hellen und großräumig beleuchteten Eingangsbereich hatte. Ich blickte also vor allem auf den Boden und Julian, der sowieso mit einer der anderen Gruppen anreiste, hielt sich möglichst weit von mir entfernt auf, um den Fokus eventueller Kameras auf sich zu ziehen.

Was wir auch nicht bedacht hatten, war, dass praktisch alle Fotografen nachts mit offenen Blenden arbeiteten, um so viel Licht wie möglich einzufangen – und das wiederum sorgte für eine enorme Tiefenschärfe. Selbst der Kaiser von China wäre auf seinem Thron noch blitzscharf zu erkennen gewesen.

Wir beglückwünschten uns dafür, ein Restaurant gewählt zu haben, das über ein großes Separee verfügte, das VIP vorbehalten war und das für Julian natürlich freistand. Wir waren also während des Essens komplett unbehelligt. Die Angestellten in Restaurants dieser Klasse hatten praktisch immer NDAs unterschrieben. Es würde ihrem Arbeitgeber erheblich schaden, wenn sie Geschichten aus dem Restaurantbetrieb tragen würden. Wir trafen noch zwei Typen, die auch auf der Neujahrsfeier gewesen waren. Sie quatschten ein wenig mit Lisa und Basti, bevor sie sich verabschiedeten.

„Die beiden stoßen nachher im Club zu uns – Mike wollte wissen, wo wir hingehen", gab Basti bekannt, als wir gerade aufbrachen.

„Du hast ihnen den Club verraten?! Einer von denen ist mit Cindy befreundet, Basti", jammerte Bella.

„Shit, sorry. Das wusste ich nicht. Wird schon nicht so schlimm gewesen sein, oder?" Er sah uns fragend an. Julian rollte stumm mit den Augen, wohingegen ich Basti knuffte:

„Nein, bestimmt nicht. Alles gut."

Das Kriterium VIP-Bereich war auch entscheidend bei der Klubwahl.

Was wir nicht bedacht hatten, war, wie viele Menschen hier mitten in der Saison sein würden und dass wir durch einen Teil des offenen Klubbereichs geleitet wurden, um in diese abgetrennte Zone zu gelangen. Julian musste anhalten und Selfies mit kreischenden Mädchen machen. Er vergab ein paar Autogramme und bemühte sich, dass der Rest der Gruppe sich davonstehlen konnte, während Gregg darauf bedacht war, die Leute nicht zu nah an Julian heranzulassen und ihn schnell von der Menschenmenge getrennt zu bekommen.

Leider hatte ich auch nicht aufgepasst: In dem Klub war es so warm, dass ich ganz selbstverständlich schon am Eingang Schal und Pullover abgegeben hatte, bevor die Leute Julian entdeckten. Ich hielt mich neben Nicki, denn die anderen waren in ihrer Vorfreude schon vorausgegangen, während wir noch in der Garderobe waren. Auf den Boden starrend versuchte ich, die Orientierung und Nickis Füße nicht aus dem Blick zu verlieren. Dann traf mich ein Blitz und er war so hell, dass ich ihn beinah fühlen konnte. Kurz blickte ich auf und sah direkt in das Gesicht eines Mädchens. Überrascht stellte ich fest, dass sie nicht direkt Julian zu beobachten schien, sondern recht ernst und konzentriert auf ihren Handymonitor starrte. Vielleicht war das heute so – Menschen erlebten etwas nicht mehr selbst, sondern nur noch die Abbildung auf ihren Smartphones. Ich zumindest wusste jetzt, dass ich auf mindestens zwei dieser Fotos zu sehen sein würde, und konnte nur hoffen, dass die nicht an die Presse gingen.

Mein Problem war, dass ich schon jetzt ein fast unerträgliches schlechtes Gewissen hatte, weil sich die ganze Clique Cool so unglaublich viel Mühe gab, uns – mir! – zu helfen. Zwar konnten sie auch immer wieder schnell umschalten, wenn wir einen unserer Zielorte erreicht hatten, aber mit jeder Abstimmung, jeder koordinierenden Chatnachricht und jedem wachsamen Blick fiel es mir schwerer, mir vorzustellen, wie das in Zukunft funktionieren sollte. Lisa versicherte mir, dass das nicht unüblich war, weil sie ja meist mit Julian unterwegs waren und es immer darum ging, sich in seiner Gegenwart nicht völlig daneben zu benehmen, wenn es dokumentiert werden konnte. Trotzdem war das einfach nichts, was ich anderen Menschen abverlangen konnte. Ich war kein Julian. Das war zu viel. Viel zu viel. *Für eine Lotti.*

Also schwieg ich und bemühte mich, meine Sorgen zu verbergen. Ich lachte und tanzte, stieß an und hielt mich den ganzen Abend von Julian fern. Ich konnte sehen, dass auch er Mühe mit der Situation hatte. Sein Gesicht wirkte angespannt und manchmal richtiggehend müde, wenn er sich wieder darum bemühte, mich nicht anzusehen oder es wie eine unverbindliche Begegnung zwischen Bekannten wirken zu lassen.

Hatten wir nicht schon mal überlegt, einer Schauspieltruppe beizutreten, Lotti? Für dieses Theater hier sollten alle eine saftige Gage bekommen.

Der Rückweg gestaltete sich einfacher. Die Leute im Klub waren betrunkener oder bekiffter und mit sich selbst beschäftigt. An der Garderobe konnte ich mich wieder verhüllen und brauchte nur in die Limousine schlüpfen, die uns dann zurück in unsere luxuriöse Burgfeste brachte.

Einige der Truppe versammelten sich noch im Wohnzimmer, um etwas zu trinken und die Nacht ausklingen zu lassen, Julian und ich gingen auf unser Zimmer. Und die Tür war noch nicht ganz ins Schloss gefallen, als ich anfing zu schluchzen. Sofort war er bei mir.

„So schlimm war es nicht! Charles, wir müssen das einfach üben oder so", sagte er mit unruhiger Stimme.

„Ich kann das den anderen nicht zumuten, Julian! Wie soll das in Zukunft denn laufen? Ziehen wir immer mit einer Schwadron durch die Gegend? Das ist doch völlig absurd!", rief ich, so frustriert war ich. Julian nahm mich in den Arm.

„Ja, das habe ich auch gedacht. Dann finden wir eine andere Lösung. Immerhin hat es heute ja irgendwie geklappt, auch wenn es ein Stimmungskiller war", versuchte er mich zu trösten, klang aber so unzufrieden und frustriert, wie ich mich fühlte.

„Hat es nicht", sagte ich leise.

„Ich weiß, dass ich zumindest im Club auf wenigstens zwei Smartphones direkt hinter dir zu sehen bin, als Nicki und ich gerade versuchen, an dir und deinen Fans vorbei zu kommen. Und ehrlich gesagt glaube ich auch, dass wir vor dem Restaurant fotografiert wurden. Den Serienauslöser habe ich auf jeden Fall gehört." Meine Stimme war jetzt tonlos. Das war einfach eine wirklich dumme Idee.

Und dann schloss Julian mich in die Arme. Wir wussten beide nicht weiter und waren gleichermaßen deprimiert. Er versuchte noch, die Lage einzuschätzen. Wenn Privatleute Bilder machten, mussten die auch immer gelingen, was in einem dunklen Klub häufig nicht der Fall war. Sie mussten sie veröffentlichen. Und dann mussten sie überhaupt genügend Follower haben, damit sich das verbreiten konnte. Außer natürlich, sie wussten, wie sie Hashtags effektiv einsetzten. Ob Bilder von Fotografien in der Klatschpresse landeten, hing davon ab, wie viel oder wenig es gerade zu berichten gab und ob auf den Bildern etwas Aussagekräftiges zu sehen oder wenigstens anzudichten war. Allerdings hatte die Produktionsfirma begonnen, Julians neuen Film ‚Corned Beef' zu bewerben, was ein Grund war, warum sich gerade alle besonders für ihn interessierten. Es würde nicht helfen, dass der Eingang des Restaurants so gut beleuchtet war.

Mit der Erkenntnis, dass wir nichts tun konnten, als abzuwarten, schliefen wir ein. Es war keine zufriedene und schöne Müdigkeit, sondern eine bedrückende, unheilvolle.

TEEHAUS

Noch bevor ich mich am nächsten Morgen mit meinem Kaffee hinsetzen konnte, hielt mir Nicki ihr Smartphone hin.

#juliansimon

Da war er, in die Kamera lächelnd. Da war ich, mit dem Blick auf den Boden, wundervoll abgelichtet mit dem gleichen Blitzlicht. Verdammt. Insgesamt wurden nur drei Bilder aus dem Klub angezeigt und nur auf einem davon war ich zu sehen.

Resigniert zuckte ich mit den Achseln.

„Ja, wir haben gestern Nacht schon darüber geredet. Wenn es so wenig bleibt, dann stehen die Chancen eigentlich ganz gut, finde ich", sagte ich aufmunternd. Wie ehrlich es klang, konnte ich nicht einschätzen.

„Verdammt", fluchte plötzlich Julian und warf sein Smartphone geöffnet auf den Tisch. Bella hob es an, um besser sehen zu können.

„Hm, ja, Scheiße.", kommentierte sie und sah dann mich an: „Cindy hat Julian eine Nachricht geschickt – eigentlich keine Nachricht, sondern genau das eine Bild aus dem Club, auf dem du wirklich gut zu erkennen bist, Charles. Das ist die Bitch-Variante von ‚Niemand kann mir das nachweisen, das NDA interessiert mich nicht'."

Ich erzählte von dem Mädchen, das ich beobachtet hatte.

Basti seufzte: „Die war von Cindy – und sie war da, weil ich so dumm war und das mit dem Club diesen Typen verraten habe... die übrigens nicht aufgetaucht sind, wie ihr sicherlich auch gemerkt habt."

Als zum Mittagessen dann alle am Tisch versammelt waren, stand ich auf, um zu signalisieren, dass ich etwas sagen wollte.

„Hört, hört", miaute Micha.

„Leute, ich wollte mich noch unbedingt bei euch allen bedanken. Ihr habt das gestern alles so... so wundervoll gemacht", fing ich an und mir stiegen Tränen in die Augen: „So etwas hat noch nie jemand für mich gemacht und es war eine ganz neue, irgendwie schöne Erfahrung. Aber ich habe heute Nacht viel darüber nachgedacht. Ich kann euch, diese ganze Truppe und Julian nicht so belasten."

Einige fingen an, die Köpfe zu schütteln, Julian starrte mich beunruhigt an – auch ihm hatte ich nichts gesagt.

„Das Problem ist, dass meine Eltern nicht unbedingt... normale Eltern sind. Herauszufinden, wie viel ich riskieren kann, ist schon immer Teil meines Lebens gewesen, aber ich weigere mich, andere da mit reinzuziehen. Das würde ich einfach nicht aushalten. Das geht schlicht und einfach zu weit. Ich kann und will aber auch nicht verlangen, dass ihr hier bleibt. Also wäre hier mein Vorschlag: Ihr geht feiern, ich bleibe hier. Dass ich überhaupt mit hier her kommen durfte, ist doch schon ein Vielfaches von dem, was ich mir für diese Ferien wünschen konnte und insofern bin ich rundum glücklich. Vielleicht achtet ihr ein wenig darauf, dass Julian keine Groupies abschleppt. Das wäre mir dann etwas unangenehm", versuchte ich humorvoll abzuschließen.

Julian starrte auf seinen Teller und sein Gesicht war versteinert.

„Du hast recht", seufzte er, holte einmal Luft, verschränkte die Arme vor der Brust und fuhr fort: „Scheiße, keine Groupies mehr."

Alle warfen vorsichtige Blicke auf ihn und auf mich, während ich mich wieder in meinen Stuhl sinken ließ. So unangenehm diese Entscheidung war, so war sie kein endgültiges Aus und sie fühlte sich besser an als erwartet. Eine große Partylöwin wie Nicki war ich noch nie gewesen – ich vermisste solche Veranstaltungen definitiv nicht, wenn ich nicht da war. Und Cindy war mir in ihrer Trauer einfach zu gefährlich.

Alle nickten langsam und gaben ihr Okay.

Es war an eben diesem Nachmittag, als Nicki, Bella, Lisa und ich beschlossen, den Outdoor-Whirlpool zu nutzen. Er war geschickt in eine Dachterrasse eingebaut, die mit Mahagoni-Holzplanken ausgelegt und überdacht war. Groß, rund und dampfend stand er einladend da mit seiner dezent-dunkelblauen Beleuchtung. Er war schon für die Neujahrsparty angeschaltet worden und lief immer noch, sodass das Wasser nicht einfrieren konnte.

Manchmal war man so mit sich selbst und all den neuen Erfahrungen beschäftigt, die man gerade machte, dass man vergaß, wer man war. Oder wie man aussah.

„Oh Gott, Charles, was sind das für fürchterliche Narben?", rief Bella, als ich mit Nicki quatschend in den Pool stieg und dafür das Badetuch, das ich auf dem

Weg durch den Schnee um mich gewickelt hatte, ablegte.

Ja, Scheiße, Lotti. Du musst dich dringend mehr auf das Wesentliche konzentrieren.

Lisas Augen waren aufgerissen, den Mund hielt sie sich zu.

Nachdem ich meinen Unterkörper schnell im Pool versenkt hatte, atmete ich tief durch.

„Narben."

„Woher...?"

„Wäre es okay, wenn ihr mich das nicht fragt?"

„Klar", erwiderte Nicki, die aufmerksam mein Gesicht scannte. Ich hatte noch nie gesehen, dass sie so ernst aussah. Bella starrte mich wütend an, presste aber ihre Lippen aufeinander.

Mit blassem Gesicht blickte Lisa zwischen uns dreien hin und her.

„Ist das... ist das der Grund, warum du nicht... erwischt werden darfst, Charles?", fragte sie mit zittriger Stimme. Ich starrte stumm auf die Wasseroberfläche und die aufsteigenden Blasen des Pools.

„Ich habe mich die ganze Zeit gefragt, warum dir das so wichtig ist und warum Julian deswegen so gestresst aussieht... es ist ja nicht so, als würden wir diese Medienaufmerksamkeit nicht kennen. Alle finden sich immer so cool, wenn sie mit Julian abgelichtet werden und ich fand es affig, dass du...", dann brach ihre Stimme ab.

„Es tut mir leid, Leute. Wirklich", war alles, was ich dazu sagen konnte.

„Blödsinn!", maulten Bella und Nicki synchron. Lisa nickte grüblerisch.

Es brauchte einige Minuten, bis sich ein Gesprächsthema fand, dass die Stimmung wieder hob, und Julia
hatte es initiiert, die plötzlich durch die Terrassentür
zum Whirlpool gehüpft kam:

„Habt ihr meinen Romeo gesehen?", flötete sie und
hüpfte auf unser synchrones Kopfschütteln wieder ins
Haus.

„Sie hat das gerade wirklich gesagt, oder?"

„Tihihi, können wir Micha bitte umbenennen?"

Bella prustete vor Lachen. Und in dem Moment
hüpfte Julia erneut an der Terrassentür vorbei und freute
sich fürchterlich, dass wir ihren Romeo-Spruch so gut
fanden wie sie. Lisa verschluckte sich bei dem Versuch,
unter Wasser zu lachen, damit Julia es nicht hören
konnte. Nicki half ihr mit liebevollen Rückenklopfern
und ich nahm mir vor, abends im Bett Julian mal ver-
suchsweise mit ‚Romeo' anzusprechen.

Am ersten Wochenende des Januars kehrten wir zurück
nach Gut Freyenberg. Ich war jetzt fast ein halbes Jahr
auf dieser Schule und auch wenn ich noch nicht mit
jedem Winkel des Geländes vertraut war, so war es doch
ein angenehmes Gefühl, an einen Ort zurückzukehren,
den ich kannte. Der Brief von Lisa lag immer noch
unangetastet auf meinem Schreibtisch und nach diesen
Wochen riss ich erst einmal das Fenster auf, um zu
lüften. Die eiskalte Luft strömte schwer in den Raum
und drückte die warme flirrend hinaus. Es war seltsam
zu wissen, dass Julian jetzt wieder zwei Stockwerke
über mir wohnte, was mir gerade überraschend weit
weg vorkam. Unsere Zeit gemeinsam in einem Zimmer
in Aspen hatten wir ohne Probleme überstanden. Nur in

den ersten Nächten hatte ich, trotz oder wegen der hinzugekommenen Sex-Eskapaden Mühe mit dem Einschlafen. Und dem Durchschlafen. Es irritierte mich einfach, dass da noch eine andere Person mit mir im Raum war, die atmete und die sich bewegte. Julian unterschied sich wirklich ganz wesentlich von einer Topfpflanze.

Mit dem Beginn des neuen Halbjahres würde es neue Themen in den einzelnen Fächern geben und darauf freute ich mich schon. Beim Ausräumen meines Koffers machte ich zwei Stapel mit Büchern. Die einen waren die der Zusatzprojekte, die ich während der Ferien erledigt hatte. Heute vor dem Abendessen wollte ich noch meine Aufsätze in die Fächer der zuständigen Lehrenden legen. Die dazugehörigen Bücher würde ich in den kommenden Tagen zurück in die Bibliothek bringen – so wie auch den Schlüssel, den ich für meine Zeit während der Ferien von Bibliothekar Westermann erhalten hatte. Ich hatte ihn zwar nicht nutzen können, aber für mich zählte sowieso nur der Gedanke und der wärmte mein Herz. Der zweite Stapel Bücher waren jene, die Parker mir mitgegeben hatte. Leider hatte ich sie alle schon in Aspen gelesen und es wäre klug gewesen, sie noch aus den USA zurückzuschicken. Aber ich wollte mir hier noch einmal die Zeit nehmen, um sie durchzuarbeiten und mir Fragen zu notieren. Als ich in Aspen das letzte Buch zugeschlagen hatte, war Julian fast ausgeflippt.

„Ich beschäftige dich wohl nicht genug", hatte er mir theatralisch vorgeworfen und mich dann an seinen Vater verpetzt. Dessen Antwort lautete:

„Haha, sehr gut. Sag ihr, dass hier noch eine ganze Bibliothek darauf wartet, sie wieder willkommen zu heißen."

Die meisten Fragen, die sich mir stellten, drehten sich um die schier unkontrollierbare Ikonisierung von Künstlern, vor allem von Schauspielern und Schauspielerinnen. Zwar war es Teil ihres Berufes, sich zu präsentieren und sich zu profilieren. Aber es schien mir, als wären diese Schritte, die der Förderung der Karriere dienen sollten, dann für die ganz einfachen Menschen zu groß. Mehrfach hatte ich gelesen, dass Berühmtheiten an den Erwartungen ihrer Fans im Privaten scheiterten und sich die Begeisterung für eine Kunstfigur wie ein Gift in ihnen verbreitete. Drohte Julian so etwas? Er war im Grunde furchtbar jung und seine Persönlichkeit noch nicht stabil ausgebildet. Was konnte passieren, wenn ein marginaler Fehler – wie eine verkorkste Freundin beispielsweise – zu einer Welle der Wut führte. Natürlich gab es für alles Manager und Berater (gegebenenfalls auch weibliche, aber davon hatte ich kaum welche ausmachen können, wenn es nicht gerade die eigene Mutter war... die ich nicht per se für sonderlich qualifiziert hielt). Zudem hatte ich nicht ganz verstanden, wie Produktionsfirmen und Schauspieler und Schauspielerinnen zusammenkamen. Es wirkte, als gäbe es stets und ständig Vorstellungsgespräche und als würde eigentlich ein Hauptteil des Berufes darin bestehen, sich irgendwo als die beste Wahl vorzustellen. Auf der anderen Seite schien es Produktionen zu geben, die einzelne bekannte Persönlichkeiten direkt ansprachen und dann darum herumbauten. Ich wusste nicht, ob Julian auch permanent auf Auditions ging, aber konnte mir nicht vorstellen, wann das sein sollte. Denn er war ja hier und besuchte die Schule. Wenn er in die Kategorie derjenigen gehörte, die angefragt wurden, dann bedeutete das auch, dass irgendwer irgendwo alles dafür tat, dass Julian nicht in Vergessenheit geriet. Der oder die Verhandlungen über Gagen führte, Drehbücher ablehnte und überhaupt die ganze Szene im Blick behielt? Wo kamen diese Skripte eigentlich her und wie gelangten sie zu Produktionsfirmen? Wer entschied, wer Regie führte und wie viele Millionen benötigt werden würden? Was ich sehr wohl verstanden hatte, war, dass die Filmindustrie ein riesiger Markt war, der sich im Grunde nur damit beschäftigte, Menschen zu unterhalten. Das war natürlich nichts anderes, als es zu früheren Zeiten Bücher getan hatten. Aber von einem Blatt Papier, auf dem in schwarzen Buchstaben Worte geformt wurden zu einem Multimillionenfilm mit Personen, deren Gesicht in einigen Fällen auf allen Kontinenten bekannt war und deren Namen gleich mehreren Generationen in den verschiedensten Kulturen etwas sagte... das war einfach unvorstellbar monströs. Wie lebte man in dieser Riesigkeit, ohne sich selbst zu verlieren?

Diese und viele andere Fragen hatte ich mir schon während des Lesens notiert. Einerseits, weil sie mich interessierten, jetzt wo ich mich in das Thema einarbeitete, andererseits weil ich versuchte herauszufinden, wo in dieser gewaltigen, lärmenden, schrillen Welt mein Platz an Julians Seite sein könnte. Und wenn es nur für ein paar Monate war. Wie, und das war vielleicht der Kern aller meiner Fragen, wie konnte ich verhindern, dass ich mich und Julian verlor?

Auf dem Weg zur Mensa holte Julian mich ein und brummte mir ins Ohr:

„Ich vermisse dich – es ist ganz seltsam."

„Das geht mir auch so, aber ich bin gespannt, ob ich ohne dein nächtliches Gegrunze und Gehampel besser schlafe", entgegnete ich und grinste.

„Ich würde gerne kontern und dir dein Schnarchen vorwerfen, aber leider schnarchst du wirklich überhaupt nicht", maulte Julian. Ich legte meinen Arm um seine Hüfte und er seinen um meine Schultern.

Beim Betreten des Speisesaals fiel mein Blick auf meinen einstigen Sitzplatz. Der kleine Zweiertisch in einer Ecke, in der nicht viel los war. Ich hatte mich dort sicher gefühlt und dennoch immer ein wenig absonderlich. Wie an jeder Schule war auch in einem Internat die Wahl des Sitzplatzes zum Essen ein Statement. Bei meinem Statement ging es um das Alleinsein, das Unabhängigsein und die allgemeine Botschaft, dass ich niemanden benötige, um durch das Leben zu kommen.

Jetzt gingen wir auf die Empore an den Tisch der Clique Cool, wo schon ein Stuhl für mich neben Julians Platz bereitstand. Früher hatte hier Micha gesessen. Nun saß er neben mir. Als die anderen uns sahen, wurden wir begrüßt wie lange verlorene Schäfchen. Umarmungen und Armstreichler, neugierige Nachfragen über die Rückreise und ob Lisas Brief gefunden worden war. Ich war nicht einfach nur Julians Anhängsel, sondern Teil dieser Gruppe. Und mit einem Mal konnte ich auch verstehen, warum Cindy möglicherweise so wütend war. Wenn man eine solche Clique verließ, dann fühlte sich Alleinsein um ein Vielfaches schlimmer an, denn das

Gefühl von Einsamkeit konnte nur entstehen, wenn man etwas anderes kennengelernt hatte: Gemeinsamkeit.

Interessanterweise waren mit mir auch Nicki und ihre Freunde Carlos und Pringles, die eigentlich Kim hieß, Teil dieser Clique geworden. Und als Bella mit Cyrill und zwei Mädchen auftauchte, mussten wir einen zusätzlichen Tisch an diesen schieben.

„Wenn ich ehrlich bin, dann haben wir letztes Jahr immer hier gesessen. Aber Cindy war einfach unerträglich und hat vor allem mir und Nicki mit ihrem Theater so dermaßen den Appetit verdorben, dass wir uns irgendwann weggesetzt haben. Cindy konnte das ganze Mittagessen darüber reden, warum ihre Klamotten die schönsten und unsere irgendwie nicht so richtig geschickt gewählt waren. Sie hat jede Diskussion über Dinge, die wir in Fächern besprochen haben, abgebrochen, weil es sie nicht interessierte."

Nicki nickte zustimmend.

In diesem Moment betrat Cindy den Speisesaal. Der Rock ihrer Schuluniform war wirklich kurz gehalten, fiel mir auf. Selbstgefällig blickte sie sich um und verscheuchte dann zwei jüngere Schülerinnen mit einem vernichtenden Blick, die ihr entgegenkamen und sie übersehen hatten, während sie sich unterhielten. Ihren Pferdeschwanz hatte Cindy hoch auf dem Kopf gebunden und so wippte er dynamisch hin und her, als sie auf einen zentralen Tisch auf der unteren Ebene zusteuerte. Dort saßen die Mädchen, mit denen sie sich vor einiger Zeit angefreundet hatte und drei Jungs. Wie selbstverständlich stellte sie ihr Tablett ab und fing an zu reden, sodass die Leute am Tisch ihre Gespräche beenden mussten. Während Cindy ihre Schultasche abnahm, tauschten sie Blicke aus, beluden dann demonstrativ ihre Tabletts und verließen den Tisch. Cindy bekam das erst mit, als sie sich schon hingesetzt hatte und nun alleine war.

Fragend sah ich Nicki und Bella an.

„Sie hat wohl stolz herumerzählt, wie sie das NDA umgangen hat, nur um Julian eins auszuwischen. Wäre sie nicht so unglaublich selbstverliebt, hätte ihr klar sein müssen, dass so etwas an so einer Schule wie Freyenberg alles andere als gut ankommt", erklärte Nicki.

„Was war das bloß für eine krasse Geschmacksverirrung, Mann?!", fauchte Bella und boxte Julian auf den Oberarm. Julian hatte von der Unterhaltung nichts mitbekommen, rieb sich den Arm und formte ein tonloses „Was?!" mit seinen Lippen.

„Wir haben letztes Jahr in Gesellschaftskunde ein Buch über jüdische Salons gelesen und haben hier beim Mittagessen darüber geredet, was solche Gemeinschaften für die Förderung von Talenten und Freigeistern bedeuten. Cindy fuhr dazwischen und meinte, dass wir uns erst damit beschäftigen sollten, wenn ‚dieser Kram' verfilmt würde. Denn schließlich wäre das Thema ja verhältnismäßig unwichtig, wenn keiner, also sie, davon wusste", griff Pringles, die zugehört hatte, die Unterhaltung wieder auf.

Bella raunte empört.

„Und dann hat sie gesagt, dass das Judentum sicher größere Probleme hat", stöhnte Nicki.

„Ich bin Jüdin und ich konnte entweder ausflippen oder mich an einen anderen Tisch zu anderen Leuten setzen. Wir alle wussten nicht, wie verliebt Julian in sie war und haben uns deswegen zurückgehalten. Jetzt wissen wir es: gar nicht!", grinste Nicki.

Ich bekam ein paar rote Flecken im Gesicht.

„Das ist wirklich traurig. Soirees und Thees waren eine der Möglichkeiten in dieser Zeit für Frauen, Zugang zu höherer Bildung zu bekommen und sich darüber auszutauschen. Einige der bekanntesten Salons wurden sogar von Frauen geführt – und das in einer Gesellschaftsschicht, die wiederum Einfluss auf die Politik des Landes hatte und damit etwas für Frauen bewirken konnte... oh.", schloss ich ab.

„Sorry, ich hatte eine Phase, da habe ich ganz viel Austen gelesen und von da bin ich auch zu den Thees gekommen", ergänzte ich.

Bella und Nicki starrten mich kurz an und fingen dann an zu lachen.

„Wie hat er es bloß mit dieser Schnepfe ausgehalten", kicherte Bella.

Eine ihrer Freundinnen, deren Namen ich noch nicht kannte, hakte nach:

„Das ist total spannend. Ich würde unglaublich gerne zu so einem Thee gehen und mal über etwas anderes reden als Make-up und Jungs. Wollen wir so etwas nicht vielleicht organisieren? Dann müsst ihr mich aber noch ein wenig bilden. Wir hatten das nämlich noch nicht in GK."

„Das ist eine phantastische Idee!", rief Nicki voller Begeisterung.

Weil Nicki eben Nicki war, ließ sie das Thema nicht mehr los. Eines Abends klopfte es und sie stand plötzlich vor meiner Tür.

„Oh. Das ist ja hässlich hier", war ihre Meinung zu

meinem Zimmer.

„Danke und dir auch einen wunderschönen Abend", sagte ich überbetont freundlich und rollte die Augen.

„Solltest du nicht... hier mal irgendwie... wenigstens ein Poster an eine Wand kleben?"

Ich schaute mich um und die einzige Frage, die sich in meinem Kopf auftat, war: „Warum sollte ich das machen? Wer weiß, wie lange ich noch hier bin." Das erschreckte mich. Mir wurde in diesem Moment klar, dass der Grund, warum ich mich mit meinem Zimmer nicht weiter auseinandersetzte, war, dass ich es so gewohnt war, bald wieder fort zu sein, dass ich solche Sachen einfach völlig ausblendete.

„Ich werde darüber nachdenken", entgegnete ich diplomatisch. Jetzt gerade ließ sich dieses Problem wohl kaum beheben.

Nicki ließ sich im Schneidersitz auf meinem Bett nieder und zog sich Herrn Schmidts Teddybär heran. Dann fragte sie mich zu Salons und Thees aus und erzählte, dass sie sich noch einmal das Buch aus dem letzten Jahr angeschaut hatte.

„Ich würde gerne für die Projektwoche während der Winterferien einen Sonderantrag stellen und mit dir zusammen den Freyenberg Thee gründen." Nickis Augen blitzten vor Tatendrang.

„Oh. Würden wir ihn dann konzeptionieren?", fragte ich begeistert nach.

„Naja, und einen Raum dafür entsprechend dekorieren und mit einer kleinen Teeküche ausstatten und den ersten Thee abhalten. Meine Eltern würden ein Set an Büchern spenden, die wir noch zusammenstellen müssten", ergänzte sie.

Das klang traumhaft.

Notiz: Bücherliste erstellen. Völlig eskalieren!

„Aber wo willst du den Raum hernehmen?"

„Ich habe mich umgeschaut und es gibt hinter Haus fünf, etwas abseits vom Versammlungsplatz, das alte Teehaus. Ja, das heißt wirklich so. Du kennst es vermutlich als Geräteschuppen, weil es dazu irgendwann verkommen ist. Es hat aber schon eine kleine Küche, also zumindest ein Waschbecken und Strom und solche Dinge. Mehr konnte ich nicht sehen, weil alles mit irgendwelchem alten Kram zugestellt ist, den sowieso nie wieder jemand nutzt. Aber alles sieht soweit in Ordnung aus, wenn man keine Angst vor Spinnen hat", sagte sie und starrte mich fragend an.

„Ich habe vor vielem Angst und Spinnen gehören witzigerweise auch dazu", schmunzelte ich.

„Super, dann kannst du das übernehmen, weil ich muss kotzen, wenn ich Spinnenweben in meinem Gesicht oder an meinen Händen habe", gab sie pragmatisch zurück. Ich grinste.

„Ich bin dabei!"

Vielleicht war es Nickis Verdienst oder der Ausblick auf die Bücherspende, aber dem Projekt wurde zugestimmt. Fast alle Mädchen der inzwischen erweiterten Clique Cool und Cyrill, Micha und natürlich Julian machten mit. Am ersten Tag kamen Rektorin Finke und zwei Lehrer am Morgen dazu, um zu besprechen, was mit den Sachen in der Teehütte passieren sollte. Was wir erst für ein Problem gehalten hatten, weil wir Sorge hatten, dass sich so im letzten Moment noch herausstellen würde, dass der Umbau nicht machbar war, stellte sich als willkommene Gelegenheit für die Schulleitung heraus, endlich aufzuräumen und das mithilfe kostenloser Arbeitskräfte. Dafür spendierte sie uns Wandfarben und weiteres Material für die Renovierung.

Das Projektteam hatte für die erste Entrümpelung zusätzliche Leute angeworben. Ich hatte die Gelegenheit genutzt, um meinen Gefallen bei Tobi einzufordern. Er hatte sich gefreut und gleich noch seine komplette Clique mitgebracht. Die hatte zwar ein eigenes Projekt, aber als ordentliche Computer-Begeisterte arbeiteten sie viel lieber nachts – und waren heute an diesem ersten Tag wenigstens noch halbwegs ausgeschlafen. Während fast zwanzig Leute wie Ameisen um die Hütte wuselten und nacheinander unglaubliche Berge an alten Schulmöbeln und Gerätschaften in eine eigens bereitgestellte Absetzmulde wuchteten, sah ich, dass Julian zu Tobi ging und ihn beiseitenahm. Tobi wirkte zuerst angespannt und zog sein Cap tief in die Stirn, bevor er die Arme vor dem Vorderkörper verschränkte. Aber seine Körperhaltung änderte sich rasch. Erleichtert beobachtete ich, wie er das Cap in den Nacken schob und dann gaben die beiden sich die Hände. Tobi zeigte in meine Richtung, während Julian seine Hände in den Hosentaschen vergrub und nickte.

„Was war das denn?", fragte ich neugierig, während ich Tobi eine Tasse Kaffee zur Stärkung hinhielt.

„Julian hat sich endlich bei mir entschuldigt", sagte er zwischen zwei Schlucken Kaffee.

„Ich habe ein paar Tage später herausgefunden, was da auf der Abschiedsfeier eigentlich los war, also... nicht alles, aber das Julian mich verprügeln wollte. Zuerst konnte ich mir darauf keinen Reim machen und fand ihn ziemlich psycho. Dann hat Bella mit mir geredet. Naja, also ich habe Julian gerade auch noch mal versichert, dass ich das wirklich alles nicht wusste. War ihm aber auch klar. Und jetzt... hehe... habe ich einen Gefallen bei ihm gut." Tobis Augen blitzten durch seine Brille und er grinste breit. Anerkennend hob ich meine eigene Kaffeetasse und wir stießen an, bevor wir uns wieder in das Gerümpel-Getümmel warfen.

An die Tür des Teehauses hängten wir ein A0-Blatt und einen Stift. Alle konnten dort Bücherideen eintragen, aber schon am zweiten Tag hielt ich es nicht mehr aus und hinterließ die lange Liste, die in meinem Kopf waberte. Das brachte mir einige Lacher ein und einen liebevollen Kuss von Julian.

„Hat dem noch jemand etwas hinzuzufügen?", fragte Nicki bei der ersten Pause grinsend in die Runde: „Nein? Dann mache ich nämlich jetzt ein Foto und schicke es meinen Eltern. Dann sind die Bücher vielleicht schon zur Eröffnung da." Sie wirkte sehr zufrieden und ganz in ihrem Element. Es war ein Leichtes, ihren Vorschlägen und Anweisungen zu folgen, weil niemand ihre Kompetenzen anzweifelte.

TELCO

„WHATSUUUUP!?" Ping.

Shirin! Wir hatten immer wieder kurze Nachrichten und Fotos geschickt seit einem langen Gespräch an den Tagen nach meiner ersten Nacht mit Julian.

„Wie gehts dir, Shiri?"

„Mir geht es super..." Ein Emoji mit einem schiefen Lächeln.

„Ohje! Was ist los? Gehts deinen Eltern und Geschwistern gut? Ist etwas passiert?"

„Quatsch, du Trulla. Dann hätte ich mich längst bei dir ausgeheult. Aber du hast möglicherweise ein Problem." Ping.

„Was meinst du?"

„Ich habe #juliansimon weiterverfolgt und gestern ist Folgendes veröffentlicht worden", schrieb Shirin und sendete einen Screenshot, zwei Bilder und einen Link.

SO FEIERT JUNGSTAR JULIAN SIMON! DER HAUPTDARSTELLER VON ,CORNED BEEF', DER NOCH DIESES JAHR IN DIE KINOS KOMMT, LÄSST ES KRACHEN!

Scheiße. Ich betrachtete die Bilder. Und dann sah ich es. Es war entweder ein unglücklicher Zufall oder es hatte jemand eins und eins zusammengezählt. Auf beiden Fotos war ich zu sehen. Das eine war vor dem Restaurant entstanden – das andere im Klub.

„Scheiße."

„Also... obwohl du in beiden Bildern zu sehen bist –
hübscher Schal und Pulli übrigens! – wirst du nicht
erwähnt. Alle Andeutungen beziehen sich auf die Insta-
gram-Postings von Mädels aus dem Club, die ein Selfie
mit Julian veröffentlicht haben."

„Selbst ich kenne dieses Blatt, Shiri..."

„Ja, ich weiß. Deswegen musstest du das wissen und
du solltest mit Julian reden. Ich habs getestet: Meine
Mutter hat dich erkannt." Wieder ein Emoji mit dem
schiefen Mund. „Scheiße."

„Schätzchen, ich drücke dir jetzt alle Daumen. Aber
ich bin auch ehrlich, weil du mich deswegen besonders
liebst: Das wird so auf Dauer nicht funktionieren. Das
ist einfach zu gefährlich."

Shirin wusste von meinem Vater. Sie hatte ihn sogar
kennengelernt und mir irgendwann gestanden, dass sie
Angst vor ihm hatte. Es war immer diese entmensch-
lichende Art, mit der er einen anschauen konnte, die
einem durch Mark und Bein ging.

Panik stieg in mir auf.

„Ich weiß. Danke, Shiri", schrieb ich, während meine
Hände zitterten.

Dann leitete ich den Link an Julian weiter. Mein Handy
summte sofort.

„Kommst du hoch?"

Ich verbrachte die Nacht bei Julian. Machen konnten
wir nichts, wir waren der Situation einfach ausgeliefert.
Und ich hatte das Gefühl, gerade alles zum letzten Mal
zu tun. Die Stufen hoch ins zweite Stockwerk zu
nehmen. Julians Zimmer zu betreten. Ihn zu umarmen.

Mit ihm zu schlafen. Und die Nacht an seiner Seite zu verbringen.

Am Morgen war ich völlig verspannt. Stumm und in Gedanken versunken lief ich mit Julian und Micha zur Mensa, während die beiden sich über den Artikel und die Fotos unterhielten.

„Aber warum sollten Charles' Eltern Bilder anschauen, auf denen nur du getagged bist?", fragte Micha Julian.

„Weil mein Vater ganz sicher überprüft hat, wer hier im Haus wohnt und die Namen überprüfen lässt. Durchgehend.", warf ich ein.

„Das kann ich mir einfach nicht vorstellen. Das wäre superparanoid und er schert sich doch sonst nicht um dich. Sorry. Du weißt, was ich meine!", schnaufte Micha.

Ich sollte recht behalten.

Während des Frühstücks trat die Rektorin an unseren Tisch und bat mich um ein Gespräch, sobald ich mit Essen fertig sei. Als ob ich jetzt noch einen Happen herunterwürgen konnte. Die Frau hatte Nerven. Alle am Tisch verfielen in ein betretenes Schweigen.

„Was... was passiert jetzt?", fragte Lisa.

Ich atmete tief durch. Der Charlotte Mabaux-Modus war eingeschaltet. In diesem Modus konnte ich den Stress, mit meinen Eltern umzugehen, am besten aushalten. Er war geprägt von einem alarmierten Pragmatismus, der sich mit einer Art mechanischer Kontrolliertheit verband. Nur innen, tief innen drin tobte mein Herz und schlug laut und hart und meine Lungen brannten.

Eine Stunde später kehrte ich ins Teehaus zurück. Alle ließen sofort von ihrer Arbeit ab und starrten mich an.

„Telco am Freitag um eins", sagte ich knapp.

„Aber das ist ja nur drei Stunden vor unserem ersten Thee!", rief Nicki. Dann schlug sie die Hand vor den Mund.

„Sorry! Und das ist jetzt überhaupt nicht wichtig, ich weiß", ergänzte sie schnell.

In einer Pause setzte sich Julian neben mich und zog mich an ihn heran.

„Was hat die Rektorin noch gesagt?"

„Meine Eltern haben die Bilder gesehen und wollen wissen, wieso ich da war und was ich in einem Club zu suchen habe. Sie fragen nach meiner Beziehung zu dir. Und mein Vater lässt mir ausrichten, dass er Extravaganzen nicht toleriert."

„Was bedeutet das?"

„Zweite Abmahnung", antwortete ich knapp und dachte kurz darüber nach:

„Zweite Abmahnungen gibt es für meinen Vater nicht. Je nachdem, welches Bild er sich am Freitag macht, werde ich die Schule wechseln oder... nicht."

Julian verbarg sein Gesicht in meinen Haaren.

„Das ist doch völlig absurd!"

Ich war nicht bereit, schon jetzt die Flinte ins Korn zu werfen und legte mich den restlichen Tag und auch am Donnerstag voll ins Zeug. Als wir am Abend unser Werk betrachteten, war es, als hätten wir das Teehaus selbst gebaut. Nachdem wir die Gerätschaften, aber vor allem einen ganzen Haufen Sperrmüll herausgenommen hatten, jede Fläche gereinigt und neu gestrichen hatten, stellte sich heraus, dass der Raum erstaunlich groß und hell war. Das Lehrpersonal und die Schülerschaft hatte Sessel und kleine Couchtische gespendet. Das Sammelsurium wirkte charmant, auch weil Nicki einen guten Blick dafür hatte, welche Stile und Farben miteinander harmonierten und welche einen optischen Zweikampf führten. Die Regale für den Lesestoff standen, waren aber noch unbefüllt. Mit etwas Glück würde die Lieferung am Freitagvormittag eintreffen, sodass die Bücher rechtzeitig von der Bibliotheksmannschaft registriert und dann hier untergebracht werden konnten. In Anlehnung an die Zeit, als Soireen weitverbreitet und beliebt waren, gab es einen kleinen Kronleuchter und feine, zierliche Teetassen. Auch wenn wir vermuteten, dass sie das erste Jahr nicht überleben würden.

„Morgen ist noch unglaublich viel zu tun – und ich bin fürchterlich aufgeregt", hauchte Nicki: „Sogar die Rektorin will kommen."

Ich drückte sie und grinste:

„Du wirst mal die beste Chefin, die man sich wünschen kann. Es war während der ganzen Woche irre angenehm, dir zu folgen."

Alle stimmten ein und Nicki hatte Tränen in den Augen.

Nach dem Abendessen, das wir an diesem anstrengenden Tag fast stumm verschlangen, blickte ich mich in meinem Zimmer um. Ich machte mir eine Tasse Darjeeling, dessen Duft sich im Raum ausbreitete und nach Blumen roch. Dann fing ich an, meine Sachen zu packen. Ordentlich legte ich meine Kleidung in die Koffer und machte Stapel mit Dingen, die erst zuletzt auf die Kartons gelegt werden sollten.

„Jooo!" Ping.

„Manchmal frage ich mich, ob dir je die Grußfloskeln ausgehen werden." Grinsender Emoji

„Ist es nicht cool, wie viele unterschiedliche Arten der Begrüßung es gibt?! Wie sieht's aus in deinem altbackenen Internat?" Ein ulkiges Emoji mit verdrehten Augen.

„Morgen um eins findet eine Telefonkonferenz mit meinem Vater statt. Keine Ahnung."

„Geplante Strategie?" Ping.

„Wenn ich die Nerven behalte, dann setze ich auf die Ich-wurde-eingeladen-Karte. Wenn ich die Nerven verliere, dann gestehe ich alles oder sage gar nichts mehr. So ist mein Plan A und der wahrscheinlichere Plan B oder der noch wahrscheinlichere Plan C."

„Ja, das klingt nach dir. Wer wird dabei sein?"

„Anscheinend die Rektorin, die Betreuungslehrerin und eben meine Eltern."

„Kleiner Kreis. Das ist schlecht. Vor allem, wenn sie dir Fragen stellen." Ping.

„Ich weiß. Vielleicht funktioniert es, weil meine Eltern oder mein Vater nur über Stimme zugeschaltet ist und weil die Rektorin mir dank unseres Teehaus-Projektes gerade sehr wohlgesonnen ist. Hoffe ich zumindest."

„DAS TEEHAUS! Fotos?" Ping. Es war faszinierend, wie Shirin auch die schlimmsten Fakten einfach registrieren, akzeptieren und dann weiterziehen konnte. Und es war eine der Eigenschaften, die ich an ihr wirklich schätzte. Sie verlor sich nie in Mitleid, sie gab Tipps, aber es waren immer nur Optionen, die ich auch verwerfen konnte, was sie mir nie übel nahm, und sie hatte keine Scheu, die Themen wieder zu betrachten.

Ich schickte ihr Vorher-Nachher-Bilder und eines von der abscheulich blutenden Wunde, die sich Julian an einem Glassplitter zugezogen hatte. Ich legte es als Letztes in die Reihe der Bilder, sodass Shirin es in der Vorschau nicht sehen konnte.

„Du bist so ein Arsch!" Ein Tränen lachendes Emoji.

„Danke!"

„Es sieht ganz wundervoll aus. Ich stelle mir dich darin in einem dieser sexy Regency-Kleider mit Korsage vor, ein hervorblitzender Knöchel, eine verwegene Hochsteckfrisur... Porno!"

Jetzt antwortete ich mit dem Tränen lachenden Emoji.

„Ich wünsche dir morgen ganz viel Glück. Meld dich kurz, wenn das geht." Ping.

Lächelnd packte ich weiter, nippte von meinem Tee und dachte an nichts, weil es sowieso keinen Sinn machte.

Julians Finger trommelten an meine Tür.

„Was machst du?", summte er, während er eintrat. Dann erstarrte er.

„Was machst du?!"

Kurz verstand ich nicht. Warum fragte er das? Ich schaute mich im Zimmer um.

„Na, packen", sagte ich wie selbstverständlich, aber mir begann zu dämmern, dass Julian vermutlich – ganz anders als ich – noch hoffte, dass sich diese Situation aufklären lassen würde. Dass ich nicht die Schule verlassen würde. Dass ich, ausgerechnet ich, mit meiner nicht existierenden Belastungsfähigkeit unter Druck meinem Vater eine Geschichte auftischen konnte, die der dann auch noch glauben würde.

„Julian, ich werde ziemlich sicher am Wochenende hier fortgeholt. Das ist dir doch klar, oder?", fragte ich vorsichtig.

„Nein!", rief er: „Das ist mir NICHT klar! Warum sagst du denn nichts?!"

Lotti, atmen. Diesen Jungen kennst du nun wirklich. Er ist gerade laut, aber wir zwei beide hier drinnen wissen, dass er dich nicht anschreit.

„Aber... du... kennst mich doch...", stammelte ich.

Bevor ich weiter reden konnte, machte Julian drei große Schritte auf mich zu und umarmte mich. Es fühlte sich verzweifelt an und nicht zärtlich. Er schien mich überall festhalten zu wollen, griff um, legte seine großen Hände an meinen Hinterkopf, dann auf meinen Rücken, umschlang mich mit seinen Armen.

„Das geht nicht", flüsterte er mit zittriger Stimme: „Wir müssen doch irgendetwas machen können!"

Ich umarmte ihn vorsichtig und schüttelte den Kopf.

„Du kannst dir das doch nicht einfach so gefallen lassen", sagte er jetzt lauter und griff meine Schultern und schob mich so, dass er mir ins Gesicht schauen konnte.

„Hör zu. Ich verstehe, dass das für dich nicht so richtig nachvollziehbar ist, weil... ich habe deine Eltern kennengelernt und wie ihr miteinander seid. Das hier ist anders und ich bin siebzehn. Alle diese Szenarien habe ich schon unzählige Male durchgespielt. Aber nie, wirklich noch nie, habe ich meinen Vater dazu bekommen, seine Meinung zu ändern, wenn er sie sich einmal gebildet hat. Es gibt keinen Verhandlungsspielraum. Es gibt kein Wohlwollen und keine Kompromisse."

Julian stieß sich von mir weg und schüttelte heftig den Kopf.

„Aber... es ist doch gar nichts passiert! Du hast sogar deine ganzen Extra-Aufgaben erledigt und noch zig Bücher gelesen und und und... das muss doch irgendwie zählen!"

„Und ich habe gelogen, was meinen Aufenthaltsort betrifft. Ich war nicht mal auf dem verorteten Kontinent. Und ich wurde – on top! – noch in einem Club und vor einem schicken Restaurant fotografiert", erwiderte ich. Es war ganz erstaunlich, wie ruhig ich war. Ich konnte erkennen, dass Julian nicht wütend auf mich war. Es war mir wichtiger, dass er verstehen konnte. Das war auch eine Art Druck, aber er kam aus meinem Herzen, er bezog sich auf meinen wunderschönen, traurigen Julian.

„Aber...", begann er erneut.

„Julian! Du brauchst nicht mit mir darüber diskutieren. Ich kenne alle Argumente. Ich habe sie alle in meinem Kopf und sie verursachen kleine blutende Schnitte in meinem Herzen. Weil sie für meinen Vater nicht relevant sind. Es ist ihm egal, was ich fühle, was ich möchte und zu einem Teil auch, was dir und mir rational erscheint. Es geht um Macht, mehr nicht. Dagegen kommst auch du nicht an." Meine Augen füllten sich mit Tränen. Und dabei hatte ich mir schon vor so langer Zeit vorgenommen, in diesen Situationen nicht mehr zu weinen. Ich hatte aufgehört, mir zu überlegen, was wäre wenn... Das, was mich davor bewahrte zu zerbrechen, war, dass ich in eine Art Roboter-Modus, den

Charlotte-Mabaux-Modus, verfiel und versuchte, solche Zeiten möglichst kontrollierbar zu überstehen. Und danach wieder von vorne anzufangen. An einem neuen Ort. Mit fremden Menschen. Die nicht meine Freunde und Freundinnen waren. Und nicht Julian. Ich konnte damit nicht umgehen, denn dann würde ich zerbrechen.

Traurig lächelte ich Julian an.

„Ich packe jetzt fertig, ja? Damit ich morgen Abend mit euch die Teehaus-Eröffnung in Ruhe genießen kann."

Julian starrte mich an. Seine Augen zuckten und auf seiner Stirn hatte sich eine tiefe Falte gebildet. Dann nickte er langsam und ging, ohne mir einen Kuss zu geben.

Am Ende, ganz am Ende, wenn ich die Schule verließ, würde ich mir noch einen richtigen Kuss holen und würde ihn in meinen Erinnerungen speichern, so lange es mir möglich war. Und von ihnen würde ich mich ernähren und davon zehren und alles andere überstehen.

Ich ging nicht zum Frühstück. Ich hatte sowieso keinen Hunger und ich konnte die Blicke der anderen nicht aushalten. Ich wollte das gemeinsame Essen mit der Clique Cool so in Erinnerung behalten, wie sie eigentlich waren: unbeschwert und... cool. Am Samstag gab es kein Frühstück in der Mensa, also war das jetzt die sinnvollste Entscheidung. Stattdessen ging ich direkt zum Teehaus und fand vor dem Eingang drei große Kartons. Die Bücherlieferung! Also machte ich noch eine Runde zur Bibliothek und hinterließ dort einen Zettel, dass sich baldmöglichst jemand zum Teehaus bemühen sollte, um die Bücher zu registrieren. Als Teil des Bibliotheksteams nahm ich direkt einen Stapel Registrierkarten mit. Zurück am Teehaus kletterte ich über die Kartons, die ich kaum bewegen konnte, und kochte mir zuerst einen starken schwarzen Tee. Und als ich gerade das Tee-Ei vorsichtig zum Abkühlen auf einen Teller legen wollte, umschlossen mich Arme. Die von Nicki und Bella und dann von Micha, der leise Miau-Geräusche machte.

Wir stürzten uns auf die Bücherlieferung, ohne weiter über mein Drama zu reden. Jedes Buch wurde einzeln aus den Kartons gezogen und bestaunt wie ein Neugeborenes. Ich schlürfte Tee und füllte Registerkarten aus, bis zwei Schüler aus dem Bibliotheksteam zu uns stießen.

Zur Mittagszeit täuschte ich vor, noch einmal auf mein Zimmer zu müssen, und wartete dort, bis es Zeit war, den Weg zum Büro-Gebäude einzuschlagen. Fast alle Leute waren jetzt in der Mensa und das Gelände des Gutes war menschenleer. Um Viertel vor eins betrat ich das Büro-Gebäude. Frau Krug nickte mich wissend zu und informierte die Rektorin über ihr Headset. Um zehn vor eins betrat ich ihr Besprechungszimmer. Auf dem Besprechungstisch war ein Notebook und ein Kamera-System aufgebaut und schnell wurde mir bewusst, was das bedeutete: Ich würde meinen Vater sehen. Mein Herz setzte aus.

„Geht es dir gut, Charlotte? Du bist blass", fragte Rektorin Finke besorgt.

Damit sie nicht sehen konnte, wie sehr ich zu zittern begonnen hatte, nickte ich nur und setzte mich. Die Betreuungslehrerin, Frau Dehner, meldete sich zu Wort:

„Also, Charlotte. Soweit wir das verstanden haben, hast du die Weihnachtsferien nicht hier verbracht, sondern bist mit Julian Simon zuerst nach Kalifornien zu seinem Elternhaus gereist und dann zusammen mit Julian nach Aspen, wo ihr euch mit anderen Schülerinnen und Schülern im Ferienhaus von Michael Schwarz' Eltern getroffen habt, um dort Neujahr und die restliche Ferienzeit zu verbringen. Ist das so richtig?"

Ich nickte erneut. Dabei blickte ich starr auf meine Hände, die ich im Schoß zusammengefaltet hatte.

Lotti, voller Kellerassel-Mode! So packen wir das!

„Möchtest du etwas zu trinken, Charlotte?", hakte Rektorin Finke nach. Ihre Stimme klang skeptisch.

Ich schüttelte den Kopf. *Atmen. Ein und aus.* Ein Knacken im Notebook, ein Bild leuchtet auf.

Fest einrollen. Ganz fest, Lotti! Einfach einrollen. Noch mehr!

„Guten Tag, Frau Finke. Sie müssen Frau Dehner sein", hörte ich die Stimme meines Vaters. Sie klang vollkommen gleichgültig. Was ich nicht wahrnahm, waren die entspannten Schwingungen, die mein Vater bei Meetings und auf Festen geschickt einbaute.

„Herr Mabaux..."

„Doktor Mabaux."

„Entschuldigen Sie, Doktor Mabaux natürlich." Die Rektorin räusperte sich kurz: „Wir sind hier zusammengekommen, um den Vorfall während der Weihnachtsferien zu besprechen, weil Sie darum gebeten hatten."

Ein verächtliches Schnauben.

„Vorfall. Warum wurde Charlotte nicht kontrolliert und wie ist ihre Beziehung zu diesem Simon-Jungen?", forderte Vater. Weil ich nicht auf den Monitor schauen konnte, konnte ich nicht sehen, ob meine Mutter ebenfalls anwesend war. Es schien aber nicht so.

„Zuerst möchte ich betonen, dass Charlotte eine außerordentlich gute, ja, hervorragende Schülerin ist, die nicht nur in ihren Noten glänzt, sondern auch in ihrem Engagement in außerschulischen Aktivitäten", fing die Betreuungslehrerin an.

Hoffentlich erwähnte sie nicht die Tanz-Gruppe.

„Gerade gestalten sie und ihre Freundinnen und Freunde ein Teehaus im Stile jüdischer Salons, um einen weiteren Zugang zu Bildung für Schülerinnen und Schüler zu schaffen", ergänzte Finke.

Schweigen.

„Am Tag ihrer Rückkehr hat Charlotte alle Zusatz-Projekte und -Aufsätze, die sie selbstständig für die Weihnachtsferien erbeten hatte, in vollem Umfang an das zuständige Lehrpersonal abgeliefert und es ist nicht eine Arbeit darunter, die weniger als sehr gut erfüllt ist", versuchte es Finke jetzt.

„Das beantwortet keine meiner Fragen. Und ich habe nicht den ganzen Tag Zeit."

Im Raum machte sich die Verunsicherung breit, die ich nur allzu gut kannte - ich konnte sie hören. Ich konnte sie riechen.

„Soweit wir wissen, war es Julian Simon, der Charlotte zu der Reise eingeladen hat, weil die Freundesgruppe es falsch fand, Charlotte hier auf dem Gut alleine zu lassen. Diese Kinder treffen sich jedes Jahr um diese Zeit auch außerhalb der Schule." Finkes Stimme klang angespannt. Die Worte waren sorgsam gewählt und so deeskalierend formuliert, dass ich einen vorsichtigen Blick in ihre Richtung warf. Sie erwiderte ihn und ich sah Wut in ihren Augen, die mich überraschte.

„Und?", tönte es gelangweilt aus dem Notebook.

„Kinder auf einem Internat gehen starke Bindungen ein, weil sie nicht nur die Schulzeit, sondern auch ihre Freizeit zusammen verbringen. Sei es in Sportgruppen, bei Projekten oder im Rahmen eines der vielen unterschiedlichen Aktivitätsangebote, die Gut Freyenberg anbietet, um alle Kinder individuell zu fördern und zu fordern."

Ein erneutes verächtliches Schnauben.

„Wo dann Spinner diesen ‚Kindern' das Gesicht hässlich schlagen?", fauchte er.

Respekt für diese Wortwahl, Herr Doktor Mabaux! Sie haben immer darauf geachtet, dass es nur die Beine ihrer blöden Tochter waren, die hässlich wurden. Und es geblieben sind. Einrollen!

„Diese Vorkommnisse sind natürlich unverzeihlich und es wurden auch von Seiten der Gemeinde umfangreiche Maßnahmen ergriffen, damit so etwas nicht noch einmal passieren kann", antwortete Rektorin Finke jetzt schmallippig.

„Nein, ICH habe mich gekümmert. Sie scheinen dazu offensichtlich nicht in der Lage zu sein", erwiderte mein Vater kalt.

Und da wurde es mir klar. Diese Telco hier diente gar nicht mehr der Meinungsfindung und Aussprache. Es ging darum, mich zu quälen, vorzuführen und dabei gleich noch ein paar Leute mitzunehmen. Es ging um Macht. Mein Vater konnte diese Frauen sogar über einen Monitor verprügeln, mit Worten und Geräuschen.

Er brauchte es gar nicht mir anzutun, es reichte, wenn ich dabei war, während er es bei anderen tat.

Meine Nase fing an zu bluten. Hektisch versuchte ich, das Blut mit meinem Handrücken wegzuwischen, damit er es nicht merkte. Denn dann hatte er endgültig gewonnen.

„Einen Moment, bitte", hörte ich die Betreuungslehrerin: „Wir sind sofort wieder da."

Der Bildschirm wurde schwarz und das Licht an der Webcam, die auf mich gerichtet war, erlosch.

Stumm reichte sie mir eine Packung Kleenex.

„Das geht so nicht. Kirsten hat recht. Ruf die beiden dazu. Und die Cordillers."

Ich verstand nicht, war aber auch damit beschäftigt, möglichst schnell das Blut aus meinem Gesicht zu entfernen. Kontrolliert und langsam atmete ich durch die Nase, weil das half, die Blutung schneller zu stoppen. Die vollgebluteten Tücher stopfte ich einfach in meine Hosentasche. Einatmen, ausatmen. Das klappte immer.

Im Raum war es seltsam stumm, ich hörte Tippen und Klicken. Ich schaffte es nicht, meinen Kopf zu heben und die Umgebung zu sondieren.

„Sind Sie noch da, Doktor Mabaux?"

„Was sollte das denn bitte? Das ist ja lächerlich, mich einfach wegzuschalten!", brüllte er.

„Wir schalten jetzt weitere Personen zu dieser Unterhaltung. Bitte haben Sie einen Moment Geduld."

Was für andere Personen, Lotti? Roll' mal dein Ohr wieder aus. Uns fehlen Infos. Und einatmen und ausatmen. Du weißt schon...

„Wie bitte?", brüllte er noch, doch seine – klar rhetorische – Frage blieb unbeantwortet. Und dann hörte ich zwei Personen, die sich hektisch auf Französisch unterhielten, und ich nahm eine Stimme wahr, die ich kannte:

„Hi Charles. Wie geht es dir?", sagte Kirstens weiche Stimme aus den Lautsprechern.

Ich riss den Kopf hoch und sah, wie sie in die Kamera winkte. Neben ihr und einen Arm um sie gelegt, saß Parker und hob die Hand zum Gruß. Sein Gesicht versteinerte sich, als er mich sah.

Ein Lächeln huschte über mein Gesicht.

Rah, hab dich im Griff, Lotterbirne! Die Nase!

Die blutete nun wieder und ich konnte nur ein Kleenex darunter halten, um nicht meinen Schoß und einen Teil des Polsterstuhles, auf dem ich saß, vollzubluten.

Natürlich muss der auch noch hellgrau sein, der blöde, blöde, blöde Stuhl. Eiiiinatmen, auuuusatmen.

Jemand räusperte sich. Dann meldet sich in Französisch ein Mann zu Wort:

„Guten Tag, mein Name ist Phillipe Cordiller, ich bin Lisa Cordillers Vater und das ist ihre Mutter, Sophie Cordiller."

„Und mein Name ist Doktor Kirsten Simon und das ist mein Mann, Parker Simon, und wir sind die Eltern von Julian Simon." Kirstens Stimme klang erstaunlich hart.

„Ich verstehe nicht, was diese Personen in dieser Besprechung suchen", stieß mein Vater hervor. Immerhin brüllte er nicht mehr.

In den kommenden Minuten erklärten Lisas Eltern, dass ihre Tochter sie darüber informiert hatte, dass sie vor hatte, mich mit nach Brüssel zu bringen. Das konnte so eigentlich nicht stimmen, denn das war ja nie der Plan gewesen. Die Cordillers erläuterten, dass sie zu

Weihnachten feststellen mussten, nicht ausreichend angemessene Unterbringungsmöglichkeiten aufbieten zu können, weil sich unverhofft große Teile der Familie für die Weihnachtsfeier angekündigt hätten. Deswegen hätte man sich mit den Simons in Verbindung gesetzt, die sich bereit erklärten, mich während der Festtage aufzunehmen. Das stimmte auch nicht?

Daraufhin erzählten die Simons, dass ihnen als Familie das Weihnachtsfest und die Festtage wichtig waren und Julian sich besorgt darüber geäußert hätte, mich hier auf dem Gut alleine zurückzulassen. Sie erklärten auch, dass das mitnichten das erste Mal gewesen wäre, dass Julian Freunde aus dem Internat über die Ferien mitgebracht hätte, nur dass es die Festtage an sich waren, war etwas ungewöhnlich.

„Unsere Kinder sind ein enger und einander unterstützender Freundeskreis. Sie passen aufeinander auf und sind noch nie unangenehm aufgefallen", fuhr Kirsten fort. Dann meldete sich Parker.

„Charlotte war hier in einem separaten Gästehaus mit abschließbarer Tür untergebracht und hat die Tage mit uns oder in der Bibliothek verbracht, wo sie sich ihren Aufgaben und Projekten gewidmet hat und die verbliebene Zeit auf meine Fachliteratur zugegriffen hat, um sich in neuen, ihr unbekannten Themen einzuarbeiten."

Okay, wenn man hier und da etwas weglieẞ und dies und das geschickt formulierte, dann stimmte das. Annähernd.

Jetzt redete Lisas Mutter:

„Unsere Kinder verbringen Neujahr im Haus der Schwarz'. Dort gibt es Security-Personal und das Gelände ist gesichert. Sie sind zu keiner Zeit unbetreut.

Neben Julians Bodyguard Gregg sind noch weitere Betreuungspersonen anwesend, die natürlich instruiert sind, uns Eltern sofort Bescheid zu geben, sollte etwas passieren. Dass die Änderung der Pläne unserer Kinder nicht umfassend kommuniziert wurde, hängt vor allem damit zusammen, dass wir sehr wohl in der Lage sind, auf so ein intelligentes und wohlerzogenes Mädchen wie Charlotte aufzupassen und wir keinen Anlass gesehen haben, damit das Lehrpersonal des Gutes an den wohlverdienten, heiligen Feiertagen zu belasten. Sollten Sie das überprüfen wollen, Herr Mabaux, dann können wir sehr gerne auch noch die Eltern von Michael dazuholen. Sie sind natürlich informiert und über diese... Besprechung... verwundert."

Diese letzten Worte presste Sophie Cordiller fast maschinengewehrartig hervor und ihre Formulierungen und Aussagen waren nicht verhandelbar. Diese vier Personen hatten das Geschehene so dargestellt, als würden sie und ihre Kompetenzen als (reiche und mächtige) Eltern in Frage gestellt werden und machten hiermit klar, dass das über das Maß hinaus unverschämt war.

Ich blickte vorsichtig auf den Monitor und sah das versteinerte Gesicht meines Vaters mit seinen harten Zügen (*Hui, viel mehr Falten!*) und seinen blassblauen Augen. Sein rechtes Augenlid zuckte.

„Sie mögen sich nicht mehr daran erinnern", fuhr plötzlich Phillipe Cordiller fort: „Wir haben uns vor einigen Jahren in Abu Dhabi kennengelernt. Ja, wir haben uns sogar kurz über ein Gemälde unterhalten, das Sie dort zum Verkauf angeboten haben. Sie erinnern sich? Sicherlich stimmen Sie mir zu, dass es ein Fehler wäre, uns zu unterstellen, wir wüssten nicht, was wir tun, nicht wahr?" Die letzten Worte klingen so scharf und bedrohlich, dass ich wieder in meinen Schoß starrte, weil ich Angst vor Vaters Reaktion hatte.

Schweigen.

Weder Rektorin Finke noch die Betreuungslehrerin nutzen diesen Moment, um etwas zu sagen, damit Phillipe Cordillers Worte ihre ganze Kraft entfalten konnten. Sie taten rein gar nichts, um moderierend einzugreifen. In der Stille konnte ich nicht einmal Atemgeräusche hören und fragte mich, ob sie und Frau Dehner die Luft anhielten.

Ein Räuspern.

„Herr Cordiller, Ihr Gesicht kam mir gleich so bekannt vor. Bitte verzeihen Sie vielmals, dass ich Sie hier auf dem Monitor nicht sofort wiedererkannt habe. Es freut mich über alle Maßen, dass ich meine geliebte Tochter in sicheren Händen weiß, dass sie wohlbehütet ist und Freunde gefunden hat. Ich wünsche Ihnen allen einen angenehmen Tag und bedanke mich für das Gespräch", ratterte mein Vater, Doktor Mabaux, herunter.

Äh, what?!

WHAT???

Schnell prüfte ich, wer noch auf dem Notebook zu sehen war und Rektorin Finke zischte:

„Er ist weg!"

Als wären die Worte die wahrgewordene Erlösung, brach es aus mir heraus und ich weinte. Weil die Anspannung von mir abfiel, weil ich das Gut Freyenberg nicht verlassen musste und weil mich vier Menschen von einem kleinen Monitor anlächelten. Nur Kirsten, die grinste von einem Ohr bis zum anderen. Parker hob stumm jubelnd die Arme. Lisas Eltern beobachteten mich aufmerksam, schienen aber überaus zufrieden mit sich.

Ich blickte zu Rektorin Finke und musste noch mehr weinen, weswegen ich in den Genuss der Umarmung der vollbusigen Frau Dehner kam, nachdem sie mir mütterlich Rotz und Blut aus dem Gesicht gewischt hatte. Ich musste kurz hysterisch lachen, weil ihre Brüste so weich waren und mir trotzdem ein Ohr zudrückten. Dann atmete ich, weil ich Angst hatte durchzudrehen.

„Liebe, liebe Charly", meldete sich Kirsten und lehnte sich so weit vor, dass Parker, der sich gerade das Gesicht rieb, etwas im Hintergrund verschwand: „Julian wird dir alles in Ruhe erzählen. Aber wir möchten, dass du eine Sache weißt: Du bist ein ganz fantastischer Mensch und wenn wir dir mit so einer kleinen Notlüge helfen können, dann tun wir das unglaublich gerne."

Hat sie gerade zugegeben, dass das eine Lüge war? Ich blinzelte vorsichtig in Richtung der Rektorin. Die grinste.

Wtf.

Beide Elternpaare verabschiedeten sich bald darauf. Die Cordillers, weil sie noch einen Termin zum Mittagessen hatten und die Simons, weil es in L.A. gerade vier Uhr morgens war und sie wieder ins Bett wollten.

Die Betreuungslehrerin verabschiedete sich, um einen Bericht zu schreiben und um das vollgeblutete Oberteil zu wechseln. Rektorin Finke hatte sich an ihren großen Schreibtisch gelehnt und betrachtete mich.

„Weißt du, Charlotte, nach deiner Panikattacke im

Waschkeller – ja, natürlich habe ich davon gehört – haben wir hier ein paar Recherchen angestrengt und einige der Schulen kontaktiert, auf denen du warst. Wir hatten auch Akteneinsicht und haben die blauen Flecken und die aufgeplatzten Wunden gesehen." Ich konnte mich nicht erinnern, dass das dokumentiert worden war und schluckte.

„Wir haben da ein Muster erkannt, was deine Eltern betrifft. Und dann hat Julian seine Mutter gebeten, sich bei uns zu melden. Sie hat uns keine Details von deinem Aufenthalt in Bel Air erzählt, aber sie hat vorgeschlagen, was sie und die Cordillers hier erzählt haben. Und ich fand das gut."

Ich nickte wie ein dummes Kleinkind.

„In Zukunft werden wir zusehen, dass dein Vater nur die ‚wichtigen' Informationen bekommt. Du musst mir dafür versprechen, dass du dich nie dabei Ablichten lässt, wenn Julian und du knutscht." Meine Güte, die Frau war aber auch abgeklärt und desillusioniert.

„Versprochen", krächzte ich: „Und... danke."

Mehr brachte ich gerade nicht heraus. Sie nickte zufrieden.

„Und jetzt lauf. Es ist mir unangenehm, dass diese ganze Clique vor dem Büro-Gebäude herumlungert, als würde sie einen Aufstand proben. Und das Mittagessen, dass dir Julian mitgenommen hat und das vermutlich für dich im Teehaus bereitsteht, wird auch nicht wärmer. Wir sehen uns heute Abend, Charlotte Mabaux. Achso und... gib mir um Himmels willen diese Tücher aus deiner Hosentasche!", sagte sie liebevoll empört.

SOIREE

Als ich im Foyer des Büro-Gebäudes erschien, glotzen mich durch die Fenster der gläsernen Doppeltür mindestens zehn Augenpaare an. Dieser Anblick fühlte sich so gut an, dass ich weinen und gleichzeitig lachen musste. Jubelgebrüll entstand, noch bevor ich das Gebäude verlassen hatte und Frau Krug am Empfang schüttelte empört den Kopf. Julian riss die Tür auf und umarmte mich, hob mich hoch und wir drehten uns, während er mich vorsichtig küsste. Dann folgten mehr und mehr Arme. Nicki und Lisa schluchzten. Basti und Micha grölten, als hätten wir die Fußball-WM gewonnen. Alle hüpften. Julian setzte mich ab, seine Augen waren rot und voller Tränen. Dann nahm er mein Gesicht in die Hände und küsste mich lange zu Michas Miauen.

Auf dem Weg zum Teehaus überschlugen sich alle mit Fragen, wie es gelaufen war. Die Simons hatten ihren Sohn natürlich direkt angerufen und die Clique Cool soweit geupdatet, wie es ihnen möglich war.

„Leute, ehrlich, ich habe keine Ahnung, weil so etwas noch nie passiert ist. Und auch wenn ich meinen Eltern nicht traue, so habe ich gerade das Gefühl, dass ich jetzt schon nackt tanzend in einem Stripclub in Vegas abgelichtet werden müsste, damit mein Vater sich überhaupt noch mal rührt", berichtete ich, selbst erstaunt von diesem Eindruck.

„Dein Vater, Lisa, ist ein krasses Biest! Ich muss

unbedingt noch einen Weg finden, mich bei deinen Eltern zu bedanken", ergänzte ich. Lisa grinste stolz.

„Und was ist mit meinen Eltern", jaulte Julian theatralisch.

„Ich dachte, es reicht, wenn ich mich im kommenden Jahr nicht von dir schwängern lasse?"

Alle lachten.

Nicki, die immer noch etwas schniefte, seufzte:

„Können wir jetzt endlich dein Zimmer einrichten?"

„Zuerst müssen wir mal Charles' Sachen wieder auspacken", raunte Julian.

Alle waren empört, dass ich heimlich gepackt hatte.

„Du wolltest einfach so verschwinden?!", maulte Bella.

„Ja, weil ihr mir sonst alle das Herz gebrochen hättet", antwortete ich und meinte das genau so.

Und deswegen kamen wir nicht so schnell in das Teehaus, weil sich direkt am Eingang eine Gruppenumarmung ereignete, die sich dann im Türrahmen verkeilte.

Im Teehaus setzten sich Julian und ich in zwei der Sessel, die in einer Ecke des neuen Salons standen. Während ich genüsslich den Berg Nudeln aß, den er mir mitgebracht hatte, erzählte Julian, was passiert war. Er hatte gestern Abend seine Eltern aus dem Bett geklingelt und ihnen berichtet, was vorgefallen war. Lisa, die gerade knutschend mit Basti bei Julian auf der Couch saß, bekam das Telefonat mit und hatte Basti losgeschickt, um Micha aus dem Bett zu zerren. Gemeinsam hatten sie dann diesen Plan ausgeheckt.

„Viel geschlafen haben wir letzte Nacht nicht. Aber Michas Eltern hätten auch mitgemacht. Sie waren unsere Reserve", endete er grinsend.

„So etwas hat noch nie jemand für mich gemacht", sagte ich und fühlte, wie tiefe Verbundenheit und Dankbarkeit mit Verlustängsten und Vereinsamung um den ersten Platz kämpften.

„Ich habe nicht die geringste Ahnung, wie ich euch allen meine Dankbarkeit unter Beweis stellen kann", stöhnte ich.

„Sei einfach da", lächelte Julian.

„Sieht aus, als könnte ich das machen", grinste ich.

EPILOG

„Shiri, du glaubst nicht, was heute Mittag passiert ist...“
Drei rote Herzen.

„Erzähl! Cam?“ Ping.

„Aber ich muss die ganze Zeit heulen?“

„Geil.“ Ping.

„Jüdische Salons waren zu ihrer Zeit ein sicherer Hafen, ein Auffangbecken für Menschen, aber vor allem für Frauen, um sich zu bilden und sich in einem geschützten Rahmen zu entfalten und weiterzuentwickeln. Gemeinschaften bringen diese Möglichkeit mit sich und wenn ihre Mitglieder sich unterstützen, dann kann daraus Großes erwachsen, für eine lange Zeit.“ Rektorin Finke blickte in die vielen Gesichter der Menschen, die sich auf dem Gemeinschaftsplatz des Guts Freyenberg versammelt hatten.

„Die Projekttage nehmen nun ein Ende und in dieser Woche haben Sie alle etwas für diese Gemeinschaft geleistet, sie voran gebracht und Möglichkeiten geschaffen, damit Sie alle sich weiter entfalten können. Dafür danke ich Ihnen und bin stolz, so eine Gemeinschaft auf einem Teil ihres Lebensweges begleiten zu dürfen. Besonders hervorheben möchte ich dieses Jahr das neue Freyenberger Theehaus, das Sie ab jetzt bei Haus fünf finden. Unter der Woche wird hier eine eigene AG dafür sorgen, dass Sie sich austauschen, debattieren und reflektieren können, was Ihnen an Wissen zuteil wird.

Nutzen Sie diese Chance – entwickeln Sie sich weiter. Ein eigener Dank geht deswegen an Nicole Marten, Charlotte Mabaux, Maribelle Rodriguez, Lisa Cordiller, Stefanie Brighton und Nadja Lo, aber auch Julian Simon, Michael Schwarz, Sebastian Peter und Cyrill Schneider - und ihre vielen Helfenden. Danke! Auch für Ihre Freundschaft."

Finke zwinkerte mir zu. Ich lächelte zurück. Die letzten Worte würden nur die wenigsten verstehen, aber ich – und der Rest der Clique Cool – verstand sie sehr wohl.

„Wir sehen uns zur ersten Soiree im Theehaus!", schloss Rektorin Finke ab und machte scheuchende Bewegungen mit den Armen, bevor sie sich die vor Kälte roten Hände rieb. Die Menge brach in Jubel aus und strömte dann in alle Richtungen auseinander.

Eine Hand schob sich in die Gesäßtasche meiner Jeans und ich grinste. Neben mir stand dieser unglaublich gut aussehende Typ und betrachtete mich mit seinem Schlafzimmerblick. Julian und ich hatten uns vorgenommen, in den kommenden Wochen eine spektakulär langweilige, normale Teenie-Beziehung zu führen. Wir wollten Themen finden, über die wir uns streiten konnten, Dinge, die wir am anderen unmöglich fanden, zusammen Hausaufgaben machen und in dunklen Ecken knutschen. Für Julian stand noch das Gespräch mit Cindy aus. Ich wollte Geschenke für die Simons und die Cordillers finden. Und wir organisierten eine Party für die Clique Cool als Dank für ihre Hilfe.

Die letzten Wochen waren zu dramatisch, einfach zu viel von allem gewesen. Wenn wir es mit der Welt aufnehmen wollten, mussten Julian und ich ein eingeschworenes Team werden. Wenn wir dazu irgendwo

die Freiheit hatten, dann war das hier auf Gut Freyenberg. Und sollten wir feststellen, dass wir uns eigentlich
stinklangweilig fanden, dann... nein, das konnte ich mir
einfach nicht vorstellen.

Das zweite Halbjahr stand bevor und ich hatte nicht
vor, meine Noten schleifen zu lassen. Zum ersten Mal
seit Langem hatte ich die Chance, mich in einem
gewohnten Umfeld auf das Wesentliche zu konzentrieren, und wollte die Extra-Energie, die mir nun blieb,
dafür in vollem Maß nutzen.

*Okay, Lotti-Trulli, du hast etwas vergessen. Weil wir
wollten auch noch das Zimmer richtig einrichten, nicht
wahr?*

Danksagung

Zuerst und vor allem danke ich allen, die so mutig waren, dieses Erstlingswerk in die Hand – oder aufs Tablet – zu nehmen und es tatsächlich zu lesen.

Mein tiefster Dank gilt meinem wundervollen Mann, der meine Schreibanfälle vorbehaltlos unterstützt und mir den Alltag freiräumt, damit ich wie besessen auf meine Tastatur einhacken kann.

Schuld an allem ist Anke – und dafür danke ich ihr von Herzen. Sie war der kreative Funke für Charles' Geschichte. Letztlich ist daraus ein mittlerer Flächenbrand geworden.

Sie und Sandra waren auf ihre ganz eigene Art die besten Testleserinnen, die ich mir wünschen konnte – nachdem ich überhaupt erst herausgefunden hatte, dass es so etwas wie Testleserinnen gibt.

Danke euch für eure Zeit, das Aufspüren absurd-peinlicher Fehler und eure Geduld im Umgang mit meiner Aufregung über diese wundersame, neue Erfahrung.

Stella Elster

www.stellaelster.com